Dangereuse imposture

―――――――

Une bouleversante mission

MARILYN PAPPANO

Dangereuse imposture

BLACK *ROSE*

éditions  **HARLEQUIN**

Collection : BLACK ROSE

Titre original : ONE STORMY NIGHT

Traduction française de CAROLE PAUWELS

HARLEQUIN®
est une marque déposée par le Groupe Harlequin
BLACK ROSE®
est une marque déposée par Harlequin S.A.

Photo de couverture
Femme : © CULTURA/PHILIP LEE HARVEY/GETTY IMAGES

© 2007, Marilyn Pappano. © 2012, Harlequin S.A.
83-85, boulevard Vincent-Auriol, 75646 PARIS CEDEX 13.
Service Lectrices — Tél. : 01 45 82 47 47
www.harlequin.fr
ISBN 978-2-2802-4702-3 — ISSN 1950-2753

Prologue

Des gémissements lugubres s'échappaient du manoir balayé par de violentes rafales de vent et battu par la pluie.

Déployées telles des ailes immenses et menaçantes, les branches des grands arbres qui ornaient le jardin projetaient à travers les fenêtres des ombres fantomatiques sur les murs du premier étage.

L'ouragan Jan balayait la côte de Belmar, Mississippi, et toute personne dotée d'un minimum de bon sens avait déjà fui vers les terres.

Jennifer avait prévu de suivre cet exemple dès qu'elle aurait trouvé ce qu'elle était venue chercher dans la maison, située à un kilomètre à peine de la plage et bordée à l'arrière par la rivière Timmons.

En tant que chef de la police locale, Taylor était beaucoup trop occupé pour se soucier de ce que faisait sa future ex-femme.

De toute façon, il n'aurait jamais pu imaginer qu'elle ose s'aventurer jusqu'au domicile conjugal par ce temps. Il n'aurait surtout jamais envisagé qu'elle trouve le courage de chercher des preuves à utiliser contre lui.

Le cœur battant à tout rompre, elle ouvrit la porte du bureau de Taylor — la pièce interdite, comme elle avait pris l'habitude de la désigner durant les trois années ou presque qu'avait duré leur mariage.

Le jour même où ils étaient rentrés de leur voyage

de noces, il l'avait conduite devant la porte close et, le visage déformé par un inquiétant rictus, l'avait claire-ment mise en garde :

« Voici mon antre. Tu n'y fais pas le ménage. Tu ne jettes même pas un coup d'œil à l'intérieur. Tu n'y pénètres sous aucun prétexte. Compris ? »

Sa jumelle, Jessica, n'aurait jamais permis à un homme de lui interdire l'accès à une pièce dans sa propre maison. Au contraire, elle se serait fait un malin plaisir d'aller y fouiner, en laissant délibérément des traces de son passage dans le seul but de l'agacer.

Jessica n'aurait jamais autorisé à Taylor un dixième de ce qu'il se permettait avec elle.

Encouragée par cette pensée, Jennifer franchit le seuil du bureau. Les ampoules du lustre vacillèrent tandis que le vent continuait à gifler les fenêtres de la maison, faisant claquer les volets.

Le téléphone était déjà hors service et, le long de la côte, les routes étaient inondées. Ce n'était heureusement pas encore le cas de la vaste promenade pavée bordant la rivière, et elle avait pu s'engager en voiture jusqu'au portillon qui permettait d'accéder à l'arrière du jardin. C'était à la fois le chemin le plus discret pour s'introduire dans la maison et le plus rapide pour prendre la fuite.

Mais bientôt, l'ouragan gagnerait en puissance et la Timmons sortirait de son lit. Il suffisait que Jennifer s'attarde quelques minutes de trop pour être prise au piège.

Sa main trembla autour de la torche qu'elle avait apportée par précaution. Elle ne savait pas précisément ce qu'elle cherchait, mais elle avait l'intime conviction que Taylor le dissimulait ici.

Des relevés de comptes, peut-être ; il était impossible

que son seul salaire de policier suffise à assurer ne fût-ce qu'une partie de son extravagant train de vie.

Ou alors, une liste des personnes qu'il faisait chanter. Elle avait entendu des rumeurs selon lesquelles le département de police rackettait la plupart des commerçants du centre-ville.

Peut-être… Peut-être…

Elle ne savait rien, en réalité, et le fracas d'un arbre déraciné dans le jardin lui rappela que le temps lui était compté. Elle prendrait tout ce qu'elle pourrait : le contenu du classeur métallique, des tiroirs du bureau, et du placard aménagé dans l'épaisseur de la cloison…

Elle jeta tout ce qui lui tombait sous la main dans de grands sacs poubelles en plastique noir et, empruntant l'escalier de service, fit plusieurs aller-retour pour déposer les sacs dans la cuisine.

Elle progressait sans réfléchir à ce qu'elle faisait, ni à la fureur de Taylor ni à ce dont il serait capable pour l'arrêter. Ni, surtout, aux sentiments qu'elle avait eus pour lui, autrefois…

Elle ouvrit ensuite la porte du placard, et découvrit, à hauteur des yeux, une étagère emplie de DVD. Chaque boîtier était étiqueté de la main de Taylor, avec une date et un prénom de femme.

Elle en avait jeté plusieurs dans un sac, quand elle se saisit du plus récent, daté du mois de mai et faisant référence à Tiffani Dawn.

Tout le monde à Belmar savait qui était Tiffani Dawn Rogers. Dix-huit ans, jolie, blonde, née du mauvais côté de la ville, sauvage et rebelle, régulièrement arrêtée pour des délits mineurs…

Aujourd'hui, elle était morte.

Tiffani avait disparu après avoir assisté à un concert

particulièrement mouvementé, et son cadavre avait été retrouvé trois jours plus tard.

Deux jours *après* la date indiquée sur le DVD.

En proie à un mauvais pressentiment, Jennifer se dirigea vers le meuble télé qui occupait tout un pan de mur, et alluma les appareils d'une main tremblante. Elle dut s'y reprendre à trois fois pour ouvrir le boîtier en plastique.

Elle n'avait pas envie de voir ça.

Elle avait fini par comprendre que Taylor n'était pas l'homme qu'elle croyait. Il était parfois cruel, toujours arrogant et, même si elle avait longtemps refusé de l'admettre, assurément corrompu.

Il faisait un très mauvais usage de ses fonctions de chef de la police et abusait de son autorité. Il était mesquin, et son charme n'était qu'une façade derrière laquelle il dissimulait la petitesse de son esprit et la noirceur de son âme.

Mais elle ne voulait pas croire qu'il eût quelque chose à voir avec le meurtre de Tiffani Dawn Rogers.

Dehors, le vent rugissait, secouant la maison.

Les doigts toujours crispés sur le boîtier fermé, Jennifer se dirigea vers la fenêtre pour regarder dans la rue, mais l'obscurité et la pluie qui tombait en rideau masquaient tout.

Jamais auparavant elle ne s'était trouvée prise dans un ouragan. Originaire de Californie, elle avait davantage l'habitude des tremblements de terre et des glissements de terrain. Elle ne savait pas combien de temps il lui restait pour s'échapper.

Mais elle avait besoin de voir ce DVD. Elle devait à tout prix savoir si son mari n'était qu'un délinquant ordinaire ou un meurtrier.

Elle se détournait lorsqu'un éclair de lumière attira

son attention. Une voiture, distante d'une centaine de mètres, avançait vers la maison.

Qui à part elle pouvait évacuer aussi tardivement ?

La réponse lui vint lorsque le véhicule — un 4x4 — s'arrêta au bout de son allée. Il était noir et blanc et portait l'écusson de la police de Belmar.

Taylor ! Il était sans doute venu chercher ses objets de valeur, en compagnie du chef-adjoint. Décidément, le sort s'acharnait contre elle !

Prise de panique, elle fixa des yeux le DVD. S'il la surprenait avec, il serait fou de rage. D'une pression sur la télécommande, elle referma le tiroir du DVD, et mit les appareils hors tension.

Tandis qu'elle balayait la pièce du regard à la recherche d'une cachette, elle entendit la porte d'entrée claquer au rez-de-chaussée. Elle se hissa sur la pointe des pieds et laissa tomber le boîtier derrière la moulure décorative, au-dessus du meuble de télévision.

Des voix résonnaient dans la cage d'escalier, l'une étouffée, l'autre de plus en plus forte à mesure qu'elle se rapprochait.

Elle attrapa le sac contenant les autres DVD et se rua vers l'escalier de service. Au moment où la porte du palier se refermait sur elle, les paroles de Taylor devinrent audibles.

— J'en ai pour deux minutes et nous pourrons…

Il jura avec une telle force qu'elle l'entendit à mi-chemin de l'escalier. Il avait dû découvrir la porte de son bureau ouverte.

Elle n'était plus qu'à deux marches de son but : la cuisine. L'obscurité à l'extérieur faisait paraître la lumière du plafonnier beaucoup plus vive encore qu'elle n'était, et on aurait dit qu'un projecteur était braqué sur les sacs en plastique noir empilés près de la porte.

Une dernière marche… et la voix de Billy Starrett s'éleva.

— Hé, Burton, pourquoi les lampes sont allumées ? Et que font ces sacs poubelles au milieu de la cuis…

Quand il aperçut Jennifer, il s'arrêta sur le seuil, les yeux écarquillés. Sa main se porta immédiatement sur son holster porté à la ceinture.

Tandis qu'il tâtonnait pour soulever le rabat et sortir son arme, Jennifer assura sa prise sur le sac et se rua vers la porte de service.

Le cri d'alerte lancé par Billy fut emporté par le vent tandis qu'elle s'élançait à l'extérieur, les épaules courbées et la tête baissée pour affronter la pluie battante, le sac serré contre sa poitrine.

Passée la terrasse de bois rendue dangereusement glissante par la pluie, sa course fut ralentie par l'herbe gorgée d'eau qui s'enfonçait sous ses pieds, mais il en aurait fallu plus pour entamer sa détermination.

Pendant deux ans et demi, elle avait vécu sous la coupe de Taylor, prise au piège d'une union détestable, terrorisée par un homme au comportement de psychopathe.

Mais elle avait changé. Aujourd'hui, elle était bien décidée à prendre un nouveau départ.

Encore fallait-il pour cela qu'elle réussisse à fausser compagnie à Taylor…

Le portillon au fond du jardin n'était plus qu'à quelques mètres. Croyant entendre Taylor crier son nom, elle se délesta du sac dans les buissons et puisa dans ses dernières forces pour atteindre les limites de la propriété.

De l'autre côté montait le grondement sourd de la rivière déchaînée, et elle n'avait aucun mal à l'imaginer débordant sur la rive et rejaillissant sur la chaussée.

Encore quelques minutes et la voie serait impraticable…

Derrière elle, un étrange craquement déchira l'obscurité,

sans qu'elle parvienne à déterminer s'il s'agissait d'une branche cassée ou d'un coup de feu. Les poumons en feu et les muscles tétanisés, elle atteignit enfin le portillon.

Ses doigts tremblants s'acharnèrent maladroitement sur le loquet métallique.

Plus que quelques instants et, pour la première fois depuis sa funeste rencontre avec Taylor, elle serait enfin libre.

1

A 1 heure du matin, un mardi, la petite ville de Belmar était plus ou moins plongée dans la léthargie. Les feux de Main Street clignotaient, les bars avaient fermé, et les seuls commerces en activité étaient la supérette et la station-service.

— Cela ne marchera jamais ! marmonna Jessica Randall.

Elle roulait au pas dans une rue déserte, repérant les endroits dont Jen lui avait parlé : l'épicerie, le coiffeur, la banque, l'église qu'elle fréquentait avec Taylor et, bien sûr, la maison qu'elle avait partagée avec lui, ainsi que le commissariat.

— Bien sûr que si, ça marchera, affirma Jennifer, dans l'oreillette de son téléphone portable. Nous sommes identiques de la tête aux pieds, jusqu'à la cicatrice de notre appendicectomie — même si je trouve que la mienne est plus nette que la tienne. Souviens-toi du nombre de fois où nous nous sommes fait passer l'une pour l'autre quand nous étions plus jeunes. Personne ne s'est jamais rendu compte de rien.

— Aller à ta place à un rendez-vous arrangé avec un garçon est une chose, rétorqua Jessica. Essayer de leurrer ton mari…

— … dont je suis séparée, lui rappela Jennifer.

Jessica termina sa phrase sans se laisser distraire.

— … est totalement différent. Et beaucoup plus risqué.

— Taylor sait que j'ai une sœur, mais il ignore que nous sommes jumelles. Il sait aussi que nous avons plus ou moins pris nos distances depuis le mariage. Tu n'auras aucun problème, je t'assure.

— J'aimerais partager ton optimisme…

— Allons, Jess, ne sois pas défaitiste. Et maintenant, récapitulons : je t'ai parlé de l'appartement, de la maison, et des gens. J'ai quelques affaires dans un garde-meuble sur Breakers Avenue, mais je ne crois pas que j'y aurais caché quelque chose. C'est trop flagrant, et Taylor n'est pas stupide à ce point.

Jessica eut une moue amère.

Dire qu'elles avaient plus ou moins pris leurs distances était un euphémisme. Pendant vingt-cinq ans, elles avaient été aussi proches qu'il était possible à deux personnes de l'être, et il avait fallu moins d'une semaine à Taylor Burton pour s'immiscer entre elles.

Ils avaient fait connaissance au cours d'une croisière dans les Caraïbes, et Jen avait accepté de l'épouser avant même que le bateau ne regagne Miami. Le plus ironique, dans cette histoire, était que Jessica avait fait cette réservation pour elle-même. Mais lorsque le travail l'avait appelée à Hong Kong, elle avait proposé à Jen de prendre sa place. Cette dernière s'était fait prier pour accepter, et Jessica ne se pardonnerait jamais d'avoir tant insisté.

« C'était le destin », avait roucoulé Jen lorsqu'elle avait finalement refait surface pour la prévenir — par téléphone, rien de moins — qu'elle s'était mariée, et sans inviter sa jumelle.

Le destin ne devrait-il pas se montrer plus clément en accordant autre chose que trois années de vie commune misérable ?

Ne fallait-il pas davantage que trente-quatre mois pour que le prince charmant se transforme en crapaud ? Un crapaud criminel, qui plus est…

— Jess ? Tu m'écoutes ?

— Oui, je ne fais que ça. Tu ne te rappelles rien d'autre ? Ce que je dois chercher, par exemple ?

— Rien du tout, répondit Jennifer d'un ton dépité. J'aimerais le savoir. J'aimerais aller le chercher moi-même. Mais…

Elle ne le pouvait pas. Et puisque c'était ainsi, Jessica le ferait à sa place. Elle était la plus âgée — même s'il ne s'agissait que de trois minutes — et la plus courageuse.

Elle s'engagea dans l'une des autres grandes artères, Ocean Street, et resta sur la voie de gauche jusqu'à l'intersection suivante.

Pour le moment, elle n'avait pas vu une seule voiture de patrouille dans les rues. Visiblement, quand la journée des citoyens s'achevait, celle de la police aussi.

Fallait-il en déduire que les criminels observaient une trêve pendant la nuit ?

Ou était-ce qu'à Belmar les policiers et les voyous ne formaient qu'un seul et même camp ?

La résidence Bellevue était un ancien motel à trente dollars la nuit. Le bâtiment sans charme avait été transformé à moindres frais en six studios au rez-de-chaussée. Le premier étage abritait quatre deux-pièces desservis par une coursive extérieure, à laquelle on accédait par un escalier métallique.

Jessica se gara devant le n° 8 et coupa le moteur. C'était là que sa sœur avait élu domicile depuis deux mois, et le contraste avec la majestueuse et imposante demeure que possédait Taylor était saisissant.

Fallait-il que la vie avec lui soit devenue intolérable à Jen pour qu'elle prenne cette décision !

Jessica n'avait pas pris grand-chose avec elle : son ordinateur portable, une trousse de toilette, quelques sous-vêtements… Elle porterait les habits de Jen, son parfum, ses bijoux. Elle avait déjà coupé ses cheveux pour copier le petit carré bien lisse de Jen, et avait opté pour des faux ongles vernis en rose pâle, afin de cacher ses propres ongles qu'elle avait l'habitude de couper très court.

Elle était arrivée à destination, et elle était prête à jouer son rôle… après une bonne nuit de sommeil.

Les lampadaires aux coins du parking attiraient des halos d'insectes qui bourdonnaient sans répit. L'air était moite et suffocant. Quelques fenêtres étaient allumées, mais on ne percevait aucun signe de vie, ni télévision qui hurlait, ni fête battant son plein, ni circulation dans la rue.

Elle rassembla ses effets, ainsi qu'un grand sac contenant quelques aliments de première nécessité et une bouteille d'eau minérale. Le réseau de distribution de la ville avait forcément dû être endommagé par l'ouragan, et elle avait présumé que l'eau demeurait impropre à la consommation. Par ailleurs, Jen lui avait expliqué qu'elle avait vidé son réfrigérateur avant de partir, et qu'il n'y avait plus rien à se mettre sous la dent chez elle.

Isolant la clé des autres, elle tâtonna pour actionner la serrure et poussa la porte.

Poussiéreux. Insupportablement chaud. Rance. Telles furent les sensations qui l'assaillirent.

L'appartement était resté fermé pendant trois semaines, la climatisation coupée, et l'odeur, indescriptible, inspira à Jessica un mouvement de recul.

Regrettant de ne pas avoir apporté une bombe désodorisante ou des bougies parfumées, elle actionna l'interrupteur à côté de la porte, mais rien ne se passa.

Le faible rayonnement des lampes du parking dessinait les contours d'un abat-jour dans un coin. Elle s'y dirigea, repéra la lampe et suivit le fil pour trouver l'interrupteur.

Toujours rien.

Bon, ce n'était pas la peine de s'affoler. Jen aimait la symétrie. S'il y avait une lampe d'un côté du canapé, il devait y en avoir une deuxième à l'autre bout.

Elle longea le canapé et heurta la table basse. Quelque chose se renversa sur le plateau — peut-être une tasse —, roula jusqu'au bord et atterrit sur la moquette avec un bruit mat.

Songeant qu'elle aurait été bien inspirée de prendre une torche, Jessica trouva l'autre lampe et n'eut pas plus de succès.

Il ne lui restait plus qu'à espérer qu'il y avait de l'électricité dans la cuisine.

En se dirigeant de ce côté, elle se cogna la hanche à une console et fit tomber un objet plus lourd — peut-être une statuette, ou un vase. Jurant entre ses dents, elle tendit les bras devant elle pour éviter d'autres télescopages. Ses mains entrèrent en contact avec la surface lisse d'un plan de travail en stratifié, glissèrent jusqu'au mur et remontèrent.

Elle venait juste de découvrir une série d'interrupteurs quand quelque chose de dur vint presser sa nuque.

— Police. Qui êtes-vous et que faites-vous ici ?

La voix était masculine, profonde, menaçante, et Jessica eut le plus grand mal à déglutir pour chasser la boule d'angoisse qui s'était formée dans sa gorge.

Le moment était venu d'entrer en scène.

Mais quand elle ouvrit la bouche, il n'en sortit qu'un petit cri étranglé.

Elle était la plus âgée et la plus courageuse, se rappela-t-elle.

Et il avait une arme !

Tandis que lui venait cette pensée, la pression à la base de son crâne se réduisit, puis elle sentit l'espace entre eux s'amplifier. Il reculait — sans doute pour pouvoir l'abattre sans être aspergé de sang, songea-t-elle, prête à céder à l'hystérie.

— Levez les mains et tournez-vous lentement.

Elle obéit, et ne vit qu'une ombre massive dans le contrejour des lumières du parking. Il faisait au moins un mètre quatre-vingt-cinq, et sa carrure était assez large pour emplir l'encadrement d'une porte.

Elle prit une profonde inspiration, redressa les épaules, et remarqua d'un ton qui se voulait narquois :

— Vous appliquez la devise « servir et protéger » même au milieu de la nuit. Je ne manquerai pas de signaler votre dévouement à mon mari.

Pendant un moment l'air se chargea d'une étrange vibration, puis la sensation s'évanouit. Il y eut un froissement indiquant un mouvement, le cliquètement d'un interrupteur, et la lumière se répandit sur le coin repas, offrant à Jessica l'insolite vision d'un homme en caleçon.

L'ennemi la dévisageait, et elle fit de même, détaillant d'un regard appréciateur les pectoraux saillants, les reliefs ciselés de l'abdomen, les cuisses puissantes... Puis elle remonta vers le menton volontaire, la bouche charnue, les yeux gris acier et les cheveux noirs et drus dont une mèche rebelle lui tombait sur le front.

Grand, ténébreux et sexy, avait résumé Jen en parlant de lui. Pas de doute, elle se trouvait bien en présence de Mitch Lassiter. Et elle ne s'était pas trompée en pressentant qu'il s'agissait d'un ennemi.

L'expression de l'inconnu était indéchiffrable. Choc ? Etonnement ? Suspicion ? Doute ?

Avec le sentiment de prendre un risque inconsidéré, elle baissa les bras et les croisa sous sa poitrine.

— Je suppose que vous avez une bonne raison pour entrer dans mon appartement sans y avoir été invité ?

— En dehors du fait que vous êtes supposée être morte, non.

— Morte ? Je vous assure que je suis bien vivante, officier Lassiter.

Jen n'avait jamais encouragé la familiarité avec aucun des subalternes de Taylor, bien qu'elle n'eût pas vraiment le choix avec Billy Starrett, le chef-adjoint. Avec sa femme, Starla, ils étaient ses plus proches connaissances.

Le regard de Lassiter s'étrécit tandis qu'il l'étudiait. Si les yeux étaient les fenêtres de l'âme, l'âme de cet homme était dure comme le roc.

— Où étiez-vous passée ?

— J'ai atterri à l'hôpital, puis dans un foyer. Ma sœur est rentrée aux Etats-Unis après l'ouragan, et j'ai passé un peu de temps avec elle.

— Et vous n'avez jamais songé à appeler votre mari ?

— Nous sommes séparés.

— Il sait que vous êtes de retour ?

— Je suis sûre qu'il le saura une fois que vous l'aurez appelé, comme un gentil petit toutou dévoué à son maître ?

Le regard de l'homme se fit plus dur encore, si c'était possible, et un muscle joua dans sa mâchoire ombrée d'un début de barbe. Jen l'avait avertie qu'elle n'appréciait pas Mitch Lassiter et, si elle ne l'avait pas mentionné, il était évident que ce sentiment était réciproque.

— Il s'inquiétait pour vous.

— C'est pour ça qu'il raconte à tout le monde que je suis morte ?

— On vous a vu charger votre voiture et quitter votre appartement. Quelques jours après l'ouragan, votre voiture a été retrouvée dans la rivière, à la hauteur de Timmons Bridge, suite à une sortie de route. Et comme vous n'avez appelé personne…

— J'ai appelé ma sœur.

Il eut l'air de vouloir rétorquer quelque chose, mais elle ne lui en laissa pas l'occasion.

— Il est tard, officier Lassiter, je suis fatiguée. Et je suis certaine que vous mourez d'envie de décrocher votre téléphone pour faire votre rapport à Taylor. S'il vous plaît, fermez la porte en sortant.

Un moment passa avant qu'il ne se décide à tourner les talons.

Tandis qu'il se dirigeait vers la porte, Jessica ne put s'empêcher d'admirer la grâce féline de sa démarche et le jeu de ses muscles qui roulaient sous sa peau cuivrée.

Il franchit le seuil et laissa la porte ouverte.

Jessica se précipita à sa suite en fulminant, ferma la porte à double tour et engagea la chaîne de sécurité. Cela ne suffirait sans doute pas à retenir longtemps une personne décidée à entrer, mais c'était une façon comme une autre de se réconforter.

Et du réconfort, elle risquait d'en avoir besoin dans les jours à venir.

Jennifer Burton était en vie, en pleine forme, et de retour à Belmar.

Tandis qu'il composait le numéro de Mitch, Taylor se demanda comment son supérieur allait prendre la nouvelle. Pour sa part, il devait s'avouer déçu. Non parce qu'il aurait préféré qu'elle soit morte, évidemment, mais plutôt parce qu'il ne la croyait pas assez stupide pour revenir à Belmar. Après tout, c'était le fief de Taylor, l'endroit où elle était considérée comme sa propriété privée.

Mitch savait que son chef n'était pas du genre à laisser partir une femme, sauf s'il avait envie qu'elle parte. Et de plus, il avait eu une curieuse impression en assistant au treuillage de la voiture de Jennifer, près de Timmons Bridge. Même si la tempête avait effacé toute trace éventuelle d'un autre véhicule, les marques sur le pare-chocs arrière et sur le côté de la voiture de Jennifer semblaient indiquer qu'on avait délibérément cherché à lui faire quitter la route.

La moitié de la ville l'avait crue morte, et Taylor s'était rangé à cet avis. S'il s'était agi de sa femme, Mitch aurait gardé espoir, jusqu'à ce qu'il n'y ait plus rien à quoi se raccrocher. Il aurait personnellement passé au peigne fin chaque centimètre carré du comté à la recherche d'un indice. Il aurait visité tous les hôpitaux, cliniques, cabinets médicaux et foyers pour sans-abri des Etats voisins. Il aurait imprimé des affichettes et proposé une récompense...

Mais Taylor n'avait rien fait de tel. Et pourtant, tout au long de leur séparation, il n'avait cessé de jurer qu'il l'aimait et qu'il voulait qu'elle revienne.

A la troisième sonnerie, Taylor décrocha, la voix ensommeillée.

— J'espère que c'est une urgence.

— Tout dépend du point de vue, j'imagine.

— Hé, Bubba !

S'ensuivit un long bâillement.

— Quoi de neuf ?

Taylor le surnommait ainsi depuis l'enfance, quand il était venu vivre chez sa grand-mère, juste en face de chez les Burton. Ils avaient neuf ans tous les deux, et ils avaient commencé par être ennemis. Après que Mitch, plus petit de sept centimètres, et pesant cinq kilos de moins, eut mit une raclée à Taylor, ils étaient devenus les meilleurs amis du monde. Avec le temps, leurs liens s'étaient toutefois distendus. Après l'université, Taylor était rentré à Belmar, tandis que Mitch acceptait un emploi à Atlanta. Et puis, les circonstances de la vie l'avaient ramené lui aussi dans leur ville natale.

Ignorant la méthode que les règles du savoir-vivre préconisaient pour annoncer à quelqu'un que l'être aimé n'était pas mort, il se jeta à l'eau.

— Jennifer est rentrée chez elle ce soir.

Il y eut un étrange silence à l'autre bout du fil, et Mitch regretta de ne pas pouvoir voir l'expression de Taylor. La plupart des gens n'étaient pas aussi doués qu'ils le croyaient pour dissimuler leurs sentiments, et il n'avait besoin que d'un battement de paupières ou un frémissement au coin de la lèvre pour savoir ce que son interlocuteur cherchait à cacher.

— Alors comme ça, elle est vivante…

Taylor semblait parfaitement réveillé, maintenant, et sa voix était calme. Pensive.

— Comment va-t-elle ? De quoi a-t-elle l'air ?

— Bien.

Mitch grimaça un sourire dépourvu d'humour. Elle avait l'air beaucoup mieux que simplement bien. Jennifer Burton était une femme ravissante. Cheveux blonds, yeux bleus, un adorable petit nez retroussé, une bouche faite pour les baisers, une silhouette fine mais avec assez de rondeurs pour satisfaire un homme…

— Elle a expliqué où elle se trouvait pendant tout ce temps ?

Mitch lui répéta ce que Jennifer lui avait dit.

— Chez sa sœur, hein ?

Mitch savait que Taylor n'avait jamais rencontré la

sœur aînée de Jennifer et ne l'avait jamais souhaité. La vie de Jennifer était avec lui à Belmar, et il ne voulait rien savoir de son passé, avait-il décrété.

Comme si on pouvait rayer sa famille de ses pensées parce que quelqu'un vous le demandait !

Mitch n'avait pas été élevé avec ses frères, mais il avait toujours des contacts réguliers avec eux.

— Elle est seule ?

— Apparemment.

Mais les bruits de fond et les murmures d'une femme qui venait de se réveiller prouvaient que Taylor, lui, ne l'était pas.

Mitch n'en fut pas surpris. Lorsque Taylor avait mentionné son mariage lors d'une conversation téléphonique, six mois après les faits, il s'était amusé à parier sur la durée de sa fidélité.

— Merci d'avoir appelé, vieux.

— Tu vas aller la voir ?

— J'ai attendu trois semaines. Ce n'est pas une nuit de plus qui changera quoi que ce soit. Je lui rendrai visite demain.

Mitch raccrocha. Taylor ne cesserait décidément jamais de l'étonner. Et, malgré leur amitié de vingt ans, il y avait chez lui de plus en plus de choses qui lui déplaisaient.

Au cours de la première semaine qui avait suivi l'ouragan, Taylor avait offert l'image même du mari éploré, surtout après que Billy Starrett eut localisé la voiture de Jennifer. Même ses pires ennemis, c'est-à-dire une bonne moitié de la ville, avaient été peinés pour lui. Trois semaines plus tard, sa femme adorée rejoignait par miracle le monde des vivants, et il ne se donnait pas la peine de quitter son lit — et accessoirement sa conquête du moment — pour aller la voir.

Mitch rangea son arme de service dans le tiroir de la

table de chevet située à droite de son lit et se dirigea vers la cuisine pour prendre une bouteille d'eau. En appui contre un comptoir identique à celui de l'appartement voisin, il observa la pièce d'un regard absent.

C'était une chambre de motel standard divisée en salon, coin repas et cuisine américaine. La pièce voisine avait conservé sa fonction de chambre avec salle de bains. Le revêtement de sol bon marché du motel avait été remplacé par une moquette de bonne qualité, et les murs avaient été peints en blanc. C'était ennuyeux mais propre, tout fonctionnait, et c'était un petit palais comparé à certains endroits où il avait dû vivre.

Mais Jennifer Burton ne devait pas voir les choses du même œil. En comparaison avec la maison que possédait Taylor à Beachcomber Drive, la dégringolade sociale était impressionnante. Et, pour une femme matérialiste comme elle, ça n'était sans doute pas évident.

Elle lui coûtait cher, aimait à répéter Taylor, et c'était à se demander où il trouvait les moyens d'assurer son train de vie.

Il gagnait soixante-deux mille dollars par an, et payait ses officiers moins d'un tiers de cette somme. Et pourtant, il habitait un manoir niché dans un parc de quatre mille mètres carrés, dans le meilleur quartier de la ville. Il conduisait un Hummer acheté neuf, possédait un bateau, allait régulièrement skier dans le Colorado, s'offrait une croisière tous les étés, et écumait les casinos de Las Vegas trois fois par an. Sa femme portait des vêtements de créateurs, possédait assez de bijoux pour ouvrir une boutique, et son cabriolet avait moins de cinq cents kilomètres au compteur quand il avait fini dans la rivière.

Quelque chose ne tournait pas rond à Belmar, et il avait bien l'intention d'élucider ce mystère.

Après avoir terminé son verre d'eau, il retourna dans la chambre. Il avait loué des meubles quand il s'était installé, et les avait choisis simples et fonctionnels. Les draps étaient blancs, le couvre-lit beige. Les seuls objets qui lui appartenaient étaient son pistolet, sa montre et son ordinateur portable.

Il entendit du bruit dans l'appartement voisin, et tourna la tête vers l'ancienne porte de communication qui avait curieusement survécu à la rénovation. La chambre de Jennifer se trouvait derrière la porte. Sa salle de bains jouxtait la sienne et, avant l'ouragan, il lui arrivait souvent d'entendre couler sa douche quand il était sous la sienne.

Il fantasmait parfois, mais pas souvent. C'était une femme mariée. Qui plus est mariée à son patron et plus vieil ami.

Cela signifiait quelque chose pour lui, même si cela n'avait pas l'air de compter pour Taylor.

Il se glissa entre les draps, éteignit la lumière et ferma les yeux en soupirant.

Le ronronnement d'un moteur parfaitement réglé réveilla Jessica le mercredi matin.

Elle cilla, perplexe, et il lui fallut quelques instants pour se rappeler où elle était. Pour elle, les voitures n'étaient qu'un moyen de transport, mais le propriétaire de celle-ci devait être très fier du feulement qu'elle produisait, caractéristique des voitures de sport.

Il devait s'agir de son voisin, Mitch Lassiter, se fit-elle la réflexion.

La perspective de le voir ne fut pas ce qui l'arracha du lit pour courir à la fenêtre. Elle voulait seulement s'assurer qu'il faisait jour dehors. Dans le cas contraire, ce vacarme était assimilable à du tapage nocturne.

Elle écarta les rideaux d'un centimètre ou à peine plus et jeta un œil dans l'ouverture.

La voiture était une ancienne Mustang cabriolet bleu nuit. C'était la meilleure description qu'elle pouvait en offrir. Son propriétaire était bien le voisin, occupé à bricoler quelque chose sous le capot. Vêtu de noir de la tête aux pieds, son arme glissé dans un holster fixé à sa ceinture, il était dangereusement séduisant. Si on lui avait demandé de le décrire en deux mots, elle aurait dit : ténébreux et létal.

Il se redressa, s'essuya les mains dans un chiffon, et rabattit le capot. Soudain, il regarda par-dessus son épaule droite. Elle laissa retomber le rideau et recula, le visage empourpré, comme si elle venait d'être surprise en train de l'espionner. Ce n'était pas tout à fait faux, mais les risques qu'il le sache étaient minimes.

Frissonnant dans la froideur du matin, elle attrapa son peignoir, régla le thermostat du chauffage central et se dirigea vers la salle de bains. Lorsqu'elle en émergea une demi-heure plus tard, douchée et shampooinée, il n'y avait plus aucun bruit sur le parking.

A quoi servait de se prétendre la plus courageuse quand l'officier Lassiter était capable de l'intimider par sa seule présence ? Et encore, ce n'était pas lui le vrai danger. D'après Jen, c'était Taylor qui menait la danse, avec une façon très personnelle d'appliquer la loi — et de la contourner. Tous les autres, y compris Mitch, se contentaient d'exécuter ses ordres.

Pourtant, il n'avait pas l'air d'un suiveur.

Dans la cuisine, elle fouilla le sac de victuailles à la recherche de quelque chose pour calmer son estomac. Le choix était limité : des chips, du pop-corn, des biscuits et des barres chocolatées — c'était l'idée qu'elle se faisait des aliments de première nécessité. Elle se décida pour du pop-corn, qu'elle accompagna de soda sans sucre.

Aujourd'hui, elle allait devoir affronter Taylor.

Si elle avait le choix, elle ferait tout pour l'éviter, mais il y avait peu de chances qu'il la laisser aller et venir à sa guise dans son fief après une absence de trois semaines. Belmar était une petite ville. Dès qu'elle passerait la porte, les ragots iraient bon train. Les gens guetteraient la réaction de Taylor et il ne les décevrait pas.

D'après Jen, Taylor prenait son petit déjeuner tous les matins dans une cafétéria en face du poste de police. Une partie de ses officiers se joignait à lui — ceux qui étaient corrompus, évidemment. Sa jumelle pensait qu'il s'agissait d'une démonstration de force à l'attention des autres clients. C'était une façon de leur faire comprendre qu'ils se serreraient les coudes, qu'ils étaient aux commandes et qu'aucun des habitants de Belmar ne pouvait y changer quoi que ce soit.

Une cafétéria n'était pas un plus mauvais endroit qu'un autre pour faire connaissance avec son beau-frère — ou plutôt, avec son « mari » dont elle était séparée. Quoi de plus sûr qu'un endroit public ?

Elle choisit une jupe et un chemisier dans la penderie. Les étiquettes signalaient des marques connues, le tissu et la coupe étaient d'excellente qualité, mais le style était beaucoup trop austère pour son goût.

— Oh ! Jen, dit-elle dans un soupir, tandis qu'elle observait son reflet dans le miroir. Qu'a-t-il fait de ton sens de la mode ?

Elle se maquilla d'une main légère — *Taylor aimait qu'une femme ait une apparence naturelle* —, s'enveloppa d'un nuage de coûteux parfum français, prit son sac et quitta l'appartement. Avec cette tenue, elle se sentait plus que jamais dans la peau d'un imposteur.

La journée était ensoleillée, et déjà la chaleur et d'humidité étaient oppressantes. Elle roula jusqu'au centre-ville et trouva une place de stationnement à proximité de la cafétéria.

Tournant vers elle le rétroviseur central, elle vérifia son maquillage, prit une grande inspiration pour se donner du courage, et sortit de la voiture.

En poussant la porte de la cafétéria, elle vit que la salle était pleine, mais repérer Taylor ne fut pas difficile. Ses subordonnés et lui occupaient la plus grande table et faisaient le plus de bruit.

Tout au moins jusqu'à ce qu'ils prennent conscience de sa présence.

Un silence anxieux s'abattit sur la salle tandis que Taylor se levait.

Il était en tout point tel que Jen l'avait décrit : blond, bronzé, les yeux bleus, une fossette au menton, et le nez légèrement dévié par une ancienne fracture. Il avait un beau corps, mais pas aussi troublant que celui de l'officier Lassiter, lui souffla un petit démon dans sa tête.

Il avait l'air fort, compétent, autoritaire… Bref, le genre d'homme dont la fragile Jen avait toujours recherché la protection. Quel dommage qu'elle n'ait pas su voir au-delà des apparences !

Quand il souriait, les femmes devaient probablement en avoir le souffle coupé. Mais il ne souriait pas pour le moment. Il se contentait de la fixer, ne montrant ni surprise ni aucune sorte d'émotion. Bien sûr, il avait eu presque sept heures pour s'habituer à l'idée qu'elle était de retour, et ce grâce à son encombrant voisin.

Et, justement, Mitch était assis à la gauche de Taylor. A l'inverse de toutes les personnes présentes, qui regardaient tour à tour elle et Taylor, il gardait les yeux fixés sur son chef, comme s'il avait le pouvoir de lire dans les pensées.

C'était pour le moins étrange, mais elle avait pour le moment d'autres problèmes à résoudre.

Que devait-elle faire ? Saluer Taylor ? Le snober ? S'installer à sa table et voir s'il allait renvoyer les autres ? S'asseoir ailleurs et attendre qu'il la rejoigne ?

Il vint à elle avant qu'elle ait eu le temps de se décider, s'arrêtant trop près, mais elle ne flancha pas.

— Jennifer, comme c'est aimable à toi de revenir.

Son expression était neutre, sa voix très douce, mais elle devinait qu'il fulminait. Elle n'avait pas besoin de le connaître pour le savoir.

— Taylor…

Se doigts la démangeait de le frapper. Elle avait envie de lui faire du mal, de lui faire payer tout ce qu'il avait fait à Jen.

C'était la raison de sa présence. Elle était là pour le faire payer, et elle ne devait jamais l'oublier.

— Tu avais l'intention de me faire savoir que tu étais rentrée ?

— Tu le savais. Mon aimable voisin te l'a dit, n'est-ce pas ? Mais, même s'il ne l'avait pas fait, j'aurais fini par t'appeler… Un jour ou l'autre.

Il esquissa un sourire et soudain, sa voix se fit murmure glacial.

— Ce n'était pas très gentil de nous faire croire que tu étais morte.

— Je suis désolée. Je me préoccupais davantage de soigner mes blessures que de ce que pouvaient penser les gens d'ici.

Un muscle joua dans la mâchoire de Taylor. Son regard s'étrécit.

— Tu as emporté des choses qui m'appartenaient. Je veux que tu me les rendes.

Quand elle était entrée dans le bar, la température était légèrement plus fraîche qu'à l'extérieur. A présent, elle avait l'impression d'affronter un hiver polaire.

Les preuves rassemblées par Jen — qu'elles se présentent sous forme de papiers, CD, clé USB, photographies — n'étaient pas pour lui un motif d'inquiétude tant qu'il pensait qu'elles avaient disparu avec elle.

Mais si Jen avait survécu, la menace contre lui persistait. Et cela le rendait plus dangereux encore pour Jessica.

— Je ne sais pas de quoi tu parles, rétorqua-t-elle avec un détachement qu'elle était loin de ressentir. Et maintenant, j'aimerais bien déjeuner.

Avec un petit signe de tête poli, elle le contourna et marcha jusqu'à une place libre.

Taylor resta un moment immobile, à l'observer. Puis il eut un claquement de doigts à l'intention de ses hommes. Tout le monde bondit sur ses pieds, sauf Mitch, qui se leva avec un temps de retard et une lenteur étudiée.

Quand il arriva à la hauteur de Taylor, celui-ci l'arrêta et lui murmura quelque chose, puis il suivit son équipe à l'extérieur.

Mitch se rassit et termina son café en affichant une mine contrariée.

Les mains tremblantes et le cœur battant à tout rompre, Jessica commanda le menu spécial et vida un verre d'eau. Elle sentait le chlore, mais elle lui laissa quand même un meilleur goût dans la bouche que sa rencontre avec Taylor.

Jen l'avait prévenue que ce serait dangereux de venir ici, que Taylor l'éliminerait dès qu'il en aurait l'occasion. Après cette brève rencontre, Jessica n'en doutait pas un instant.

Taylor Burton était un homme très en colère. Sa carrière, sa liberté et sa vie étaient en jeu. Si pour se protéger il devait tuer celle qu'il croyait être sa femme, cela ne l'empêcherait pas un seul instant de dormir.

Mais avant cela, il devait récupérer ce que Jen avait pris.

Un groupe de clients sortit et un autre entra. Il s'agissait d'hommes âgés dont les tenues — jeans usés, chemises à carreaux délavés et casquettes publicitaires pour certains — indiquaient qu'ils ne roulaient pas sur l'or.

Ils se dirigèrent automatiquement vers la grande table, et s'arrêtèrent net quand ils virent qu'elle était occupée. L'un d'eux interpella la serveuse la plus proche.

— Il est passé 9 heures, grommela-t-il. C'est notre table depuis vingt ans. D'habitude, ils la libèrent à 9 heures.

La serveuse tourna la tête du côté de Mitch, qui ignorait tout le monde et ne faisait pas mine de partir, haussa les épaules d'un geste impuissant et se dirigea vers la cuisine.

Tandis que les hommes se plaignaient entre eux, d'une manière peu discrète, Jessica se leva et s'avança vers la table.

— Je suppose qu'on vous a demandé de me surveiller ?

Mitch étudia son café un moment, avant de croiser son regard avec une hostilité non dissimulée. Ce fut sa seule réponse.

— Je m'en doutais. Pourquoi ne venez-vous pas vous asseoir avec moi ? Comme cela, vous serez aux premières loges, et ces messieurs pourront avoir leur table.

Sans attendre sa réponse, elle retourna s'asseoir, et entama le petit déjeuner qui lui avait été servi en son absence.

Il se leva lentement, déposa sur la table ce qui ressemblait à un billet de vingt dollars et vint dans sa direction.

Personne d'autre dans le groupe n'avait payé, s'avisa-t-elle. Ils avaient mangé jusqu'à la dernière miette, et s'en étaient allés sans même laisser vingt-cinq cents de pourboire. Se nourrir gratuitement et être servi avec le sourire, cela faisait partie des avantages du métier, se vantait Taylor sans vergogne.

Seigneur, Jen lui en avait tant raconté à son sujet qu'elle avait l'impression de connaître personnellement cet infâme personnage !

Un moment après, l'air se chargea d'électricité quand Mitch s'assit en face d'elle.

— Surveiller la femme de votre patron, en voilà une occupation passionnante, officier Lassiter ! lança-t-elle avec ironie. Je suis sûre que c'est ce à quoi vous aspiriez en entrant dans la police.

— Ex-femme, corrigea-t-il.

Elle esquissa un sourire amer. Si l'ouragan n'avait pas contrecarré les projets de Jen, les papiers du divorce auraient été déposés, et Taylor ferait aujourd'hui l'objet de poursuites criminelles.

— Voulez-vous mon emploi du temps pour la journée ? demanda-t-elle avec une amabilité exagérée. En sortant d'ici, je vais aller à la banque. Cela devrait me prendre dix minutes. Ensuite, je m'arrêterai à la poste environ cinq minutes, cela dépendra de la file d'attente. Puis ce sera au tour de l'épicerie. J'ai vidé le réfrigérateur avant la tempête, et j'ai besoin de reconstituer mes stocks. Mais je ne serais pas surprise que vous le sachiez déjà.

Elle observa son visage et vit sa mâchoire se crisper.

— Non, vraiment, je ne serais pas du tout surprise qu'une équipe d'enquêteurs ait fouillé mon appartement durant ces trois semaines pour chercher… je ne sais quoi.

2

Le café de Mitch avait refroidi depuis longtemps, et il cessa de faire semblant de s'y intéresser.

Il ne savait pas ce qui l'exaspérait le plus entre le rôle de baby-sitter qu'on l'obligeait à jouer, le ton méprisant de Jennifer ou sa façon de sous-entendre qu'il avait fait quelque chose de mal en vérifiant son appartement.

— Vous ne répondez pas ? demanda-t-elle d'un ton perfide.

Elle avait l'air de ne pas en attendre moins de lui.

— Que dit Taylor, déjà ? « N'avouez rien, niez tout. »

Oui, il était allé chez elle.

Il avait pris la clé chez le gardien, et il avait fouillé les lieux. Mais c'était la procédure en cas de disparition. Taylor l'avait retrouvé sur place, et ils avaient regardé dans ses placards, ses tiroirs…

Taylor avait fait une liste des choses qui manquaient : des vêtements, du maquillage, des photos… puis il lui avait demandé de sortir, en prétextant qu'il voulait passer du temps seul dans l'appartement.

Et Mitch était parti. Même s'ils étaient séparés depuis quelques mois, Jennifer était toujours la femme de Taylor. Depuis le début, il avait redouté le pire, et sa surprise n'en avait été que plus grande de découvrir que Jennifer était toujours en vie.

Il l'observa, sans faire d'efforts pour s'en cacher.

Comme toujours, elle était ravissante, mais il la préférait dans son jean ajusté et son débardeur moulant de la veille. Il y avait quelque chose de trop réservé dans sa jupe aux genoux et son sobre chemisier.

Mais, étant donné qu'elle était toujours mariée, ce n'était peut-être pas plus mal qu'elle ait l'air réservé. Et il était tout à fait déplacé de sa part de penser qu'elle devrait montrer plus de jambes, plus de peau en général, ou ne porter que des vêtements moulants.

Il serait plus inspiré de s'interdire de penser à elle en tant que femme.

— Vous n'avez rien de passionnant à dire à propos de votre travail, n'est-ce pas ? insista-t-elle, en prenant visiblement plaisir à retourner le couteau dans la plaie. Essayons autre chose. D'où venez-vous ? Il est évident que vous n'êtes pas du coin.

— Evident, dites-vous ? J'ai vécu à Belmar depuis mes neuf ans, et jusqu'à mon départ pour l'université.

Elle haussa les épaules, mais il crut l'avoir vue rougir légèrement.

— Taylor dit aux gens ce qu'il a envie de leur faire savoir, et quand il le veut. Tout ce qu'il m'a dit sur vous, c'est : « Bubba et moi, ça remonte à longtemps. » Dans sa bouche, cela peut vouloir dire six mois ou vingt ans.

— Vingt-quatre ans, pour être exact.

Néanmoins, la description de Taylor était parfaitement juste, pensa-t-il. N'avait-il pas discuté avec lui cinq ou six fois après son mariage, avant de l'en informer ? Et même là, il s'était montré avare de détails. « Jennifer Randall. De Californie. Tu ne la connais pas. »

Au cours des deux années qui avaient suivi, il n'en avait pas dit beaucoup plus : ils s'étaient rencontrés au cours d'une croisière ; elle était institutrice ; elle avait une sœur aînée ; elle n'était pas très bonne cuisinière.

Au poker comme dans la vie, Taylor ne dévoilait jamais son jeu.

— Votre famille vit-elle toujours ici ?

— Cela n'a jamais été le cas. J'ai été élevé par ma grand-mère. Elle est morte quand j'étais à l'université.

— Je suis désolée, dit-elle.

Curieusement, elle avait l'air sincère.

— Où vit votre famille ?

— Ma mère dans le Colorado, mes frères en Géorgie.

— Et votre père ?

— Il est mort quand j'avais neuf ans.

La pension alimentaire que recevait sa mère avait cessé d'être versée, et elle l'avait envoyé vivre chez sa propre mère.

Présenté ainsi, cela ressemblait affreusement à un abandon, mais il ne l'avait pas vécu de cette façon. Il adorait sa grand-mère, et il avait été très heureux chez elle.

— Donc, vous êtes venu ici, mais pas vos frères. Vous étiez un enfant difficile ?

Il grimaça un sourire.

— J'étais un enfant illégitime. Mon père était marié, et avait trois fils. Il ne m'a jamais reconnu, et sa première famille ignorait mon existence. Après sa mort, Sara est tombée sur des relevés bancaires où figurait la pension qu'il versait à ma mère. Elle a voulu faire ma connaissance et m'a permis de passer du temps avec mes frères. Elle me traitait davantage comme un fils que ne le faisait ma propre mère. Elle m'a même demandé de venir vivre avec eux, mais j'ai préféré aller chez ma grand-mère.

— Je suis désolée, dit de nouveau Jennifer.

Il s'aperçut alors qu'il lui avait confié des choses qu'il n'avait jamais dites à Taylor.

— Pourquoi êtes-vous revenu ?

Il lui retourna la question.

— Et vous ? La moitié de la ville pariait que l'ouragan vous fournirait l'occasion dont vous rêviez pour quitter Belmar et Taylor une bonne fois pour toutes.

— Et qu'en pensiez-vous ?

— Rien du tout. Franchement, ça m'était égal.

En réalité, il s'était posé une foule de questions.

Il s'était dit que ce serait un véritable gâchis si elle était morte. Il avait espéré qu'elle serait assez intelligente pour ne pas revenir si elle avait réussi à s'en sortir. Il avait pensé qu'elle méritait mieux que Taylor.

— Vous n'avez pas répondu, lui rappela-t-il. Pourquoi êtes-vous revenue ?

— J'avais quelque chose à régler ici.

Cela ne pouvait être qu'avec Taylor. Mais qu'avait-elle en tête ?

Divorcer ? Se réconcilier avec lui ? Se venger ?

La vengeance, c'était plutôt le genre de Taylor. Les gens qui étaient sous sa coupe ne partaient pas s'il en avait décidé autrement. S'il apprenait par exemple qu'un officier voulait quitter le service, il le licenciait et faisait en sorte qu'il ne retrouve jamais aucun emploi dans la police. Il n'avait pas dû apprécier que Jennifer le quitte et ferait probablement tout pour la récupérer, dans le seul but de la quitter à son tour.

— Vous auriez dû rester en Californie avec votre sœur, dit-il, sans y mettre d'intonation particulière.

— C'est une menace, officier Lassiter ?

Il soutint son regard.

— Vous insultez mon honneur de policier. Mon rôle est de protéger les gens, pas de les menacer.

Le ricanement de Jennifer le renseigna sur ce qu'elle en pensait. Après deux mois passés au département de police de Belmar — et il comptait les jours avec la constance d'un prisonnier attendant sa libération —, il devait hélas se ranger à son avis.

Quand on était aussi mal payé, il fallait bien qu'il y ait des compensations, se plaisait à répéter Billy Starrett.

Il suivit Jennifer jusqu'au comptoir, où elle paya son addition, puis sur le trottoir. Il était garé presque devant la porte, elle un peu plus haut dans la rue.

Elle fit quelques pas et se retourna.

— Rappelez-vous : la banque, la poste, l'épicerie.

Elle lui adressa un petit signe de main agrémenté d'une mimique narquoise, et reprit son chemin.

Mitch jura entre ses dents. Il avait des choses autrement plus importantes à faire que de surveiller la femme du chef. Mais, comparé à tout ce qui se passait dans ce service, ce n'était pas encore le plus inquiétant.

Il monta dans sa voiture de patrouille, régla la climatisation au maximum et attacha sa ceinture de sécurité.

A ses débuts dans la police, il avait passé tant de temps à sillonner les rues que cet aspect de la fonction lui sortait par les yeux. Mais il était encore mieux là que dans les bureaux, où régnait une ambiance détestable.

Il y avait trois banques en ville, mais il n'eut pas à deviner où se rendrait Jennifer. Elle klaxonna en arrivant à sa hauteur, puis roula au pas pour lui laisser le temps de quitter son stationnement et de la suivre.

Mitch se mit en route avec un soupir.

Elle se prêtait à cette filature de trop bonne grâce pour mijoter quelque chose, et la journée promettait d'être ennuyeuse à mourir.

Elle poussa la porte de la banque et y passa onze minutes. Il lui en fallut six pour entrer dans la poste et en sortir avec une volumineuse pile de courrier. Son arrêt suivant fut la supérette, située non loin de la résidence Bellevue. Il se gara derrière elle, et la regarda entrer.

Dix minutes s'écoulèrent, puis quinze…

Le moteur tournait pour maintenir la climatisation, mais la température à l'intérieur de la voiture était en constante augmentation. En septembre, il faisait toujours chaud et humide dans le sud du Mississippi, mais cette matinée semblait battre tous les records.

Peut-être était-ce dû à l'ouragan Leo qui musardait dans le golfe, semblant hésiter sur la direction à prendre. Peut-être était-ce cette mission particulière… ou le métier dans son ensemble.

Se sentant désœuvré, il appela le central et demanda à Megan de vérifier l'immatriculation de la voiture de Jennifer qui, sans surprise, appartenait à une société de location.

Comme il lui demandait d'appeler la compagnie pour savoir qui l'avait louée, Megan s'adressa à quelqu'un dans le bureau avant de lui répondre, et il reconnut la voix qu'il avait entendue la nuit dernière chez Taylor, en fond de conversation.

Ainsi, Megan avait une aventure avec le chef ! Ce n'était pas mal pour la sécurité de l'emploi… jusqu'à ce qu'elle fasse quelque chose qui le contrarie, ou qu'il jette son dévolu sur une autre.

Megan le rappela quelques minutes plus tard sur son portable.

— La voiture a été louée par une certaine Jessica Randall, domiciliée à Los Angeles. Tu crois qu'elle est parente avec la femme de Taylor ?

Seul dans sa voiture, Mitch leva les yeux au ciel.

— A ton avis ? demanda-t-il, sarcastique.

— Je sais qu'elle est revenue. Qu'est-ce qu'elle veut, à ton avis ? Où était-elle ? Que faisait-elle ?

Officiellement, Megan gérait le centre d'appels du poste de police. Officieusement, elle était la commère de service.

— Tu n'auras qu'à demander à Taylor. Merci pour l'information.

Mitch mettait fin à l'appel quand une vision de cheveux blonds, peau dorée et vêtements austères lui apparut. Jennifer sortait de la supérette, avec un minuscule sac en papier à la main, et se dirigeait vers lui.

Il baissa la vitre à son approche.

— Pourquoi votre voiture est-elle louée au nom de votre sœur ?

Des lunettes de soleil couvraient les yeux de Jennifer, masquant son expression. Lui aussi en portait, mais elle n'aurait pas pu savoir ce qu'il pensait, même en le scrutant dans le blanc des yeux.

— Que vous faut-il pour louer une voiture, monsieur l'agent ? demanda-t-elle d'un ton patient d'institutrice expliquant quelque chose à un enfant.

— Un permis de conduire, et une carte de crédit.

— Et qu'avez-vous trouvé dans ma voiture, outre deux valises, quelques bijoux, du maquillage et autres broutilles ?

Son sac, avec son permis de conduire et sa carte de crédit.

Il afficha une moue contrite qui arracha un petit rire à Jennifer.

— Prenez ça, dit-elle en lui tendant le sac en papier. J'ai vu que cela allait me prendre un moment, et que vous risquiez de mourir de chaud.

Mitch regarda à l'intérieur et resta bouche bée en découvrant une bouteille d'eau glacée et un esquimau.

Il ne se laissait pas facilement surprendre, mais elle

était la dernière personne qu'il aurait crue capable d'une telle attention.

— Je… merci.

Elle lui adressa un sourire éblouissant.

— Je fais aussi vite que possible.

Elle ondula vers le magasin, ses longues jambes faisant de longues et gracieuses enjambées, ses hanches roulant en cadence.

Avait-il jamais vu Jennifer Burton *onduler* des hanches ?

Avait-il jamais observé Jennifer Burton d'aussi près ?

Seigneur, il avait besoin de faire une pause. Besoin d'un rendez-vous. Besoin d'une femme.

N'importe quelle femme ferait l'affaire, pourvu qu'elle lui fasse oublier celle de son supérieur.

Jessica chargea dans le coffre de sa voiture de location plus de nourriture et d'articles de droguerie qu'elle ne pourrait en utiliser, se mit au volant, et vérifia dans le rétroviseur que Mitch était prêt à la suivre.

Il avait finalement coupé la climatisation et baissé la vitre, et il avait l'air de souffrir le martyre.

Son portable vibra dans sa poche, et elle prit l'appel.

— Comment ça se passe ? demanda Jen.

— J'ai rencontré Taylor ce matin, et c'est un véritable crétin.

— Je le trouvais incroyable quand nous nous sommes rencontrés. Il était si beau, si charmant et adorable…

Elle soupira.

— J'étais loin de m'imaginer qui il était vraiment.

— J'ai aussi rencontré la personne qui loue à côté…

— Mme Foster ? Elle est terriblement envahissante — oh, tu veux dire Mitch Lassiter ?

Qui était tout aussi envahissant, songea Jessica, en jetant un coup d'œil dans le rétroviseur.

— Tu sais que tu ne peux pas lui faire confiance.

— Comme si j'avais besoin que tu me le rappelles !

Hormis le fait qu'il était un flic corrompu et l'ami de Taylor, Mitch Lassiter était le genre d'homme dont toute femme sensée devait se méfier. Etre à ce point beau et sexy n'aurait tout simplement pas dû être permis.

— Tu as un plan ?

Jessica ricana.

— Oui, me dépêcher de rentrer avant que les surgelés ne fondent, et laisser l'officier Lassiter rôtir sur le parking.

— Taylor lui a demandé de te surveiller ?

— Exactement.

Jessica s'engagea dans la cour de la résidence Bellevue, et fit lentement le tour du bâtiment.

— Tu ne pourras fouiller nulle part s'il te surveille.

— Je peux commencer par l'appartement, même si je suis quasi certaine que Taylor et lui ont déjà tout vérifié. Ecoute, je viens d'arriver. Il est en train de s'arrêter derrière moi. On se rappelle plus tard.

Elle raccrocha et sortit avant que Mitch ait eu le temps de couper le moteur. Elle ouvrit d'abord la porte de l'appartement, non sans un mouvement de recul après avoir touché la poignée métallique brûlante, et fit un premier voyage avec une série de sacs, qu'elle déposa sur le comptoir de la cuisine.

Lorsqu'elle se tourna, il lui bloquait le passage, le reste de ses achats rassemblés dans ses bras puissants.

Surprise, elle recula jusqu'à heurter le réfrigérateur, et songea qu'elle ferait bien de se tenir un peu plus sur ses gardes si elle ne voulait pas avoir des ennuis.

Quand il posa les sacs et recula jusqu'à la table, elle respira plus librement.

— Merci.

Pour l'avoir aidée ? Ou pour lui avoir laissé de l'espace ?

Il haussa les épaules comme si, ni son geste, ni les remerciements de Jessica n'avaient d'importance.

— Dites à votre chef que j'ai l'intention de passer le reste de la journée à la maison, comme ça, vous serez libre de faire votre vrai travail.

Quelque chose s'alluma dans ses yeux — de l'agacement, peut-être ? Contre elle parce qu'elle se montrait trop ironique, ou contre Taylor pour lui avoir assigné une tâche aussi assommante ?

— Je ne pense pas qu'il soit prêt à vous croire sur parole.

— Bon, mais s'il vous oblige à rester, que ce soit au moins à l'intérieur. Ce serait trop bête de mourir d'une insolation.

Jessica ne savait pas d'où avait jailli cette idée. Passer du temps en sa compagnie était la dernière chose dont elle avait envie.

Il l'observa avec insistance, comme s'il cherchait à lire dans ses pensées la raison d'une telle invitation. Et soudain, il tourna la tête.

— La chaleur ne va pas me tuer, marmonna-t-il, avant de quitter l'appartement.

Et cette fois, il ferma la porte.

Elle alla à la fenêtre et le vit prendre appui contre un jeune arbre — à peine assez grand pour supporter son poids, et n'offrant qu'une ombre modeste — et porter son téléphone à l'oreille, probablement pour appeler Taylor.

Voilà assurément une conversation qu'elle aurait aimé espionner.

*
* *

Jessica était toujours à son poste d'observation, plusieurs minutes après que Mitch eut raccroché, quand une autre voiture de police s'engagea sur le parking. Elle s'arrêta derrière sa voiture de location, et Mitch s'avança pour parler au conducteur. Puis il monta dans sa propre voiture, et s'en alla.

Le nouveau venu prit sa place. Il avait l'air d'avoir dix-huit ans, mais il était probablement plus âgé. Il se trouvait avec Taylor à la cafétéria, ce qui voulait dire qu'il ne fallait pas lui faire confiance.

Elle ferma la porte à double tour, tira les rideaux et retourna dans la cuisine. A part quelques plats surgelés, elle avait surtout acheté des choses à grignoter réputées malsaines. Heureusement, Jen et elle avaient un bon métabolisme, qui leur permettait de manger n'importe quoi sans se soucier de leur ligne. Sur la fin, Jen s'était secrètement réjouie que Taylor commence à s'empâter.

Et Mitch ? Surveillait-il son poids ? Ces muscles n'étaient en tout cas pas apparus par enchantement. Mais faisait-il du sport parce qu'il en avait besoin ou simplement parce qu'il aimait ça ?

Quelle importance cela avait-il ? Il était dans le mauvais camp. Elle avait assez critiqué Jen pour s'être amourachée d'un beau visage, et elle était sur le point de faire la même chose.

Laissant échapper un long soupir d'agacement, elle se tourna, les mains sur les hanches, et observa le salon.

Il était temps de commencer à chercher. Elle savait que les hommes de Taylor s'en étaient déjà chargés et n'avaient visiblement rien trouvé. Cela voulait dire trois choses : Jen l'avait extraordinairement bien caché, elle l'avait disposé en évidence ou elle l'avait mis ailleurs…

Regrettant de ne pas pouvoir laisser les rideaux ouverts afin de faire entrer le soleil, elle alluma le plafonnier et découvrit pourquoi les lampes de part et d'autre du canapé ne fonctionnaient pas la veille. Elles avaient été déconnectées de la prise murale — une manie de Jen, qui débranchait tous les appareils avant de quitter la maison, par crainte des incendies.

Avec un sourire, Jessica les rebrancha. Elle fit de même avec la télévision, qu'elle régla sur une chaîne musicale, et se mit au travail.

— Il est là ? demanda Mitch, en passant devant Megan.

Elle hocha la tête sans arrêter de taper sur son clavier. Mitch circula entre les bureaux, passa la salle des interrogatoires, frappa un coup sec à la porte et entra sans y avoir été invité.

Taylor se renversa dans son fauteuil à dossier inclinable, les mains nouées sur l'estomac.

— Et alors ?

Après avoir déplacé une pile de dossiers de l'unique chaise faisant face au bureau, Mitch s'assit, fit son rapport, et conclut :

— Tant qu'elle sait qu'elle est surveillée, elle ne fera rien d'intéressant. Donc, je retourne patrouiller.

— Ça va pour le moment. J'ai Jimmy Ray sur place. Rester en planque dans une voiture est peut-être ce qu'il fait le mieux.

Ce qu'il faisait le mieux, songea Mitch, c'était menacer les gens. Il avait l'air si jeune, si inoffensif, que personne ne se doutait de sa perversité diabolique, jusqu'à ce qu'il soit trop tard. Lui-même ne ferait jamais rien sans que Taylor lui en donne l'ordre. Comme dans une meute de loups, il savait qui était le dominant.

— Mais je veux que tu la surveilles la nuit et les week-ends.

Mitch écarquilla les yeux. Il aurait aimé que ce soit une plaisanterie, mais il avait perdu toute illusion sur son vieil ami depuis déjà quelques semaines.

— Je ne suis pas payé…

— Tu le seras.

L'intonation de Taylor était aussi neutre que l'expression de son visage.

— Tu gardes un œil sur Jennifer pendant ton temps libre, et tu trouveras une jolie augmentation sur ta prochaine feuille de paie.

Mitch grimaça.

— Utiliser l'argent du contribuable à des fins personnelles…

Soutenant le regard de Taylor, il se cala contre son dossier et croisa nonchalamment les jambes.

— Enfin, je suppose que si je trouve quelque chose d'utile, pour un divorce par exemple, j'aurai droit à une prime exceptionnelle.

— Divorcer ne fait pas partie de mes priorités. Mais toi, on dirait que ça te pose un problème de gagner plus d'argent.

— Ça dépend de combien on parle.

— Ce sera suffisant, crois-moi. Garde un œil sur elle, c'est tout ce que je te demande.

— D'accord.

Il était à la porte quand Taylor ajouta d'un ton doucereux :

— J'ai bien dit un œil. Ne t'avise pas de poser la main sur elle.

Mitch ouvrit la porte et regarda par-dessus son épaule.

— Je respecte les liens du mariage.

Il laissa passer un silence et ajouta, les yeux rivés sur Megan :

— Tout le monde ne peut pas en dire autant.

*
* *

De retour à sa voiture, Mitch se demanda ce qui était arrivé à Taylor pour qu'il devienne ainsi. Ses parents étaient toujours ensemble après quarante ans de mariage. Ils passaient l'été en Alaska, l'hiver en Floride du sud, et ils semblaient nager dans le bonheur. Son père était avocat, sa mère femme au foyer et Taylor n'avait jamais manqué de rien. Aujourd'hui, ils faisaient du bénévolat dans des associations caritatives.

Durant leurs études universitaires, Taylor et lui avaient beaucoup en commun. Ils avaient partagé un appartement, suivi les mêmes cours, formé les mêmes projets de carrière… Puis leurs routes avaient divergé. Taylor était rentré à Belmar, tandis que Mitch s'installait à Atlanta, à quelques heures de route de ses frères.

A un moment de son parcours, Taylor avait changé. Il était devenu plus égoïste, moins honnête. Certes, il avait toujours été un peu à la frange de la légalité, et passablement imbu de lui-même, mais il savait ne pas franchir certaines limites. Aujourd'hui, il ne vivait que pour le pouvoir et l'argent, et Mitch ne le reconnaissait plus.

Il roula jusqu'à la limite nord de la ville, où une station-service à l'abandon se dressait face à un relais routier relativement récent. Ce que le propriétaire de la station n'avait pas emporté, les voleurs l'avaient démonté, et les vandales avaient cassé le reste. Tout autour, la végétation était retournée à l'état sauvage, et les mauvaises herbes avaient colonisé les craquelures dans l'asphalte.

Fidèle à sa routine, Mitch recula sa voiture de patrouille dans les hautes herbes, se rendant ainsi invisible depuis la route. Sur ce tronçon, la vitesse passait brusquement de quatre-vingt-dix à cinquante en l'espace de quelques centaines de mètres, et c'était l'endroit idéal pour un contrôle radar.

Mais pour le moment, il avait un appel à passer.

— Calloway, répondit une voix masculine, sur fond de musique bruyante, de bruits de verres entrechoqués et de rires tonitruants.

— Bon sang, il n'est même pas midi et tu écumes déjà les bars ? dit-il sur le ton de la plaisanterie.

— Il est toujours midi quelque part, rétorqua Rick. Et puis, on me paie pour être ici, je suis barman. Et toi, toujours dans le Mississippi ?

— Où veux-tu que je sois d'autre ?

— C'est comment, la vie là-bas, comparé à Atlanta ?

— A mourir d'ennui. Pas un seul criminel à l'horizon.

— Au moins, tu ne risques pas de te faire abattre en pleine rue par un gang.

— Non, le seul qui pourrait me descendre, c'est mon chef, mais uniquement si je me montre trop amical avec sa femme.

— Elle vaut la peine de se faire tirer dessus ?

— Ça pourrait être le cas, si elle n'était pas mariée.

Cette réplique lui valut un bougonnement de la part de Rick. Contrairement à leur père, qui ignorait le sens du mot fidélité, les frères Calloway ne plaisantaient pas avec les liens du mariage. Tout comme Mitch, d'ailleurs.

— Et, en dehors du fait que ton boss est un peu possessif avec sa femme, comment ça se passe ?

— Bien. Il m'a proposé une augmentation pour que je garde un œil sur elle.

— Il ne peut pas le faire lui-même ?

— Ils sont séparés. Elle a disparu pendant l'ouragan, il pensait qu'elle était morte et, maintenant qu'elle est de retour, il veut tout savoir de ses faits et gestes.

— Il n'a qu'à engager un détective privé spécialisé dans les divorces.

— Alors que la Ville peut me payer pour le faire ?

Mitch grommela en voyant passer une voiture à toute allure. Le plus jeune fils du pharmacien était au volant, et il roulait au moins à quarante kilomètres au-dessus de la limite autorisée. Le sale gosse avait de la chance que son père soit dans les petits papiers de Taylor.

— Ce qui est curieux, continua-t-il, c'est que Taylor ne semble pas préoccupé par un éventuel divorce.

Mitch savait qu'il n'avait pas signé de contrat prénuptial. Il possédait beaucoup de biens, dont la plupart n'avaient pu être financés par son seul salaire, et pourtant, il semblait se moquer d'en abandonner la moitié à Jennifer.

A moins qu'il ait quelque chose contre elle qui pourrait la contraindre à mettre fin à ce mariage sans aucune compensation...

A première vue, c'était peu vraisemblable. Que Taylor ait des choses à se reprocher et puisse faire l'objet d'un chantage ? Sans aucun doute. Jennifer ? Non, impossible !

— Il a peut-être l'intention de la reconquérir, suggéra Rick.

— Peut-être...

Ou alors, il avait pour elle des projets moins avouables.

— Bon, en tout cas, dès que tu as cette augmentation, viens nous voir, et nous ferons la fête en ville, suggéra son demi-frère.

— On verra.

— Maman m'a dit de te dire que ta vilaine bobine lui manque, et elle veut savoir quand tu vas lui rendre visite.

— Je vais l'appeler dès que j'aurai cinq minutes.

Taylor dit au revoir à son frère et alla installer son radar, en ruminant sa frustration. Il n'était pas entré dans la police pour rédiger des contraventions, mais puisque Taylor avait décidé de puiser illégalement dans les caisses de la ville pour le payer, autant qu'il fasse rentrer un peu d'argent.

3

Une minute avant 18 heures, Jessica s'était avouée vaincue.

Elle avait ouvert chaque boîtier de CD et DVD et tourné les pages de chaque livre. Elle avait regardé au dos de chaque tableau et chaque photographie encadrée, sous toutes les étagères et tiroirs. Elle avait vérifié l'intérieur des housses de tous les coussins et oreillers et retourné les meubles. Elle avait inspecté le sol de la cuisine et de la salle de bains à la recherche d'un carrelage descellé, et vérifié les angles des pièces, là où la moquette aurait pu être soulevée. Elle avait retourné le matelas, regardé sous le sommier, et décalé la tête de lit du mur pour voir si quelque chose était scotché derrière.

Ce faisant, elle avait découvert que Jen n'était pas plus douée pour le ménage que pour la cuisine. Elle avait eu chaud, s'était salie, et n'avait rien trouvé de concluant.

Sa douche prise, elle s'apprêtait maintenant à sortir pour aller dîner. Grignoter des sucreries, cela n'allait qu'un temps, et tous ces efforts lui avaient donné faim.

— Vous allez quelque part ?

Jessica sursauta en fermant la porte, mais essaya de masquer sa surprise.

Jouant négligemment avec sa clé, elle se tourna et découvrit Mitch sur une chaise longue, à l'ombre d'un jeune chêne rabougri. Il portait un short en jean délavé et un maillot de l'équipe de basket du lycée de Belmar qui avait connu des jours meilleurs.

Le résultat était incroyablement torride, et elle ne faisait pas allusion à la température.

— Je vais dîner.

Elle traversa la pelouse en regrettant de ne pas être pieds nus, comme lui, pour pouvoir plonger les orteils dans l'herbe fraîche. Elle aperçut alors une canette de bière posée à côté de la chaise longue de Mitch, et un livre ouvert sur son estomac.

Reconnaissant l'un des titres qu'elle avait lus lors de son dernier voyage depuis Hong Kong — un thriller mettant en scène une femme vulnérable en butte à la corruption policière —, elle ne fit pas de commentaire, mais céda à son penchant naturel pour l'ironie.

— Vos buvez en service ? Je dois dire que ça ne m'étonne pas.

— Y a-t-il vraiment quelque chose qui vous étonne ?

Elle haussa les épaules.

Il ramassa la canette, la vida d'un trait, et compressa l'aluminium dans son poing.

— Je ne suis pas en service.

— Bien sûr ! Après m'avoir suivie toute la matinée, vous êtes assis devant ma porte par hasard.

— Il n'y a pas de hasard. Je m'assieds dehors presque tous les soirs. Je le fais depuis que j'ai emménagé ici et, pour votre information, c'était avant que vous ne vous installiez.

Il se leva avec plus de grâce qu'aucun homme ne devrait en montrer et souleva sans effort la chaise longue d'une seule main.

— Vous voyez ? Les pieds ont laissé la trace de leur emplacement dans l'herbe.

C'était indéniable. Tout comme l'était la sensation complètement folle qui lui nouait le ventre.

— Je vais dans ce petit restaurant de grillades à l'est de la ville, dit-elle. Au cas où vous perdriez ma trace.

Il inclina la tête et l'observa un moment avant de répondre.

— Je vous ai dit que je ne travaillais pas. Mais, si vous souhaitez ma compagnie pour le dîner, il vous suffit de le dire.

Cette remarque décontenança Jessica.

Comment aurait-elle pu souhaiter sa compagnie ? Il était le compère de Taylor. L'ennemi. Celui dont elle devait se méfier.

Mais quelqu'un allait de toute façon la surveiller, et il valait mieux que ce soit lui plutôt que l'espèce d'ado-lescent attardé à l'air vicieux qui avait rôdé dans le coin une partie de la matinée et tout l'après-midi.

Même avec les rideaux tirés, elle savait qu'il était là. Elle *sentait* sa présence.

— Je suppose que ce restaurant requiert des chaus-sures et une vraie chemise, remarqua-t-elle.

— Qu'est-ce qui ne va pas avec ce T-shirt ? Moi je le trouve très bien.

Il était peut-être très bien pour jouer au basket, mais il découvrait largement les muscles de ses épaules et de ses bras. Devant un tel étalage de peau ferme et dorée à souhait, elle aurait probablement un peu de mal à se concentrer sur son repas. Et il en irait sans doute de même pour toutes les autres femmes dans la salle.

— Des chaussures et une vraie chemise, répéta-t-elle avec fermeté.

Il emporta la chaise, le livre et la canette en grommelant. Quand il réapparut, deux minutes plus tard, il portait des chaussures de sport défraîchies, sans chaussettes, et un t-shirt noir.

Et il avait gardé son short en jean.

— On prend ma voiture, annonça-t-il.

Jennifer avait l'habitude que Taylor prenne des décisions seul, mais Jessica détestait qu'on lui dicte sa conduite.

— Et si j'ai envie de conduire ?

Le regard de Mitch passa de la Mustang à la banale voiture de location, et sa lèvre se retroussa.

Il avait raison. La température avait baissé, mais la soirée était encore chaude, et personne n'aurait refusé une balade en cabriolet.

Il se dirigea vers la Mustang, mais il fallut un moment encore à Jessica pour se décider.

Quelque part au fond de son cerveau, elle était sûre que sa sœur et sa conscience la sommaient de ne pas y aller.

Mais une autre part d'elle-même — l'intrépide ? La femme ? La folle ? — se bouchait les oreilles et chantonnait pour ne pas entendre. Ce n'était qu'un court trajet jusqu'au restaurant. Et retour. Ils ne seraient seuls qu'une dizaine de minutes. Quinze au maximum.

Les sièges de la Mustang étaient en cuir bleu nuit assorti à la carrosserie, et ils étaient encore brûlants. Jessica grimaça et remua un peu en attachant sa ceinture.

Tandis que Mitch démarrait, elle extirpa des profondeurs de son sac une paire de lunettes de soleil, les ajusta sur son nez et se tourna vers lui.

— C'est normal que ça vibre comme ça, ou il y a un problème ?

Il lui lança un regard qu'elle avait déjà vu — celui du passionné de voitures considérant avec dédain le néophyte.

— Il n'y a aucun problème.

Elle ne l'aurait admis pour rien au monde, mais elle

aimait assez le sentiment de puissance qui se dégageait de ce feulement rauque.

Elle se demanda jusqu'à quelle vitesse la voiture pouvait monter, et s'il arrivait à Mitch de la pousser au maximum. Elle appréciait la caresse du soleil sur son visage, le vent dans ses cheveux, et la sensation de liberté. Peut-être achèterait-elle un cabriolet lorsqu'elle retournerait à Los Angeles…

Elle appréciait tellement l'excursion qu'il lui fallut un moment pour s'apercevoir qu'ils n'allaient pas vers l'est. Elle regarda autour d'elle, ne reconnut pas les lieux, et se tourna vers Mitch.

— Ce n'est pas la bonne route pour le restaurant de grillades.

— L'endroit où je vous emmène est encore mieux, vous verrez.

— Mais…

Elle déglutit avec peine, tandis qu'un frisson courait sous sa peau.

La rue dans laquelle ils s'étaient engagés était apparemment située dans la partie la plus pauvre de la ville. Il se dégageait une impression fantomatique des maisons délabrées et des commerces à l'abandon, et elle se demanda avec inquiétude ce que Mitch avait en tête.

— Détendez-vous, dit-il. Faites-moi confiance.

Il ralentit et tourna dans une allée gravillonnée au bout de laquelle se dressait une ancienne maison d'habitation transformée en auberge. Le toit en tôle était rongé de rouille, et il ne restait plus sur les murs en planches grisées par les intempéries que des lambeaux de peinture blanche. Des moustiquaires étaient tendues devant les fenêtres ouvertes, par lesquelles s'échappaient de la musique, des bruits de conversations, et d'appétissantes odeurs.

Mitch se gara à côté d'une rangée de voitures sans âge, et rabattit la capote du cabriolet. Ils entrèrent dans le hall transformé en réception. Le sol était fait de larges planches de pin éraflées et brûlées par endroits, sous un vernis devenu quasi inexistant. Un papier peint délavé orné de grosses roses couvrait les murs. De part et d'autre de l'entrée, une arcade ouvrait sur deux salles identiques. Sur le côté de l'escalier, un long couloir menait tout droit dans la cuisine.

Jessica s'interrogea un moment sur l'opportunité de venir ici avec lui. N'avait-elle pas été suffisamment épiée pour la journée ?

Puis elle prit conscience que ce n'était pas le genre de restaurant que fréquentait Taylor. Jen lui avait fait une liste très précise de ses goûts et aversions, et cet endroit n'était pas cité. Et pour le moment, aucun des convives ne leur avait accordé plus qu'un regard absent.

Une toute jeune adolescente sortit de la cuisine, et son visage s'éclaira lorsqu'elle aperçut Mitch.

— Oh ! te voilà. Papa se demandait quand tu passerais. Choisis une table, et je vais voir si je peux trouver quelqu'un pour te servir.

— Allons, Shandra, tu sais que tes sœurs aînées se battent pour s'occuper de moi, dit-il avec un clin d'œil.

— Ça doit être parce que tu laisses de bons pourboires.

Jessica n'en crut pas ses yeux. Mitch, l'homme de main de Taylor, plaisantait avec une gamine !

— On sera dehors, annonça-t-il.

A l'angle de la maison, sous la galerie couverte, étaient installées deux tables entourées chacune de quatre sièges. Un ventilateur équipé de longs rubans flottant au vent était fixé à la rambarde et fonctionnait sur la position la plus basse.

— C'est pour décourager les insectes, expliqua Mitch en s'asseyant.

Jessica prit place en face de lui. Les sièges en métal étaient dépareillés et peints dans différentes couleurs. La table, elle aussi en métal, présentait quantité de couches de peinture superposées. La plus récente était bleue, et les parties écaillées laissaient apparaître des taches de rose fuchsia.

Jessica croisa les mains sur la table, puis les posa sur son estomac, et finit par s'agripper aux bras du fauteuil.

— La nourriture sent bon, remarqua-t-elle.

— Vous n'en trouverez pas de meilleure en ville.

— Vous êtes un client régulier ? demanda-t-elle, en songeant à la familiarité avec laquelle l'adolescente l'avait accueilli et à la mention de son père.

— Je viens ici deux ou trois fois par semaine. La cuisine de Willis est le seul aspect positif de cette ville.

— Ça, c'est un compliment !

Un homme grand et légèrement enrobé posa devant eux deux verres et un pichet de thé glacé, tout en continuant à parler :

— Je dois être drôlement doué pour compenser à moi seul tous les aspects détestables de cette ville.

Puis il se tourna vers Jessica.

— Willis Pickering.

— Jennifer Burton.

Le regard de l'homme se posa un très court instant sur Mitch, puis il serra la main qu'elle lui tendait.

— Je sais ce que veut Mitch — une fois qu'il a trouvé quelque chose qui lui plaît, il n'en change pas — mais je vais vous laisser quelques minutes pour consulter le menu.

— Ce ne sera pas la peine. Je vais prendre comme lui.

— Je m'en occupe.

— Vous auriez peut-être dû jeter un œil au menu, remarqua Mitch, dès que le patron se fut éloigné.

— Je suis sûre que ça me plaira. Je ne suis pas difficile.

Mitch faillit s'étouffer avec son thé, et Jessica en fut contrariée.

Jen avait toujours eu des goûts simples et un caractère conciliant. Tout ce qu'elle attendait de la vie, c'était un bon travail, des amis sincères, et quelqu'un à aimer. Cette grande maison, la voiture neuve, les bijoux, les vêtements… ce n'était pas ses choix. Elle aurait été heureuse de vivre dans un mobil-home pour peu qu'elle eût un mari aimant.

— Vous connaissez Willis depuis longtemps ?

— Depuis le collège. On jouait au foot ensemble.

— Donc, il connaît aussi Taylor.

— Quasiment tout le monde dans le comté connaît Taylor.

— Et ne l'aime pas.

Mitch haussa les épaules.

— Quasiment tout le monde ici déteste Taylor.

— Donc, Willis a plus ou moins votre âge, et il est déjà à la tête d'une famille nombreuse. Il a commencé tôt, ou c'est vous qui tardez à vous lancer ?

— Sa femme a eu leur première fille trois semaines après son bac, et une autre tous les ans jusqu'à la naissance de Shandra. C'est le numéro quatre.

— Et vous n'avez même pas encore eu le numéro un.

Non qu'il eût l'air d'un homme spécialement paternel. Il était bien trop sexy pour qu'elle parvienne à l'imaginer en père attentionné.

— Non, pas d'enfant. J'ai été marié, toutefois. C'était formidable au début, puis nous avons compris que nous avions finalement très peu de choses en commun.

— Ça a pris combien de temps ?

— Quatre ans pour le comprendre, et un an de plus pour déterminer comment régler le problème.

Il fronça les sourcils.

— Vous êtes douée pour me faire parler. Je ne me confie pas facilement.

— J'ai enseigné à l'école primaire. Mes élèves trouvaient qu'il était facile de communiquer avec moi.

— Vous me comparez à un élève de primaire ?

Son ton légèrement vexé accentua l'amusement de Jessica.

— Et encore, vous avez de la chance. En général, je pense que les hommes ont beaucoup de points communs avec des enfants de maternelle.

Il eut la bonne grâce d'esquisser un sourire.

— Pourquoi n'enseignez-vous pas ici ?

Jen l'avait souhaité. Elle était prête à faire n'importe quoi pour ne pas rester assise chez elle toute la journée, ou être obligée de créer des liens avec Starla Starrett, ou quelques-unes des rares personnes approuvées par Taylor pour faire partie de leur cercle d'amis. Mais il avait refusé. Que penserait-on de lui si sa femme travaillait au lieu de s'occuper bien sagement de son foyer ?

Jessica ignora la question, et revint sur quelque chose que Mitch avait dit plus tôt.

— Donc, vous avez joué au football. Et au basket, si j'en crois votre maillot. Vous étiez doué ?

— Assez bon pour avoir une bourse d'étudiant en tant que footballeur. J'ai joué deux ans, et j'ai dû être opéré du genou. Ça a sonné le glas de mes rêves de gloire.

— Je déteste le football. Et aussi le basket, le baseball, le tennis…

— Bref, vous n'aimez pas le sport.

— On ne peut rien vous cacher. Mais je crois que ce que je déteste le plus, c'est la pêche.

— Alors, nous sommes faits pour nous entendre, ironisa Mitch. Même si je ne joue plus, je suis un supporter inconditionnel des Braves. Et la première chose que je fais avec mes frères, quand je leur rends visite, c'est un tour à la rivière pour pêcher.

— Vos demi-frères.

Mitch but une gorgée de thé fortement chargé en tanin, et assez sucré pour plonger un diabétique dans le coma.

Il ne comprenait pas pourquoi Jennifer insistait ainsi sur le « demi ». Avait-elle des demi-frères et sœurs, ou des parents par alliance qu'elle ne considérait pas comme faisant réellement partie de sa famille ?

Sara avait toujours découragé l'usage de ce terme. Selon elle, c'était tout ou rien. Ses fils et lui étaient frères ou ils ne l'étaient pas.

— Oui, mes frères, insista-t-il.

— Que font-ils, à part pêcher ?

— Rick a la manie de changer de travail. En ce moment, il est barman. Robbie est avocat, et Russ entrepreneur en bâtiment.

Décidant qu'il était temps qu'il prenne le contrôle de la conversation, il demanda :

— Et votre sœur, que fait-elle ?

Elle cilla, comme prise au dépourvu.

— Jess ? Elle travaille pour une compagnie qui sert de liaison aux entreprises américaines désireuses de s'implanter en Asie. Elle parle le mandarin, travaille beaucoup, et mène une vie bien plus passionnante que la mienne. Elle est plus âgée que moi, beaucoup plus sophistiquée…

Rougissant légèrement, elle ajouta avec une mimique dépréciative :

— Plus jolie, aussi.

— J'ai du mal à le croire, murmura Mitch, tandis que

la femme de Willis apparaissait à l'angle de la terrasse, un nombre impressionnant d'assiettes en équilibre sur son bras.

Jennifer s'empourpra un peu plus.

Lara déposa avec adresse les assiettes sur la table.

— Côtelettes de porc, brochettes de bœuf, ailes de poulet, gambas, épis de maïs, salade de pommes de terre, salade de chou, récita-t-elle. Vous désirez autre chose ?

Jennifer observait avec stupéfaction la table emplie de nourriture.

— Quelques sachets pour emporter les restes ? suggéra-t-elle.

Lara éclata de rire.

— On voit que nous n'avez encore jamais dîné ici avec lui. C'est qu'il a un appétit d'ogre. Mais je suis sûre que vous ferez honneur à la cuisine de Willis.

— Vous mangez comme ça deux ou trois fois par semaine, et vous n'êtes pas encore tombé raide mort ? demanda Jennifer dès que Lara se fut éloignée.

— J'ai l'air bien vivant, vous ne trouvez pas ?

Elle ignora la question et ils restèrent un long moment silencieux, concentrés sur la nourriture.

Jennifer piocha un peu dans chaque plat, se servant plus généreusement qu'il ne l'aurait pensé, et sembla apprécier son repas. Repoussant finalement son assiette, elle s'essuya longuement les doigts avec les lingettes mises à disposition.

Le soleil s'était couché, et les bruits de la forêt qui bordait la maison gagnaient en puissance : stridulation des insectes, coassements des crapauds, sifflements et hululements des oiseaux nocturnes…

Mitch s'essuya les mains et adopta une posture plus détendue sur sa chaise. Il avait passé beaucoup de soirées sous ce porche, quand la maison appartenait encore à Louise, sa grand-mère.

En ce temps-là, il était loin de s'imaginer qu'elle serait un jour transformée en restaurant, et qu'il y dînerait dix-huit ans plus tard avec la femme de Taylor.

Et si on lui avait dit alors qu'il travaillerait pour son meilleur ami, tout en sachant que celui-ci était corrompu jusqu'à la moelle, il n'aurait probablement pas voulu le croire.

Et encore moins qu'il profiterait lui aussi de tous les à-côtés plus ou moins légaux accordés au service.

— Où viviez-vous avant de venir ici ? demanda soudain Jennifer.

S'arrachant à ses pensées, il prit le temps de se pencher pour se resservir du thé, et en proposa à Jennifer, puis il se cala contre son dossier et serra entre ses mains le verre couvert de condensation.

— Atlanta.

C'était vrai, à condition de ne pas se montrer trop précis. Il avait effectivement vécu à Atlanta. Seulement ce n'était pas le dernier endroit où il avait résidé avant de venir à Belmar.

— Vous étiez dans la police ?

Il hocha la tête. C'était la vérité, et cela n'avait rien d'un secret. Taylor avait dit à tout le monde qu'il avait engagé un inspecteur de la ville. Il devait penser que cela rehaussait son propre prestige.

— J'ai un peu de mal à concevoir que vous ayez abandonné votre emploi et renoncé à vivre près de votre famille pour travailler à Belmar. La paie ne doit pas être aussi intéressante, les possibilités d'avancement sont quasi inexistantes… Mais il y a peut-être d'autres avantages que j'ignore…

— Quelle est votre question ?

Elle posa les coudes sur la table et, le menton posé sur ses mains jointes, riva son regard au sien.

— Un bon flic devrait le deviner. Mais peut-être n'étiez-vous pas un bon flic. Avez-vous quitté votre emploi à Atlanta, ou l'avez-vous perdu ? Taylor vous a-t-il offert quelque chose qui ne pouvait pas se refuser ?

Incapable de masquer son agacement, il répondit d'un ton sec.

— J'étais un excellent flic.

Il savait qu'elle ne manquerait pas de relever qu'il n'avait pas répondu aux autres questions, et ne fut pas déçu.

— Vous avez démissionné ? On vous a forcé à le faire ? Vous avez été renvoyé ?

— Demandez à Taylor.

Un sourire sarcastique apparut sur les lèvres de Jennifer.

— Ces derniers temps, j'essaie de ne rien demander à Taylor. On ne peut pas dire que j'aie une extrême confiance en lui.

— Mais en moi, si ?

C'était une simple question. Une façon de renvoyer la balle au bond. Il se moquait de sa réponse.

Réellement.

Mais il se surprit à serrer un peu plus les mâchoires à chaque seconde qui s'écoula avant qu'elle ne se décide à répondre, avec un haussement d'épaules.

— Plus qu'en lui, en tout cas.

Il trouva la réponse plus satisfaisante qu'elle n'aurait dû l'être, et il essaya aussitôt de la minimiser. Se voir accorder davantage de confiance que Taylor n'était pas très glorieux. Quiconque connaissait ce dernier était prêt à faire confiance à n'importe qui plutôt qu'à lui.

Quoi qu'il en soit, Jennifer lui avait posé au moins

huit ou neuf questions. C'était plus que suffisant. Il n'en accordait jamais autant à personne.

Délibérément, il ramena la conversation à elle.

— Vous avez l'intention de divorcer ?

Les ombres projetées par les lampes à l'intérieur rendaient son expression indéchiffrable, mais il devina qu'elle s'était faite songeuse.

Elle resta un long moment silencieuse, à jouer avec son verre.

— Il est tard, dit-elle finalement. Je crois qu'il est temps de rentrer.

Il songea à protester, mais, déjà, elle repoussait sa chaise et se levait.

A regret, il la suivit à l'intérieur du restaurant.

Shandra les y retrouva avec l'addition et un petit carton. Comme Jennifer plongeait la main dans son sac, Mitch la devança et tendit deux billets à la jeune fille.

— Tu diras à ta maman de garder la monnaie.

— Quelle monnaie ? demanda-t-elle avec un sourire malicieux.

Puis elle s'éloigna d'une démarche dansante assez semblable à celle de sa mère.

— Elle va en briser des cœurs, dans quelques années, remarqua Jennifer, tandis qu'ils descendaient le perron.

— Vous parlez d'expérience ?

Lorsqu'ils s'arrêtèrent près de la Mustang, elle avait un sourire qui s'élargit lorsqu'il lui ouvrit la portière.

— Je suis flattée que vous puissiez le penser, mais le seul cœur que j'aie jamais brisé, c'est le mien.

Elle eut un geste pour désigner la boîte en carton qu'il tenait à la main.

— Qu'y a-t-il là-dedans ?

— De la génoise aux fruits rouges.

Il déposa le carton sur le plancher derrière son siège, se mit au volant et tourna la clé dans le contact.

— Vous trouvez vraiment qu'il est tard ?

Il était à peine 21 heures et, même s'il devait se lever tôt pour aller travailler, il était impensable pour lui de se coucher avant minuit.

— Non, reconnut Jennifer.

Au lieu de tourner à gauche en sortant du parking, et de repartir par où ils étaient venus, il prit à droite.

Huit kilomètres et une série d'embranchements plus loin, il était sur l'autoroute, cap à l'est, et pied au plancher.

La voie était déserte, et le compteur ne tarda pas à flirter avec les cent soixante.

Quand il aperçut le patrouilleur à moto, il était trop tard pour y changer quoi que ce soit.

De toute façon, il savait qu'il ne risquait rien. Environ une fois par semaine, il s'offrait une virée sur l'autoroute, aux heures où la circulation était inexistante, et il laissait la Mustang s'exprimer. Et environ une fois par semaine, il croisait une patrouille. Immanquablement, ils le prenaient en chasse et battaient en retraite dès qu'ils reconnaissaient sa voiture.

La sirène fit sursauter Jennifer, et elle se tourna sur son siège pour regarder derrière eux. Mitch leva le pied et la voiture commença à ralentir. Au bout d'une minute ou deux, la sirène s'arrêta et la moto se glissa à leur hauteur. Après avoir agité l'index en un signe d'avertissement moqueur, le patrouilleur se laissa distancer et fit demi-tour.

Mitch souriait quand il s'aperçut que l'humeur de Jennifer avait changé.

Revenant à la vitesse autorisée, il tourna brièvement

la tête vers elle. Crispée sur son siège, elle était l'image même de la réprobation.

— Quoi ? demanda-t-il avec impatience.

— Combien d'amendes avez-vous évité parce que vous êtes flic ?

— Quelques-unes. Mais bon, on ne peut pas posséder une voiture comme celle-ci et ne pas avoir envie de faire une pointe de vitesse de temps en temps.

— N'importe qui d'autre à votre place aurait été verbalisé.

— Peut-être. Et alors ?

— Je ne pensais pas que vous étiez du genre à abuser de vos privilèges. Ce matin, vous avez payé votre petit déjeuner, et ce soir votre repas.

— Je paie toujours.

— Ce n'est pas le cas de Taylor. Je ne l'ai jamais vu payer dans aucun restaurant. Ce matin, aucun de vos collègues n'a payé non plus.

— Je ne vois pas ce qui vous choque. Beaucoup de restaurants offrent des repas gratuits aux flics. Et ça se fait partout, pas seulement à Belmar.

— Ça ne devrait pas.

Elle croisa les bras sur sa poitrine, l'air buté.

— De plus, ce n'est pas la même chose si c'est le restaurant qui donne ou le flic qui prend. Vous n'allez quand même pas me faire croire que le propriétaire de cette cafétéria *veut* offrir des repas gratuits *tous* les jours à *tout* le département de police ? Ne le ferait-il pas plutôt parce qu'il y est contraint ?

Brusquement, Mitch se rabattit sur la voie de droite et s'engagea dans la première sortie. Il traversa le pont et prit l'embranchement vers la bretelle ouest.

— Je n'y suis pour rien. Cette situation existait bien avant que j'arrive à Belmar.

— Et vous trouvez ça normal ? Vous ne vous sentez pas obligé de faire quelque chose pour que ça change ?

Il répondit en serrant les dents.

— Je ne mange jamais gratuitement, je n'intimide pas les gens pour les obliger à m'offrir quelque chose. Mais oui, je profite parfois de mon statut de flic pour échapper à une contravention pour excès de vitesse. Il n'y a pas mort d'homme. Et ne me dites pas que vous n'avez jamais flirté pour échapper à une amende, que vous n'avez jamais abusé de vos yeux bleus et de votre joli sourire en promettant de ne pas recommencer si on vous laissait partir pour cette fois.

— En fait, je n'ai jamais été arrêtée.

— Jamais ? Ils sont aveugles, là d'où vous venez ? Je connais un paquet de flics qui arrêtent les jolies filles rien que pour avoir leur numéro.

A peine prononcée, il regretta cette remarque. Ce n'était pas l'image qu'il voulait donner de lui à cet instant.

Les mains serrées sur le volant, il ajouta :

— En tout cas, étant donné la manière dont vous profitez des à-côtés du job de Taylor, votre désapprobation me paraît un rien hypocrite.

— Mais, je ne…

Elle n'alla pas plus loin et, les lèvres pincées, garda les yeux rivés droit devant elle.

Un silence tendu plana dans la voiture pendant le reste du trajet.

Il se gara à proximité de l'entrée de son appartement, et récupéra la génoise à l'arrière.

— Vous m'excusez si je ne vous accompagne pas à votre porte, dit-il. Il y a des choses qui ne passent pas.

Il rentra chez lui, ferma la porte à clé, et alla mettre le gâteau au réfrigérateur.

Quelques instants plus tard, quand il tira les rideaux

dans le salon, il vit qu'elle se tenait toujours près de la voiture, l'air innocent et désarçonné.

Or s'il y avait bien un terme qui ne convenait pas pour décrire Jennifer Burton, c'était l'innocence…

4

Etendue sur son lit, dans la chambre silencieuse baignant dans la lumière tamisée de la lampe de chevet, Jessica se lamentait auprès de sa sœur, mais Jennifer manquait singulièrement d'empathie.

— Pourquoi as-tu accepté de dîner avec lui, au fait ?

— Parce qu'ils me surveillent. Si je n'étais pas allée avec lui, il m'aurait suivi. Ça m'a simplement semblé stupide.

C'était une piètre excuse, et Jessica enchaîna avant que Jennifer ne le souligne.

— D'ailleurs, j'ai dégusté le meilleur barbecue du monde grâce à lui.

— Oh ! vous êtes allés chez Studdard ?

— Non, chez Willis Pickering. Mitch et Taylor ont joué au football avec lui quand ils étaient au lycée.

— Je n'ai jamais entendu parler de lui, ni du restaurant. Où est-ce ?

Jennifer ne connaissait pas le nom de la rue, mais elle fut capable de situer approximativement le lieu.

— Eh bien, ça explique tout, dit Jen. C'est du mauvais côté de la ville pour le chef Burton.

— Parce qu'en plus, il est raciste ?

— Raciste, sexiste, élitiste… As-tu remarqué qu'il n'y avait pas de Noirs, de latinos ou de femmes officiers au département de police de Belmar ?

Jusqu'à présent, Jessica n'avait remarqué que trois officiers : Taylor lui-même, l'adolescent attardé et Mitch. Le beau, le sexy, le mystérieux, et parfois terriblement charmant Mitch.

— Comment as-tu pu tomber amoureuse de ce type, Jen ? Pourquoi t'a-t-il fallu autant de temps pour le voir tel qu'il est vraiment ?

Il y eut un long silence, puis Jen soupira.

— Il était tellement doué pour jouer la comédie, et j'étais tellement amoureuse et tellement dans le déni… Je ne voulais pas croire, je me suis entêtée… et ensuite, il était trop tard.

Sa voix avait tremblé sur les derniers mots, mais elle se ressaisit très vite.

— Ne commets pas la même erreur que moi. Ne laisse pas Mitch Lassiter te convaincre qu'il est meilleur que ce dont il a l'air. Il est l'un des hommes de Taylor, point.

Jessica ricana, mais ce ne fut pas très convaincant.

— Crois-moi, il n'y aucune chance que je tombe amoureuse de Mitch. Pourquoi pas de Taylor, pendant que tu y es !

— Je sais bien que tu aurais su voir clair dans le jeu de Taylor depuis le début, répliqua Jen d'un ton mélancolique. Tu as toujours mieux su juger les gens que moi.

Elle soupira.

— Je sais que j'ai été stupide, mais je voulais simplement…

Tomber amoureuse, se marier, vivre heureuse et avoir beaucoup d'enfants… C'était ce qu'avait toujours désiré Jennifer, tandis que Jessica souhaitait tout autre chose : une carrière, des voyages, des occasions à saisir, des sensations fortes…

Elle n'était pas résolument opposée au mariage et à la famille, mais elle pensait que cela viendrait plus tard, en son temps, quand vivre à l'étranger une grande partie de l'année aurait perdu de son charme.

— Il m'aurait sans doute bernée également, protesta-t-elle pour la forme.

Jennifer ne fut pas dupe de sa réponse.

— Probablement pas, mais c'est gentil de le dire.

En réalité, la simple vue de Taylor ce matin avait provoqué en Jessica une réaction immédiate de rejet. Certes, ce n'était pas un total inconnu, et puis Jen l'avait mise en garde.

Mais tout de même, son intuition la trompait rarement…

Lorsqu'elle reprit la parole, Jen avait une meilleure voix, moins attristée.

— S'ils te surveillent sans arrêt, comment vas-tu pouvoir fouiller la maison de Taylor ?

— Ne t'inquiète pas. J'ai un plan.

— Tu en as toujours un. C'est pour ça que tu es ma grande sœur. On se rappelle plus tard. Fais attention à toi…

Jessica rabattit le clapet de son téléphone portable et se pelotonna sur le côté.

Jen lui faisait beaucoup trop confiance. A dire vrai, elle n'avait pas la moindre idée de la façon dont elle allait procéder.

Mais elle finirait bien par trouver quelque chose. Jen comptait sur elle et, consciente qu'elle l'avait laissée tomber avant, elle se jura que cela ne se reproduirait plus.

Elle s'endormit en songeant à sa sœur qui lui manquait tant, et son sommeil fut troublé par de vieux souvenirs : la première fois qu'elle avait affronté le petit voyou du quartier pour le compte de Jen ; les amitiés qu'elle avait refusées parce que Jen en était exclue ; le nombre incalculable de fois où elle avait volé à la rescousse de sa jumelle en se faisant passer pour elle à des rendez-vous galants où elle ne voulait pas aller, à des examens qu'elle n'avait pas révisé, et même à un entretien d'embauche qu'elle redoutait…

Jennifer se réveilla l'esprit embrumé et le corps courbaturé, aussi fatiguée qu'elle s'était couchée bien que, d'après le réveil, elle eût dormi douze heures.

La sonnerie du téléphone sur la table de chevet la fit sursauter.

Il n'y avait pas de présentation du numéro, ni de répondeur pour prendre le relais. Après avoir tergiversé jusqu'à la quatrième sonnerie, elle finit par décrocher.

— Allô ? dit-elle d'un ton méfiant.

— Jennifer, c'est Starla. Vous vous souvenez de moi ? Mon mari travaille avec Taylor.

La voix, teintée d'un fort accent du Sud, était désagréablement criarde.

— Bien sûr que je me souviens de vous. Ma voiture a basculé dans la rivière et j'ai failli me noyer, mais je ne suis pas amnésique.

Elle marqua délibérément une pause, avant d'ajouter :

— Enfin, sauf pour tout ce qui concerne cette nuit-là.

Le rire de Starla parut artificiel. Tout en elle était artificiel, avait expliqué Jen, de ses cheveux blonds platine à ses seins refaits, jusqu'à son faux diamant à l'annulaire.

— Eh bien, c'est un soulagement. Quand Billy m'a dit que vous étiez revenue, j'ai été ravie. Nous étions tous tellement inquiets pour vous !

Menteuse.

— Bref, j'appelais pour voir si nous pouvions nous retrouver pour déjeuner. Peut-être au Beach Club ?

Déjeuner avec Starla, oh Seigneur !

Ne serait-ce pas parfaitement en accord avec cette journée qui s'annonçait déplaisante à souhait ? Et elle n'était même pas encore sortie du lit. Mais, allez savoir… Peut-être apprendrait-elle quelque chose…

— Avec plaisir. A quelle heure ?

— A 13 heures ? Si ça vous laisse assez de temps pour vous préparer.

Jessica leva les yeux au ciel. Elle pouvait enfiler un t-shirt et un jean, passer les doigts dans ses cheveux et se brosser les dents en cinq minutes chrono. Pas question qu'elle se mette en frais pour cette bimbo.

— Je crois que je devrais pouvoir y arriver, dit-elle sèchement.

— Génial ! A tout à l'heure.

Après avoir raccroché, Jessica fit un peu plus d'efforts qu'elle ne l'avait prévu — douche, maquillage, parfum, bijoux — et quitta l'appartement vêtue d'une robe-chemisier de soie couleur cannelle. Ce n'était pas son style, mais la matière était indéniablement agréable.

Dès qu'elle franchit la porte, Jimmy Ray abandonna sa conversation avec une jeune femme en short et haut de maillot de bain, pour concentrer toute son attention sur elle.

La façon dont il la regardait fit courir une désagréable sensation sous sa peau. Luttant contre l'envie de rentrer se terrer chez elle, elle se dirigea vers sa voiture d'un air aussi dégagé que possible.

Comme son nom l'indiquait, le Beach Club était situé en bord de plage, au bout d'Ocean Street. Le bâtiment avait été conçu sur le modèle d'une maison tropicale

— spacieux, aéré, avec plus de fenêtres que de murs. Des ventilateurs de plafond secondaient la brise marine sous la vaste galerie couverte, et de grands parasols abritaient les tables disséminées dans le jardin à la végétation luxuriante.

C'était l'un des endroits les plus cotés de Belmar, et Taylor aimait s'y montrer.

A cette heure de la journée, Jessica savait que ce serait bondé, et elle se demanda comment elle allait faire pour repérer Starla dans la foule.

Elle montait les marches menant à la véranda en façade quand un cri strident jaillit sur sa droite.

— Jennifer !

Oh oui, il s'agissait sans aucun doute de Starla. Aucune femme n'avait naturellement cette teinte de blond presque blanc. Pas plus qu'une telle minceur ne pouvait s'accommoder d'une poitrine aussi volumineuse. Elle portait des vêtements et des bijoux voyants, un maquillage excessif, et un parfum si capiteux que Jessica faillit éternuer quand son « amie » la prit avec effusion dans ses bras.

— C'est si bon de vous revoir ! Nous étions tous complètement paniqués quand vous avez disparu après l'orage. Taylor était mort d'inquiétude. Venez vite vous asseoir et me raconter ce qui s'est passé.

Oh ! pas grand-chose, à part que Jen s'était introduite dans la maison de son mari, avait dérobé quelque chose d'important, avait pris la fuite en voiture, était tombée à l'eau, avait perdu connaissance, et avait été emportée par le courant…

Rien que de très banal, vraiment !

Il y avait quatre chaises à la table de Starla. Cette dernière choisit celle qui faisait face à l'entrée — le meilleur moyen de voir et d'être vue. Jessica s'assit en face d'elle, dos aux autres clients, sûre ainsi d'éviter les regards curieux.

— Eh bien, lança Starla, avec un enthousiasme excessif, racontez-moi tout. Où étiez-vous ? Qu'avez-vous fait ?

— J'étais en convalescence, dit-elle — ce qui devait être un mot trop compliqué pour Starla. Je me suis cogné la tête quand la voiture a plongé. J'ai failli me noyer. Il fallait que je récupère.

— Où ? Et pourquoi n'avez-vous pas appelé Taylor ?

— Ma sœur est venue de Hong Kong pour être avec moi. J'avais plus besoin d'elle que de Taylor. Vous savez ce que c'est, la famille, la complicité féminine… tout ça…

— Oh ! je comprends. Quand je suis malade, je préfère que ma mère s'occupe de moi plutôt que Billy.

Les yeux bleus de Starla, aussi faux que tout le reste, s'aiguisèrent tandis qu'elle se penchait en avant, ce qui eut pour effet de faire remonter dangereusement ses seins au-dessus du bustier de sa robe.

— Mais pourquoi n'avez-vous pas fait savoir à Taylor que vous alliez bien ? Il n'était plus que l'ombre de lui-même. J'en avais le cœur brisé rien qu'en le regardant.

Jessica retint à grand-peine une remarque sarcastique. Lorsque Jen avait dit à Taylor qu'elle le quittait, sa réponse n'avait pas été « Je t'aime, ne pars pas », mais « Que vont dire les gens ? »

— Nous sommes séparés, Starla. Je ne reviendrai pas avec lui.

— Oh ! on ne sait jamais, répliqua Starla avec un sourire entendu. Quand il veut quelque chose, il ne renonce pas avant de l'avoir obtenu.

Ses paroles se voulaient probablement encourageantes, mais elles ne présageaient rien de bon pour Jessica.

Taylor voulait en effet quelque chose — les preuves

emportées par Jen. Jusqu'où était-il prêt à aller pour les récupérer ?

L'intimidation était une évidence. Les menaces ? Assurément. L'abus d'autorité, le chantage, la coercition…

Le meurtre ?

L'estomac de Jessica se révulsa à cette pensée.

Tout le repas continua sur ce mode : questions sur la nuit de l'ouragan et commentaires positifs sur Taylor, entrecoupés de quelques considérations sur la mode et le cinéma.

Jessica était convaincue qu'on avait soufflé à Starla les questions à poser. Les seules pensées personnelles qui jaillissaient de son cerveau étaient éminemment stupides. A part sa beauté — naturelle ou pas —, personne au monde n'aurait décemment pu lui trouver un quelconque intérêt.

Lorsque le déjeuner fut terminé, Jessica ne lui trouva que deux points positifs : la nourriture, tout à fait acceptable pour un restaurant de plage à la mode, et l'absence de Jimmy Ray, qui était monté dans sa voiture et avait pris le large juste après qu'elles eurent passé commande.

— Eh bien, déclara Starla, c'était très sympa mais il faut que j'y aille. J'ai un rendez-vous chez la manucure.

Elle agita dix faux ongles peints en rose vif.

— Il faut absolument que nous nous revoyions. Je ne sais pas… nous pourrions passer une journée au country club ?

— Pourquoi pas ? Je vérifierai dans mon agenda si j'ai un moment de libre.

Starla cilla, médusée, puis elle gloussa.

— Vous êtes tellement drôle, Jennifer. Je ne l'avais pas remarqué avant. A bientôt.

Jessica rejeta la tête en arrière et ferma les yeux, offrant son visage à l'air frais propulsé par le ventilateur.

Elle avait l'habitude de mener des négociations compliquées, entre des personnes de cultures très différentes, sans éprouver le moindre stress. Mais il avait suffi de quatre-vingt dix minutes avec Starla pour qu'elle se sente vidée de ses forces.

Pourtant, ce n'était pas le moment de baisser les bras. Jimmy Ray ayant provisoirement relâché sa surveillance, elle n'aurait pu avoir de meilleure chance d'aller fouiller chez Taylor.

Elle se leva et… croisa le regard de Mitch.

Bon sang, comment s'était-il approché sans qu'elle ne le remarque ?

Il était assis à cinq tables de là, un verre de thé glacé devant lui. Pour quitter les lieux, elle devait passer devant lui, ce qu'elle aurait préféré éviter. Mais se rasseoir aurait été comme une capitulation.

Elle était prête à partir, eh bien, qu'elle le fasse, bon sang ! S'il voulait la suivre, libre à lui.

Les épaules droites, elle traversa la galerie, sans rompre le contact visuel avec lui, jusqu'à ce qu'elle l'ait dépassé.

La main posée sur la rambarde, elle descendit une marche, puis fit impulsivement demi-tour jusqu'à sa table.

— Combien ça coûte aux contribuables, ce genre de petite filature ? demanda-t-elle sans préambule.

— Pourquoi ? Vous voulez me proposer davantage ?

— Peut-être.

C'était précisément ce qu'elle avait en tête. Si Taylor pouvait l'acheter, peut-être le pouvait-elle aussi. Au moins pendant quelques heures.

Il esquissa un sourire, mais il n'y avait aucun amusement dans son expression.

— Vous n'avez pas assez d'argent pour ça.

— Combien ?

— Comme je viens de le dire, vous n'avez pas les moyens.

— Vous seriez surpris des moyens dont je dispose.

Elle gagnait très bien sa vie, et avait fait des placements avisés. En outre, Jen et elle étaient les seules héritières de la fortune de leurs parents.

Cela prendrait quelques jours, mais elle pourrait rassembler assez de liquidités pour satisfaire l'appétit vorace de Mitch.

— Vous avez quoi ? Trente-trois ans ? Un petit job de rien du tout, dans une petite ville de rien du tout. Et encore, vous n'auriez même pas réussi à le décrocher sans votre vieux copain Taylor.

— Vous voulez me faire quitter tout ça ? demanda-t-il, en faisant un grand geste avec son verre à la main pour désigner le restaurant et la plage.

— Non, mais je peux faire en sorte que vous en profitiez davantage. Et vous n'aurez rien à faire. Vous empochez l'argent de Taylor, vous lui donnez des comptes rendus bidons et vous me laissez tranquille.

Il eut un sourire railleur.

— Et moi qui appréciais tant votre compagnie !

Soudain, il se pencha vers elle, et Jessica eut un mouvement de recul involontaire.

— Dites-moi une chose, madame Burton. Que voulez-vous faire que votre mari ne doit pas savoir ?

Jessica rougit et comprit qu'elle avait commis une erreur.

Elle aurait dû passer son chemin, comme elle en avait au départ l'intention. Au lieu de quoi, elle avait éveillé ses soupçons.

Maintenant, il allait probablement faire en sorte qu'elle n'échappe jamais à sa surveillance.

A moins qu'il soit incapable de résister à l'attrait de l'argent facile…

— Je veux simplement qu'on me laisse tranquille. J'ai horreur d'être suivie sans arrêt. Je ne peux même pas ouvrir mes rideaux parce que votre collègue est planté sous ma fenêtre en permanence. Ça va peut-être vous surprendre, mais ça ne m'enchante pas d'être espionnée.

— Eh bien, il va pourtant falloir vous y faire, ma chère.

Que pouvait-elle bien mijoter ?

Cette pensée obsédait Mitch tandis qu'il suivait le circuit emprunté par Jennifer pour rentrer chez elle. Elle avait fait de brefs arrêts en cours de route — la librairie, la boutique de location de films, la poste — en faisant chaque fois semblant ne pas le voir. A présent, elle était chez le caviste. Il la voyait évoluer à travers les rayons en se penchant pour observer les étiquettes.

Il était arrivé en ville cinq semaines avant l'ouragan, et avait rencontré Jennifer le second jour, au cours de la réception de bienvenue que Taylor avait organisée au country club.

Il l'avait trouvé jolie, bien qu'un peu trop réservée pour son goût. Peu après, elle avait emménagé dans son immeuble, et il avait souvent eu l'occasion de la croiser. Mais, jamais il ne l'avait vue comme il la voyait maintenant.

Jamais il n'avait considérée comme une femme, et une femme désirable qui plus est.

Que s'était-il passé entre la nuit de l'ouragan et le jour où elle était revenue ?

Et pourquoi était-elle revenue ? Qu'avait-elle en tête ?

Il comprenait qu'il n'y avait rien d'agréable à voir

chacun de ses mouvements observés, mais il était convaincu que son désir d'intimité cachait autre chose.

Peut-être avait-elle un petit ami ici, quelqu'un avec qui elle aurait noué des liens avant l'ouragan, et qui ne voulait pas quitter la ville…

Bien qu'il trouvât cette hypothèse étrangement déplaisante, il se força à l'envisager.

Qui en ville serait assez fou pour avoir une liaison avec la femme du chef de la police ? Qui serait assez fou pour préférer Belmar à une femme comme Jennifer ?

Aucun nom ne lui vint à l'esprit — mais n'éliminait-il pas les candidats simplement parce qu'il n'avait pas envie d'imaginer Jennifer en leur compagnie ?

Elle avait dit qu'elle avait quelque chose à terminer, et il avait pensé au divorce. Mais ce n'était pas ce qui semblait préoccuper Taylor. Et pourtant, il voulait connaître tous ses faits et gestes.

Qu'est-ce qui l'inquiétait vraiment ? Avait-elle quelque chose contre lui ? Considérait-il qu'elle représentait une menace ?

Jennifer sortit de la boutique, un grand sac calé au creux du bras, et marcha jusqu'à sa voiture avec grâce.

Il était sûr qu'elle avait fait de la danse quand elle était petite. Ses mouvements étaient fluides et le doux balancement de ses hanches évoquait la féminité de façon troublante.

Il suivit sa voiture jusqu'à la résidence Bellevue, où Jimmy Ray prit le relais, et alla se garer un peu plus loin, dans une rue peu fréquentée, pour téléphoner discrètement à son frère.

A en juger par l'absence de bruit de fond, le bar était désert en cet après-midi de milieu de semaine et, rien qu'à son intonation, il devina que Rick s'ennuyait.

— Hé, salut vieux, quoi de neuf ? demanda-t-il d'une voix traînante et ensommeillée.

— Pas grand-chose.

— Et moi qui croyais que tu t'éclatais au pays de la corruption.

— J'ai connu des jours meilleurs. Tu peux me rendre un service ?

— Bien sûr.

— Je veux connaître l'état des finances de Jennifer Burton. Elle a un compte à la First Union, ici à Belmar, mais elle doit en avoir aussi un en Californie.

— En quoi ça t'intéresse ?

— Parce qu'elle m'a proposé un marché. Taylor me paie pour la surveiller, et elle veut m'offrir davantage pour que je la laisse tranquille.

— Donc, tu veux savoir si elle en a les moyens ?

— Ça m'intrigue.

— Je vais voir ce que je peux faire. Rappelle-moi dans deux jours.

Le reste de l'après-midi passa plus lentement que d'habitude. Mitch rédigea une douzaine de contraventions, interrompit une bagarre dans un bar, entre deux touristes qui avaient des vues sur la même serveuse, et intervint sur deux scènes d'accidents mineurs.

L'heure de quitter son service était largement dépassée quand il retourna au poste. Garé derrière le bâtiment, il entra par l'issue de secours, et fila vers le vestiaire en croisant les doigts pour ne rencontrer personne. Il valida sa carte horaire à la pointeuse installée à côté de la porte, puis ôta son uniforme et enfila des vêtements civils.

Cinq minutes plus tard, il était chez lui et se glissait

sous la douche. Il achevait d'enfiler un T-shirt quand on frappa à la porte.

Tout en passant les doigts dans ses cheveux humides, il ouvrit sans regarder dans l'œilleton et se trouva nez à nez avec Jennifer.

Elle n'eut pas l'ombre d'un sourire pour le saluer.

— Maintenant que l'obsédé est parti, je vais pique-niquer sur la plage. Vous m'accompagnez ?

— Est-ce que j'ai le choix ? grommela-t-il.

5

— Je ne pensais pas que vous aimiez la plage.

Jessica lança un bref coup d'œil à Mitch tandis qu'elle dépliait le coûteux plaid qu'elle avait pris sur le lit de Jen.

En fouillant de fond en comble l'appartement, la veille, elle avait espéré trouver la couverture en patchwork confectionnée par leur mère.

Elles avaient chacune la leur, et déjà enfants leurs goûts différaient. La couverture de Jen était faite de carrés découpés dans ses vieilles robes, tout en fleurs et couleurs pastel. La sienne avait été taillée dans ses vieux jeans.

Mais elle n'avait pas trouvé la couverture. Etait-elle chez Taylor ? Ou avait-il « persuadé » Jen de s'en débarrasser ?

— Je suis originaire de Californie, dit-elle avec un haussement d'épaules.

Otant ses espadrilles, elle s'assit sur le plaid et commença à déballer son panier.

— Oui, mais il y a les Californiennes qui ont le genre « bord de mer », et les Californiennes...

Il s'interrompit pour chercher le mot, et elle attendit.

A l'évidence, il sous-entendait qu'elle faisait partie de la seconde catégorie. Mais laquelle ? Celles des citadines ? Des snobs ? Des pimbêches ?

Il en resta là.

Ce n'était pas grave. Elle n'avait pas non plus une très haute opinion de lui, même si elle passait beaucoup de temps à penser à lui…

— Pour votre gouverne, dit-elle, en commençant à s'enduire les bras de crème solaire, je suis bel et bien une fille du bord de mer. Ma sœur et moi avons grandi près de l'océan, et nous avons appris à nager très tôt…

— Que faites-vous ici ? demanda-t-il, de but en blanc.

Bien que surprise par l'interruption, Jessica essaya de ne pas le montrer.

— J'aime les pique-niques sur la plage. Ça me rappelle de bons souvenirs.

Ce n'était pas la réponse qu'il voulait, et elle le comprit à la crispation de sa mâchoire.

— A Belmar. Pourquoi êtes-vous revenue ? Qu'avez-vous à terminer ? Qu'est-ce que vous mijotez ?

— Rien du tout. Je suis installée ici depuis trois ans. Je m'y sens bien. J'ai de grandes décisions à prendre, et j'ai envie d'être dans un endroit familier.

— Vous avez vécu à Los Angeles pendant vingt-cinq ans. Ça doit vous paraître diablement plus familier.

— Ça me rappelle aussi de tristes souvenirs, maintenant que mes parents ne sont plus là.

— Quelles décisions ?

— Qui veut le savoir ? Vous ou Taylor ? Vous contentez-vous de surveillez mes allées et venues, ou lui répétez-vous tout ce que je vous dis, comme Starla ?

— Vous l'avez compris ?

— Même un enfant de cinq ans l'aurait compris.

La brise souleva les cheveux de Mitch, rabattant sur son front une mèche de cheveux qu'il repoussa d'un geste agacé.

— Taylor ne sait pas que nous nous sommes parlé.

Jessica en fut aussi surprise que sceptique.

— Il s'imagine que nous avons dîné ensemble hier soir sans échanger un mot pendant deux heures ?

— Il pense que vous avez dîné seule, et que je vous ai surveillée de loin.

— Et je devrais vous croire ?

— Pourquoi pas ?

— Taylor et vous êtes amis.

Son intonation était franchement accusatrice, même si telle n'était pas son intention de départ.

— Nous l'avons été.

— Admettons. Mais Taylor et moi sommes adversaires, ce qui fait de nous des adversaires à notre tour. Je ne peux pas vous faire confiance.

— Pourquoi Taylor se croit-il obligé de vous faire surveiller ?

— Je n'en ai pas la moindre idée. Il espère peut-être me surprendre avec un autre homme et s'en servir pour le divorce. Alors que lui n'a pas arrêté d'avoir des aventures.

Jen avait eu le cœur brisé en découvrant qu'il lui était infidèle. Si cela c'était produit vers la fin, lorsque leur mariage s'effritait, elle aurait pu en prendre son parti. Mais il avait commencé à voir d'autres femmes bien avant cela. Ce qu'il voulait, il le prenait, et il se moquait bien de savoir si quelqu'un pouvait en être blessé.

Mitch accueillit ses dernières paroles par un son étranglé. Surprise, elle tourna la tête vers lui et vit qu'il rougissait. Cela aurait pu sembler ridicule de la part d'un homme tel que lui, mais cela avait au contraire quelque chose d'adorablement enfantin et de séduisant à la fois.

— Quoi ? demanda-t-elle d'un ton sec, agacée de se laisser charmer aussi facilement. Vous pensiez que j'étais trop naïve ou stupide pour ignorer qu'il y avait d'autres femmes ?

— Non, pas du tout. Je viens seulement de comprendre…
Bon sang, ce n'est pas glorieux pour un flic, mais je
n'étais pas au courant.

Billy Starrett le savait. Ainsi que Starla, forcément,
et la plupart des amis de Taylor.

« Nous l'avons été », avait-il dit, en faisant allusion à
leur amitié. Ils ne l'étaient visiblement plus, sinon Mitch
aurait été un peu mieux informé.

Soudain, autre chose la frappa. Mitch était gêné d'apprendre l'infidélité de Taylor. Apparemment, c'était un
sujet embarrassant pour lui.

Se pouvait-il qu'il lui reste encore une infime parcelle
de moralité ?

Elle n'avait pas envie d'y songer, de se laisser fléchir
par cet aspect éventuel de sa personnalité.

Se levant d'un bond, elle fit passer son polo en piqué
blanc sans manches au-dessus de sa tête. Puis elle ôta
rapidement son short de toile beige, non sans avoir une
conscience aiguë du regard de Mitch sur elle.

Il n'y avait pourtant rien d'indécent dans le maillot
une pièce de Jen. Sa coupe rétro, avec soutien-gorge
intégré et drapé devant le décolleté, larges bretelles et
culotte couvrante n'aurait pas embarrassé une femme
au foyer des années cinquante.

Elle s'était montrée beaucoup moins décente que ça
devant des inconnus, sur les plages du monde entier, et
elle n'en avait jamais éprouvé la moindre gêne.

Mais Mitch n'était pas un inconnu. Il était quelqu'un
pour qui elle éprouvait une inexplicable attirance, alors
que la raison lui enjoignait de garder ses distances.

— Je vais nager, annonça-t-elle.

Il ne la suivit pas, mais elle sentit qu'il ne la quittait
pas des yeux tandis qu'elle s'avançait vers le rivage.

*
* *

Les vagues légères venaient caresser ses pieds, le courant d'eau tiède déposant entre ses orteils de petits sillons de sable.

Observant les mouettes qui tournoyaient et plongeaient, en poussant de grands cris semblables à des rires moqueurs, elle laissa les odeurs et les bruits familiers l'envahir. Puis elle entra dans l'eau et plongea lorsque la profondeur fut suffisante. Revenant à la surface, elle nagea vers le large, en une série de mouvements puissants et réguliers.

Tant qu'il qu'y avait pas de requins dans les parages, elle pouvait nager quasi indéfiniment.

Puis elle jeta un coup d'œil vers la plage, où Mitch était étendu sur la couverture.

Pourquoi s'inquiéter de la présence de requins dans l'eau, quand le plus féroce d'entre eux la guettait sur le sable ?

— Nous devrions rentrer, maintenant.

Le soleil se couchait, noyé dans une brume nuageuse, la température avait brusquement chuté, et Mitch était rassasié.

Le repas avait été un pur délice : salade Caesar, poulet froid et cake au chocolat nappé d'un glaçage crémeux, le tout servi dans de vraies assiettes, avec des couverts en argent, des verres en cristal et des serviettes en lin.

On était loin des pique-niques auxquels il était habitué et qui se composaient pour l'essentiel de sandwichs, chips, bières et serviettes en papier.

Taylor prétendait que Jennifer ne savait pas cuisiner, or elle avait affirmé avoir préparé entièrement le repas.

La salade était assaisonnée à la perfection, le poulet moelleux à souhait, et le gâteau était à se damner.

Taylor avait-il des exigences impossibles à satisfaire ? Trouvait-il plus de prestige à prendre tous ses repas à l'extérieur — d'autant que cela ne lui coûtait rien ? Ou mentait-il tout simplement pour déprécier sa femme ?

Une fois les reliefs du repas regroupés dans le panier et la couverture secouée pour en ôter le sable, ils regagnèrent la Mustang.

Jennifer n'avait pas beaucoup parlé durant le repas, et elle ne fut guère plus bavarde pendant le trajet de retour. Cela convenait à Mitch, qui appréciait ce silence presque complice. Il ne fit pas d'excès de vitesse, cette fois, même si la route était déserte. Curieusement, il n'était vraiment pas pressé d'arriver à destination.

Il faisait nuit quand la Mustang s'engagea sur le parking de la résidence Bellevue. Tandis que Mitch abordait au pas le ralentisseur, ses phares balayèrent un véhicule garé en biais sur l'emplacement réservé aux handicapés, près de la loge du gardien.

Il s'agissait d'un Hummer gris métallisé.

— Taylor est là.

Plongeant la main dans la boîte à gants, il en sortit une casquette de l'équipe des Atlanta Braves et la tendit à Jennifer. Puis il manœuvra entre deux rangées d'emplacements vides, et fit demi-tour vers la rue.

Sans protester, Jennifer enfonça la casquette sur son crâne et se laissa glisser dans le fond de son siège.

— Qu'allons-nous faire ? demanda-t-elle. Tourner dans le quartier jusqu'à ce qu'il abandonne et rentre chez lui ?

— Vous l'avez déjà vu abandonner ?

— Malheureusement, non.

— J'ai une idée. Est-ce que vous avez peur du noir ?

— Pas spécialement. Pourquoi ?

Il tourna dans la rue suivante.

— Je vais vous déposer de l'autre côté du parc. Il suffit de le traverser et vous arriverez directement derrière la résidence. Mais je suppose que vous le savez. Quand vous rentrerez, vous direz à Taylor que vous êtes allée marcher. S'il demande depuis combien de temps vous êtes partie, ne lui dites rien, car nous ne savons pas depuis combien de temps il attend.

— De toute façon, je n'ai pas fait attention à l'heure à laquelle je suis sortie. Depuis que je vis seule, je n'ai plus à m'adapter aux horaires de quiconque.

— Parfait.

Taylor était très maniaque. Même quand ils étaient enfants, il avait certains rituels qu'il suivait religieusement. Et quiconque voulait faire partie de son cercle d'amis devait les respecter. Apparemment, cette règle s'appliquait aussi à sa femme.

La rue où ils s'étaient engagés menait à l'un des quartiers les plus anciens de Belmar. A l'ombre de vieux et grands arbres, les maisons, construites sur de vastes terrains magnifiquement fleuris, avaient des proportions généreuses. Dans la journée, il y avait toujours quelqu'un dehors — des enfants qui jouaient dans les jardins ou faisaient du vélo dans la rue, des retraités qui jardinaient ou lisaient leur journal sous la véranda — mais ce soir la rue était déserte.

Il s'arrêta le long du trottoir, à proximité de la grille du parc, et coupa ses phares. Jennifer descendit de voiture et se pencha vers la banquette arrière pour attraper son sac à main.

— Laissez-ça, dit Mitch. Il ne croira jamais que vous êtes sortie marcher en prenant votre sac.

Jennifer hocha la tête, récupéra ses clés et son portable, et reposa son sac.

Elle s'éloigna de quelques pas, fit demi-tour pour jeter la casquette sur le siège passager et lisser ses cheveux, puis reprit sa route.

Dès qu'elle eut franchit les grilles, Mitch descendit à son tour de voiture et alla mettre dans le coffre le sac de Jennifer ainsi que la couverture et le panier de pique-nique.

Tandis qu'il prenait de nouveau place au volant, il eut conscience qu'il avait pris un risque énorme en s'offrant cette escapade à la plage avec Jennifer. Taylor lui avait recommandé de ne pas jouer avec le feu et il était bien placé pour savoir que ses menaces étaient toujours suivies d'effet.

Si Taylor avait le moindre doute sur sa loyauté, il n'hésiterait pas à le renvoyer. Non seulement il aurait échoué dans sa mission d'infiltration et serai désavoué par sa véritable hiérarchie, mais quelqu'un d'autre serait affecté à la surveillance de Jennifer. Quelqu'un qui accorderait systématiquement la priorité aux ordres du patron, même s'ils allaient à l'encontre de l'intérêt de la jeune femme.

— Tu peux me dire où tu es allée ?

Résistant à l'envie de dire à Taylor où *lui* pouvait aller, Jessica le toisa d'un air sarcastique.

— Tu peux me dire en quoi ça te regarde ?

— Tu es ma femme. Ce que tu fais m'intéresse.

— Nous sommes séparés.

Il balaya cette remarque d'un geste.

— Ça ne veut rien dire.

— Ça veut dire que je n'ai pas à te tenir informé de mes faits et gestes. De toute façon, tu as tes chiens de garde pour ça.

Il ne nia pas. D'ailleurs, la surveillance avait été ostensible dès le début. Il voulait qu'elle sache qu'il l'avait à l'œil. Il voulait lui rappeler qu'il détenait le pouvoir, à la fois dans cette ville et dans leur relation.

Mais Jen possédait une preuve qui pourrait lui ôter ce pouvoir. Si seulement elle arrivait à se souvenir de l'endroit où elle l'avait cachée…

Taylor changea de sujet.

— J'ai entendu dire que tu avais déjeuné avec Starla, aujourd'hui.

— C'est exact.

— Elle t'a dit combien nous étions tous inquiets ?

— Plusieurs fois. Surtout toi.

Elle imita l'accent de Starla.

— La pauvre, elle a eu le cœur brisé en voyant à quel point tu souffrais.

La suspicion étrécit le regard de Taylor.

— Pourquoi n'as-tu pas cherché à me joindre quand tu étais à l'hôpital ?

— Je voulais être avec ma sœur.

Elle lui adressa un regard accusateur.

— Cela faisait beaucoup trop longtemps que je ne l'avais pas vue. Et par ta faute.

Taylor ne s'en émut pas.

— Un coup de fil, Jennifer. C'était trop pour toi ?

— A ce moment-là, oui. Ce qui comptait pour moi, c'était de guérir de mes blessures et de passer du temps avec Jessica.

— Tes blessures ?

Jessica eut un haut-le-cœur. Comment pouvait-il paraître aussi peu concerné ? Aussi innocent ?

Jen ne se souvenait pas en détail de tout ce qui c'était passé cette nuit-là, mais elle se rappelait par flashes la course-poursuite, le 4x4 qui la percutait violemment, les pneus du cabriolet qui dérapaient sur la chaussée mouillée, la perte de contrôle, la voiture qui planait au-dessus du vide avant de plonger dans la rivière...

— A cause de l'accident, répondit-elle en le regardant droit dans les yeux.

— Oh ! oui, l'accident... Tu as dû te cogner sévèrement la tête.

— En effet. J'ai même eu une belle bosse.

— Et tu ne te souviens vraiment pas de ce qui s'est passé ?

— Non. Je me rappelle seulement avoir quitté mon appartement. Il pleuvait, il y avait beaucoup de vent... et ensuite, je me suis réveillée à l'hôpital.

Il l'observa un moment d'un air perplexe. Si seulement il pouvait se persuader qu'elle ne représentait pas un danger pour lui...

Dans ce cas, il mettrait probablement un terme à la surveillance, et elle serait libre de mener son enquête. Sinon, elle trouverait quand même un moyen.

— Pourquoi as-tu attendu aussi longtemps pour évacuer ? Tu ne pouvais pas suivre un conseil de bon sens parce qu'il venait de moi ?

Elle haussa négligemment les épaules. Mais en réalité, c'était une des raisons pour lesquelles Jen avait retardé son départ. Il lui avait toujours donné des ordres, mais, pour une fois, rien ne l'obligeait à obéir.

C'était peut-être puéril, et elle avait mis sa sécurité en danger pour le narguer, mais elle y avait trouvé une grande satisfaction.

Puis, tandis que l'ouragan approchait, elle avait mesuré combien ses hommes et lui étaient occupés, et compris qu'elle n'aurait jamais une meilleure occasion de chercher les preuves des crimes dont elle le soupçonnait.

— Je l'ai fait parce que j'étais libre d'agir comme je le voulais, répondit-elle. Tu n'avais plus le pouvoir de régenter ma vie.

— Je ne te reconnais pas, Jennifer. Quand es-tu devenue aussi…

— Effrontée ?

— Egoïste. Qui t'a mis ces idées en tête ? Ta sœur ? Comment s'appelle-t-elle, déjà ? Jerri ? Jacki ?

Jessica le dévisagea avec incrédulité.

— Nous avons été mariés pendant trois ans. Elle est ma seule famille proche et tu n'as jamais fait l'effort de retenir son prénom. Tu n'as jamais voulu la rencontrer. Tu ne m'as jamais autorisée à lui rendre visite ou à l'inviter chez nous. Et tu oses me traiter d'égoïste ?

Elle s'éloigna de quelques pas et pivota sur ses talons.

— Elle s'appelle Jessica. Et, non, je n'ai pas eu besoin qu'elle me mette ces idées dans la tête, Taylor. Je ne suis pas une poupée sans cervelle comme Starla, qui a besoin d'un homme pour lui dire ce qu'elle doit faire et penser. Je suis pleinement capable d'agir par moi-même.

Tandis qu'elle sortait sa clé de sa poche et se dirigeait vers la porte de son appartement, il la héla.

— Ce n'est pas fini, Jennifer. Pas tant que je n'aurai pas obtenu ce que je veux.

Ignorant sa remarque, Jessica se glissa à l'intérieur de l'appartement, verrouilla la porte, et prit appui contre le battant.

— Tu peux toujours rêver, pauvre type, murmura-t-elle.

Au diable ce qu'il voulait ! Elle ferait en sorte qu'il ait exactement ce qu'il mérite.

Son portable vibra, et elle plongea la main dans sa poche. Le visage souriant de Jennifer s'affichait à l'écran. Elle décrocha et se laissa tomber sur le canapé.

— Si seulement on pouvait se parler en personne, dit-elle en soupirant.

Jen rit doucement.

— C'est comme ça que tu accueilles les gens ? On se parle en personne, je te signale.

— Tu sais bien ce que je voulais dire : face à face.

— Oui, eh bien, ce n'est pas possible.

Et cela ne l'avait pas été pendant longtemps. Ce n'était d'ailleurs pas entièrement la faute de Taylor, même si Jessica était prête à l'accuser de tous les maux. Elle avait sa part de responsabilité. Et Jen aussi.

Au début, Taylor avait dissuadé Jen de se rendre en Californie. Puis il le lui avait catégoriquement interdit. Et chaque fois qu'elle suggérait que sa sœur pourrait venir, il trouvait toujours que ce n'était pas le bon moment. Mais elles étaient adultes, capables de réserver un billet d'avion et une chambre d'hôtel…

Elles auraient pu ignorer les objections de Taylor et se retrouver quand même, à Belmar, Hong Kong ou n'importe où à mi-chemin. Mais elles avaient choisi de ne pas le faire.

— Je suppose que tu n'as rien de formidable à m'annoncer, du genre : c'est une clé USB que tu cherches, et elle est cachée dans une boîte à chaussures…

— Rien d'aussi sensationnel, mais je me souviens de quelque chose. En revanche, je ne sais pas si ça peut être utile.

Jessica sentit renaître l'espoir.

— De quoi s'agit-il ?

— « Don ». Je sais, ce n'est qu'un nom. Je ne crois pas que je connaisse un Don à Belmar. Il est possible que ça n'ait rien à voir avec Taylor, ou cette nuit, mais j'ai une sorte d'intuition…

Jessica essaya de cacher au mieux sa déception.

— Eh bien, c'est déjà quelque chose. Je verrai bien où ça me mènera.

— Pas dans une impasse, j'espère. Tu es déjà allée à la maison ?

— Je n'ai pas encore réussi à échapper à mes suiveurs. Mais j'ai déjeuné avec Starla.

Elles échangèrent quelques plaisanteries sur la femme du chef-adjoint, ce qui rappela à Jessica le bon vieux temps. Critiquer les tenues des autres filles, leur maquillage, leur coiffure, était leur passe-temps favori quand elles étaient plus jeunes.

— Et qu'as-tu fait pour le dîner ? demanda Jen, après qu'elles eurent bien ri.

Les doigts de Jessica se crispèrent autour du téléphone.

Elle n'avait pas envie de répondre à cette question, car elle savait que cela en entraînerait d'autres. Ensuite, viendraient les mises en garde…

— J'ai pique-niqué sur la plage de Posey.

— J'ai vécu dans cette ville pendant trois ans et il te suffit de deux jours pour découvrir des endroits dont j'ignore l'existence. Où est-ce ?

— A quelques kilomètres à l'est de la ville.

— Comment l'as-tu découvert ?

— Par hasard, en roulant.

— Oh ! Jess, tu ne devrais pas te rendre dans des endroits isolés toute seule.

— Tu sais que j'ai une escorte policière partout où je vais. Je ne risquais rien.

— Tu ne crains rien des autres, peut-être. Mais qui va te protéger contre *eux* ?

Jessica savait combien l'inquiétude de Jen était justifiée.

Pourtant, elle insuffla à sa voix une confiance qu'elle était loin de ressentir.

— Je fais attention, Jen. Je ne prends pas de risques inconsidérés.

Naturellement, c'était un mensonge. Passer du temps avec Mitch était tout sauf une attitude réfléchie. Le regarder, lui parler, penser qu'elle pouvait peut-être lui faire confiance… tout cela constituait des risques — si ce n'était pour sa vie, du moins pour son cœur. Et elle n'avait l'intention de perdre ni l'un ni l'autre.

— Le simple fait d'être à Belmar constitue un risque. Je n'aurais jamais dû te demander de faire ça. On devrait laisser tomber, Jess.

Les derniers mots de Taylor résonnèrent dans la tête de Jessica.

« Ce n'est pas fini, Jennifer. Pas tant que je n'aurai pas obtenu ce que je veux. »

Durant toute sa fichue vie, il avait obtenu ce qu'il voulait, en faisant payer le prix fort à tous ceux qui se mettaient en travers de son chemin. Mais c'était terminé. Il était temps qu'il paie.

— Non. Ne t'inquiète pas, Jen, tout ira bien. On ne peut pas renoncer maintenant.

A présent qu'elle avait fait la connaissance de Taylor, et pu constater à quel point il était arrogant et mesquin, elle n'avait pas l'intention de faire machine arrière.

D'autant qu'elle croyait à ses chances de réussite. Il lui suffisait d'une toute petite occasion.

— Cela ne fait que deux jours. Tu ne croyais quand même pas que j'allais faire un saut ici, trouver les preuves et rentrer ?

— Bah, tu négocies bien des contrats de plusieurs millions de dollars au petit déjeuner !

— Je ne négocie pas. Nous avons des avocats pour

ça. Je facilite. Et souviens-toi de ce que disait maman :
« Rome ne s'est pas faite en un jour. »

Et Taylor Burton, coupable entres autres d'intimidation
et d'extorsion, ne serait pas détruit en un jour…

Mais cela arriverait.

— Fais bien attention à toi, Jess.

— C'est promis. Rappelle-moi si tu te souviens de
quelque chose.

— D'accord.

Longtemps après que Jessica eut raccroché, les dernières paroles de sa jumelle la hantaient encore.

6

Quitte à retrouver des bribes de mémoire, Jen n'aurait-elle pas pu se montrer moins sibylline ? « Don ». Qu'est-ce que cela pouvait bien vouloir dire ? Si c'était un prénom, il aurait pu être un peu moins courant. Horace, Clementine, pourquoi pas. Mais Don ?

Couchée à plat ventre sur le lit, Jessica passa en revue sa liste personnelle de Don. Don Henley, un grand musicien, Don Knotts, dont le nom avait toujours fait rire son père, et Donald Duck, qui avait enchanté son enfance.

C'était ridicule. Le nom devait avoir un lien avec Belmar. Il s'agissait probablement d'une personne que Jen avait côtoyée quand elle vivait avec Taylor. Demain matin, elle irait à la bibliothèque et chercherait dans les archives locales. Pour le moment, elle ferait mieux de dormir…

Un coup léger frappé à sa porte la fit se figer. Il était 23 heures, et n'importe quelle visite aussi tardive l'aurait surprise. Mais le bruit ne venait pas de la porte extérieure. Il avait été frappé à la porte métallique qui reliait une à une les anciennes chambres de motel entre elles — en l'occurrence, sa chambre et celle de Mitch.

Un sentiment de gêne l'envahit tandis qu'elle se levait. Après avoir parlé à Jen, elle s'était douchée et vêtue pour la nuit. Renonçant aux chemises de nuit de matrone qu'affectionnait sa sœur, elle avait opté pour une de ses nuisettes. Celle-ci était de soie prune et lui arrivait à mi-cuisses et, si elle n'était pas à proprement parler indécente, elle regrettait de ne pas avoir pensé à emporter le peignoir assorti.

Sa main resta en suspens au-dessus du verrou. Ses doigts tremblaient.

Pour l'amour du ciel, se morigéna-t-elle, ce n'était qu'une porte ! Ce n'était que Mitch qui voulait lui restituer les objets qu'elle avait laissés dans sa voiture.

Oui, mais la porte ouvrait sur la chambre de Mitch. Et elle portait une nuisette — que l'on ne qualifiait pas pour rien de tenue sexy. Et Mitch ne serait jamais « que » Mitch.

— Ohé ?

Sa voix à travers la porte était basse, rauque, beaucoup trop sexy.

— J'ai vos affaires…

Elle tourna le verrou, désengagea la chaîne de sécurité, et ouvrit la porte. Il avait gardé le short et la chemise qu'il portait à la plage. Ses cheveux étaient décoiffés comme s'il y avait passé les doigts. Un début de barbe ombrait sa joue.

Grand et fort… furent les adjectifs qui lui vinrent immédiatement à l'esprit. Il était aussi beaucoup plus beau qu'il n'aurait dû être permis de l'être — et qu'elle n'avait le droit de le penser.

Il posa son sac à main et le panier sur le sol, et déposa la couverture par-dessus. L'espace d'un instant, il fut trop proche et elle sentit un frisson courir sur son corps. Parce que la chambre de Mitch était plus fraîche que la sienne, raisonna-t-elle… avant de secouer la tête. Elle pouvait mentir à tout le monde, mais pas à elle-même.

L'air n'avait rien à voir avec sa réaction. Ce n'était dû qu'à Mitch.

Lorsqu'il se redressa, il la regarda avec insistance, de ses pieds nus jusqu'à son visage. Son regard s'assombrit, et un muscle joua dans sa mâchoire.

Parfaitement consciente de ce que cela signifiait, elle se tortilla. Puis elle croisa les bras sous ses seins, ce qui eut pour effet de creuser encore son décolleté — elle s'en aperçut lorsque le regard de Mitch s'abaissa —, avant de laisser retomber finalement ses bras le long de son corps.

— Merci de… d'avoir rapporté mes…

Elle agita mollement la main et reprit son souffle.

— Taylor a-t-il cherché à confirmer mon histoire auprès de vous ?

Il hocha la tête.

— Il m'a aussi demandé si je savais que vous affirmiez ne pas vous rappeler ce qui s'est passé cette nuit-là. C'est vrai ?

Il grimaça un sourire navré.

— Je n'ai pas le moindre souvenir de l'accident.

Naturellement, il n'y avait rien eu d'accidentel à ce qui était arrivé à Jen. Taylor avait l'intention de lui faire du mal, de l'éliminer pour sauver sa propre tête.

L'air toujours tendu, Mitch prit appui contre l'embrasure de la porte, une main au niveau du visage de Jessica.

L'un des premiers indices qui avait ouvert les yeux sur la personnalité de Taylor, lui avait expliqué Jen en ne plaisantant qu'à moitié, c'est qu'il avait les ongles manucurés. Ceux de Mitch ne l'étaient pas. Ils étaient coupés très courts, au carré. Il avait de longs doigts, des mains puissantes… Des mains capables de réparer une voiture, comme elle avait pu le constater, et probablement de travailler la terre et de bricoler.

— Je vous ai vue quitter l'appartement, cette nuit-là. Je vous ai dit qu'il était trop tard pour quitter la ville et qu'il valait mieux vous rendre au centre communautaire, où un hébergement d'urgence était organisé. Vous avez répondu que vous le feriez, vous êtes montée dans votre voiture et vous êtes partie.

— Et peu après, je dérivais le long de la Timmons.

— Comment est-ce arrivé ?

— Vous le savez bien. Ma voiture a quitté la route au niveau du pont.

— Si on veut quitter la ville, on ne passe pas par Timmons Bridge.

Comme Jessica ne savait pas exactement où c'était, elle ne pouvait répondre à cela. Elle pouvait seulement supposer que Taylor avait choisi de pousser la voiture de Jen à cet endroit parce que le courant y était fort et qu'elle avait peu de chances de s'en sortir vivante. En outre, les conditions météorologiques rendaient tout à fait plausible la thèse de la sortie de route.

Regardant vers la chambre, par-dessus son épaule, elle changea délibérément de sujet.

— On ne dirait pas que vous vous êtes vraiment installé. Vous attendez pour défaire vos cartons qu'il y ait une maison à vendre dans le quartier de Taylor ?

Il jeta dans sa propre chambre un long regard qui semblait beaucoup plus intime qu'il n'aurait dû l'être.

— Vous attendez pour défaire vos cartons que Taylor accepte les conditions que vous posez à votre retour chez lui ?

— Pas dans cette vie-ci, en tout cas, répondit-elle avec un sourire forcé.

— Moi non plus.

Pour se donner une contenance, elle prit la couverture et la secoua, diffusant ainsi dans la pièce des odeurs de sable et de soleil. Puis elle l'étendit sur le lit.

— Pourquoi travaillez-vous pour Taylor ? demanda-t-elle sur le ton de la conversation, tout en lissant la couverture et en ajustant les bords.

— C'est un petit job de rien du tout, dans une petite ville de rien du tout. Et encore, je n'aurais même pas réussi à le décrocher sans mon vieux copain Taylor. Vous vous souvenez ?

La rougeur envahit les joues de Jessica, tandis que, toujours penchée au-dessus du lit, elle tournait la tête vers Mitch.

— Je n'aurais pas dû dire ça. Avez-vous eu envie de revenir dans la ville où vous avez grandi ?

Il haussa les épaules.

— Belmar ne ressemble plus vraiment à la ville de mon enfance.

Il fit quelques pas dans la pièce et s'arrêta pour observer les photos au mur.

La plupart la représentaient. Elle les avait envoyées à Jen durant les trop longs mois où elles avaient été séparées. Sur l'un des clichés, on voyait Jennifer sur le pont du bateau de croisière où avait eu lieu sa rencontre avec Taylor, et la ressemblance avec Jessica était à s'y méprendre. Ce n'était probablement pas la première fois que Mitch voyait ces photos, mais il les étudiait comme si c'était le cas.

— Vous êtes allée en Chine ?

Jessica connut un moment de panique. La croisière avait été le seul voyage de Jen hors du pays. Taylor le savait-il ? Probablement pas. Ou il avait dû l'oublier, comme il avait oublié son prénom, alors qu'elle était sûre que Jen l'avait mentionné plusieurs fois.

— Vous avez deviné ça rien qu'en me voyant devant la Grande Muraille ? Félicitations ! Vous devriez peut-être entrer dans la police.

— Très drôle. Vous devriez peut-être devenir humoriste.

*
* *

Mitch observait Jennifer du coin de l'œil, et faisait des efforts surhumains pour ne pas laisser son regard descendre plus bas que son menton.

Ce morceau d'étoffe qu'elle portait, bien que couvrant l'essentiel, éveillait son imagination de façon troublante. Peut-être parce qu'il savait qu'elle n'avait rien dessous, ou parce que ce genre de tenue était surtout conçue pour être enlevée.

Sa vision périphérique n'enregistrait qu'un halo blond, doré et pourpre, mais son odeur n'avait rien de nébuleux. Fraîche et citronnée, elle était à l'opposé du parfum élégant mais un peu entêtant qu'elle portait d'habitude. Ce devait être un mélange de gel douche, de shampooing et de lotion pour le corps — toutes choses auxquelles il ferait mieux de ne pas songer, compte tenu qu'il se tenait à deux pas d'elle, avec un lit en arrière-plan.

Reportant son attention sur la photographie, il remarqua que sa tenue ressemblait à celle qu'elle portait à la plage : short beige et haut blanc. Mais le short était plus court d'une dizaine de centimètres, et le haut était un débardeur à fines bretelles qui la moulait comme s'il était trop petit d'une taille. D'épaisses chaussettes blanches tirebouchonnaient au-dessus de lourdes chaussures de randonnée, offrant un curieux contraste avec ses mollets finement musclés.

— Ma sœur a vécu quelque temps en Chine. Un été, durant les vacances scolaires, je suis allée lui rendre visite. Nous avons marché pendant des kilomètres sur la muraille, rien que mon guide et moi. C'était impressionnant.

— Jessica n'était pas avec vous ?

Il la vit ciller et mit cela sur le compte de la surprise.

Elle s'étonnait probablement qu'il se soit souvenu du prénom de sa sœur. Et pourquoi pas ? Il avait d'abord eu l'information en se renseignant sur la location de voiture, et elle l'avait mentionné plusieurs fois par la suite.

— Elle travaillait.

— Vous avez traversé la moitié du globe pour la voir et elle travaillait ?

Il avait fait la remarque d'un ton anodin, mais elle sourcilla. Visiblement, elle n'acceptait pas la moindre critique contre sa sœur, et il pouvait le comprendre. S'il se permettait des commentaires parfois assez durs sur ses frères, il ne l'autorisait à personne d'autre.

Il regarda les autres photos — Jennifer sur une plage, au sommet d'une montagne, devant ce qui paraissait être un temple bouddhiste. Il y avait deux clichés d'un couple âgé, mais aucun de Jessica, ni de Taylor.

— Ce sont mes parents. Ils sont morts à huit mois d'intervalle.

— Vous ressemblez à votre mère.

Elle sourit, et il lui sembla que c'était le premier sourire sincère qu'il lui voyait depuis deux jours.

— Je sais.

Soudain, elle s'écarta et alla regarder à la fenêtre. Pour mettre le plus de distance possible entre eux, soupçonna-t-il.

Après un moment, elle tourna la tête.

— Taylor était avec une autre femme avant de venir ce soir. J'ai senti son parfum sur lui.

Mitch le savait. Taylor ne le lui avait pas dit clairement, mais il avait glissé le nom de Megan dans la conversation, en l'accompagnant d'un clin d'œil et d'un sourire entendu. Pensait-il que Jennifer était trop stupide pour s'en rendre compte ? Ou bien se moquait-il de sa réaction ?

Elle haussa les épaules.

— La fidélité ne veut pas dire grand-chose pour la plupart des hommes.

— Sauf s'ils ont été élevés correctement ou ont vu les ravages que l'infidélité peut produire.

Il lui avait déjà dit qu'il était un enfant illégitime, ce que peu de gens savaient. Sans comprendre ce qui le motivait à agir ainsi, il lui fournit quelques détails supplémentaires.

— Ma mère était fiancée depuis un an à mon père quand elle a découvert qu'elle était enceinte. C'est là qu'elle a appris qu'il était déjà marié et qu'elle n'était pas la seule femme dans sa vie. Elle en a souffert. Sara, sa femme, en a souffert, et ses enfants aussi. Tout ça parce qu'il ne voulait pas se tenir tranquille.

— La plupart des gens diraient qu'il ne le pouvait pas.

Mitch ricana. Il aurait bien lancé un juron cinglant, mais il s'en abstenait devant les femmes — un autre effet de la bonne éducation qu'il avait reçue.

— Les gens ont des aventures parce qu'ils le veulent bien, pas parce qu'ils y sont obligés. Ils le font par égoïsme, en se moquant éperdument de ceux qui les entourent. Les liens du mariage ne veulent rien dire pour eux. Trahir la personne à qui ils ont juré fidélité…

A la façon vaguement amusée dont elle le regardait, Mitch compris qu'il s'était une fois de plus emballé.

— Désolé…

— Ne le soyez pas. C'est bien d'avoir des convictions et de les défendre avec passion.

Il n'y avait pas que pour ses convictions qu'il était passionné. Savait-elle qu'il était attiré par elle, qu'il l'avait imaginée seule dans son lit, la nuit dernière ? Se doutait-elle qu'il pourrait faire fi de ses convictions et oublier qu'elle était mariée ?

Elle le regardait avec cette expression qu'il savait maintenant reconnaître comme annonciatrice d'une discussion sérieuse.

— Vous n'allez vraiment rien dire à Taylor ?

Il secoua la tête.

— Pourquoi ?

Que pouvait-il réellement lui dire ? Jusqu'à quel point le croirait-elle ?

La réalité, c'est qu'il détestait le rôle que Taylor lui faisait jouer et n'aimait pas qu'on se serve de lui. Il ne trouvait pas non plus normal de surveiller une personne qui n'était soupçonnée d'aucun crime, d'autant que la façon dont Jennifer occupait son temps ne regardait pas Taylor. Et par ailleurs, ce dernier n'avait pas à utiliser les ressources de la Ville pour son bénéfice personnel.

— Il m'a mis en garde.

— A propos de quoi ?

— Il m'a prévenu qu'il y aurait des conséquences si je faisais autre chose que de vous surveiller.

— Je vois. Mais, vous n'avez toujours pas répondu à ma question.

— Laquelle ?

— Pourquoi travaillez-vous pour Taylor ?

Il eut envie de répondre que ce n'était pas son choix. Mais ce n'était pas tout à fait exact. Il aurait pu aller ailleurs, accepter une autre mission, mais il en avait fait une question personnelle.

— Parce que je suis flic, répondit-il, laconique.

— Vous auriez pu l'être ailleurs.

— Il fallait que je vienne ici.

— Je peux vous poser une autre question ?

— Même si je dis non, vous la poserez quand même, n'est-ce pas ?

Elle esquissa un sourire.

— Connaissez-vous quelqu'un qui se prénomme Don ?

Il ne savait pas à quoi il s'attendait, mais pas à ça.

— Don Miller dirige un cabinet comptable en centre-ville ; Donny Dominguez entraîne l'équipe de football du lycée ; Don Scott tient la concession automobile Chevrolet, et Donald Field est infirmier à l'hôpital. Je suis sûr qu'il y en a d'autres, mais ce sont ceux que je connais. Pourquoi ?

— Je ne sais pas trop…

Elle secoua la tête, faisant danser souplement ses cheveux.

— J'ai ce nom en tête et j'ignore pourquoi.

Même s'il n'y croyait pas, Mitch ne pouvait pas l'accuser de mentir. Ou plutôt si, en fait, il pouvait. Et il le ferait si nécessaire, mais pas ce soir.

Il franchit le seuil vers sa chambre.

— Je vous vois demain.

— Je n'en doute pas une seconde, répondit-elle avant de fermer sa porte et de tourner le verrou.

Après une seconde d'hésitation, il fit la même chose de son côté.

La bibliothèque municipale John Belmar était située dans une rue calme, face à une église, et aux abords de la zone résidentielle de la ville. L'immeuble était impressionnant, bâti en gros blocs de pierre de taille sans doute transportés à grands frais.

Ce bon vieux John n'avait visiblement pas trouvé suffisant de donner son nom à la ville et à la bibliothèque, encore fallait-il que le bâtiment soit digne de sa grandeur.

Jessica se gara le long du trottoir, à l'ombre d'un des immenses magnolias qui bordaient la rue, et se dirigea vers l'entrée principale.

Elle ne se rappelait pas la dernière fois qu'elle avait mis les pieds dans une bibliothèque, sans doute cela remontait-il au temps où elle était à l'université. Avec les ordinateurs portables et internet, elle n'en avait jamais éprouvé le besoin depuis. Mais le fait d'y entrer fit resurgir les sensations d'autrefois, quand sa mère l'y emmenait avec Jen. Elle avait alors l'impression de se trouver dans un lieu spécial, qui méritait le respect.

Aujourd'hui encore, elle ne pouvait s'empêcher d'être impressionnée. Sans doute était-ce dû au silence, semblable à celui d'une église, à l'impressionnante hauteur des plafonds, au sol de marbre, aux rangées interminables de livres…

En tout cas, c'était le genre d'endroit dont Jimmy Ray ne voyait pas l'intérêt, à en juger par la moue dédaigneuse qu'il affichait lorsqu'il franchit les portes, quelques instants après elle.

Délibérément, elle avança avec lenteur entre les présentoirs, prenant ici et là un livre et faisant mine de s'absorber dans la quatrième de couverture avant de le remettre en place.

Jimmy Ray la suivit comme son ombre, jusqu'à ce qu'il repère une jeune fille assise à une table. A l'instant où il prit place en face d'elle, Jessica se précipita vers la section des journaux et magazines.

La gazette locale n'était pas accessible en ligne, lui apprit la bibliothécaire, mais elle se fit un plaisir de lui indiquer où étaient classés les archives et microfilms.

A la guerre comme à la guerre ! songea Jessica, vaguement dépitée quand même. S'il fallait explorer l'information à l'ancienne mode, elle s'y adapterait… L'ennui, c'est qu'elle n'avait pas le début d'un indice sur ce qu'elle cherchait.

Elle commença avec la pile du dessus, épaisse d'une

bonne trentaine de centimètres. Publiée tous les jours sauf le samedi, la gazette faisait la part belle aux événements de la vie locale : réunion du club du troisième âge, concours de confitures, match des poussins du club de football…

Si vous cherchiez une analyse approfondie des événements nationaux, ce n'était pas là qu'il fallait regarder. Mais si vous vouliez savoir qui avait été arrêté, qui allait se marier ou divorcer, ou quelle équipe de bowling avait remporté le championnat, c'était une mine d'or.

Son impatience et la certitude de se diriger droit vers une impasse s'estompèrent au fil de sa lecture.

Si elle excluait les fréquentes références à Taylor, et les incontournables photos le présentant sous son meilleur profil, le journal était assez plaisant à parcourir. L'équipe rédactionnelle y faisait preuve du même enthousiasme pour présenter le gagnant du jardin le plus fleuri que pour parler du dernier meurtre en date.

Lequel meurtre s'était produit trois mois plus tôt et n'avait toujours pas été résolu. La victime était une jeune fille de dix-huit ans, blonde et jolie, qui semblait un peu trop sophistiquée pour son âge, avec sa coiffure apprêtée et son maquillage chargé.

Et elle s'appelait Tiffani Dawn Rogers.

— Vous faites le plein d'informations sur ce qui s'est passé en ville pendant votre absence ?

Jessica sursauta, refoulant à grand-peine l'envie de cacher le journal sous la table. L'air aussi dégagé que possible, elle le plia en deux, de façon à ce que la photographie de Tiffani ne soit pas visible, avant de lever les yeux vers Mitch.

Il se tenait près d'un présentoir, un magazine de sport ouvert entre ses mains, et semblait fasciné par son contenu.

Un frisson la parcourut, mais il n'était pas dû à la surprise. N'avait-elle pas délibérément planifié cette expédition à l'heure du déjeuner dans l'espoir que Jimmy Ray ferait une pause pour se restaurer ? Et n'avait-elle pas déduit que Mitch le remplacerait ?

Elle regarda autour d'elle, ne vit personne qui semblait leur prêter attention, et répondit à voix basse :

— Ça m'a paru mieux que de m'adresser à Taylor.

— Vous lui avez bien parlé, hier soir.

Ce n'était en apparence qu'un simple rappel, sauf si l'on percevait le sous-entendu. Ce n'était pas tout à fait de la jalousie, pas tout à fait du ressentiment, mais cela y ressemblait.

— Je n'ai pas eu le choix, répliqua-t-elle. Quelqu'un m'a jeté hors de sa voiture, et j'ai dû rentrer chez moi.

Il tourna une page de son magazine.

— Qu'auriez-vous préféré ?

— Je ne sais pas. Peut-être faire un tour et revenir une fois qu'il serait parti.

— Il aurait attendu.

Il tourna encore une page et, changeant complètement de sujet, demanda :

— Ça vous dirait, un barbecue ?

Chez Willis Pickering, évidemment. Et il se joindrait à elle. Même si elle n'avait pas faim avant qu'il pose la question, c'était maintenant le cas.

— Pourquoi pas ? Mais accordez-moi une minute.

Elle repoussa sa chaise et les pieds crissèrent sur le sol, ce qui lui valut un regard réprobateur de la bibliothécaire. Avec un sourire d'excuse, elle réarrangea soigneusement la pile de journaux.

Remarquant soudain le photocopieur contre le mur, elle hésita, feuilleta la pile pour retrouver le numéro où se trouvait l'histoire de Tiffani et se dirigea vers la machine.

Il lui en coûta un dollar vingt-cinq pour copier l'article qui remplissait presque deux pages. Elle plia rapidement ses copies en deux, les mit dans son sac et rangea le journal.

Jessica retrouva sans difficulté le chemin du restaurant. Le parking était bondé et toutes les tables installées sur la terrasse couverte qui courait sur les trois côtés de la maison étaient occupées. Quelques clients la regardèrent avec curiosité quand elle descendit de sa voiture mais, quand Mitch la rejoignit, ils retournèrent à leur conversation.

La jolie jeune fille brune qui les accueillit se hissa sur la pointe des pieds pour embrasser Mitch.

— Je me doutais que nous te verrions aujourd'hui.

Lorsqu'elle s'écarta, il fit un signe de tête vers Jessica.

— Voici Jennifer. Liana est la fille aînée de Willis.

La jeune fille l'enveloppa d'un regard désapprobateur, et reporta son attention sur Mitch.

— Nous avons une table pour deux…

Il l'interrompit.

— Et pourquoi pas la table familiale ? Elle est libre ?

— Pour toi, toujours.

La table était installée un peu à l'écart dans le jardin, à l'ombre d'un chêne majestueux. De confortables fauteuils en rotin l'entouraient. Un massif de rhododendrons aux éclatantes tonalités de rose et de rouge masquait la vue sur le parking, et la seule partie visible du restaurant était la cuisine, logée dans une extension en briques accolée à l'ancienne façade et à demi masquée par la vigne vierge.

Une table isolée, un restaurant dans un lieu atypique en dehors du circuit habituel… Si ce n'était pas un rendez-vous clandestin, Jessica ne savait pas ce que c'était.

Elle choisit le siège adossé au tronc de l'arbre et ils passèrent commande.

— Que faisiez-vous à la bibliothèque ? demanda Mitch, après que Liana se fut éloignée.

Elle ne regarda pas Mitch, mais laissa son regard se perdre vers les bois, à l'arrière de la maison. L'épaisse frondaison dispensait une ombre dense et permanente où rien ne poussait. Un peu plus loin, toutefois, la nature avait repris ses droits, et le jardin était envahi d'herbes folles, de buissons et de ronces.

— Je voulais énerver Jimmy Ray, répondit-il. Une façon comme une autre d'égayer la matinée, vous ne pensez pas ?

— C'est un sombre idiot. Mais il peut être dangereux. Ne l'oubliez pas.

Avant qu'elle ait eu le temps de prévenir son geste, il se pencha, tira la fermeture à glissière de son sac qu'elle avait posé à ses pieds et en sortit les photocopies qu'elle avait faites.

— Hé ! s'exclama-t-elle, scandalisée.

Elle tendit la main pour essayer de récupérer son bien. De sa main libre, Mitch lui saisit le poignet et il lui sembla que tout s'effaçait autour d'elle.

La pression de ses doigts était ferme, sa peau extraordinairement chaude. Il ne lui faisait pas mal, mais elle savait qu'il aurait pu le faire si sa grand-mère ne lui avait pas donné une bonne éducation, comme il se plaisait à le rappeler.

Lorsqu'il la relâcha, elle eut l'impression de pouvoir encore sentir le contact de ses doigts. Même là où il ne l'avait pas touchée.

Sans paraître affecté le moins du monde, il observa la photographie de Tiffani.

— En quoi est-ce que cela vous intéresse ?

— Je ne sais pas. Un meurtre dans une petite ville est toujours un événement. J'ai eu envie de savoir…

Elle haussa les épaules.

— Mettez ça sur le compte de la curiosité morbide.

— Comment pouvez-vous ne pas être au courant ? Taylor n'arrêtait pas de donner des conférences de presse, à l'époque. L'occasion était trop belle pour lui de passer à la télévision.

— Je vous l'ai dit, j'ai des trous de mémoire. Et je fais en sorte de m'adresser le moins possible à Taylor. Le coupable a-t-il été arrêté ?

— Non.

— Pas de suspects ?

— Non.

La porte de la cuisine claqua, attirant l'attention de Mitch. Il plia les pages en quatre et les glissa sous sa cuisse, pour les cacher à la vue de Liana.

Jessica fit un rapide calcul. Si Willis avait l'âge de Taylor, Liana devait avoir environ dix-sept ans. Connaissait-elle Tiffani ? Etaient-elles amies ?

La jeune fille déposa leur commande sur la table et recommanda à Mitch de ne pas s'en aller sans avoir salué ses parents.

Le silence s'installa tandis qu'ils entamaient leur repas. Jessica trempait un morceau de beignet à l'oignon dans la sauce ranch quand Mitch reprit la parole.

— L'autre soir, il ne vous a sûrement pas fallu plus de deux secondes pour comprendre que nous étions dans ce que les gens d'ici appellent les bas-fonds de la ville. Tiffani a grandi à quelques pâtés de maisons d'ici, dans un mobil-home installé dans les bois. Sa mère était alcoolique et son père ne faisait qu'entrer et sortir de prison. Elle a commencé à avoir des ennuis dès qu'elle a su marcher et parler : vol à l'étalage, vandalisme, racket… et pour finir, drogue et prostitution. En mai dernier, elle s'est rendue à une soirée, où elle a beaucoup bu. Elle en est partie à 4 heures du matin, seule. Sa voiture a été retrouvée trois jours plus tard dans une impasse. Son cadavre était dans le coffre. Elle portait des traces de coups et avait été étranglée.

La cruauté de cette histoire et le ton détaché qu'employait Mitch pour exposer les faits eurent raison de l'appétit de Jessica.

— Vous étiez déjà là ? demanda-t-elle, en repoussant son assiette.

— Non. Je suis arrivé un mois plus tard.

— Et Taylor n'a pas résolu l'affaire ?

Mitch eut une mimique désabusée.

— Ceci prouve malheureusement que la justice n'est pas la même pour tous. Tiffani Dawn était une délinquante. Elle ne vivait pas au bon endroit, ne venait pas du bon milieu… Si elle avait été la fille du maire, par exemple, tout aurait été mis en œuvre pour résoudre son meurtre.

— Quand son corps a été découvert, Taylor a quand même fait quelque chose ?

— Il a fouillé la voiture, établi qu'elle n'avait pas été tuée là, mais le lieu du crime n'a jamais été découvert. En apparence, ils ont mené l'enquête avec compétence, mais après la couverture média des débuts, tout le monde s'en est désintéressé.

— Vous y avez regardé de plus près ?

Il l'enveloppa d'un long regard pensif.

— Pourquoi demandez-vous ça ?

Parce que le flic qu'elle avait envie qu'il soit aurait fait ce genre de choses. Parce que Tiffani Dawn n'avait pas mérité de mourir, et certainement pas de cette façon…

Ce ne fut cependant pas ce qu'elle répondit.

— Par curiosité.

— Vous êtes curieuse de beaucoup de choses aujourd'hui, n'est-ce pas ?

— Sa mère vit-elle toujours ici ?

— Non. Elle a déménagé en Géorgie peu après l'enterrement. Entre-temps, les journalistes avaient cessé d'appeler, et les inspecteurs avaient reporté leur attention sur d'autres affaires.

— Et quand vous êtes arrivé, vous avez lu les rapports et expertises. Vous étiez curieux, vous aussi, non ?

— C'est mon métier.

Jessica se laissa aller contre son dossier, un verre de thé glacé à la main. C'était une journée chaude, sans un souffle d'air, et elle se sentait plonger dans une douce léthargie.

— Vous ne répondez pas facilement aux questions, remarqua-t-elle.

— Mais je dis toujours la vérité.

Il souleva la carafe, lui proposa d'un signe de tête de la resservir et ajouta :

— D'une façon ou d'une autre.

Elle tendit son verre et il le remplit jusqu'au bord.

— C'est le « d'une façon ou d'une autre » qui m'inquiète.

— Parce que vous avez été honnête à cent pour cent avec moi ?

Bien sûr que non ! Il la prenait pour sa sœur. Mais elle s'était montrée aussi sincère que possible dans ses mensonges — ce qui les rendait plus facile à retenir — et, tout ce qu'elle faisait, elle le faisait pour la bonne cause.

Quelle était la motivation de Mitch ? Faire en sorte que

de l'argent sale tombe en permanence sur son compte ? Protéger son supérieur corrompu ?

— S'il vous faut autant de temps pour décider si vous êtes honnête, ce n'est pas bon signe, remarqua-t-il, ne plaisantant qu'à moitié.

— Désolée. Je pensais à quelque chose.

— J'avais remarqué.

Il regarda sa montre et se pencha pour accéder à la poche arrière de son jean et y prendre son portefeuille. Les photocopies volèrent à terre et Jessica les récupéra.

— Je vous propose un marché, dit-il. Vous pouvez me poser une question, n'importe laquelle, et je vous dirai la vérité. Puis ce sera mon tour et vous ferez de même.

— Comment puis-je être sûre que vous ne mentirez pas ?

— Je le jure sur la tête de ma grand-mère.

— Votre grand-mère n'est plus de ce monde.

— Et alors ? Je ne déshonorerai pas sa mémoire en mentant.

C'était terriblement tentant, et elle avait déjà quelques idées. Mais elle savait aussi ce qu'il lui demanderait. « Qu'est-ce que vous mijotez ? » Il avait déjà posé la question sous différentes formes et n'avait pas été satisfait de ses réponses.

Elle secoua la tête.

— Il n'y aura pas de marché.

— Et vous dites que c'est moi qui ai un problème pour répondre aux questions ?

Il repoussa sa chaise et se leva.

— Vous voulez venir avec moi saluer Willis ?

Songeant au regard dont Willis l'avait gratifiée mardi quand il avait entendu le nom de Burton, et à l'attitude de Liana quand ils étaient arrivés, Jessica secoua la tête.

— Je vais attendre dans la voiture.

— Ne partez pas sans moi.

— De toute façon, je ne pourrais pas aller bien loin.

— Vous feriez bien de vous en souvenir, dit-il avec un soupir qui fit battre son cœur plus vite.

Deux jours plus tôt, elle aurait pris ses paroles pour une menace. Aujourd'hui, elle préférait les envisager comme une promesse…

C'était désormais une certitude. Elle était aussi crédule que Jen. La grande question était de savoir si Mitch était aussi dangereux pour elle que Taylor l'avait été pour Jen.

Et comment l'apprendre avant qu'il ne soit trop tard ?

7

— Tu as envie de te faire tuer ?

Appuyé contre le comptoir de la cuisine, Mitch regardait Willis suivre Jennifer des yeux, tandis qu'elle se dirigeait vers sa voiture.

Lorsqu'elle fut hors de vue, son ami se tourna vers lui, l'air incrédule.

— Dois-je te rappeler qu'elle est mariée avec Taylor Burton ?

— Je n'ai pas oublié. De plus, ce n'est pas ce que tu crois.

Willis ne s'en laissa pas conter.

— Ce que je crois, c'est que vous vous retrouvez ici parce que tu es sûr que tu ne rencontreras personne qui ira moucharder.

— Où est Lara ? demanda Mitch, au lieu de répondre.

— Elle est allée à la banque. Et tu as de la chance qu'elle ne soit pas là, où elle t'aurait passé un savon.

— Il n'y a aucune raison. De toute façon, Jennifer est séparée de son mari.

— Ce n'est pas la même chose que divorcée.

Non, mais ni l'un ni l'autre ne semblait intéressé par une réconciliation. Et c'était d'ailleurs ce qui intriguait Mitch.

Pourquoi Jennifer était-elle revenue, si elle n'avait

aucun désir de reprendre la vie commune avec Taylor ? Et lui, pourquoi la faisait-il surveiller en permanence ?

— Ecoute, dit-il, je sais ce que je fais. Tu peux me faire confiance.

Willis leva les yeux au ciel.

— Vous entendez ça, Miss Lou ? dit-il, en évoquant la grand-mère de Mitch. Il sait ce qu'il fait !

Par un effet du hasard — ou était-ce le fantôme de la vieille dame qui se manifestait ? —, un coup de tonnerre fit trembler la vieille maison.

Mitch rit de cette coïncidence, et asséna une claque amicale sur l'épaule de Willis.

— Dis à Lara que je suis désolé de l'avoir manquée. A bientôt.

— Ouais, ouais. Et je suppose que nous ne tarderons pas à la revoir non plus.

Mitch quitta la maison et se dirigea vers la réception, où officiait Liana. Elle ne cessa de papoter tout en rédigeant l'addition et en rendant la monnaie, et il répondit d'un air absent.

— Je vois bien que tu ne m'écoutes pas, dit-elle en déposant l'appoint dans sa main.

— Désolé, ma puce. Je suis préoccupé.

Il lui redonna la monnaie en guise de pourboire.

— Mmh… J'ai vu ci qui te préoccupe. Je peux te donner un conseil ?

Il se redressa et la toisa. Elle mesurait trente bons centimètres de moins que lui, elle était fine et nerveuse comme une biche, avec le même grand regard innocent.

— Tu as quel âge, Liana ?

— Dix-sept ans.

— Tu es donc assez jeune pour être ma fille. Tu sais, ça va peut-être te surprendre, mais j'ai connu quelques femmes dans ma vie.

— Evidemment ! Mais tu es un homme, et les hommes ne comprennent rien aux femmes.

— Si c'est l'expérience qui te fait parler, je ne veux rien savoir. A la prochaine !

Il atteignit la porte en quelques enjambées, puis se retourna.

— Ecoute, à propos de Jennifer…

Il était évident que ni Willis ni Lara ne diraient à personne qu'il l'avait vue, mais Liana n'était qu'une gamine.

Pas si gamine que ça, après tout, eut-il le loisir de constater lorsqu'elle demanda avec un air innocent, qu'il aurait pu prendre pour argent comptant s'il ne l'avait pas si bien connue :

— Quelle Jennifer ?

Puis elle rit et lui adressa un clin d'œil.

— A plus !

Il sortit, s'arrêta sur le perron pour mettre ses lunettes de soleil et se demanda à quoi il jouait en demandant à une fille de dix-sept ans de mentir pour protéger ses arrières.

Son travail était déjà assez compliqué, sans qu'il prenne des risques inutiles en voyant Jennifer en cachette. Faute de pouvoir être relevé de ses fonctions, il avait donc tout intérêt à s'en tenir à l'ordre qui lui avait été donné : garder un œil sur elle.

Dîner avec elle, pique-niquer sur la plage, ou discuter le soir dans sa chambre ne faisait pas partie de sa mission.

Jennifer était assise dans sa voiture, les fenêtres baissées, et de la musique s'échappait de la radio. Ses doigts tapotaient en cadence le volant, et Mitch remarqua qu'elle ne portait pas de bague. L'alliance en diamants et le volumineux solitaire de fiançailles avaient disparu, et son annulaire ne présentait aucune marque blanche.

Il est vrai qu'elle n'était pas très bronzée, mais porter de tels cailloux pendant trois ans ne laissait-il donc aucune trace ?

Il venait de s'installer au volant quand sa radio de bord grésilla.

— T'es où ? demanda Jimmy Ray.

— Je me dirige vers l'est, sur Johnson Street.

Ce serait vrai dans une minute ou deux.

— Mince, qu'est-ce que tu fiches par là ? Il n'y a pourtant pas de boutiques dans le coin.

— Que veux-tu que je te dise ? On me demande de suivre, je suis !

— Bon, je prends le relais dès que tu arrives sur Ocean.

— Ça marche…

Une dizaine de minutes plus tard, Jennifer tournait à gauche vers le centre-ville et la résidence Bellevue.

Jimmy Ray, au volant d'une voiture banalisée, s'inséra dans la circulation derrière elle, et Mitch fit demi-tour sur une place de stationnement vacante.

L'accès à l'ancienne habitation des Rogers était un chemin de terre envahi par la végétation, qu'il était aisé de rater si on ne connaissait pas bien le coin. Des ronces frôlaient les côtés de sa voiture, et les nombreux nids-de-poule mettaient à mal les amortisseurs.

Devant le spectacle de désolation que recélait la clairière, il aurait été aisé de croire que l'ouragan y avait fait des dégâts. Pourtant, il n'en était rien.

A part quelques débris ici et là, charriés par les torrents d'eau et de boue, l'endroit était à peu près semblable à celui que Mitch avait découvert lors de sa précédente visite. Pitoyable, misérable… Un endroit désespérant pour une jolie petite fille qui rêvait d'autre chose.

« Mon bébé n'aurait pas dû mourir comme ça », avait dit Rhonda Rogers en sanglotant, et Mitch était bien de cet avis. Mais Tiffani Dawn n'aurait pas non plus dû vivre de cette façon.

Si Rhonda avait fait des choix différents, si elle avait compris que sa fille était plus importante que la boisson, les soirées en discothèque et un mari qui n'était qu'un bon à rien. Si elle s'était comportée en mère avant qu'il ne soit trop tard…

Il sortit de sa voiture et observa les ouvertures béantes qui avaient remplacé les vitres. Un rideau déchiré flottait sous la brise, là où se trouvait la chambre de Tiffani Dawn, et un volet cassé pendait à la fenêtre du salon.

Ses déductions l'avaient conduit à penser que Tiffani Dawn pouvait être le « Don » à propos de qui Jennifer l'avait interrogé la veille. Après tout, la prononciation était presque identique.

Mais pourquoi cette question ? Ne se rappelait-elle vraiment pas son nom complet ? Etait-ce une façon de le tester ?

Il était prêt à parier que Jennifer n'avait jamais entendu parler de la jeune fille avant sa mort. Mauvaise classe d'âge, mauvais cercle social pour la femme du chef de la police.

Il devait découvrir ce qu'elle savait, et comment elle le savait.

Suspectait-elle Taylor ? Pensait-elle qu'il avait d'autres raisons que la situation sociale des Rogers pour ne pas avoir mené une véritable enquête ?

Un oiseau poussa un cri lugubre dans les hautes branches d'un cèdre tout proche. Mitch remonta en voiture et composa le numéro de son frère.

Une femme à la voix rauque et sensuelle répondit au téléphone de Rick. Lorsque celui-ci prit la communication, Mitch l'accueillit avec un ricanement.

— Je vois que tu travailles dur.

— Pas de commentaires, je te prie ! Même les barmans ont le droit de faire une pause de temps en temps.

— Tu as l'information que je t'ai demandée ?

— Oui. J'allais justement t'appeler.

Il y eut un bruit de feuilles qu'on tournait.

— Tu voulais savoir si Jennifer Burton avait les moyens de te payer un pot de vin, et la réponse est oui. Elle n'avait pas un gros salaire quand elle était institutrice mais, à la mort de ses parents, sa sœur et elle ont hérité une coquette fortune que la sœur a sagement investie.

— Coquette à quel point ?

Rick cita un chiffre qui arracha un sifflement médusé à Mitch.

— Tu crois que Taylor est au courant ?

— Tu crois qu'elle posséderait encore sa fortune si c'était le cas ? répliqua Rick, du tac au tac. L'argent est à son seul nom.

— Elle pourrait verser une contrepartie à Taylor pour qu'il la laisse tranquille. Au lieu de ça, elle vit dans une résidence bon marché et conduit une voiture de location.

— Tu as appris autre chose sur elle ? demanda Rick.

— Elle m'a demandé si je connaissais quelqu'un prénommé Don, puis elle est allée à la bibliothèque et a photocopié un article sur le meurtre de Tiffani Dawn Rogers.

— Pourquoi ?

Ce n'était qu'un seul mot, mais Rick parvint à le charger d'une extrême suspicion.

— Par curiosité, à l'en croire.

— Et tu penses qu'il ne s'agit que de ça ?

Mitch massa le point de tension dans sa nuque.

— Non.

Après un moment de silence, Rick insista.

— Tu as une théorie ?

Pas vraiment. Il pensait que Jennifer préparait quelque chose. Il savait que cela impliquait Taylor et que c'était dangereux. De toute façon, tout ce qui concernait Taylor l'était.

Il savait aussi que son supérieur était coupable de beaucoup de choses. Mais, irait-il jusqu'à menacer sa femme ? La blesser ? Peut-être même la tuer ?

— Mitch ? Tu es toujours là ?

— Ouais. Ecoute, Rick, je ne sais pas quoi penser…

Un lourd roulement de tonnerre déchira le ciel, tandis que le soleil disparaissait derrière de gros nuages gris, et les premières gouttes s'écrasèrent au sol.

— Ecoute, il commence à pleuvoir ici. Il faut que j'y aille. Je te rappelle plus tard.

— Fais attention à toi.

Après avoir contemplé la pluie un moment, Jessica alluma la télévision sur la chaîne météo. Une carte du golfe emplissait presque tout l'écran, indiquant la position de l'ouragan Leonardo et ses possibles déplacements dans les jours à venir. L'hypothèse la plus plausible était qu'il frappe le Texas dans le courant de la semaine prochaine, mais toute la côte restait en état d'alerte.

Y compris Belmar.

Il ne manquait plus que ça : Taylor, Mitch et un ouragan.

Trop agitée pour se poser, elle déambula dans l'appartement, étudiant les photos qu'elle connaissait par cœur, cherchant dans les endroits qu'elle avait déjà inspectés.

Elle ne savait toujours pas comment s'introduire dans

la maison de Taylor, mais il lui restait encore à explorer le hangar que Jen louait en ville.

Et quoi de mieux qu'une lugubre après-midi pluvieuse pour cela ?

Elle enfila un pantalon de popeline beige avec un pli marqué au fer, et une chemise en chambray bleu ciel dont le col et les poignets étaient amidonnés — l'idée que Jen se faisait d'une tenue sport — et prit une serviette dans le placard à linge, avant d'enfiler l'imperméable bleu marine de sa sœur.

Elle mit la clé du garde-meubles dans sa poche, ôta ses sandales, glissa les mocassins de sa sœur sous son bras, abrités par l'imperméable, et courut jusqu'à sa voiture. Elle avait de l'eau jusqu'à la cheville.

Le garde-meubles se trouvait à l'ouest de la ville. Jessica franchit la grille et roula lentement vers le premier container de la troisième rangée. Jimmy Ray resta à l'écart jusqu'à ce qu'elle ouvre la porte et disparaisse à l'intérieur. Il s'avança alors au pas, fit un demi-tour serré entre les allées et se gara devant l'entrée.

L'espace n'était pas très large, trois mètres sur six environ, et il était chichement éclairé par une ampoule nue. La porte se soulevait comme celle d'un garage, et Jessica l'abaissa derrière elle pour empêcher Jimmy Ray de voir ce qu'elle faisait.

Après avoir secoué l'imperméable, elle s'essuya les pieds et les glissa dans les mocassins. Puis elle prit le temps de regarder autour d'elle.

Tout était très bien organisé et elle n'en attendait pas moins de Jen. Les meubles étaient assez vieux pour avoir une valeur sentimentale, mais ne pouvaient pas être considérés comme des antiquités. Les boîtes étaient

rangées par taille, et le contenu clairement identifié :
souvenirs d'enfance, lycée, cadeaux, photos…

Jessica aurait adoré trouver un carton étiqueté « mes
preuves secrètes contre Taylor » mais il ne fallait pas
rêver.

Elle commença par les meubles, ôtant les coussins des
sièges, ouvrant les tiroirs des buffets… et les souvenirs
affluèrent : la méridienne, dans le salon de Jen, à Los
Angeles, le service de table familial posé sur la desserte,
les chaises de bois à barreaux tournés de la cuisine sur
lesquelles elles grimpaient pour atteindre la boîte à
biscuits de Grandma.

Elles s'étaient disputées pour le miroir chevalet qui
ne s'accordait avec rien de ce qu'elles possédaient, mais
qu'elles voulaient quand même. Jen avait fini par l'obtenir, mais non sans céder à Jessica la table en acajou
de la salle à manger et les six chaises assorties.

Le temps qu'elle en finisse avec les meubles, elle avait
chaud et transpirait, et le manque d'air commençait à
lui donner mal à la tête. Elle avait fermé la porte pour
empêcher Jimmy Ray de la voir, mais elle ne tiendrait
pas longtemps.

Et après tout, quelle importance cela avait-il qu'il la
voie ? Qu'est-ce que cela changerait au rapport qu'il
ferait à Taylor ? *Elle a fouillé dans des cartons.* Il n'y
avait vraiment pas de quoi fouetter un chat !

Elle souleva la porte métallique. La pluie tombait
toujours et un vent frais entra dans le container.

Jimmy Ray pressait d'une main un téléphone portable
contre son oreille, et tenait de l'autre une cigarette.
Transmettait-il des informations ou occupait-il le temps
en entretenant ses relations ?

Le simple fait que ce type pût avoir une vie sociale
lui donnait la nausée.

Elle le chassa de ses pensées pour se tourner vers les cartons alignés contre l'un des murs. Aucune des étiquettes n'était plus prometteuse que les autres. « CADEAUX DES ÉLÈVES » ne semblait pas susceptible de contenir quoi que ce soit de valeur. Mais les endroits les plus improbables n'étaient-ils pas les meilleurs ?

Jessica s'empara du carton, le posa à terre, tira une chaise à proximité et défit le ruban adhésif qui fermait le dessus.

Le contenu était exactement conforme à ce qui était indiqué.

Elle avait examiné une bonne moitié des cartons quand le bruit d'un moteur attira son attention. Levant les yeux, elle vit Jimmy Ray jeter sa cigarette qui tourbillonna dans l'eau et dériva jusqu'à l'égout.

L'instant d'après, le Hummer de Taylor s'engageait dans l'allée.

Jessica frissonna. Affronter Taylor hier soir en sachant que Mitch était là avait été très déplaisant. Mais aujourd'hui, dans cet endroit isolé, avec personne d'autre dans les parages que Jimmy Ray…

Taylor se gara à côté de sa voiture, bloquant le passage, et entra dans le container, non sans prendre la peine de se passer la main dans les cheveux et de tirer sur les poignets de sa chemise.

Assise au fond, Jessica lui adressa un regard peu amène.

— Je ne t'ai pas invité à entrer.

— Je suis le chef de la police. Je vais où je veux.

— Tu n'es quand même pas Dieu le Père.

Un sourire éclaira son visage.

— Presque, ma belle.

Il avança de quelques pas.

— Je t'avais demandé de te débarrasser de ces vieilleries. Pourquoi les gardes-tu ?

— Elles ont une valeur sentimentale. Et puis, qui sait, j'aurai peut-être besoin de meubler un nouvel endroit.

Taylor sourcilla et désigna le carton à ses pieds.

— Tu cherches quelque chose ?

— Juste des vieux souvenirs.

— Et les souvenirs récents ?

— Tu veux dire, ceux de la nuit de l'ouragan ?

Elle referma les rabats du carton marqué « Noël », se cala contre le dossier de la chaise, et croisa les bras sur sa poitrine.

— Je sais plus ou moins ce qui s'est passé cette nuit-là. Pourquoi aurais-je à me soucier des détails qui m'échappent encore ? La mémoire finira bien par me revenir. Et si ce n'est pas le cas, je n'en mourrai pas.

Il attrapa l'autre chaise, l'installa à moins d'un mètre d'elle et s'assit, jambes tendues, dans une posture destinée à lui prouver qu'il était parfaitement à l'aise.

— Que s'est-il passé ?

— J'ai attendu trop longtemps pour évacuer. Il pleuvait tellement fort que j'avais du mal à voir la route. Je suppose que j'étais désorientée et que j'ai tourné au mauvais endroit, car je me suis retrouvée à Timmons Bridge. J'ai perdu le contrôle de la voiture qui a basculé dans la rivière. Mais j'ai réussi à en sortir avant de m'évanouir. J'ai dérivé un moment, et quelqu'un m'a trouvée sur la rive et m'a conduite à l'hôpital, où je me suis réveillée le lendemain.

— Et comment sais-tu tout ça ?

Elle haussa les épaules.

— Je me souviens de la pluie. On a retrouvé ma voiture dans l'eau. Le reste est logique.

— Mais tu ne te souviens pas *réellement* de tout ce que tu viens de raconter ?

— Pourquoi cette question, Taylor ? Saurais-tu quelque chose à propos de cette nuit que j'ignore ?

— Bien sûr que non. Je travaillais. J'essaie juste de comprendre comment les événements se sont enchaînés.

Elle haussa la tête.

— Je me suis cogné la tête plutôt violemment quand la voiture a plongé dans l'eau. Je ne suis restée consciente que le temps de m'extraire, j'imagine. Le médecin a dit que je souffrais d'amnésie traumatique, et que ma mémoire risquait de ne jamais revenir. Vu que c'était ma première expérience d'un ouragan, et mon premier accident de voiture, je ne tiens pas particulièrement à revivre ce traumatisme. Donc, je dirais que ça m'arrange de ne rien me rappeler.

Elle regarda sa montre.

— Oh ! mince ! Il est 4 heures. C'est la fin de ton service. Tu as sûrement envie de rentrer te préparer pour un rendez-vous en amoureux. Ne te mets pas en retard à cause de moi.

— Un *rendez-vous en amoureux* ?

Il prit l'air outragé.

— Jennifer, comment peux-tu suggérer…

Elle l'interrompit.

— Je ne me rappelle pas la nuit de l'ouragan, mais je sais très bien pourquoi je t'ai quitté. J'ai senti un parfum de femme sur toi, la nuit dernière. Ne me dis pas que tu as délaissé son lit pour venir me harceler.

— Te harceler ? S'assurer que sa femme va bien est maintenant considéré comme du harcèlement ?

Il était intéressant de constater que c'était le seul point sur lequel il estimait devoir se défendre. Il ne nia pas avoir été avec une autre femme, ce soir-là. Il ne fit pas non plus de commentaires sur les motifs pour lesquels Jen l'avait quitté.

— Future ex-femme, corrigea-t-elle d'un ton calme. Que veux-tu ?

Il leva un sourcil.

— Hier, tu as dis que ce ne serait pas terminé tant que tu n'aurais pas eu ce que tu voulais. Donc, je répète : que veux-tu ?

Il se leva et la toisa de toute sa hauteur. Mal à l'aise, elle résista à l'envie de gigoter sur sa chaise.

— Je veux ce qui m'appartient.

Son intonation était mesurée, mais il parvenait toutefois à y insuffler une menace.

— Si je ne le récupère pas…

Il remit la chaise en place, et haussa les épaules, avant de terminer.

— Tu le regretteras, Jennifer.

Comme il franchissait la porte, la pluie s'arrêta et un rayon de soleil perça le voile des nuages, illuminant ses cheveux blonds et sa peau bronzée. Ainsi, il irradiait telle une apparition divine, et Jessica perçut toute l'ironie de la situation.

Elle le regarda parler avec Jimmy Ray, monter dans son Hummer et s'éloigner. Si elle n'eut aucune réaction apparente, un immense soulagement s'empara d'elle… bien vite balayé par l'inquiétude suscitée par les dernières paroles de Taylor.

Considérait-il que Jen lui appartenait, ou faisait-il allusion aux preuves qu'elle lui avait dérobées ?

Même si la pluie s'était finalement arrêtée, les égouts, encore engorgés par les torrents de boue qu'avait charriés le précédent ouragan, peinaient à évacuer l'eau. Mitch fut donc obligé de rouler au pas sur une portion inondée de Breakers Avenue, avant de s'engager dans la zone industrielle où se trouvait le site de stockage.

Il se gara à côté de Jimmy Ray, qui écrasa d'un geste rageur sa cigarette sous son talon et se précipita vers lui.

— Tu es en retard.

Mitch haussa les épaules. Son collègue bondit dans sa voiture, fit rugir le moteur et démarra dans un crissement de pneus.

Un comportement puéril qui trahissait une personnalité immature, jugea Mitch, tout en se demandant comment Taylor avait pu confier un insigne et une arme à ce lamentable personnage. Mais peut-être avait-il tout simplement trouvé quelqu'un qui partageait son goût du crime, de la corruption et de l'hypocrisie…

Jennifer était tout au fond du hangar lorsqu'il entra. Pliée en deux, elle faisait un effort pour soulever un lourd carton. Son chemisier s'était relevé, révélant une bande de peau pâle au-dessus de la ceinture de son pantalon, dont l'étoffe s'étirait de façon suggestive sur ses fesses.

La bouche soudain aussi sèche que du carton, les sens embrasés, il se laissa hypnotiser par le spectacle.

Elle parvint finalement à décoller le carton du sol et à le déposer sur le dessus d'une pile. Puis elle se tourna et le vit.

S'essuyant les mains sur son pantalon — ce qui ne devait pas être la première fois, à en juger par les marques de poussière sur ses jambes —, elle lança avec irritation :

— Vous pourriez me proposer votre aide !

— Je vois que vous êtes de charmante humeur. Que vous arrive-t-il ?

— C'est à cause de l'orage. De l'humidité. De ce stupide Jimmy Ray…

Elle prit un carton plus petit sur la pile voisine, se

laissa tomber sur une chaise et entreprit de décoller l'adhésif sur le joint central de l'emballage.

— Et en plus, j'ai eu la visite de Taylor.

Mitch regarda autour de lui et vit une autre chaise contre le mur. Mais il lui préféra un large repose-pied de bois doré et sculpté. Le tissu ancien qui le recouvrait représentait des roses rouges sur un fond ivoire. Louise en avait eu un très semblable dans sa chambre, en face d'une table à plateau de marbre qu'elle appelait une coiffeuse.

— Que voulait-il ?

Jennifer écarta les rabats du carton et en sortit quelques livres, qu'elle posa sur ses genoux avant de lever les yeux vers lui.

— Récupérer ce qui est à lui.

Un muscle joua dans la mâchoire de Mitch.

— C'est-à-dire, vous ?

— Je ne pense pas.

— Quelque chose que vous lui avez pris ? C'est pour ça que vous êtes ici, pour le récupérer ?

Une émotion passa sur son visage, mais il ne put dire s'il s'agissait de culpabilité.

— Je suis venue m'occuper de tout ça. Il faut que je fasse le tri et que j'expédie ailleurs ce que je veux garder.

Il ne la croyait pas. Si elle avait pris quelque chose qui incriminait Taylor, cela expliquerait que celui-ci n'ait pas été spécialement rongé par le chagrin durant les quelques semaines où tout le monde l'avait crue morte, et qu'il n'ait pas tout mis en œuvre pour la retrouver.

Cela expliquerait également pourquoi il voulait être tenu au courant de ses moindres mouvements, et pourquoi il n'avait aucune envie de se réconcilier avec elle.

Il ne voulait pas Jennifer, mais simplement ce qu'elle lui avait pris.

Et c'était désormais sur cette mystérieuse pièce manquante qu'il allait concentrer ses efforts.

Il se pencha et posa les coudes sur ses genoux.

— Ecoutez, Jennifer, vous ne savez pas de quoi Taylor est capable. Quel que soit ce que vous lui avez pris, donnez-le-moi et fuyez loin du Mississippi. Je m'en occuperai.

Le regard qu'elle lui lança était plein de méfiance. Sa suggestion devait probablement lui apparaître comme une mauvaise blague. A sa connaissance, il n'était pas plus honorable que Taylor — un flic corrompu de plus dans un système qui en regorgeait.

Soudain, il eut une révélation. Il avait envie que Jennifer lui fasse confiance, qu'elle croie en lui, qu'elle remette sa vie entre ses mains.

Ils se dévisagèrent pendant un long moment, sans qu'il parvienne à déchiffrer les émotions qui assombrissaient les magnifiques yeux bleus de la jeune femme.

— Je n'ai rien à vous donner, dit-elle finalement. Je voulais juste trier mes affaires.

Frustré, il se redressa. Que pourrait-il bien dire pour la convaincre qu'elle pouvait lui faire confiance ? La vérité, peut-être, mais il n'était pas prêt à la partager avec elle.

— Vous avez vécu longtemps avec lui. Vous savez qu'il aime tout contrôler.

Il marqua une pause, guettant une réaction. Absorbée par les livres, qu'elle feuilletait rapidement avant de les écarter, elle n'en eut aucune.

— Vous savez comment il est quand les choses ne vont pas comme il veut, insista-t-il.

Elle termina avec le dernier livre, et plongea la main dans le carton pour en sortir d'autres. Mitch s'en empara, lui effleurant les doigts au passage. Et là, elle laissa enfin filtrer une émotion : elle se crispa, écarquilla les yeux, et eut un mouvement de recul.

— Je peux vous aider, dit-il d'un ton neutre.

Elle croisa les bras, en un geste caractéristique de protection.

— Vous travaillez pour Taylor.

— Je ne suis pas comme lui.

Elle répéta d'un ton buté :

— Vous travaillez pour lui.

— Uniquement parce que…

Il évita le lapsus de justesse.

— Il avait besoin d'un officier, reprit-il, et moi d'un emploi. Mais je fais mon métier de policier en toute loyauté.

— Et vous m'espionnez !

C'était du plaisir, pas du travail. En outre, il ne la surveillait pas pour Taylor, mais pour veiller à sa sécurité. C'était aussi une façon pour lui d'avoir l'esprit en paix.

— Vous voulez que je parte ? demanda-t-il.

Il n'irait pas plus loin que l'endroit où était garée sa voiture mais, si elle avait besoin d'espace, il pouvait lui en donner.

Ses joues s'empourprèrent. Baissant la tête, elle prit une nouvelle brassée de livres et commença à en feuilleter un avant de répondre à mi-voix :

— Non.

Sa réponse apporta à Mitch plus de satisfaction qu'il ne l'aurait cru.

Dans le silence qui suivit, elle tria encore une demi-douzaine de livres. Mitch la regarda faire un moment, avant de demander :

— Où allez-vous expédier tout ça ?

Elle haussa les épaules.

— Je n'y ai pas encore pensé.

— Où irez-vous quand vous quitterez Belmar ?

— Qu'est-ce qui vous fait penser que je vais partir ?

— Vous restez ?

Elle eut un signe de tête négatif.

— Vous retournez en Californie ?

— Je n'en sais rien. Si ma sœur n'y est pas, je n'en vois pas l'intérêt.

— Elle ne revient pas de temps en temps ?

— Ce n'est pas la même chose.

Les lèvres serrées, elle remit les derniers livres dans le carton et croisa les rabats pour en consolider la fermeture. Un tiers seulement des cartons étaient encore scellés par de l'adhésif.

Mitch ne put s'empêcher de penser qu'elle cherchait quelque chose en particulier. Mais quoi ? Et si elle l'avait caché, pourquoi ne savait-elle pas où ?

Tandis qu'elle repoussait machinalement une mèche de cheveux, il observa attentivement son visage.

Elle affirmait s'être retrouvée à l'hôpital, incapable de se rappeler les événements de la nuit, ce qui suggérait un coup à la tête. Ce n'était pas inhabituel quand une voiture quittait la route, bien que les blessures se produisent d'ordinaire de face ou de côté.

Or il n'y avait pas trace de blessures sur le visage de Jennifer : pas d'œdème, pas d'entailles en cours de cicatrisation, pas d'ecchymoses commençant à s'estomper.

— Vous vous êtes cogné la tête quand votre voiture a plongé du pont ? demanda-t-il de but en blanc.

Elle eut du mal à cacher sa surprise.

— Oui, dit-elle d'un ton embarrassé. J'avais une bosse de la taille d'un œuf à l'arrière de la tête.

Pourquoi à l'arrière ? Son corps aurait dû être projeté en avant ou sur le côté jusqu'à ce que la ceinture de sécurité ou le volant stoppe le mouvement. Puis il y aurait eu rebond. La seule chose avec laquelle sa tête aurait dû entrer en contact était l'appuie-tête confortablement rembourré. Il n'y avait pas de quoi causer une bosse.

Elle aurait pu se blesser après s'être extirpée de la voiture, frappée par les débris emportés par un courant débridé, ou tomber au moment de se hisser sur la rive.

Ou elle aurait pu ne pas se blesser du tout, voire ne pas s'être trouvée dans la voiture au moment où elle avait plongé.

Elle aurait pu inventer toute l'histoire…

Pourquoi ?

De lourds nuages noirs assombrissaient l'horizon lorsqu'ils quittèrent enfin le hangar.

— Laissez votre voiture ici, dit Mitch, tandis que Jennifer faisait descendre la porte basculante et fermait la serrure. Je veux vous montrer quelque chose.

Il s'attendait à des protestations, mais elle accepta de le suivre sans faire d'histoires. Dans l'habitacle, l'air était irrespirable. Mitch baissa sa vitre et régla en sourdine le volume de la radio.

Il n'accorda pas un regard à Jennifer tandis qu'ils quittaient le garde-meubles. Elle ne posa pas de questions, et il ne fournit aucune explication.

Leur destination se trouvait être une rue étroite desservant un lotissement détruit quelques années plus tôt par un ouragan d'une rare violence. Au bout se trouvait le pont, rarement utilisé.

Cahotant sur la chaussée défoncée, il roula jusqu'au plan incliné qui menait au pont et coupa le moteur. La soirée était prématurément sombre, et dépourvue des bruits habituels, comme si les oiseaux et les insectes avaient senti l'arrivée imminente d'un nouvel ouragan et s'étaient mis à l'abri.

— Où sommes-nous ? demanda Jennifer.

Ne reconnaissait-elle vraiment pas cet endroit ?

Ne se souvenait-elle pas avoir tourné dans cette rue et roulé vers ce pont ? S'était-elle perdue, désorientée par l'ouragan ? Ou était-elle venue ici délibérément, pour y rencontrer quelqu'un, se servant de la tempête comme couverture pour fuir avec lui ?

Il descendit de voiture, mit la clé de contact dans sa poche et attendit qu'elle le rejoigne.

— Voici Timmons Bridge.

Jennifer s'avança jusqu'à l'entrée du pont suspendu quinze mètres au-dessus d'une vallée entourée de forêts épaisses.

En dehors du panneau de signalisation à demi arraché et rongé par la rouille, rien ne pouvait laisser supposer qu'il y avait une ville à quelques centaines de mètres de là. De chaque côté de la rue, des maisons éventrées se dressaient au milieu des ronces et des herbes folles.

L'impression qui s'en dégageait était sinistre, et elle ne put retenir un frisson.

— Que sont devenus les gens qui vivaient ici ? demanda-t-elle.

— Ils sont presque tous morts. L'ouragan devait être de faible intensité, et ils n'ont pas évacué. Finalement, ç'a été l'une des plus grandes catastrophes naturelles qu'ait connue la région.

Jennifer baissa les yeux vers l'eau en contrebas. Grossie par la pluie, la rivière avait un débit rapide et charriait des branches arrachées au passage.

— Comment avez-vous atterri ici ? demanda la voix de Mitch dans son dos.

— Je ne sais pas. J'ai dû prendre un mauvais embranchement.

Bien décidée à ne pas lui en dire plus, elle fit demi-tour vers la voiture.

Elle n'avait pas fait cinq pas que Mitch lui saisit le poignet. Elle s'immobilisa, et ferma brièvement les paupières.

Elle ne pouvait pas lui faire confiance. Jen l'avait mise en garde, mais elle avait de toute façon assez de bon sens pour s'en rendre compte elle-même.

Elle n'aurait pas dû se trouver seule avec lui dans un endroit désert et passablement inquiétant. Pas plus qu'elle n'aurait dû apprécier à ce point le contact somme toute anodin de ses doigts sur son poignet.

Lentement, elle se tourna pour lui faire face, effaçant toute trace d'émotion sur son visage.

— Qu'avez-vous pris à Taylor ? demanda Mitch avec insistance. Où l'avez-vous caché ? Qu'étiez-vous venue faire ici ?

— Je vous l'ai dit, je n'ai rien pris. Je ne cache rien. Je me suis trompée d'itinéraire, c'est tout.

— Bon sang, Jennifer !

Elle serra les dents, refusant de faire machine arrière.

Jen et elle s'étaient mises d'accord sur un scénario, et elle allait s'y tenir quoi qu'il arrive.

Même si elle avait envie de tout raconter à Mitch.

Même si elle avait envie de lui dire qu'elle n'était pas la femme de son supérieur.

Même si elle avait envie de l'entendre prononcer son véritable prénom et non celui de sa jumelle.

Sans la quitter des yeux, il se mit soudain à caresser la peau tendre de son poignet, dans un mouvement voluptueux du pouce qui fit courir une onde de chaleur tout le long de son bras, jusqu'à sa poitrine.

Elle baissa les yeux, de peur qu'il ne devine l'étrange faiblesse qui l'envahissait, l'envie folle qu'elle avait de se blottir contre lui. Mais l'accélération de son pouls sous les doigts de Mitch trahit probablement la vive émotion qu'elle ressentait à cet instant.

Tandis que la caresse se faisait plus insistante, la pluie se déchaîna. Ce n'était pas une bruine légère, ou quelques grosses gouttes s'écrasant ici et là, mais un véritable torrent qui les détrempa en l'espace de quelques secondes. Son chemisier se mit à coller à sa peau. Les cheveux de Mitch se plaquèrent sur son crâne, tandis que son t-shirt moulait ses pectoraux dessinés à la perfection.

Elle retint son souffle en le voyant faire un pas en avant. Puis un autre… à moins que ce ne soit elle qui s'était avancée.

Les doigts de Mitch remontèrent le long de son bras jusqu'à son épaule, sa gorge, sa mâchoire… Il se pencha au-dessus d'elle, ses lèvres effleurant presque les siennes, son souffle se mêlant au sien.

Puis le tonnerre fit trembler le sol sous leurs pieds. Un éclair aveuglant déchira le ciel.

Le visage de Mitch se crispa, ses lèvres se pincèrent. Il marmonna quelque chose qu'elle ne comprit pas, laissa retomber sa main et recula. Puis il la contourna et marcha à grands pas vers sa voiture.

Elle le rejoignit en courant. Dès qu'elle eut pris place à côté de lui, il engagea la marche arrière et fit demi-tour.

Sans un mot, il la conduisit au garde-meubles, où elle récupéra sa voiture. Malgré tout, la vue de ses phares dans le rétroviseur apparut à Jessica comme une présence réconfortante. La froideur de son expression lorsqu'il regagna son appartement fut beaucoup moins plaisante.

Elle ôta ses vêtements trempés, se sécha avec une serviette et enfila la seule tenue de sa sœur qui ressemblait vraiment à la Jen qu'elle connaissait : un pantalon de pyjama à rayures vertes et roses et un T-shirt assorti. Puis elle attrapa son téléphone portable dans son sac et alla se blottir sur le canapé.

Au moment où elle allait composer le numéro de Jen, le visage de sa sœur s'afficha à l'écran, signalant un appel.

Amusée par la coïncidence, elle décrocha.

— Comment savais-tu que j'avais envie de te parler ?

— La télépathie entre jumelles.

Les yeux de Jessica se brouillèrent de larmes. C'était ainsi que leur père appelait leur connexion si particulière. Elles savaient toujours quand l'une avait besoin de l'autre. Chacune finissait la phrase de l'autre, ressentait ce que l'autre ressentait. Certaines personnes trouvaient cela étrange, mais c'était assez fréquent chez les jumeaux, et cela leur paraissait normal. Elles avaient toujours eu cette sorte de don, et elles espéraient le conserver toujours.

— Qu'as-tu fait aujourd'hui ? demanda Jen.

— J'ai fouillé ton garde-meubles. Tu en as accumulé des affaires !

— Pas tant que ça.

— Que veux-tu que j'en fasse ?

Jen resta un moment silencieuse.

— Garde ce que tu veux et débarrasse-toi du reste.

Se débarrasser du contenu du garde-meubles était une des options que Jessica avait évoquées avec Mitch, mais elle avait du mal à accepter l'idée de le faire réellement.

— Tu es sûre ?

— Ne sois pas aussi sentimentale, Jess. Je commence une nouvelle vie et je ne veux rien garder qui me rappelle le passé. Tu sais ce qui est important. Jette le reste.

Après une pause infime, elle reprit.

— Je suppose que tu n'as rien trouvé dans les cartons,

où tu me l'aurais déjà dit. Et ce Don dont je t'ai parlé ? Tu as eu plus de chance de ce côté-là ?

— Pourrait-il s'agir de Tiffani Dawn Rogers ? C'était une jeune fille de dix-huit ans…

— Qui a été assassinée, je m'en souviens. On en a beaucoup parlé à l'époque. Bien sûr, Taylor en a profité pour se mettre en avant. Il aime tellement qu'on le prenne en photo !

Le sarcasme était perceptible dans la voix d'ordinaire douce et aimable de Jen.

— Je ne sais pas, Jess… reprit-elle. Je l'ai vue en ville, mais je ne lui ai jamais parlé. Pourquoi son nom aurait-il une signification pour moi ?

— Taylor a peut-être quelque chose à voir avec sa mort.

Le silence de sa sœur dura assez longtemps pour mettre Jessica mal à l'aise. Jen connaissait les pires travers de Taylor. Elle savait de quoi il était capable.

— Peut-être, dit-elle enfin. Je n'arrive pas à me souvenir.

La détresse se percevait à son intonation, et Jessica imaginait très bien l'expression qui l'accompagnait : sourcils froncés, yeux assombris et mâchoires serrées.

— Ne t'inquiète pas pour ça. Ça finira par te revenir. Ou c'est moi qui trouverai. D'une façon ou d'une autre, Taylor le paiera.

Puis ce fut à son tour d'hésiter, de rassembler son courage, de trouver un ton suffisamment détaché.

— Que sais-tu à propos de Mitch Lassiter ?

— Il travaille pour Taylor. Ils sont amis depuis l'école primaire. Pourquoi ?

— Il vit à côté, il me surveille… Je le vois beaucoup.

Elle haussa les épaules et sut que Jen devinait son geste.

— Je suis curieuse.

— Oh ! Jess, tu ne peux pas être attirée par lui !

Crois-en une experte dans l'art de faire des mauvais choix. Il ne faut pas que tu t'impliques.

— Mais tu ne le connais pas vraiment, n'est-ce pas ?

— Comme je l'ai dit, il travaille avec Taylor et ils sont amis, cela résume assez bien les choses. Souviens-toi de ce que disait maman : « On peut apprendre beaucoup d'une personne en observant ses amis. » Tu ne peux faire confiance à aucun des amis de Taylor.

Mais la veille, quand Jessica avait justement accusé Mitch d'être ami avec Taylor, sa réponse suggérait que c'était du passé, qu'il n'y avait plus rien aujourd'hui entre eux que le travail.

Et, au garde-meubles, il avait dit qu'il travaillait avec Taylor « seulement parce que… ».

Elle n'avait pas relevé sur le moment, mais à présent, elle se demandait comment il aurait terminé sa phrase. Parce qu'accepter l'offre de Taylor lui avait permis de revenir chez lui ? Parce qu'il ne trouvait pas de travail ailleurs ? Parce qu'il avait eu des ennuis à Atlanta ?

— Jess !

L'impatience qui vibrait dans la voix de Jen lui fit comprendre que ce n'était pas la première fois que sa jumelle essayait d'attirer son attention.

— Tu ne peux pas craquer pour Mitch. Tu sais qu'il te surveille sur l'ordre de Taylor. Tu es trop intelligente pour tomber amoureuse de quelqu'un comme lui.

— Toi aussi, tu étais trop intelligente pour tomber amoureuse de quelqu'un comme Taylor.

Jen soupira.

— C'est vrai, et regarde où ça m'a menée.

La tristesse noua la gorge de Jessica. Elle n'était pas logée à meilleure enseigne. Depuis qu'elle se faisait passer pour sa sœur, chaque mot qui sortait de sa bouche était un mensonge. En essayant de trouver des preuves pour punir un criminel, elle était en train de tomber amoureuse d'un homme qu'elle avait toutes les raisons de soupçonner d'être son complice…

— Promets-moi de tenir Mitch à distance, insista Jen.

— Ne t'inquiète pas pour moi. Tu as raison. Je suis plus intelligente que ça.

— C'est promis ?

— Je t'ai déjà fait une promesse, et c'est la seule qui compte.

Les doigts de Jessica se crispèrent autour du téléphone.

— Taylor paiera pour tout ce qu'il a fait, ainsi que tous ses éventuels complices.

— Y compris Mitch ?

Jessica sentit un goût amer envahir sa bouche. Après une hésitation presque imperceptible, elle répondit avec fermeté :

— S'il est coupable, il paiera.

Mais, en son for intérieur, elle priait de toutes ses forces pour qu'il soit innocent.

8

Jessica fut réveillée le lendemain matin par des bruits de l'autre côté de la porte communicante : ruissellement de la douche, martèlement des pas, tiroirs ouverts et repoussés, portes claquées… Mitch allait et venait dans son appartement chichement meublé, et se préparait à aller travailler.

Etait-il de meilleure humeur que la nuit dernière ? Regrettait-il de lui avoir pris la main ? Regrettait-il de ne pas être allé plus loin ? Avait-il réellement eu l'intention de l'embrasser ?

Elle avait toujours en tête la mise en garde de Jen : « Tu es trop intelligente pour tomber amoureuse de quelqu'un comme lui. » Mais c'était loin d'être vrai. Même en étant informée à son sujet, en sachant qu'elle ne pouvait pas lui faire confiance et qu'il défendait avant tout les intérêts de Taylor, elle continuait à le désirer.

Quelle idiote elle faisait !

Comme elle sortait du lit, la porte d'entrée de Mitch claqua. Elle fit un détour sur le chemin de la salle de bains et alla à la fenêtre pour jeter un œil entre les rideaux.

L'orage était passé, le soleil brillait, et tout semblait frais, propre et guilleret, sauf Mitch qui, s'il était frais et propre, affichait une mine morose. Le froncement de sourcils et la moue renfrognée semblaient ne plus devoir quitter son visage.

Tandis qu'il balayait le parking du regard, elle l'imita. Aucun signe de Jimmy Ray. Il marmonna quelque chose, à n'en pas douter un juron, déverrouilla sa voiture, et prit appui contre la portière pour attendre. Puis il tourna les yeux vers la fenêtre derrière laquelle elle se tenait.

Elle fut tentée d'écarter le rideau et de lui offrir un grand sourire et un signe de la main. Mais elle n'en fit rien et resta cachée, osant à peine respirer.

Jimmy Ray arriva deux minutes plus tard. Il conduisait toujours la voiture banalisée, une berline marron avec deux antennes sur le toit. Il éluda la remarque que Mitch lui fit d'un geste obscène.

Dès que Mitch eut démarré, Jessica s'éloigna de la fenêtre. Maintenant qu'elle avait rayé le garde-meubles de sa liste, le seul endroit qu'il lui restait encore à fouiller était la maison de Taylor. Un jour comme celui-ci, où il était de permanence au poste de police, semblait la meilleure chance qu'elle aurait jamais.

Mais comment se débarrasser de Jimmy Ray ?

La question la tourmenta tandis qu'elle s'habillait, se maquillait, et faisait le ménage dans un appartement déjà propre.

Quand 11 heures sonnèrent, sans qu'elle eût trouvé la solution, Jessica décida d'aller faire un tour.

L'air était lourd de chaleur et d'humidité lorsqu'elle quitta l'appartement, et elle se sentit très vite oppressée.

Jimmy Ray démarra sa voiture et la suivit au pas tandis qu'elle traversait le parking. Quand elle tourna à gauche dans la rue, il parut comprendre qu'il ne pourrait pas continuer à la suivre de cette façon et se résigna à se garer pour continuer à pied.

Le fait de le savoir à vingt pas derrière elle, guettant le moindre de ses gestes, faisait courir dans son dos des frissons de dégoût qu'elle s'efforça d'ignorer. Heureusement, elle savait qu'elle n'aurait pas à subir ses avances. Même si elle l'avait vu à l'œuvre avec toutes les femmes qu'il croisait, persuadé sans doute d'être un apollon, il n'oserait jamais s'en prendre à la femme de son supérieur. D'ailleurs, Taylor lui avait probablement donné le même avertissement qu'à Mitch : *il y aurait des conséquences s'il faisait autre chose que de la surveiller.*

Elle déambula dans le centre de Belmar, d'abord d'un côté de la rue principale, puis de l'autre, observant les vitrines et laissant son esprit vagabonder.

Et puis soudain, la solution lui vint.

Elle était devant un salon de bronzage. Dans la vitrine, un peu de sable, un parasol, des tongs et une serviette évoquaient la plage. Plus jamais elle ne verrait une plage sans penser à son pique-nique avec Mitch à Posey Park. Lorsqu'elle s'était blottie sous la couverture ce soir-là, elle aurait juré pouvoir sentir l'odeur de l'océan et celle de Mitch tissée dans ses fibres.

La plage se trouvait en dehors de la juridiction du département de police de Belmar. Naturellement, cela n'empêcherait pas Jimmy Ray de la suivre. Mais, dès qu'elle aurait franchi les limites de la ville, il suffirait d'un coup de téléphone pour être débarrassée de lui quelques minutes.

Il ne lui en faudrait pas plus pour s'évanouir dans la nature.

Elle s'obligea à revenir lentement sur ses pas. Il était presque l'heure de déjeuner, et Mitch n'allait pas tarder à prendre la relève de Jimmy pour une heure. Lui fausser compagnie lui semblait une aventure autrement plus périlleuse, et elle décida qu'il était plus sage d'attendre le retour de Jimmy Ray.

Elle s'arrêta devant un stand, à un demi-pâté de maisons de chez elle, et se joignit aux élèves du lycée qui faisaient la queue pour acheter un hamburger et des frites.

Le temps qu'elle soit servie, Mitch s'était garé en double file, et Jimmy Ray retournait en petites foulées à la résidence Bellevue pour y reprendre sa voiture.

Elle attendit que Mitch la rejoigne, mais il ne le fit pas, estimant sans doute qu'il y avait trop de monde autour. Il recula jusqu'à une place de parking vide, se gara et baissa les vitres. Il portait des lunettes de soleil, mais elle sentait quand même son regard, son hostilité.

Elle comprenait sa réaction. Il croyait aux liens du mariage, et il avait failli embrasser la femme de son supérieur — et sans doute ne s'en serait-il pas tenu là si cela était arrivé.

Si seulement elle pouvait lui dire la vérité ! Encore aurait-il pour cela fallu qu'elle soit certaine de pouvoir lui faire confiance.

Elle trouva une petite table de pique-nique à l'ombre, et fit traîner son repas jusqu'à ce que les adolescents aient réintégré leur école et que Jimmy vienne relever Mitch.

Elle perçut le changement d'ambiance dès que ce dernier démarra. Jimmy Ray possédait une personnalité tellement angoissante qu'il émanait de lui une aura sournoise et malsaine.

Le moment était venu de tenter une échappée.

Il lui fallut moins de cinq minutes pour rejoindre à pied le parking de la résidence et prendre sa voiture. Programmant un numéro dans son téléphone portable, elle déposa celui-ci dans le support fixé au tableau de bord, et prit la direction de Posey Park. Lorsque le compteur journalier indiqua six kilomètres quatre cents, elle appuya sur le bouton d'appel.

— 911. Quelle est votre urgence ?

Elle insuffla à sa voix toute la détresse dont elle était capable :

— Il y a un homme qui me suit. J'ai essayé de le distancer, mais il est toujours derrière moi, et j'ai peur qu'il essaie de me pousser hors de la route. Je vous en prie, aidez-moi ! J'ai tellement peur !

Elle répondit aux questions de l'opératrice : un faux nom, la description de sa voiture et de celle de Jimmy Ray, et leur localisation.

En moins de cinq minutes, sa ruse fut récompensée par le son d'une sirène.

Lorsque le clignotement du gyrophare apparut derrière la voiture de Jimmy Ray, elle ralentit, l'obligeant à faire de même. Puis elle guetta dans son rétroviseur sa réaction quand il comprit qu'il était pris en chasse par une patrouille. Le visage tordu par une grimace, il leva les bras en l'air, en signe d'exaspération, et se rangea sur le bas-côté.

Apercevant un dégagement un peu plus loin sur la gauche, Jessica fit demi-tour et retourna vers la ville. Lorsqu'elle passa devant les deux voitures arrêtées, les patrouilleurs avaient sorti leur pistolet et visait la berline marron en aboyant des ordres.

Il ne faudrait pas longtemps à Jimmy Ray pour mettre les choses au clair avec les patrouilleurs. Mais elle n'avait besoin que de quelques minutes d'avance… Et aussi de quitter cette route avant que les hommes de Taylor la repèrent.

Utilisant le kit mains-libres, elle appela Jen et lui indiqua où elle se trouvait.

— J'ai cinq minutes pour aller chez Taylor. Tu connais un raccourci ?

— Tu vas bientôt apercevoir un magasin de bricolage

avec un panneau publicitaire orange et rouge. Tourne à gauche, va jusqu'au bout de la rue et prends à droite. Comment as-tu échappé à ton escorte ?

— Je l'ai signalé à la patrouille. Le temps qu'ils vérifient son identité, ça me laisse une petite marge de manœuvre.

Repérant le panneau, elle tourna sans toucher le frein.

— Il va falloir que j'entre par effraction dans la maison ?

— Non. Il y a des pots de fleurs sur la terrasse de derrière. Dans l'un d'eux, tu trouveras une grenouille en céramique vraiment laide, avec une clé à l'intérieur. Le code de l'alarme est la date de son anniversaire et du mien : 2817.

— C'est original, remarqua Jessica d'un ton ironique.

L'esprit ailleurs, elle tourna à droite à la dernière minute.

— Je dois chercher où ?

— N'importe où. Partout.

— Tant mieux, j'adore fouiner, dit Jessica avec un rire forcé. Je viens de passer un panneau disant que la route s'arrête dans huit cents mètres. Je fais quoi, ensuite ?

Jen lui donna des instructions, et Jessica les suivit, tout en jetant de fréquents coups d'œil dans son rétroviseur. Dès qu'elle apercevait une voiture, son estomac se nouait, puis elle se détendait un peu quand elle se rendait compte qu'il ne s'agissait pas de la police.

Lorsqu'elle arriva à l'endroit indiqué par Jen, un embarcadère au bord de la Timmons, elle était à bout de nerfs.

— Bien, dit Jen, d'une voix essoufflée, comme si elle vivait physiquement les péripéties traversées par Jessica, engage-toi sur la promenade pavée qui longe la rivière. Pousse le portillon, traverse le jardin et entre dans la maison. Fouille autant que tu veux, mets la maison sens dessus dessous s'il le faut mais, je t'en prie, trouve quelque chose.

— Je ferai de mon mieux.

Elle serra encore plus fort le téléphone dans sa main, tandis qu'elle coupait le moteur.

— Tu me manques, Jen.

— Toi aussi. Mais je suis avec toi en pensée. Tu le sais.

— Oui, je le sais, murmura Jessica, avant de mettre fin à la communication.

La grenouille en céramique nichée au cœur d'une potée de pensées détrempées était en effet très laide, avec de gros yeux globuleux et un corps vert fluo couvert de pustules. Jessica récupéra la clé d'une main tremblante et courut vers la porte.

S'attendant à ce que Taylor ait changé la serrure, elle y introduisit la clé, tourna… et la porte s'ouvrit. L'air rafraîchi par la climatisation l'enveloppa comme un voile de glace, lui donnant la chair de poule.

Il lui fallut plus de courage qu'elle ne l'aurait imaginé pour franchir le seuil, refermer la porte et taper le code sur le boîtier de l'alarme.

Elle resta un moment immobile, à écouter les bruits de la maison et les battements sourds de son cœur. Puis, après avoir pris une profonde inspiration, elle s'avança dans le couloir.

Jen lui avait dit que c'était un endroit magnifique, et elle n'avait pas exagéré. Les éléments d'époque — panneaux de chêne sur les murs, parquets aux motifs ouvragés, plafonds moulurés — avaient été conservés, mais le mobilier était contemporain et d'excellent facture, l'écran plasma affichait des dimensions impressionnantes, et des œuvres originales d'artistes peu connus mais talentueux ornaient les murs.

Un mari séduisant, une belle maison… Jen avait dû s'imaginer qu'elle vivait un conte de fées. La chute n'en avait été que plus rude.

Tandis qu'elle traversait la maison, elle mit au point un plan d'attaque. Il était impossible qu'elle parvienne à tout fouiller avant que Taylor quitte le poste de police. Elle allait donc se concentrer sur les endroits plus particulièrement dédiés à Jen : l'immense penderie emplie de vêtements coûteux, la salle de bains en marbre rose, et le bureau qu'elle avait aménagé dans l'ancienne lingerie.

L'inspection de la salle de bains fut assez vite menée à bien. Il en alla autrement de la penderie. Scandaleusement vaste, elle contenait une quantité effarante de vêtements, de chaussures et de sacs. Au milieu de la pièce, une longue commode, semblable à un comptoir de mercerie, accueillait de la lingerie.

Jessica fouilla chaque tiroir, chaque boîte de chaussures, puis passa un à un les sacs en revue. Elle commençait à désespérer de trouver quelque chose quand elle souleva un modèle de créateur très en vogue, dont le poids ne semblait pas correspondre à ses modestes dimensions.

Le cœur battant à tout rompre, elle l'ouvrit et comprit pourquoi. Un miroir de sac y avait été oublié. De forme carrée, il était en or, avec un couvercle laqué incrusté de nacre représentant des libellules et, malgré son apparence délicate, il pesait son poids. Elle l'avait acheté pour elle-même au Japon, mais Jen l'avait adoré et elle le lui avait offert.

Après avoir glissé le miroir compact dans la poche de son pantalon, elle se remit au travail. Quand elle en eut terminé avec les sacs, elle fouilla les poches de chaque vêtement, avant de s'intéresser aux étagères garnies de boîtes à chapeaux.

Repérant un escabeau appuyé contre un mur, elle le déplia et monta sur la première marche. C'est alors qu'elle crut entendre la voix de Jen la mettre en garde.

« Est-ce que je t'ai signalé que, sauf catastrophe épouvantable, Taylor quitte toujours le bureau à 16 heures ? Il dit que ça fait partie des privilèges du chef de faire des journées de sept heures. »

Jessica vérifia sa montre. Il était 15 h 30.

— D'accord, dit-elle entre ses dents. J'y vais.

Elle remit l'escabeau en place, éteignit les lampes et se dirigea vers l'escalier de service. Le ciel s'était de nouveau assombri tandis qu'elle était à l'intérieur, et le vent avait pris de la force, à en juger d'après le balancement des arbres. Priant pour avoir le temps de regagner la voiture avant qu'il ne commence à pleuvoir, elle enclencha l'alarme, et ferma la porte derrière elle. Mais au lieu de remettre la clé dans sa cachette, elle la fixa à l'anneau de son porte-clés, tandis qu'elle traversait le jardin.

Le tonnerre qui grondait avec force contribuait à créer une atmosphère inquiétante, et Jessica sentait grandir son malaise à chaque éclair qui déchirait un ciel de plus en plus sombre.

Le portillon franchi, elle déverrouillait à distance sa voiture, quand quelque chose dans l'air changea.

Ses bras se tendirent et ses cheveux se dressèrent dans sa nuque. Ce n'était pas dû à l'électricité statique créée par l'orage, mais à une autre sorte d'énergie, faite de colère, de rancœur, et bien plus dangereuse que la foudre.

Avant qu'elle ait eut le courage de se retourner, une main s'abattit sur son bras et la fit pivoter.

— Que diable fichez-vous ici ?

*
* *

Elle ne cria pas. Mitch dut lui en accorder le mérite. Cependant, elle n'avait pas l'air rassuré.

Les yeux écarquillés, le visage livide, les muscles noués sous ses doigts, elle n'en menait pas large. L'avait-elle pris pour Taylor ? Tant mieux si elle avait eu peur. Cela lui servirait de leçon, du moins l'espérait-il.

— Vous êtes folle ? demanda-t-il, en la secouant légèrement. Taylor a lancé tous ses hommes à vos trousses. Vous savez ce qui ce serait passé si l'un d'entre eux vous avait trouvée ici ? Avez-vous la moindre idée de ce qu'ils auraient fait ?

Son visage pâlit un peu plus et elle se mit à trembler. Il résista à l'envie de l'attirer contre lui, de lui assurer qu'elle était en sécurité avec lui. En réalité, il n'en était pas certain. Quand il avait reconnu sa voiture, il avait ressenti la plus forte angoisse de sa vie. Elle avait été mariée à Taylor pendant trois ans et ne savait toujours pas de quoi il était capable ?

— Que faisiez-vous dans la maison ? Qu'y avait-il de si important pour que vous preniez un tel risque ?

— Je… Je…

Il la secoua de nouveau, et la colère fit place à la peur dans ses yeux.

— Lâchez-moi, dit-elle, en essayant de le repousser. Je n'ai pas à vous répondre.

— Vous préféreriez répondre à Taylor ?

— Je n'ai pas peur de lui, répondit-il d'un ton hautain.

Mais elle mentait, il le lisait dans ses yeux.

Il se pencha suffisamment pour sentir son parfum et percevoir le souffle qui s'échappait de ses lèvres entrouvertes.

— Vous devriez, dit-il à mi-voix.

— Lâchez-moi, répéta-t-elle d'un ton presque résigné, comme si elle avait compris qu'elle n'aurait pas gain de cause.

— Que faisiez-vous dans la maison de Taylor ?

Elle hésita, réfléchissant sans doute à un mensonge.

— Je cherchais quelque chose.

— Ce que vous cherchiez hier au garde-meubles ?

— Je ne cherchais rien de spécial, hier. Je faisais seulement du tri.

Elle-même ne semblait pas croire à son mensonge.

— Bon sang, Jennifer…

Il la plaqua contre la voiture et la palpa de haut en bas, avant de plonger la main dans sa poche.

Le visage empourpré, elle lui saisit le poignet, mais il parvint à récupérer l'objet, après une courte lutte.

Il s'attendait à quelque chose d'important, peut-être un support contenant des données informatiques, mais pas une boîte dorée avec deux miroirs à l'intérieur.

Jennifer lui arracha l'objet des mains.

— C'est un cadeau de Jess.

Il la dévisagea avec stupeur.

— Vous avez fait prendre Jimmy Ray en chasse par une patrouille, et vous êtes entrée par effraction dans la maison de Taylor pour récupérer un miroir ?

— C'est ma sœur qui me l'a offert. J'y tiens beaucoup.

— Je suis sûr qu'elle vous en aurait offert un autre.

— Je voulais celui-ci.

Il se passa la main dans les cheveux en soupirant.

— Vous êtes complètement folle. Un fichu miroir ! Vous avez eu de la chance que je me sois trouvé près de la maison. Si un autre…

Le récepteur radio fixé à son épaulette grésilla, et une voix féminine les interrompit.

— Mitch, quelle est la situation de ton côté ?

Sans lâcher Jennifer des yeux, il saisit le micro.

— Rien à signaler. J'ai vérifié la maison, tout est normal. Pas de voiture dans les parages.

Il y eut un silence, puis la voix de Taylor prit le relais.

— Ou es-tu, exactement ?

— Je me suis garé dans Magnolia Street, pour des raisons de discrétion évidente. C'est difficile de surprendre quelqu'un quand on débarque avec une voiture de patrouille.

— Ouais, bien vu.

Puis la voix de Taylor se fit glaciale.

— Je veux savoir où elle est. Je veux qu'on la retrouve. Appelle-moi dès que tu as du nouveau.

— Bien reçu.

Il vit sur le visage de Jennifer de la confusion, et aussi quelque chose qui ressemblait à de la gratitude. Mais il se moquait de sa gratitude. Ce qu'il voulait, c'était sa confiance.

Sans perdre un instant, il ouvrit la portière et la poussa dans sa voiture.

— Longez la rivière jusqu'au prochain croisement et tournez à droite. Cela vous conduira du côté ouest de Main Street. Prenez les petites rues, rentrez chez vous et restez-y. Ne vous arrêtez pas en chemin. C'est compris ?

Elle plissa le front.

— Je ne suis pas stupide.

— Pour le moment, ça peut se discuter.

Il ferma la portière et la suivit des yeux jusqu'à ce que ses feux arrière aient disparu.

Il ne croyait pas un seul instant qu'elle eût pris le risque de s'introduire dans la maison pour récupérer un miroir. Et elle avait disparu pendant presque trois heures. C'était bien plus qu'il ne lui en fallait pour trouver cet objet.

Que pouvait-elle bien chercher d'autre ?

Les seuls à le savoir étaient Jennifer et Taylor et, malheureusement pour lui, aucun des deux n'était disposé à lui en parler.

Avec un soupir de lassitude, il regagna sa voiture et prit le chemin du poste de police. Il se gara à l'arrière du bâtiment, entra discrètement par la porte de service et réussit à débadger sans croiser personne.

En arrivant à la résidence Bellevue, il fut soulagé de voir que la voiture de Jennifer était garée à son emplacement habituel et alla stationner deux places plus loin.

Il pleuvait à torrent quand il sortit de voiture. Les gouttières étaient bouchées et débordaient sur l'allée bétonnée longeant l'accès aux appartements du rez-de-chaussée. Mme Foster, qui occupait l'autre logement voisin de celui de Jennifer, se tenait dans l'entrebâillement de sa porte, ses mains noueuses posées sur le pommeau de sa canne, et l'observait d'un air narquois tandis qu'il pataugeait dans l'eau jusqu'aux chevilles.

— Beau temps, n'est-ce pas ?

— Un vrai bonheur ! répliqua-t-il sèchement.

— Un nouvel ouragan se prépare, vous savez. A la météo, ils disent qu'il va filer vers l'ouest et nous épargner. Mais ils se trompent. Mes vieux os me le disent.

Sa grand-mère avait elle aussi coutume de se fier à ses douleurs articulaires pour prédire le temps, et Mitch ne fut pas surpris par cette remarque.

Pour le moment, l'ouragan Leonardo était stabilisé, mais ils ne tarderaient pas à être fixés sur son itinéraire. Et si Belmar était frappée, il ferait en sorte que Jennifer évacue bien, cette fois.

Il adressa un signe de tête à Mme Foster, avant de glisser sa clé dans la serrure. Puis il se ravisa.

— Vous savez si Mme Burton est rentrée ?

— Sa voiture est là, il me semble, non ? répondit Mme Foster d'un ton sarcastique. Elle est rentrée depuis un moment. C'était juste avant que la pluie commence à tomber.

Hochant de nouveau la tête, il entra chez lui, ôta ses vêtements dans l'entrée, et se dirigea en caleçon vers le téléphone.

Taylor répondit à la deuxième sonnerie.

— Jennifer est rentrée, dit-il de but en blanc. Et d'après sa voisine, ça fait un moment.

Il ne précisa pas que la définition que Mme Foster avait d'un *moment* n'était pas forcément la même que la sienne.

Taylor laissa échapper quelques jurons bien sentis.

— Tu es en train de me dire que Jimmy Ray n'est pas venu vérifier à l'appartement après l'avoir perdue ?

— Il aurait fallu que quelqu'un lui dise. Ce n'est pas le genre à faire preuve d'initiative.

— Bon, marmonna Taylor. Tu l'as vue ?

— Pas depuis le déjeuner.

— Hmm… Donc, elle déjeune, rentre chez elle, s'ennuie, décide de sortir et de faire une blague à Jimmy Ray, puis elle retourne gentiment à la maison ? Ça m'étonnerait !

Le combiné du téléphone calé entre l'épaule et l'oreille, Mitch alla déposer ses vêtements mouillés dans le lavabo de la salle de bains et ouvrit le robinet d'eau chaude de la douche.

— Je suis allé vérifier chez toi dès que Jimmy Ray a appelé, et je suis resté dans les parages. Elle n'était pas là.

— D'accord. Mais où était-elle ?

Mitch se massa le front pour essayer d'endiguer un mal de tête grandissant.

— Je n'en sais rien. Elle a pu aller au cinéma, faire des courses, se promener…

— Admettons, mais pourquoi se débarrasser de Jimmy Ray ?

— Si tu étais une femme, tu aurais envie d'avoir un type comme ça sur les talons ?

Taylor ricana. Pourtant, Mitch n'avait pas fait mine de plaisanter.

— Il y aura un joli bonus sur ta prochaine feuille de paie, lui rappela Taylor.

— Ouais, d'accord, marmonna Taylor, avant de raccrocher.

Quel besoin d'un bonus ? Il était prêt à assurer gratuitement la protection de Jennifer. Même s'il était sûr d'en payer le prix un jour ou l'autre.

Mitch s'apprêtait à sortir de la douche lorsque l'électricité fut coupée. Il se sécha dans le noir, et commença à chercher à tâtons des vêtements dans le placard.

Il fut interrompu par un coup frappé à la porte communicante. Il avait la possibilité de l'ignorer. Jennifer était intelligente, et elle comprendrait le message. Mais il se dirigea instinctivement de ce côté, comme s'il n'avait pas son mot à dire.

Il garderait ses distances, se promit-il en tournant le verrou.

Mais une fois la porte ouverte, il n'en était plus si sûr.

Jennifer avait reculé de quelques pas dans sa chambre, et tenait une bougie allumée à la main. Elle la posa sur la table de chevet et lança sans préambule :

— Pourquoi avez-vous menti à Taylor à mon sujet ?

Mitch ne chercha pas d'excuses.

— Il vous considère déjà comme une menace. S'il

avait su que vous étiez entrée dans la maison, il vous aurait fait du mal.

— Les autres personnes qui travaillent pour lui ne semblent pas s'en soucier.

— Je ne suis pas comme eux.

Il esquissa un sourire.

— Je suis policier avant tout. J'obéis à la devise du métier, qui est de protéger et de servir.

— Et s'il découvre que vous avez menti ?

Cela arriverait tôt ou tard, mais le problème ne se posait pas pour le moment.

— Je ferai face.

— Il vous fera du mal à vous aussi.

— Il essaiera probablement…

Mais Mitch était prêt à l'affronter. Il savait bien qu'il valait mieux ne pas trahir Taylor. N'était-il pas le mieux placé pour savoir de quoi son ancien camarade était capable ?

— Cela vous ennuierait ? ne put-il s'empêcher de demander.

— Si vous aviez des problèmes à cause de moi ? Bien sûr.

Pour se donner une contenance, elle prit la bouteille d'eau posée sur sa table de chevet, à côté de la bougie, et la porta à ses lèvres.

Sa main tremblait et quelques gouttes d'eau coulèrent le long de son cou, jusqu'au premier bouton de son chemisier. Avec un petit sourire gêné, elle les chassa du bout des doigts, laissant une trace humide sur sa peau.

Leurs regards se croisèrent et, pendant un long moment, ils se contemplèrent gravement. Mitch eut l'impression que quelque chose cédait en lui, comme une barrière qui tombe.

Il tendit la main et effleura son cou. Le pouls de

Jennifer s'accéléra sous ses doigts, et il sentit une intense chaleur traverser son corps, couler dans ses veines.

Il savait qu'il aurait dû retirer sa main, claquer la porte de séparation au visage de Jennifer, la verrouiller, et aller courir quelques kilomètres sous la pluie.

Au lieu de quoi, il déboutonna le premier bouton de son chemisier.

Une voix dans sa tête, qui ressemblait beaucoup à celle de Louise, le somma d'arrêter.

« C'est une femme mariée. »

Mais ce mariage avait cessé d'exister depuis des mois. Jamais Jennifer ne retournerait vivre avec Taylor.

Et puis, il avait tellement envie de la toucher, de la serrer contre lui, de la voir nue, luisante de sueur et gémissante…

Il défit le second bouton.

Les doigts de Jennifer se refermèrent sur les siens, les maintenant immobiles.

— Je peux vous poser une question ?

Sa voix était rauque, sexy, et une lueur de désir brillait dans ses yeux.

— D'accord.

— Et vous répondrez honnêtement ?

— Je suis honnête avec vous depuis le début.

C'était elle qui se montrait évasive, qui avait des secrets.

— Votre grand-mère serait-elle fière de l'homme que vous êtes devenu ?

La veille, chez Willis, il avait proposé à Jennifer de lui poser une question, en jurant sur la mémoire de Louise qu'il dirait la vérité. Derrière les mots prononcés, il comprenait ce qu'elle voulait réellement savoir :

Puis-je vous faire confiance ? Etes-vous différent de Taylor ? Etes-vous du côté des bons ou des méchants ?

Il était responsable, digne de confiance, honorable.

Il avait bien retenu les leçons de Louise. Il avait des valeurs, le sens de la morale. Il croyait au bien et au mal et aux conséquences que chaque décision entraînait.

Et pourtant, il était sur le point de commettre un péché d'adultère.

« Séparée, ce n'est pas la même chose que divorcée », lui avait rappelé Willis.

Mais il savait que Louise lui pardonnerait. Sa grand-mère était la bonté même. Elle comprenait tout. Si elle était encore de ce monde, elle aimerait Jennifer. Elle comprendrait qu'elle était différente. Spéciale.

— Oui, répondit-il enfin. Lou serait fière de moi.

La tension qui habitait Jennifer se dissipa. Se hissant sur la pointe des pieds, elle prit le visage de Mitch entre ses mains et posa ses lèvres sur les siennes.

Envahi par un désir brûlant, il l'attira avec force contre lui et ce qui avait commencé comme un baiser léger, à peine ébauché, se transforma en une étreinte fougueuse et sensuelle.

Dehors, l'orage se déchaînait, tandis qu'à l'intérieur flottait dans l'air un autre genre de radiations électriques. L'atmosphère était lourde, moite, et cela n'avait rien à voir avec le fait que la climatisation avait cessé de fonctionner.

La plus infime perception mettait les nerfs de Mitch à vif. Le frôlement des peaux, le froissement des vête-ments, l'expiration des souffles exacerbaient son désir jusqu'à l'insupportable.

Les mains de Jennifer qui lui caressaient le dos répandaient un feu liquide le long de sa colonne verté-brale. La pression de ses seins contre son torse lui était un supplice.

Guidé par le peu de discernement qui lui restait encore, il l'entraîna vers son appartement.

Ses sentiments envers Jennifer, qui oscillaient en permanence entre raison et passion, ne pouvaient totalement balayer son sens aigu des convenances.

Chez elle, elle restait la femme de Taylor.

Chez lui, elle était sienne. Tout simplement.

La joue pressée contre le torse de Mitch, Jessica écoutait les battements de son cœur reprendre un rythme normal et sa respiration décroître.

La tension de ses muscles s'était apaisée mais il ne semblait pas totalement détendu, et elle devina que sa conscience le taraudait. Il considérait les liens du mariage comme sacrés, et pourtant il venait de briser son plus grand tabou en commettant ce qu'il croyait être un adultère.

A cet instant, elle ne désirait rien tant que lui dire la vérité.

« Je ne suis pas Jennifer Burton. Je suis sa sœur, Jessica Randall, et je ne suis pas mariée. »

Pouvait-elle prendre ce risque ?

Oh ! Seigneur, elle était tentée. Elle l'appréciait beaucoup, et même plus que ça. Elle était tombée amoureuse de lui plus rapidement qu'elle ne l'aurait cru possible.

Elle savait qu'il était sincère quand il avait dit que sa grand-mère serait fière de lui. Elle lui avait fait suffisamment confiance pour faire l'amour avec lui.

Mais pouvait-elle lui confier sa vie ? Pouvait-elle compter sur lui pour agir de façon juste ?

Prenant soudain conscience de sa nudité, elle se redressa dans le lit, fit basculer ses jambes par-dessus le matelas, et repéra ses vêtements éparpillés sur le sol.

Elle était sur le point de se lever quand il lui toucha le bas du dos avec une infinie douceur.

— Ne pars pas, murmura-t-il.

Puis il ajouta, si bas qu'elle l'entendit à peine :

— S'il te plaît…

A plusieurs reprises, il avait menti pour la protéger. Il s'était inquiété pour elle cet après-midi. Il avait eu plusieurs fois l'occasion de la mettre en difficulté avec Taylor, mais il ne l'avait pas fait. Il avait eu plusieurs fois l'occasion de lui nuire, de lui faire du mal, mais il s'était abstenu…

Et rien que pour ça, elle avait envie de croire en lui.

Mais elle n'était pas totalement convaincue.

Or, elle voulait croire en lui de tout son cœur et de toute son âme. Elle voulait avoir l'absolue certitude que tout ce qu'il disait et ressentait était vrai et honnête.

Elle voulait savoir sans aucun doute possible qu'elle était tombée amoureuse du genre d'homme dont sa grand-mère à *elle* aurait été fière.

Pour le moment, elle ne se défiait plus totalement de lui, et c'était un début.

Elle s'étendit de nouveau, se tourna sur le côté et laissa ses doigts courir avec paresse le long du corps parfait de Mitch, tout en essayant de mettre de l'ordre parmi les pensées contradictoires qui se bousculaient dans son cerveau en ébullition.

Jamais elle n'avait désiré un homme avec une telle force. Et pour le moment, elle l'avait tout à elle mais demain, quand tout serait terminé et qu'elle reprendrait le cours de sa vie, sous sa véritable identité, il lui faudrait décider de l'avenir de sa relation avec Mitch.

En attendant, elle se contenterait de profiter de l'instant présent.

9

— Je ne retournerai jamais vivre avec Taylor.

Etendu sur le dos, encore sous le choc de l'éblouis-
sement qu'il venait de connaître en faisant de nouveau
l'amour avec Jennifer, Mitch attendait que déclinent
les derniers frissons qui agitaient son corps quand elle
lança cette affirmation.

Tournant paresseusement la tête vers elle, il la trouva
dans le même état d'épuisement satisfait, les yeux rivés
au plafond.

Ses cheveux humides ondulaient autour de son visage.
La bouffée de chaleur qui avait empourpré ses joues et
son cou au plus fort de la passion commençait à s'apaiser.
Elle semblait à la fois comblée et contrariée.

— N'en parlons pas, d'accord ?

Sa voix était plus cassante qu'il n'en avait eu l'intention, et il vit à la façon dont elle pinçait les lèvres que
cela ne lui plaisait pas.

Roulant sur le côté, il pressa les lèvres sur son épaule.

— C'est plus facile pour moi de faire comme si le
problème n'existait pas.

Elle lui lança un regard féroce.

— Il n'a plus sa place dans ma vie.

— C'est ton mari.

— Pas à mes yeux. Pas dans les domaines qui comptent.

Mitch comprenait ce qu'elle voulait dire. Légalement,

ils étaient toujours mariés, mais ce n'était pas la seule donnée à prendre en compte.

Elle n'aimait pas Taylor. Elle n'avait pas envie de vivre avec lui, de dormir avec lui, d'avoir des enfants avec lui. Elle ne voulait pas passer le reste de sa vie avec Taylor, et cela comptait beaucoup. C'était même l'essentiel de ce qu'il devait savoir.

Voudrait-elle un jour passer sa vie avec lui, Mitch ? Parce qu'il était en train de se demander…

Non, il valait mieux qu'il évite de trop penser.

Le tonnerre faisait trembler les vitres et la pluie continuait à tomber en puissantes rafales, saturant la terre déjà détrempée. Si le déluge ne cessait pas très vite, la partie la plus basse de la ville risquait d'être inondée. Heureusement, la résidence Bellevue se situait sur le point le plus haut de Belmar.

L'atmosphère dans la chambre était devenue étouffante et moite. Roulant hors du lit, Mitch alla à la fenêtre. Il écarta à demi les rideaux et remonta de quelques centimètres la fenêtre à guillotine. L'air de la nuit était tout aussi humide, mais plus frais, et sentait la pluie.

Il appuya une épaule contre le mur, et observa l'obscurité troublée par des éclairs. C'était étrange de ne voir aucune lumière dans les habitations de l'autre côté de la rue, aucun réverbère pris d'assaut par les insectes nocturnes venus s'y brûler les ailes.

En l'absence de tout signe de vie, Jennifer et lui auraient pu se croire seuls au monde.

Pas de Taylor, pas de Jimmy Ray, pas de problème à résoudre. Tout cela était prodigieusement attirant…

Derrière lui, les ressorts du lit grincèrent. Il y eut un froissement de vêtements qu'on enfilait, puis Jennifer vint se placer derrière lui, les bras autour de sa taille, les mains jointes au-dessus de son nombril.

Le soupir qui s'échappa de ses lèvres fut doux, empreint de mélancolie.

Il posa une main sur les siennes.

— Tu regrettes ?

— Certainement pas.

Elle frotta sa joue sur son épaule, et l'odeur de son shampooing lui emplit les narines.

— Les orages me rendent toujours triste.

— Je croyais que tu les aimais.

Il ne pouvait pas voir son expression, mais il devina sa surprise.

— Taylor m'a raconté un jour que tu aimais aller à Sunset Beach pour regarder les orages depuis une cabine de plage.

Il sentit qu'elle haussait les épaules.

— L'ouragan Jan m'a guéri de cette excentricité.

Il n'en fut pas surpris. Cette expérience l'avait à l'évidence profondément changée. Jamais il n'avait éprouvé le moindre intérêt pour l'ancienne Jennifer. Mais la nouvelle…

Il se tourna pour lui faire face, ne percevant d'elle qu'une ombre.

— Si Leonardo vient par ici, tu évacues.

Elle soutint son regard.

— Pour aller où ?

Il n'eut pas l'ombre d'une hésitation. Pour lui, c'était comme une évidence.

— Chez ma belle-mère, en Géorgie. Sara sera ravie de t'accueillir.

— Tu viendras avec moi ?

— Et mon travail ?

— Tu n'es pas obligé de rester à Belmar.

— Pour le moment, si.

Avant qu'elle ait le temps de l'interroger, il changea de sujet.

— Que cherchais-tu chez Taylor ?

— Je ne peux pas te le dire.

Au moins, elle ne persistait pas dans ses mensonges. Mais il aurait préféré davantage de franchise encore.

— Tu m'as fait suffisamment confiance pour faire l'amour avec moi et tu ne veux rien me dire ?

— C'est compliqué. J'ai besoin de temps.

— Jennifer…

Elle lui pressa la main et s'écarta pour se diriger vers la porte.

— Mon téléphone sonne. C'est probablement ma sœur.

Mitch entendit au loin une faible sonnerie. Elle ferma la porte derrière elle pour exprimer son désir d'être seule et il le respecta.

Tandis qu'il se tournait de nouveau vers la fenêtre, il laissa son esprit vagabonder.

Il ne pouvait en vouloir à Jennifer de ne pas avoir totalement confiance en lui. Une partie de sa mission avait consisté à faire croire à tout le monde qu'il était aussi corrompu que le chef de la police, et il avait visiblement réussi.

Des phares percèrent le rideau de pluie tandis qu'un véhicule s'engageait sur le parking. Un éclair zébra le ciel, éclairant la zone, et Mitch reconnut le Hummer de Taylor. Celui-ci se gara de façon à pouvoir observer l'appartement de Jennifer, et coupa les phares.

Les questions se bousculèrent dans la tête de Mitch. Taylor estimait-il qu'il faisait mal son travail ? Prévoyait-il une visite surprise ? Avait-il remarqué un objet qui n'était pas à sa place, et compris qu'elle était entrée dans la maison ?

Il prit le téléphone sur la table de chevet, et appela le portable de Taylor.

— Quoi de neuf, chef ? demanda-t-il, lorsque celui-ci répondit, après la première sonnerie.

Taylor ne parut pas surpris par l'appel.

— Pas grand-chose. Et de ton côté ?

— Bof… La climatisation est coupée, et c'est intenable, à l'intérieur. Mais ça ne doit pas être beaucoup plus amusant d'être dehors par ce temps.

— Je devais sortir, et je me suis dit que ça ne coûtait rien de faire un saut jusqu'ici pour jeter un œil.

— Il n'y a rien à voir. Je t'aurais appelé si cela avait été le cas.

— Ouais, je m'en doute. Tu l'a vue depuis que tu es rentré ?

— Non. Ça ne bouge pas du tout à côté. A part le téléphone qui a sonné, il y a un petit moment, je n'ai pas entendu un bruit.

— C'est sûrement sa fichue sœur. Jacki, Judy…

— Jessica.

— Peu importe. Bon, il faut que j'y aille. Appelle-moi s'il se passe quelque chose.

Taylor mit fin à la conversation et redémarra.

Mitch déposa le combiné sur sa base, repéra son caleçon et l'enfila. Puis il alla coller son oreille à la porte de communication, écouta un moment et n'entendit qu'un murmure à peine audible. Finalement, il se résolut à frapper.

— C'est ouvert.

Elle se tenait debout près de la table de salle à manger, son téléphone encore à la main.

— En général, combien de temps faut-il pour remettre l'électricité ? demanda-t-elle en posant son portable avant de se diriger vers la cuisine.

— Ça peut prendre une heure, ou toute la nuit.

Un coup d'œil à sa montre lui confirma que deux heures s'étaient déjà écoulées.

— Tu veux un sandwich ?

— Pourquoi pas ?

Elle ouvrit le réfrigérateur, rassembla tout ce dont elle avait besoin et se mit au travail.

— Taylor était ici il y a encore quelques minutes.

Elle suspendit son geste au moment où elle s'apprêtait à étaler de la mayonnaise sur le pain de mie.

— Il continue à se demander où j'avais disparu.

— Oui. Tu es sûre que tu n'as laissé aucune trace de ton passage ?

— Je crois, oui. Je n'ai fouillé que dans mes propres affaires. Je n'ai pas touché aux siennes.

Elle termina les sandwichs et en plaça deux sur une assiette qu'elle tendit à Mitch.

— Le dîner est servi ! annonça-t-elle.

Puis elle prit sa propre assiette et passa devant lui pour se rendre dans le salon.

A mi-chemin, elle se tourna vers lui et lui adressa un sourire aguicheur.

— Et si tu manges tout bien gentiment, tu auras quelque chose de spécial pour le dessert.

L'électricité revint à 3 heures du matin, mais ce fut le son du climatiseur qui tira Jessica du sommeil. Sur la table de chevet, le réveil clignotait, attendant d'être remis à l'heure. Dans la cuisine, le réfrigérateur ronronnait.

Apercevant le drap rejeté au pied du lit, elle se redressa pour le remonter jusqu'à ses épaules, frissonnant sous la caresse glacée de l'air brassée par le climatiseur.

Soudain, elle prit conscience qu'elle n'était pas seule.

Un corps musclé, bruni par le soleil, reposait sur le drap blanc, le visage enfoui dans l'oreiller.

Elle se hissa sur un coude et le regarda dormir.

Elle était dans le lit de Mitch, dans son appartement, et les heures qu'elle y avait passées avaient été merveilleuses. Après de longs mois de célibat, elle avait trouvé avec lui un degré d'intimité qu'elle n'avait jamais partagé avec aucun homme.

Et il ne connaissait même pas son véritable nom.

Jen avait poussé un cri d'horreur au téléphone quand elle lui avait avoué avoir fait l'amour avec Mitch. « Il fait partie de la bande de Taylor, lui avait-elle rappelé. Il joue avec toi, Jess. Il te ment. »

L'expérience qu'elle avait vécue avec Taylor avait rendue sa sœur méfiante, pessimiste, aigrie. Désormais, elle n'avait plus confiance qu'en une seule personne : sa jumelle.

Jessica pouvait le comprendre mais cette situation commençait à lui peser. Son intuition lui soufflait que Mitch était un type bien, qu'il n'avait absolument rien de commun avec Taylor. Mais Jen s'en moquait. Elle était obsédée par l'erreur qu'elle avait commise en tombant amoureuse de Taylor, et elle prêtait à sa sœur le même manque de discernement.

La brise soulevait les rideaux, et Jessica se leva pour aller fermer la fenêtre. La pluie s'était enfin arrêtée. Dans l'appartement voisin, sa télévision s'était remise en marche, et de la lumière filtrait sous la porte.

Pour tout vêtement, elle enfila le T-shirt de Mitch et poussa la porte pour aller déposer leurs assiettes dans l'évier et tout éteindre.

Au moment d'actionner le dernier interrupteur, elle fut distraite par les photographies accrochées au mur. En se regardant, elle croyait voir Jennifer. Elles étaient parfaitement identiques, parlaient de la même façon, se déplaçaient de la même façon. Bien souvent elles avaient échangé leurs places et trompé tout le monde, depuis les professeurs jusqu'à leurs parents éloignés en passant par leurs petits amis… En grandissant, elles avaient développé des intérêts différents, et suivi chacune sa voie, mais elles étaient fondamentalement restées les mêmes.

Ce qu'elle vivait avec Mitch était-il comparable à ce que Jen avait vécu avec Taylor ? Etait-ce destiné à finir aussi mal ? Ou Jen avait-elle — pour reprendre une autre expression de leur mère — l'attitude du chat échaudé ?

Du bout des doigts, elle effleura l'unique cliché représentant sa sœur, en short et haut de maillot de bain, pris durant la croisière où elle avait rencontré Taylor.

Les larmes lui montèrent aux yeux, et elle jura entre ses dents.

Aussitôt, elle crut entendre la voix de sa jumelle. « Tu sais ce que disait maman. Une vraie dame surveille son langage. »

Il n'empêche, songea Jessica en soupirant, que cela faisait parfois bigrement du bien !

Comme par magie, l'écran du téléphone s'alluma, signalant un appel entrant. Jessica se saisit de l'appareil posé sur la table de chevet et répondit en se laissant tomber sur le lit.

— Je n'arrête pas de penser à notre conversation, et je n'arrive pas à fermer l'œil, s'exclama Jennifer. Et toi, comment te sens-tu ?

— Ça va. L'électricité est revenue, et je viens de me lever pour tout éteindre. Je ne vais pas tarder à me recoucher.

— Ecoute, j'ai un truc à te demander. Quand tu es allée à la maison, es-tu entrée dans le bureau de Taylor ?

— Non, je n'ai pas eu le temps. Et puis, tu m'as dit que tu n'avais pas le droit d'y mettre les pieds.

— Je sais. Mais je n'arrête pas de voir des images de cette pièce : les meubles, la télévision… Je sais que c'est dans son bureau, Jess. Je crois que j'ai dû y entrer, cette nuit-là. C'est logique, non ? Où trouver des preuves de ses forfaits si ce n'est dans son sanctuaire ?

— Mais pourquoi aurais-tu caché quelque chose à cet endroit ? Là, pour le coup, ce n'est pas logique du tout. Ce bureau est le domaine privé de Taylor. Il y a constamment accès.

— Je n'ai peut-être pas eu le temps de sortir avec. Il est possible qu'il m'ait surprise.

— D'accord. Dans ce cas, je vais regarder dans son bureau. Que fait-il généralement le week-end ?

— S'il fait beau, il prend son bateau, ou il va jouer au golf au country club. Si le temps est mauvais, il va faire une partie de poker chez Billy Starrett, avec les autres. Ou alors… oh, attends ! Nous sommes en septembre. Si l'université du Mississippi joue un match de football à domicile, il ira. Il y a joué autrefois. Il aime bien se rappeler ce temps-là.

Mitch y avait joué également. Suivait-il l'équipe d'assez près pour connaître la programmation de leurs matchs ?

— Bon, je vais faire ce que je peux, dit-elle. Et si ce n'est pas possible ce week-end, j'essaierai lundi.

— Merci, Jen. Je sais que c'est bizarre, mais je n'arrête pas d'avoir ce flash à propos du meuble TV. Ça doit forcément vouloir dire quelque chose.

— Je vérifierai, c'est promis.

La voix de Jen se fit plus inquiète.

— Sois prudente. S'il t'arrivait quelque chose…

Jessica déglutit pour chasser la boule qui lui nouait la gorge.

— Tout va bien se passer. Souviens-toi que je suis la plus âgée et la plus courageuse.

Elles échangèrent encore quelques mots, puis Jessica raccrocha. Observant machinalement l'écran, elle vit que le signal de charge de la batterie était au plus bas. Elle ne pourrait même pas passer un appel pour sauver sa vie…

S'interdisant de songer à cela, elle se concentra sur son plan. La première chose à faire serait de découvrir si un match était prévu, puis il lui faudrait se débarrasser de Mitch et se rendre chez Taylor pour fouiller son bureau.

Mais pour le moment, le sommeil était primordial. Dans le lit d'à-côté. Avec Mitch…

Elle éteignit la dernière lampe et, en allant rejoindre Mitch, bascula l'interrupteur dans la salle de bains avant de se glisser dans le lit.

Automatiquement, il tendit les bras vers elle et l'attira contre lui. Pour la première fois depuis longtemps, elle se sentit véritablement à l'aise et en sécurité, et ne tarda pas à s'endormir.

Mitch écouta un moment la respiration calme et régulière de Jennifer avant de prononcer son nom. Elle ne bougea pas. Il recommença, plus fort, cette fois, et n'eut toujours pas de réaction.

Avec un soupir, il posa le menton sur le dessus de son crâne, et se plongea dans ses pensées.

Il n'avait saisi que quelques bribes de sa conversation, mais c'était suffisant pour comprendre qu'elle préparait quelque chose.

« Si ce n'est pas possible ce week-end, j'essaierai lundi. Je vérifierai, c'est promis. »

Et puis, à la fin : « Tout va bien se passer. » C'était

le genre de phrase qu'il imaginait bien en réponse à quelqu'un qui aurait dit « fais attention » ou « ne te fais pas prendre ».

Mais peu importe ce que Jennifer avait promis. Il n'avait pas l'intention de la lâcher d'une semelle, même s'il devait la menotter à lui.

Jamais Mitch ne se serait imaginé que Jennifer était aussi bonne actrice. S'il n'avait pas su que quelque chose se préparait, il n'aurait pas pu le deviner à la façon dont elle se comporta le matin suivant.

Il fallut attendre la fin du petit déjeuner pour qu'elle dise quelque chose d'inhabituel. Et encore, ce fut fait de façon tellement anodine que tout autre que lui n'y aurait vu que du feu.

Ils étaient à table, chez lui. Dans les assiettes, il ne restait plus trace des œufs au plat, bacon et toasts que Jennifer avait préparés. Les doigts serrés autour de sa tasse de café, elle demanda innocemment :

— Tu assistes parfois aux matchs de ton ancienne équipe de football ?

— Rarement. Mais pourquoi cette question ? Je croyais que tu n'aimais pas le football. Ni aucun autre sport, d'ailleurs.

Il aurait pu ne pas remarquer le léger rosissement de ses joues s'il ne l'avait pas guetté. Etait-elle gênée de lui mentir après ce qu'ils avaient partagé ?

— C'est vrai, je n'aime pas ça. Mais je me demandais si je t'empêchais d'aller au match.

— Non. Taylor est un grand fan, et j'imagine qu'il est déjà là-bas.

Il repéra la lueur d'excitation dans ses yeux, qu'elle essaya de dissimuler en débarrassant la table.

— Il va sûrement rentrer tard, dit-elle négligemment.

— Il ne sera pas de retour avant demain. Sauf s'il se passe quelque chose. Si quelqu'un entre par effraction chez lui, par exemple.

Il attendit qu'elle ait rajouté les couverts sur la pile de plats et d'assiettes avant de poursuivre.

— Ce que tu ne feras pas, bien entendu.

Les mains de Jessica se mirent à trembler, et une fourchette tomba à terre.

Il se pencha pour la ramasser, la posa sur l'assiette du dessus et lui prit les mains.

— Tu n'iras pas là-bas, Jennifer.

Elle rougit violemment.

— Je n'ai jamais dit…

— « Si ce n'est pas possible ce week-end, j'essaierai lundi », récita-t-il. « Je vérifierai, c'est promis. Tout va bien se passer. »

Elle écarquilla les yeux.

— Tu as espionné ma conversation ?

— Sans le vouloir.

Elle se libéra, alla déposer la vaisselle dans l'évier, puis lui fit face, les bras croisés sur sa poitrine.

— Tu n'as pas à t'inquiéter pour moi. Taylor n'est pas là. Il ne le saura jamais.

— Pourquoi veux-tu absolument aller chez lui ?

Elle pinça les lèvres et resta muette.

— A qui parlais-tu ? A ta sœur ?

Elle le toisa d'un air buté.

— Tu étais libre, Jennifer. Tu avais réussi à le quitter. Taylor pensait que tu étais morte et il ne te cherchait pas. Tu étais avec Jessica, en sécurité. Pourquoi diable es-tu revenue ? Qu'as-tu laissé là-bas de si important ? Des preuves contre Taylor ? Quelque chose à utiliser dans un divorce ? Ou pire que ça ?

Elle ne broncha toujours pas.

Mitch était tenté de la secouer pour lui arracher une réponse, quand une sonnerie étouffée attira son attention. Son portable sonnait. Pas celui dont Taylor et tout le monde avait le numéro, mais celui qui n'était connu que de quelques rares personnes — des personnes à qui il aurait toujours envie de parler.

Adressant un regard d'avertissement à Jennifer, il se rua dans la chambre, claqua la porte et attrapa le téléphone dans le tiroir de la table de chevet.

— Quoi ?

— Eh bien, quelle humeur ! Bonjour quand même.

Mitch se passa la main dans les cheveux.

— J'avais dit que je t'appellerais.

— Ça fait deux jours que j'attends ton coup de fil, et ce que j'ai à te dire est trop énorme pour attendre. Tu savais que ta nana avait une sœur ?

Mitch ne se formalisa pas de l'expression. Jennifer était, il est vrai sa « nana » pour une période indéterminée. Mais Rick ne l'entendait pas de cette façon. S'il avait parlé d'un homme, il aurait dit *ton mec*. C'était seulement sa façon de parler.

— Oui, Jessica. Et alors ?

— Tu connais la date de naissance de Jennifer ?

— Je n'ai pas eu l'occasion de lui demander.

— Eh bien, c'est le dix-sept octobre. Et tu veux connaître celle de Jessica ?

— Je suis sûr que tu vas te faire un plaisir de me le dire.

— Le seize octobre.

Mitch se massa le front et essaya de comprendre.

— Bon, elles ont un jour et quelques années de différence, et alors ?

— Même pas un jour. Quelques minutes. Jessica est

née à 23 h 58 le seize, et Jennifer à 00 h 01 le dix-sept. Elles sont jumelles, mon vieux. Complètement identiques.

Des jumelles ?

Comment Jennifer avait-elle pu omettre de le lui dire ? Il avait compris qu'elle était très proche de sa sœur, mais le lien qui unissait des jumeaux était très particulier…

— Il y a autre chose, Mitch. Jennifer Burton se trouve actuellement dans une clinique privée en Californie.

— Quoi ? C'est impossible ! Elle est dans la pièce d'à côté. Je viens juste de…

Passer une nuit incroyable avec elle, prendre le petit déjeuner avec elle, me disputer avec elle…

— Il n'y a pas d'erreur possible. Quant à Jessica Randall, elle n'est jamais repartie pour l'Asie.

— Donc, ce serait…

Médusé, Mitch tourna les yeux vers la porte.

De l'autre côté se trouvait Jessica, la sœur de Jennifer. C'était avec Jessica qu'il avait pris le petit déjeuner, avec elle qu'il avait passé la nuit. Avec Jessica, pas avec la femme de Taylor !

Son soulagement était presque aussi grand que sa stupéfaction. Pourquoi Jessica Randall se faisait-elle passer pour sa sœur ?

Que mijotait-elle ?

Il s'était posé la question des dizaines de fois, mais maintenant il voulait vraiment savoir.

Les doigts crispés autour de son téléphone, il se laissa tomber sur le lit.

— Pourquoi Jennifer Burton se trouve-t-elle dans une clinique ?

— Elle est amnésique, à la suite d'un traumatisme crânien.

— Accidentel ?

— C'est impossible à déterminer. En tout cas, elle a

failli se noyer. Tu n'as pas dit que sa voiture avait plongé dans la rivière ?

— Oui, enfin c'est l'histoire officielle. Si Jennifer est amnésique, les événements ont pu se dérouler tout autrement. Ce que je me demande, c'est pourquoi Taylor n'a pas été prévenu.

— Je n'en sais rien. Sa sœur s'est occupée de tout. Tu n'auras qu'à lui poser la question.

Et comment ! Il ne manquerait pas de lui demander des explications.

— Je l'ai surprise en train de sortir de chez Taylor, hier.

— Elle a pris quelque chose ?

— Uniquement un miroir compact.

— Un quoi ?

— Tu sais, un de ces petits boîtiers que les femmes utilisent pour vérifier leur maquillage. Elle a dit qu'elle y tenait parce que sa sœur le lui avait offert.

— Et tu penses que c'est réellement ce qu'elle voulait ?

— Non. Elle veut y retourner aujourd'hui. Elle cherche quelque chose, mais elle ne veut pas me dire de quoi il s'agit.

— Eh bien, en tout cas, tu ne peux pas la laisser aller là-bas. C'est trop dangereux. Leonardo a repris beaucoup de puissance cette nuit et se dirige vers la côte, à une cinquantaine de kilomètres de chez vous. C'est suffisamment proche pour que vous subissiez des retombées.

Mitch tourna la tête vers la fenêtre, mais les rideaux étaient tirés et il ne pouvait pas se rendre compte des conditions à l'extérieur.

— Quand doit-il toucher les terres ?

— S'il maintient ce rythme, tôt demain matin.

— D'accord. Je dois y aller. On se tient au courant.

— Fais attention à toi.

Rick essaya de plaisanter, mais l'inquiétude était perceptible dans son intonation.

— Sara serait légèrement contrariée s'il t'arrivait quelque chose.

— Alors, je vais essayer de ne pas la contrarier.

Dans un état second, Mitch mit fin à la communication, et resta un moment assis, sans bouger.

Le fait qu'il s'agisse de jumelles parfaitement identiques expliquait pourquoi il n'avait pas réagi de la même façon en rencontrant Jennifer *avant* l'ouragan, puis *après*. Il s'était imaginé que certains événements l'avaient changée : le traumatisme, la rencontre avec la mort…

Il n'aurait jamais pu deviner qu'elle était véritablement une autre personne.

Une personne qui ressemblait tant à Jennifer que même le mari de celle-ci n'avait pas vu la différence.

Finalement, il se leva, ouvrit la porte, et traversa le salon. Elle se tenait devant la chaîne stéréo, et parcourait la pile de CD. Elle en sortit une compilation des plus grands succès du jazz, avant de tourner la tête vers lui, le regard vaguement interrogateur.

Toujours sous le choc, il la détailla avec insistance. Il avait vécu pendant trois mois dans l'appartement voisin de celui de Jennifer Burton et il ne voyait absolument aucune différence.

Peut-être les cheveux de Jennifer étaient-il un tout petit peu plus blonds, les yeux de Jessica légèrement plus étirés vers les tempes…

Ou peut-être voyait-il des choses qui n'existaient pas, parce qu'il tenait à découvrir un détail qui aurait pu lui mettre la puce à l'oreille s'il avait été plus attentif.

Il resta près de la porte sans rien dire, la scrutant assez longtemps pour la mettre mal à l'aise.

Elle remit le CD en place, et glissa les mains dans

les poches arrière de son short avant de lui faire face de nouveau.

— Vas-y.

— Où ça ?

— Ne joue pas sur les mots. Il est clair que tu as quelque chose à dire. Eh bien, vas-y, dis-le !

Il avait tant de choses à lui dire qu'il ne savait pas par où commencer. Il se contenta donc d'attraper au vol une des nombreuses questions qui tourbillonnaient dans sa tête.

— Avec qui étais-tu au téléphone ce matin ?

Son regard vacilla une fraction de secondes.

— Je te l'ai dit… ma sœur.

— Non, tu ne m'as rien dit. J'ai demandé si c'était Jessica, et tu n'as pas répondu.

— D'accord, eh bien je te le dis maintenant : c'était ma sœur.

— Ta sœur Jessica ?

— Je n'en ai qu'une.

Il croisa les bras sur son torse.

— Explique-moi une chose, tu veux bien ? Comment fais-tu pour avoir une conversation téléphonique avec toi-même ?

Elle blêmit.

— Ne dis pas de bêtises. Je parlais avec…

Il leva une main pour l'interrompre.

— Je suis au courant pour Jennifer. Je sais qu'elle est amnésique et qu'elle se repose en Californie. Je sais que tu es Jessica.

10

Oh ! Seigneur !

Les jambes flageolantes, Jessica tituba jusqu'au canapé, et se laissa tomber sur les coussins.

Elle était partagée entre le soulagement que Mitch connaisse enfin la vérité — ce qui ne pourrait que simplifier leur relation — et la crainte que Taylor ne découvre tout à son tour.

— Qu'est-ce qui… m'a trahie ? demanda-t-elle d'une voix chevrotante.

— Rien. Mon frère faisait des recherches sur tes… sur les antécédents de Jennifer, et il a découvert qu'elle avait une jumelle. Ça l'a intrigué, il a poussé plus loin son enquête, et il a fini par découvrir la supercherie que vous avez organisée toute les deux.

— Mais pourquoi ton frère s'est-il renseigné sur …

Elle n'alla pas jusqu'au bout, et balaya la question d'un vague signe de main.

— Que vas-tu faire ?

Mitch l'observa un moment d'un air pensif, puis il fit demi-tour et disparut dans la chambre. Il en revint avec un objet plat et rectangulaire dans la main.

Traversant la pièce à grands pas, il s'assit sur la table basse et tendit l'objet à Jessica.

C'était une sorte de porte-cartes noir, au cuir usé.

Elle l'ouvrit avec circonspection, et découvrit un insigne

fixé sur l'un des rabats, tandis que l'autre accueillait une carte d'identification avec une photographie.

Mitchell Lassiter était un agent du FBI, en poste au bureau local du Mississippi.

— Mince, alors ! murmura-t-elle. Je savais bien que j'avais raison. J'ai toujours dit à Jen que tu étais quelqu'un de bien.

Soudain, elle se mit à trembler si fort que l'étui lui échappa.

Mitch le ramassa et le posa sur la table à côté de lui, puis il chercha le regard de Jessica.

— Tu enquêtes sur Taylor ? demanda-t-elle, en glissant ses mains entre ses genoux.

— Sur lui, et sur tout le fichu département de police.

Jessica sentit son cœur se gonfler d'allégresse.

Elle pouvait lui faire confiance. Elle n'agissait pas comme une tête de linotte, ainsi que le lui avait reproché Jen. Elle ne laissait pas son cœur l'emporter sur la raison.

Il n'était pas comme Taylor.

Le soulagement était assez fort pour la rendre fébrile, à la limite du vertige. Si elle n'avait pas été assise, elle se serait probablement effondrée.

— Il a essayé de la tuer… Jennifer. Ce n'était pas un accident.

— Comment le sais-tu ? C'est Jennifer qui te l'a dit ? Je croyais qu'elle était amnésique.

— C'est vrai qu'elle ne se rappelle pas très bien ce qui s'est passé la nuit de l'ouragan. Mais mon intuition me dit que Taylor est pour quelque chose dans ce qui lui est arrivé.

Elle soupira, consciente que Mitch aurait sans doute des difficultés à admettre le lien quasi télépathique qui existait entre elles.

— Je sais que ça peut paraître étrange, mais je suis

capable de ressentir les choses comme si j'étais elle. Je sais quand elle est en danger, quand elle a besoin de moi…

Elle passa ses doigts tremblants dans ses cheveux.

— Quand nous avions cinq ans, nos parents nous ont emmenées acheter des cadeaux d'anniversaire. Jen était avec notre père, et j'étais avec maman à l'autre bout du centre commercial, quand j'ai *su* qu'elle s'était fait mal. J'ai couru pour la retrouver, et elle était *effectivement* blessée. Un garçon plus âgé l'avait bousculée dans l'escalator, elle était tombée et s'était écorché les genoux.

Jessica replia ses jambes sur le coussin du canapé, et se cala contre l'accoudoir avant de poursuivre.

— A seize ans, quand mon petit ami a rompu avec moi au cours d'une fête, je n'ai pas eu besoin d'appeler Jen. Elle a su que j'avais besoin d'elle et elle est venue me chercher.

Son regard se perdit au loin, tandis qu'elle se replongeait trois semaines en arrière.

— J'étais à Hong Kong, en plein rendez-vous, lorsque l'ouragan Jan a frappé le Mississippi. Je me tenais informée de la situation, mais je savais que Jen n'était pas stupide. Quand nous avons appris à surfer, elle n'est jamais parvenue à affronter les vagues, et je savais qu'elle ne se risquerait jamais dehors par un temps pareil. Et puis soudain, je l'ai entendue appeler à l'aide…

L'émotion hachait la diction de Jessica. Ses yeux s'étaient embués de larmes.

— Je savais qu'elle courait un grand danger. Que quelqu'un essayait de la tuer. J'ai quitté la réunion et j'ai sauté dans le premier avion pour les Etats-Unis. Le temps que j'arrive à Los Angeles, mon bureau avait déjà reçu plusieurs appels du shérif de Lamar County.

J'ai pris un billet pour Dallas, et j'ai appelé le shérif, qui m'a tout expliqué.

Elle s'interrompit un court instant pour reprendre sa respiration.

Un promeneur avait découvert le corps de Jen sur une berge, prisonnier de la végétation, quelques kilomètres en contrebas de Timmons Bridge. Elle était inconsciente, mais toujours en vie.

— Pourquoi toi ? Pourquoi n'a-t-il pas prévenu Taylor ?

— Lorsque Jen a fait renouveler son permis de conduire, elle a gardé l'ancien, avec son nom de jeune fille. Il était dans sa poche, glissé dans une pochette étanche, avec une de mes cartes de visite.

— Et donc, tu es venue dans le Mississippi ?

La question lui fit lever les yeux vers Mitch.

Il était difficile de dire s'il la croyait. Tôt ou tard, il serait pourtant bien obligé de le faire. Après tout, ce qu'elle lui racontait n'était rien d'autre que la stricte vérité.

— J'ai fait transférer Jen dans une clinique privée en Californie. Dès qu'elle a été en mesure de parler, elle m'a expliqué que son mariage avait été un cauchemar, que Taylor était impliqué dans toutes sortes d'activités criminelles, et qu'elle avait caché une preuve qu'il pouvait l'incriminer.

— Quelle preuve ?

— Je ne sais pas. Il y a certains détails dont elle ne parvient toujours pas à se souvenir : où elle est allée, à quel endroit et quand elle est tombée sur Taylor, ce qui s'est passé entre eux, où elle a caché la preuve… Même si elle va bien maintenant, elle a quand même subi un traumatisme important.

— Mais elle va recouvrer la mémoire ?

Jessica eut une moue dubitative.

— Il se pourrait que les souvenirs de cette journée

restent à jamais enfouis au fond de son esprit. En l'absence de lésions cérébrales, les médecins penchent pour une amnésie psychogène. En fait, ce serait une sorte de mécanisme de défense pour se protéger d'un souvenir trop pénible.

Elle chercha le regard de Mitch et vit qu'il l'écoutait avec gravité.

— C'est ce qui m'incite à croire que Taylor a bien essayé de la tuer, conclut-elle.

— D'accord. Essayons d'imaginer comment ça s'est passé. Jennifer quitte son appartement et se rend chez Taylor. Elle entre et trouve la fameuse preuve. Taylor la surprend. Elle s'enfuit en voiture, il la poursuit… Dans la panique, elle perd le contrôle et bascule dans l'eau… ou bien, il percute délibérément sa voiture pour se débarrasser d'elle et de la fameuse preuve. Etant donné que tu ne l'as pas retrouvée, il y a de grandes chances qu'elle se trouve maintenant au fond de la rivière.

Jessica secoua la tête.

— Jen ne l'a pas emportée. Elle l'a cachée dans la maison.

Il eut une mimique agacée.

— Elle se souvient de ça, mais pas de l'endroit où elle l'a mise, ni de quoi il s'agit ?

Elle haussa les épaules et changea de sujet.

— Quelle est la raison de ta présence à Belmar ?

Elle crut un moment qu'il ne lui répondrait pas. Mais il n'y avait pas de raison. Il connaissait son secret. Cela seul constituait une raison suffisante pour qu'elle ne révèle pas le sien.

Finalement, il commença à s'expliquer.

— Il y avait des rumeurs de corruption au département de police de Belmar depuis un moment, mais personne ne voulait déposer plainte officiellement.

Il eut une mimique désabusée.

— Je suppose qu'ils avaient tous peur des représailles…

— Qu'est-ce que qui t'a décidé à enquêter ?

— Lorsque Tiffani Dawn Rogers est morte, sa mère n'avait plus de raison de rester à Belmar et elle a déménagé en Géorgie, où elle avait de la famille. Elle était persuadée que la police était responsable de la mort de sa fille, et elle le répétait à qui voulait l'entendre. La plupart des gens prenaient cela pour des affabulations d'alcoolique.

Il marqua une courte pause, destinée à marquer son effet.

— Sauf un agent du bureau de Géorgie, actuellement infiltré comme barman… mon frère Rick.

Jessica écarquilla les yeux.

— Ton frère travaille également pour le FBI ?

— Il y est entré bien avant moi, et c'est lui qui m'a convaincu de poser ma candidature. Bref, il m'en a parlé, j'ai décidé d'ouvrir une enquête, et j'ai demandé à mon vieux copain Taylor de me donner du travail.

— Donc, tu n'as pas quitté Atlanta pour venir ici. Tu étais déjà installé dans le Mississippi. Et tu n'as pas été renvoyé de la police d'Atlanta pour des raisons douteuses.

Le soulagement que Jessica avait éprouvé en découvrant l'insigne de Mitch la gagna de nouveau.

— J'ai quitté la police, il y a deux ans, pour intégrer le FBI. J'ai été récemment muté au bureau local du Mississippi, et je vis à Jackson.

Son regard s'étrécit.

— Et le seul comportement douteux que j'ai eu, c'est de séduire ma voisine alors que je pensais qu'elle était mariée.

— Mais elle ne l'était pas.

— Mais moi, je pensais que si.

Et il l'avait fait quand même. Il avait bafoué ses principes pour elle. Fallait-il en conclure qu'il avait des sentiments forts à son égard ?

Et quelle était la probabilité qu'il puisse encore vouloir d'elle quand tout ceci serait terminé ? Qu'il la veuille pour toujours ?

Son côté rationnel essaya de prendre le dessus. Elle ne le connaissait que depuis quelques jours. Comment pouvait-elle en être amoureuse ? L'amour était un sentiment plus lent à mûrir. Il n'y avait que Jen pour croire qu'on pouvait épouser un homme au bout d'une semaine.

Tournant les yeux vers Mitch, elle tenta de se persuader qu'il s'agissait d'une amourette, d'un simple coup de cœur. Mais le hasard voulut qu'au même moment leurs regards se croisent, et cet échange muet fit battre son cœur plus fort.

Elle n'était pas Jen, se rappela-t-elle, et Mitch n'était pas Taylor. Et si elle n'avait pas l'intention de se précipiter dans un engagement aussi sérieux que le mariage, elle avait envie de voir où leur histoire allait les mener.

Mais en attendant, ils avaient des choses plus urgentes à régler.

— Tu te souviens que je t'ai interrogé à propos d'une personne appelée Don ?

Il hocha la tête.

— Ce nom préoccupait Jen. C'est pour cela que j'étais à la bibliothèque. Je cherchais des renseignements sur ce Don. J'ai trouvé l'article sur Tiffani Dawn, et comme la prononciation est assez similaire, ça m'a mis la puce à l'oreille. A présent, tu me dis que sa mère est persuadée que Taylor a quelque chose à voir avec sa mort. Ça doit être ce que Jen a découvert. Elle a dû trouver ce qui le relie au meurtre de Tiffani.

— C'est possible. Il est impliqué dans toutes sortes

de trafics : détournement de fonds, extorsion, chantage, racket…

— Et tentative de meurtre sur sa femme.

En proie à un soudain regain d'énergie, elle se leva et se dirigea vers la chambre.

— Allons-y. Il est déjà 11 heures. Nous devons…

Mitch la prit par le bras et la retint.

— Tu n'iras pas chez lui, Jess, c'est trop dangereux.

— Il n'est pas en ville.

— Il finira bien par rentrer.

— Nous aurons terminé avant son retour. J'ai une clé et le code de l'alarme. Il suffira d'être prudent.

— Jessica…

Son ton était posé, la pression de ses mains sans brutalité, mais ferme.

Pratiquement depuis qu'ils s'étaient rencontrés, elle avait voulu l'entendre prononcer son prénom, pas celui de Jen. Et, dit par cette voix rauque et charmeuse, c'était terriblement sexy.

Mais ce n'était pas suffisant pour estomper la déception qui n'allait pas manquer de suivre, tant il était évident qu'il ne ferait rien pour l'aider.

— Je veux que tu partes, dit-il. Fais tes valises, charge la Mustang et mets le cap au nord vers l'Interstate 20, puis direction Copper Lake, en Géorgie. Sara t'attendra là-bas.

— Je ne pensais pas que tu étais du genre à laisser quelqu'un d'autre conduire ta voiture.

— Je ne l'ai jamais fait.

Il n'en dit pas plus. Ce n'était pas la peine.

Ainsi, elle n'était pas la seule à penser qu'il y avait quelque chose entre eux de vraiment spécial.

Proposer sa voiture, lui faire rencontrer sa belle-mère… cela voulait forcément dire quelque chose.

Et elle avait très envie d'accepter.

Partir loin de cette ville, de l'ouragan et de Taylor avec Mitch… Aller dans un endroit où Mitch était aimé et où elle serait bien accueillie, où ils seraient tous deux en sécurité…

Mais il n'avait pas proposé de l'accompagner. Et, de toute façon, elle ne pouvait pas partir. Elle avait fait une promesse à Jen.

Et puis, l'occasion était trop belle de fouiller le bureau de Taylor. Qui pouvait dire quand elle se présenterait de nouveau ? Et, dans le pire des cas, s'il revenait plus tôt que prévu, l'alerte ouragan le retiendrait un moment.

Elle savait bien ce que Jen lui dirait si elle était là.

« C'est ce que j'ai pensé, il y a quelques semaines, et vois ce qui s'est passé ! Fais ce que te demande Mitch. Pars pendant qu'il en est encore temps. »

Mais elle ne pouvait pas s'y résoudre.

En revanche, elle pouvait faire croire à Mitch qu'elle allait le faire.

— Où se trouve Copper Lake ?

Elle lut le soulagement dans son regard.

— Je vais t'écrire l'itinéraire pendant que tu fais tes valises. Vas-y. Ne perds pas de temps.

Il déposa un baiser sur son front, puis la fit gentiment pivoter vers la porte de communication.

Ignorant la culpabilité qui la taraudait, Jessica entra dans la chambre de Jen.

Il ne lui fallut que quelques minutes pour empaqueter ses propres affaires, ainsi que quelques vêtements appartenant à Jen, parmi les plus décontractés. Puis elle décrocha les photos du mur et enveloppa chaque cadre dans une serviette de toilette, avant de glisser le tout dans un panier de linge.

Lorsque ce fut fait, elle glissa son portable dans sa poche et rejoignit Mitch dans son appartement.

Il se tenait près du comptoir de la cuisine et lui tournait le dos, le téléphone calé entre l'épaule et l'oreille, tandis qu'il griffonnait quelque chose.

— Merci, Sara, disait-il, je sais que tu vas bien t'occuper d'elle.

Après une pause, tandis que sa belle-mère lui disait quelque chose, il rit.

— Oui, je vais quand même m'inquiéter pour elle, mais beaucoup moins que si elle restait ici. Je vais lui donner ton numéro, et lui demander de t'appeler pour faire le point quand elle s'arrêtera pour reprendre de l'essence.

Jessica se sentit plus embarrassée que jamais. C'était mal de lui mentir, de faire comme si elle allait accepter l'hospitalité de Sara.

Mais Taylor devait payer pour toutes ses infamies. La preuve recueillie par Jen devait être vraiment importante pour qu'il soit prêt à commettre un meurtre afin de la récupérer.

— Ça représente à peu près sept heures de conduite, disait Mitch, lorsqu'elle reprit le fil de la conversation. Mais elle sera là ce soir. Merci, Sara.

Après qu'il eut raccroché, Jessica se força à bouger. Il l'entendit, esquissa un sourire et lui tendit le papier.

— Sara t'attend. Voici l'itinéraire.

Elle se força à sourire.

— J'ai hâte de la rencontrer. Je suis curieuse d'entendre ce qu'elle a à raconter sur toi.

— Sara m'adore. Elle ne te dira que des choses gentilles à mon sujet.

Elle plia le papier et le glissa dans sa poche.

— Il n'y a aucune chance que tu viennes avec moi ?

S'il disait oui, elle partirait vraiment. Elle renonce-rait à chercher des preuves contre Taylor et laisserait la justice suivre normalement son cours.

Il secoua la tête.

— Je ne peux pas quitter mon travail.

— Mais tu n'appartiens pas vraiment à la police de Belmar !

— Non, mais je suis payé pour me comporter en tant que tel.

Il passa un bras autour de ses épaules et l'accompagna dans la chambre de Jennifer.

— Appelle Sara quand tu t'arrêteras.

— Je le ferai.

— Appelle-moi d'abord.

— D'accord.

— N'oublie pas ton imperméable. Tu te feras proba-blement surprendre par la pluie.

Il souleva la valise, cala le panier sur sa hanche et transporta le tout jusqu'à la voiture. Après un détour pour prendre l'imperméable bleu dans le placard, Jessica le suivit.

Le soleil brillait, comme un jour normal de septembre, dans le sud du Mississippi. Mais l'air était comme immobile, chargé de tension.

On ne voyait aucun enfant jouer dans le parc, personne n'était dehors à profiter de la fin de semaine. Même si elle n'avait pas su qu'un ouragan s'apprêtait à déferler, elle aurait compris qu'il se passait quelque chose d'anormal.

Mitch mit les bagages dans le coffre et lui tendit les clés.

Jessica hésita. Quand elle les prit enfin, Mitch referma les doigts sur les siens et l'attira à lui.

— Quelqu'un pourrait nous voir, remarqua-t-elle.

— C'est vrai.

Son autre bras s'enroula autour de sa taille.

— Ils pourraient le dire à Taylor.

— Ils pourraient. Mais tu n'es pas sa femme, donc ça ne le regarde pas. Et de toute façon…

Il embrassa son front, sa joue, sa mâchoire.

— Taylor va aller en prison.

Elle y comptait bien, et elle espérait que sa vie serait un enfer.

Mitch lui donna un vrai baiser, du genre à faire monter sa température au point d'ébullition et à faire vaciller ses jambes. Il l'interrompit trop tôt à son goût, et la repoussa avant qu'elle ait retrouvé son équilibre.

— Tu ferais mieux d'y aller.

Elle ouvrit la portière et déposa son sac sur le siège passager.

— Tu peux toujours changer d'avis et venir avec moi.

Il secoua la tête, ce qui ne fut pas une surprise pour Jessica. Elle savait qu'il réagirait ainsi.

— Sois prudent, dit-elle, en essayant de dissimuler son émotion.

Il esquissa un sourire.

— Je le suis toujours.

L'estomac noué et les paumes moites, elle se glissa au volant et ferma la portière. Le moteur rugit au premier tour de clé. Elle recula, agita la main, et s'en alla.

A la sortie du parking, elle tourna vers le nord, comme si elle suivait ses instructions, passa devant l'épicerie et tourna à gauche au carrefour suivant, empruntant un tortueux circuit jusqu'à l'embarcadère sur la Timmons.

Aussitôt après le départ de Jessica, Mitch enfila un jean et un t-shirt noir avec l'inscription « Police » dans le dos. Puis il glissa son pistolet dans le holster fixé à sa ceinture, fixa son badge à côté et partit à pied récupérer sa voiture de patrouille.

Billy Starrett, qui dirigeait le service jusqu'au retour de Taylor, lui avait demandé de faire du porte-à-porte dans les quartiers les plus cossus de la ville pour expliquer la situation et aider les résidents à évacuer, le cas échéant.

Sauver les riches d'abord, et laisser les pauvres se débrouiller, telle était la devise de Taylor.

Le soleil avait disparu derrière de lourds et sombres nuages quand Mitch monta les marches du perron d'une villa créole en front de mer.

Il sonna à plusieurs reprises et actionna le lourd heurtoir en bronze. Pas de réponse. Ces citoyens prospères étaient déjà partis.

C'était la dernière maison du secteur. Sa voiture était garée de l'autre côté de la rue, un peu plus loin, et il la rejoignit en petites foulées, tandis que les premières gouttes de pluie s'écrasaient sur le trottoir.

Chaque maison qu'il avait contrôlée jusqu'à présent était vide. Il perdait son temps, alors qu'il aurait pu faire quelque chose de vraiment important, comme conduire vers le centre communautaire les personnes qui avaient réellement besoin d'aide.

Au diable les ordres de Billy ! décida-t-il soudain. Il ne lui restait plus qu'un quartier à vérifier, celui de Taylor. Une fois la corvée exécutée, il se rendrait dans la zone nord de la ville, la plus défavorisée, et verrait ce qu'il pouvait faire pour aider.

Les voisins de Taylor, de l'autre côté de la rue, étaient sur le point de partir quand il approcha. Il les regarda charger trois luxueuses valises dans leur 4x4 Cadillac et lever le camp. Il allait passer à la maison suivante lorsque quelque chose attira son attention.

Il regarda attentivement autour de lui. A première vue, rien ne semblait anormal.

Les allées étaient vides, et tout ce qui aurait pu être emporté par le vent — plantes, mobilier de jardin — avait été rentré. L'après-midi s'était suffisamment assombri pour que l'allumage automatique des réverbères se déclenche, et les lampes étaient allumées dans toutes les maisons. Ce n'était pas ce qui arrêterait les cambrioleurs décidés à braver l'ouragan, mais cela semblait rassurer les propriétaires.

Son regard s'arrêta sur la maison de Taylor.

Comme ailleurs, des lampes brillaient derrière plusieurs fenêtres, y compris une à l'étage. Soudain, il vit une ombre se déplacer derrière les voilages. Mince et de taille moyenne, la silhouette ne pouvait pas correspondre à celle de Taylor.

Un sombre pressentiment l'envahit. Glissant la main sous sa veste imperméable, il attrapa le micro de sa radio et appela le central pour savoir si Taylor était de retour en ville. On lui répondit par la négative.

Ses soupçons se confirmèrent. Il devait s'agir de Jessica.

Il traversa la rue d'un pas pressé, monta les marches du perron et tourna la poignée.

La porte ne s'ouvrit pas.

Bravant de nouveau la pluie, il fit le tour de la maison. Les lampes de la cuisine dessinaient des ombres sur la terrasse de bois. En regardant par la fenêtre, il aperçut un imperméable bleu sur le dossier d'une chaise. Sur le boîtier de l'alarme, un voyant vert indiquait que celle-ci était désactivée.

Etouffant un juron, il tourna lentement la poignée. La porte pivota sans un bruit sur ses gonds.

Il se débarrassa à son tour de son imperméable, l'abandonnant sur le sol. Celui de Jessica était sec, ce qui voulait dire qu'elle était entrée avant que la pluie ne commence à tomber.

Il aurait dû s'en douter.

Elle était venue tout droit ici après avoir quitté la résidence Bellevue. Il s'était senti rassuré de la savoir en route pour Copper Lake, mettant un peu plus de distance entre elle et Taylor à chaque minute qui s'écoulait. Et pendant tout ce temps, elle était chez Taylor !

Elle l'avait vraiment pris pour un idiot !

Ses semelles crissèrent sur le carrelage tandis qu'il traversait le hall.

Dans le salon, une lampe posée sur une console diffusait une lumière douce. D'un coup d'œil à la fenêtre, il vérifia que la rue était toujours tranquille.

Les veilleuses de la cage d'escalier fournissaient un éclairage suffisant pour qu'il pût se déplacer. Dégainant son arme, il monta les marches sur la pointe des pieds, l'épaule collée au mur et les yeux levés vers le palier.

Quatre portes s'ouvraient de part et d'autre du couloir de l'étage. La lumière provenait de la plus proche. La porte était à peine entrebâillée, mais il en voyait assez pour comprendre qu'il s'agissait d'un bureau.

La fameuse pièce privée de Taylor.

Il poussa doucement la porte, écartant le battant de quelques centimètres, et découvrit la table de travail surmontée d'un ordinateur, des meubles de rangement, et un tableau représentant le bateau de Taylor. Même à cette distance, il pouvait déchiffrer le nom peint sur la coque : *Le Chanceux*.

Mitch admit que c'était plutôt adapté à la situation. Jusqu'à présent, Taylor avait eu la chance de passer entre les mailles du filet.

Mais la chance n'était pas éternelle. Et celle de Taylor allait s'arrêter là. Il allait s'en occuper.

Et Jessica aussi.

Il s'apprêtait à ouvrir la porte en grand quand le battant fut violemment repoussé sur son bras. Le choc provoqua comme une décharge électrique dans son coude et il serra les dents sous le coup de la douleur.

Poussant de nouveau la porte, cette fois avec plus de force, il entra dans la pièce, en pointant son arme devant lui.

Jessica recula vers le fond de la pièce, le visage livide, le regard égaré, cherchant quelque chose autour d'elle — une issue ou une arme.

Puis elle le reconnut et porta une main à son cœur en soupirant.

— Tu m'as fait une de ces peurs !

Il rengaina son arme avant qu'elle puisse se rendre compte que sa main tremblait et la toisa sévèrement.

— Tu m'as menti.

— C'était pour la bonne cause.

— Tu as envie de te faire tuer ?

— Ça n'arrivera pas.

— Imagine que Taylor ait été à ma place…

Il préféra ne pas terminer sa phrase. Il ne voulait même pas songer à ce qui aurait pu se produire si Taylor l'avait trouvée dans son bureau.

Si Rhonda Rogers avait raison à propos de la mort de sa fille, si Jessica avait raison concernant la tentative de meurtre sur Jennifer, cela voulait dire que Taylor était un meurtrier de la pire espèce.

— Nous devons sortir d'ici.

Il voulut lui saisir le bras, mais elle eut un mouvement de recul et il dut prendre sur lui pour ne pas perdre son sang-froid.

— Je suis en train de monter un dossier contre Taylor, Billy et Jimmy Ray, ainsi qu'une douzaine d'autres, expliqua-t-il aussi calmement que possible. Ils vont tous êtres condamnés. Ils vont passer de longues années en prison. Ça suffit, Jess.

— Non, ce n'est pas assez. Il a failli tuer ma sœur. Elle est tout ce que j'ai, et il a voulu me la prendre. Il doit payer pour ça.

— Personne ne sait ce qui s'est passé. Il n'y a pas de témoins, pas d'arme. L'expertise de la voiture n'a pas été concluante. On ne peut même pas prouver qu'elle a été poussée hors de la route. Pour la justice, ça restera un accident.

Conscient de l'agacement qui perçait dans sa voix, Mitch fit un effort pour se radoucir.

— Mais nous trouverons des preuves pour les autres crimes qu'il a commis. Et ceux-là seront punis. Il faudra t'en contenter.

Elle s'était mise à hocher la tête avant même qu'il ait terminé sa phrase.

— Si nous pouvons le faire condamner grâce à la preuve découverte par Jen, je serai contente. Or elle est ici dans cette pièce, j'en suis convaincue.

Il regarda autour de lui.

La pièce mesurait environ quatre mètres sur cinq. L'un des murs était occupé par une bibliothèque, l'autre par un imposant meuble réalisé sur mesure pour accueillir la télévision et la chaîne stéréo. Le parquet était en partie recouvert par un tapis persan. Tout le mobilier était en chêne, les fauteuils en cuir capitonné, et le bar placé dans un angle apportait une touche de confort supplémentaire.

— Où as-tu regardé ? demanda-t-il.

— J'ai déjà fouillé son bureau et le meuble de télévision. J'ai vérifié chaque livre, et inspecté tous les dossiers dans les meubles de rangement. J'ai même regardé sous le tapis.

— Et le placard ?

La porte était dissimulée dans les boiseries du mur, et seule la poignée de laiton trahissait sa présence.

— Il est fermé. Je le gardais pour plus tard.

Mitch s'avança vers le bureau, ouvrit le tiroir central, et y prit un trombone.

— Que cherches-tu, exactement ?

— Je n'en sais rien. Des documents, des registres, une clé USB, des CD…

Elle haussa les épaules, impuissante.

— Jen ne s'en souvient pas.

La serrure du placard était un modèle standard. Mitch y inséra la pointe du trombone déplié, tâtonna un peu, et déverrouilla la porte.

L'espace était propre, bien rangé et en partie vide. Quelques maillots de football datant du lycée étaient suspendus sur des cintres. Une boîte sur le sol débordait de papiers froissés et délavés d'avoir séjourné dans l'eau. Sur l'une des étagères se trouvaient un appareil photo et un Camescope numérique, ainsi qu'un trépied. Sur l'autre s'alignaient des boîtiers de DVD en plastique transparent.

— Amber, Stephanie, Maria, Lisa, Megan… lut-il à voix haute.

S'il avait eu besoin d'une confirmation de la liaison entre Megan et Taylor, elle était là.

Jessica s'approcha.

— A qui parles-tu ?

Il lui désigna les DVD, et elle plissa le nez de dégoût.

— Il filme ses ébats sexuels ?

— Apparemment.

Il prit un enregistrement au hasard, et se dirigea vers l'ensemble TV. Après quelques manipulations pour mettre en marche les appareils, dont les modèles ne lui étaient pas familiers, il appuya sur la touche lecture.

Ses mâchoires se crispèrent. Il ne connaissait pas la jeune femme, mais les lieux ne lui étaient que trop familiers. Il s'agissait d'une des salles d'interrogatoire du poste de police de Belmar. Les caméras étaient là pour enregistrer les dépositions et les aveux, pas pour satisfaire de quelconques fantaisies sexuelles.

Et Taylor n'était pas le seul protagoniste. Billy Starrett se partageait avec lui les faveurs de l'inconnue, apparemment consentante.

Scandalisé, il arrêta et éjecta le disque, qu'il remit dans son boîtier. A côté de lui, Jessica avait les joues écarlates, mais il pensa que c'était davantage dû à la colère qu'à la gêne. Après tout, c'était sa sœur que Taylor avait trahie.

— Jennifer était-elle au courant ? demanda-t-il, tandis qu'il replaçait le boîtier sur l'étagère.

— Elle savait qu'il était infidèle. Elle ne savait pas qu'il…

Soudain, son visage devint livide.

— Il n'y a pas de DVD avec le nom de Jen, n'est-ce pas ?

Il vérifia et secoua la tête.

— Non, rassure-toi.

Toujours très pâle, Jessica croisa les bras sur sa poitrine. Elle avait l'air perdue, triste… mais cela ne dura pas longtemps. Peu à peu, sa concentration revint. Son regard se fixa sur le meuble de télévision.

— Jen dit qu'elle ne cesse d'avoir des images de cette pièce. Elle est sûre que cela signifie quelque chose.

Mitch observa le meuble. Il était en chêne, assorti

au reste du mobilier, et sa corniche touchait presque le plafond. Les étagères accueillaient un immense écran plat, un lecteur-enregistreur de DVD, une chaîne stéréo, et un système home cinéma dernier cri. Derrière les portes de la partie basse du meuble, on trouvait des DVD vierges et d'autres qui contenaient des enregistrements de films ou d'émissions, ainsi qu'une vaste sélection de CD.

— Jen détestait peut-être épousseter tout ça, remarqua-t-il.

Jessica ricana.

— Taylor faisait lui-même le ménage dans son bureau. Elle n'était même pas autorisée à y entrer.

— Et elle ne trouvait pas ça bizarre ?

Mitch ne pouvait concevoir qu'un homme interdise certaines parties de la maison à sa femme.

Et il ne comprenait pas davantage qu'une femme accepte une telle situation.

— Bien sûr qu'elle trouvait cela surprenant ! Mais elle l'aimait, et elle pensait que tout le monde avait droit à son jardin secret.

Mitch revint à des préoccupations plus immédiates.

— Tu dis que tu as cherché dans ce meuble ?

— Oui, mais je suis peut-être passée à côté de quelque chose. Jen est tellement sûre…

Il commença à fouiller méthodiquement d'un côté, tandis que Jessica faisait de même de l'autre.

A l'extérieur, le vent rugissait et le ciel s'était soudain assombri. Mitch se demanda si l'ouragan Leonardo avait pris de la vitesse ou changé de direction. Dans les deux cas, il était temps pour eux de partir.

— Il reste autre chose à vérifier ?

Jessica tourna lentement sur elle-même.

Lorsqu'elle fut de nouveau face à lui, son visage exprimait un profond dépit. Elle était tellement certaine de trouver quelque chose qu'elle n'avait pas envisagé un échec. A présent, elle ne savait plus quoi faire.

— Non, répondit-elle enfin. Nous avons regardé partout.

— Nous réussirons quand même à coincer Taylor.

— Mais pas pour meurtre.

— Non, admit-il. Probablement pas.

Il attendit quelques secondes avant de lui tendre la main.

— Il faut y aller.

Ignorant la main tendue, elle passa les bras autour de sa taille et se blottit contre lui, le visage enfoui dans son cou.

Le menton posé sur le dessus de son crâne, il lui caressa le dos, jusqu'à ce que la tension qui nouait ses épaules s'apaise. Il aimait la façon dont elle prenait appui contre lui, et ne pouvait imaginer passer les prochaines cinquante ou soixante années sans elle.

Au bout d'un moment, elle releva la tête et s'écarta.

— Ça va, murmura-t-elle. Je suis prête.

Il la regarda se diriger vers la porte, puis se tourna pour éteindre la lampe posée sur le bureau.

Avant de sortir, son regard fut attiré une dernière fois vers le meuble de télévision.

Il avait été fait sur mesure — comme tout ce qui se trouvait dans la maison, ainsi que s'en était vanté Taylor à plus d'une occasion — mais il ne remplissait pas complètement l'espace. La moulure du haut aurait dû s'aligner au ras du plafond, comme pour la bibliothèque. Avec ces quelques centimètres d'écart, l'installation et semblait mal proportionnée.

Le regard étréci, il compara la hauteur du meuble à la taille de Jessica. Il était haut, c'est vrai, mais pas au point qu'elle ne puisse atteindre le dessus en se hissant sur la pointe des pieds.

— Tu as regardé au-dessus ?

Jessica le dévisagea depuis le seuil.

— Au-dessus de quoi ?

Il se dirigea vers le meuble en deux enjambées, tendit le bras, et passa la main tout le long de la moulure. Ses doigts ne rencontrèrent d'abord que de la poussière, puis ils butèrent contre quelque chose de solide.

C'était un objet peu épais. En plastique.

Il l'attrapa, essuya la poussière sur son jean et le tendit à Jessica.

Il s'agissait d'un DVD dans un boîtier transparent. L'étiquette mentionnait le nom de Tiffani Dawn Rogers et une date.

Le lendemain du jour où elle avait disparu.

L'estomac de Jessica se souleva, et la pièce se mit à tourner autour d'elle. C'était *ça* que Jen avait découvert et que Taylor tenait tant à récupérer : une preuve le reliant à la jeune fille de dix-huit ans !

Et peut-être à son meurtre.

Sans un mot, Mitch alluma la télévision et plaça le disque dans le lecteur.

Le son était coupé et, de là où elle se trouvait, Jessica n'apercevait qu'un mouvement flou à l'écran. Mais il lui suffit de regarder le visage de Mitch pour comprendre que c'était horrible.

Tel un automate, elle se força à mettre un pied devant l'autre et à le rejoindre.

L'endroit était le même que sur l'enregistrement précédent. Des murs beige sale, une table en métal, une large baie vitrée intérieure occultée par des stores. Les lettres noires sur le verre dépoli de la porte étaient à l'envers, mais cependant bien lisibles : « INTERROGATION 1 ».

Il n'y avait aucun doute possible, cela se passait au poste de police de Belmar.

Tiffani Dawn Rogers était étendue sur la table, nue. Les yeux dans le vague, elle ne cherchait pas à se défendre. Il était évident qu'elle était droguée ou qu'elle avait bu, mais cela ne semblait pas gêner Jimmy Ray, qui abusait d'elle sous le regard de Billy Starrett et de Taylor.

Jessica eut envie de hurler son dégoût, de tuer ces trois hommes de ses propres mains. C'étaient des officiers de police, ils avaient fait le serment de protéger leurs concitoyens, et ils avaient violé une jeune fille de dix-huit ans !

Avaient-ils tué Tiffani pour l'empêcher de parler, ou cela faisait aussi partie de leurs fantasmes pervers ?

Incapable de regarder plus longtemps cette ignominie, elle leva les yeux vers Mitch. Il avait les sourcils froncés, la mâchoire serrée, et ses yeux étaient plus sombres que la nuit. La colère et la répulsion irradiaient de lui par vagues, mêlées à l'impuissance.

Tiffani était morte. Il ne pouvait plus l'aider. Personne ne le pouvait.

Dehors, le détecteur de présence s'était déclenché, et l'éclairage soudain du jardin les alerta tous deux.

Jessica courut à la fenêtre et eut le temps de voir le 4x4 de Taylor s'avancer dans l'allée. Il y avait un autre homme avec lui, probablement Billy Starrett.

— Vite, il faut partir, dit-elle.

Mitch ôta le disque du lecteur, le remit dans son boîtier, et glissa celui-ci au-dessus de la moulure, avant d'éteindre la télévision.

Ils atteignaient le palier quand la porte d'entrée claqua.

— Je vais me chercher une bière, dit Starrett. Tu en veux une ?

— Ouais, prends-m'en une.

La voix de Taylor provenait de la cage d'escalier, ponctuée par des bruits de pas.

Le cœur de Jessica fit un bond dans sa poitrine.

Ils ne pouvaient pas utiliser l'escalier principal, et les chances d'atteindre l'escalier de service sans être vus étaient quasi nulles.

Et, en admettant que ce soit possible, le second escalier menait directement dans la cuisine, où se trouvait Starrett.

En silence, Mitch l'entraîna de nouveau dans le bureau, et la poussa derrière le bar. Elle ne vit pas où il alla ensuite, mais elle entendit bientôt la porte du placard se refermer avec un léger clic.

Quelques secondes plus tard, Taylor entrait dans la pièce et s'arrêtait brusquement en jurant.

Jessica essaya frénétiquement de se rappeler s'ils avaient oublié de remettre quelque chose en place. Elle avait pris soin de reposer l'un après l'autre chaque objet qu'elle avait contrôlé. La lampe sur le bureau était éteinte. La télévision était éteinte. Le lecteur de DVD…

Son sang se glaça. Mitch avait ôté le disque et l'avait remis dans son boîtier avant de le glisser dans sa cachette, elle en était certaine. Mais elle était incapable de dire s'il avait refermé le plateau de chargement.

Des bruits de pas résonnèrent sur le palier, puis le plancher vibra sous le poids de Starrett tandis qu'il entrait dans la pièce.

— Hé, Taylor, il y a deux imperméables dans la cuisine. Un de chez nous, et un manteau de femme.

— Mitch et Jennifer, répondit Taylor. Fouille la maison. Si tu les trouves, descends-les !

Starrett ne protesta pas, comme aurait dû le faire un policier digne de ce nom, et marmonna son accord avant de tourner les talons.

Il y eut une sorte de sifflement léger — le plateau du lecteur de DVD qui se rétractait — puis Taylor se déplaça dans la pièce. La porte du placard s'ouvrit et il ironisa :

— Et alors, Bubba, on joue à cache-cache ?

— Quel mauvais vent t'amène, Taylor ? rétorqua Mitch.

Sa voix ne laissait transparaître aucune peur. Jessica, qui pour sa part n'en menait pas large, l'entendit sortir de sa cachette et s'avancer jusqu'au milieu la pièce, tandis que la conversation reprenait.

— Qu'est-ce qui t'a pris d'entrer chez moi par effraction ?

— La porte était déjà ouverte quand je suis arrivé.

— Ça reste quand même illégal. Où est-elle ?

— Partie. Elle est sortie par l'entrée de service pendant que vous arriviez devant.

— Sans son imperméable.

— Elle était légèrement pressée.

— Je ne te crois pas.

Jessica eut l'impression de voir Mitch hausser négligemment les épaules.

— Vas-y, fouille partout. Tu ne la trouveras pas.

— Que fais-tu ici ?

— Je cherche des preuves.

— De quoi ?

— Du rôle que tu as joué dans le meurtre de Tiffani Dawn Rogers.

Il y eut un moment de silence médusé, puis Taylor éclata de rire.

— Tu veux dire que cette garce l'a laissé ici ? J'ai fouillé son appartement, sa voiture, le garde-meubles… et c'était ici depuis le début ?

— Eh oui, la preuve était bien ici. Mais elle n'y est plus.

Jessica avait déjà inspecté l'espace exigu où elle se

cachait, mais elle regarda de nouveau autour d'elle, cherchant quelque chose dont elle pourrait se servir comme d'une arme. De lourds verres en cristal s'alignaient sur la première étagère, et les bouteilles d'alcool occupaient l'étagère du dessus. Le tout était hors de portée...

La seule chose qu'elle pouvait attraper sans se faire remarquer était un paquet de serviettes en papier. Il y avait mieux pour se défendre.

Se déplaçant sur les genoux, elle s'approcha de l'extrémité du bar, et risqua un coup d'œil.

Mitch était face à elle, et Taylor lui tournait le dos. Dans sa main droite, il tenait un pistolet pointé sur le torse de Mitch.

Si seulement elle avait eu à portée de main une bonne vieille bouteille de scotch de douze ans d'âge !

Comme Taylor commençait à tourner la tête, elle battit en retraite.

— Hé, Billy, lança-t-il à la cantonade. Viens un peu voir ici ce que j'ai trouvé !

Des pas lourds résonnèrent dans l'escalier et sur le palier, et Starrett apparut sur le seuil.

— Salut, Mitch.

Il semblait aussi décontracté que s'il avait croisé un ami dans la rue.

— Laisse-moi te débarrasser de ton arme.

Il y eut de nouveau des pas, quelques mouvements, puis une reculade, avant qu'il n'ajoute, à l'attention de Taylor :

— J'ai cherché partout. Je ne l'ai pas trouvée.

— Mitch prétend qu'elle est partie.

— Ah ouais ?

Risquant de nouveau un coup d'œil, Jessica le vit prendre le micro de sa radio. Il ne s'embarrassa pas avec les termes techniques normalement utilisés par la police.

— Megan, appelle tous les gars, et dis-leur de chercher Jennifer Burton. S'ils la trouvent, qu'ils l'amènent chez Taylor.

— Compte sur moi, Billy.

— On n'en serait pas là si elle était vraiment morte, reprocha-t-il à Taylor.

— Cette garce n'a jamais été douée pour faire ce qu'on attend d'elle, rétorqua Taylor.

— Vous ne la trouverez pas, dit Mitch.

Son regard passa de la porte à l'endroit où Jessica était cachée, puis revint se poser sur Mitch.

Elle regarda à son tour la porte restée ouverte.

La distance entre le bar et le seuil était courte, et elle pouvait peut-être se faufiler dans le couloir sans se faire remarquer. Mais ensuite, qu'adviendrait-il de Mitch ? Elle ne pouvait pas l'abandonner et le laisser se faire tuer. Il fallait qu'elle trouve un moyen de faire diversion pour donner une chance à Mitch de les désarmer.

— Où est le DVD ? demanda Billy.

— C'est Jennifer qui l'a, répondit Mitch. Elle l'a pris et s'est enfuie.

Billy s'adressa à Taylor.

— Tu penses qu'il dit la vérité ?

— Ça n'a pas vraiment d'importance. Ils sont tous les deux au courant, et il faut donc les éliminer tous les deux.

Jessica comprit que c'était le moment où jamais d'agir. Soudain, elle avait l'impression que tous les bruits étaient amplifiés : frottement des vêtements, glissement des semelles de chaussure, soubresauts de la respiration…

Lentement, elle se redressa, devenant ainsi une cible facile si l'un des hommes tournait la tête, et fit un premier pas vers la porte. Ses jambes flageolaient, ses nerfs étaient tendus à se rompre, mais elle s'obligea à continuer.

— Si tu me tues, ça ne restera pas impuni, dit Mitch, d'un ton de menace.

— Parce que tu crois que tes demi-frères vont pleurer sur la mort du bâtard de leur père ?

— Ils vont faire plus que pleurer. Ils te traqueront et te tueront... si le FBI ne t'a pas mis la main dessus avant. Nous avons un dossier sur vous deux, Jimmy Ray, et un certain nombre de tes hommes. Nous t'enverrons en prison pour très, très longtemps.

— Le FBI ? Tu es un agent fédéral ?

Jessica fit un pas de plus, puis un autre... et une lame de parquet craqua.

Elle s'immobilisa, terrifiée, et lança un regard à Mitch.

— Cours, cria-t-il avant d'asséner dans le torse de Billy un coup de pied qui l'envoya à terre.

Jessica bondit vers le couloir, s'élança dans l'escalier de service et déboula dans la cuisine. Tandis qu'elle se ruait vers la porte, elle attrapa au passage son imperméable, non pour se protéger, mais pour y récupérer les clés de la voiture. Tout en courant sur la terrasse glissante, elle les prit dans la poche et jeta l'imperméable qui l'encombrait.

Le vent soufflait violemment. La pluie tombait drue et les gouttes lui martelaient le visage et les bras comme des aiguilles, limitant sa visibilité à quelques pas. La tête baissée, les épaules rentrées, elle courut à l'aveuglette vers le portillon.

— Jennifer !

Malgré la rage qui la déformait, elle reconnut la voix de Taylor.

Risquant un coup d'œil par-dessus son épaule, elle

le vit sauter les deux dernières marches de la terrasse de bois et charger dans sa direction.

La terreur comprima sa poitrine, jusqu'à ce qu'elle puisse à peine respirer.

Elle essaya d'accélérer le rythme, mais l'herbe détrempée ralentissait ses pas, et le manque d'oxygène la rendait nauséeuse.

Le portillon n'était plus qu'à quelques pas.

« Allez, vas-y, s'encouragea-t-elle. Tu peux le faire. » Et il lui sembla entendre la voix de Jen faire écho à la sienne.

Puisant dans ses dernières forces pour atteindre les limites de la propriété, elle déboucha dans le chemin qui bordait la Timmons.

La voiture était là qui l'attendait.

Encore quelques mètres et elle serait sauve.

Le coup vint de derrière. Une solide manchette sur la nuque qui lui coupa le souffle et la fit tomber la tête la première.

Elle essaya de ramper, s'approchant dangereusement du bord de la rivière.

Les doigts de Taylor s'enfoncèrent dans ses épaules tandis qu'il la retournait sans ménagement.

Il s'abattit à califourchon sur elle et noua les mains autour de son cou.

— Cette fois, tu ne t'en sortiras pas, dit-il d'un ton féroce.

Elle essaya de se débattre, de lui donner des coups de pied, mais les genoux de Taylor bloquaient ses jambes.

Elle ne voulait pas mourir comme ça, et pourtant ses forces la quittaient. Les ténèbres l'enveloppaient peu à peu, apaisant la peur, la tristesse, le regret de ne pas revoir Mitch une dernière fois…

Elle sentit qu'elle s'en allait quand la voix de Jen résonna dans son esprit.

« — Non, Jess ! Ton heure n'est pas venue ! Ne le laisse pas gagner.

— Je suis si fatiguée, répondit-elle en pensée. Je ne peux plus respirer.

— Pense à Mitch. Je t'en prie, Jen. C'est quelqu'un de spécial. Il a risqué sa vie pour toi. Tu vas sauver la tienne pour lui. »

Dans un dernier sursaut d'énergie, Jessica tira sur les mains de Taylor, ses bras, lui griffa le visage, et réussit à lui infliger une égratignure suffisamment douloureuse pour qu'il porte une main à sa joue.

S'agrippant au bras qui maintenait une pression autour de sa gorge, Jessica roula sur elle-même et entraîna Taylor avec elle dans sa chute vers la rivière.

L'eau la submergea, et elle en avala une pleine gorgée avant de refaire surface en toussant. En tombant, Taylor l'avait lâchée, mais déjà il revenait vers elle, essayait d'agripper ses vêtements...

Il la poursuivit jusqu'à la rive, l'agrippant par les pieds alors qu'elle essayait d'escalader la pente argileuse.

Elle tomba à plat ventre, avec un cri de douleur.

Puis, dans un enchaînement de gestes dont elle n'eut pas vraiment conscience, comme si quelqu'un la guidait, elle attrapa une grosse pierre et, au moment où Taylor la retournait sur le dos, le frappa à la tête.

L'impact vibra dans son bras, mais elle ne lâcha pas la pierre et frappa de nouveau.

Le corps de Taylor se raidit, la pression de ses doigts se relâcha, et il bascula en arrière.

L'eau l'engloutit, puis il refit surface, immobile, jusqu'à ce que le courant tourbillonne autour de lui et l'emporte.

Respirant avec difficulté, Jessica batailla pour remonter sur la rive et s'effondra sur le chemin.

Ses jambes ne la portaient plus. Sa gorge était enflée et douloureuse, et les égratignures sur son visage la brûlaient cruellement. Mais elle n'avait pas le droit de flancher maintenant.

Il fallait qu'elle retourne à la maison, qu'elle aille retrouver Mitch...

Elle était presque arrivée au portillon quand une explosion secoua l'air. La terre trembla, des débris volèrent, et des flammes jaillirent des fenêtres du manoir.

Elle s'immobilisa, trop effrayée pour crier, ou même pour pleurer.

C'était impossible.

Mitch ne pouvait pas se trouver dans la maison. Elle n'avait pas survécu pour perdre Mitch. Le sort ne pouvait pas se montrer aussi cruel.

Puis, au milieu de la fumée et des flammes, une haute et solide silhouette s'avança en boitant sur la terrasse.

Il descendit les marches une par une, dérapa et se retint en gémissant à la rampe. Quand il la vit, il essaya de presser le pas malgré son évidente difficulté.

Jessica alla à sa rencontre, se jeta dans ses bras, et couvrit son visage de baisers.

— Tu es en vie ! Oh ! mon Dieu, je pensais...

Il leva une main aux jointures gonflées et couvertes d'hématomes, pour essuyer le sang qui coulait d'une profonde coupure sur son front.

— Je ne suis pas venu ici pour mourir, poupée, rétorqua-t-il, en prenant un accent à la John Wayne. Il n'y a que les méchants qui meurent à la fin. Moi, je suis le gentil, rappelle-toi. Et c'est avec moi que la jolie fille repart.

Et pour souligner son propos, il lui donna un de ces

baisers époustouflants dont il avait le secret, et qui avait le don de faire s'envoler une nuée de papillons dans son estomac.

Elle en oublia presque ce qu'ils venaient de vivre, jusqu'à ce qu'elle se plaque contre lui, ce qui lui arracha un gémissement de douleur.

— Je suppose que Starrett ne s'en est pas sorti ?

— Ce serait un miracle.

Le regard de Mitch se porta vers la maison rongée par les flammes.

— Il a mis le feu pour détruire les preuves et il a été pris dans l'explosion.

Jessica ne parvint pas à se sentir désolée. Après ce que Starrett avait fait, ce n'était après tout qu'un juste retour des choses.

Mitch passa un bras autour de sa taille, et ils se dirigèrent clopin-clopant vers la voiture. Il pesait suffisamment sur elle pour qu'elle ressente son poids et, malgré sa propre fatigue, elle était heureuse de pouvoir lui fournir ce soutien.

Elle aida Mitch à prendre place sur le siège passager, puis fit le tour de la voiture et se mit au volant.

— Où allons-nous ? demanda-t-elle, après avoir tourné la clé dans le contact.

Il esquissa un sourire.

— A Jackson. J'ai quelque chose à livrer en personne.

— Quoi ?

D'un geste maladroit, il sortit un DVD de la poche intérieure de sa veste.

Jessica écarquilla les yeux.

— Tu as réussi à le récupérer ?

Justice serait enfin faite, songea-t-elle avec une intense sensation d'apaisement.

Taylor et Billy étaient sans doute morts, mais il en

restait d'autres à punir, et particulièrement Jimmy Ray qui devrait écoper d'une très longue peine de prison.

Elle enclencha les essuie-glaces sur la vitesse maximum et démarra prudemment sur le chemin menant au débarcadère.

La pluie crépitait avec violence sur la capote du cabriolet et le vent s'engouffrait sous le châssis, faisant tanguer la Mustang.

Mais, tandis qu'elle suivait le lacis de rues parallèles qui la mèneraient bientôt vers le nord, Jessica savait qu'elle n'avait désormais plus rien à craindre.

Chaque tour de roue l'éloignait un peu plus de la ville et du cauchemar de Jen, et l'avenir qui l'attendait avec Mitch s'annonçait radieux.

Epilogue

Le corps de Taylor fut retrouvé à cinq cents mètres de chez lui, prisonnier des racines des saules qui bordaient la rivière Timmons.

Les restes du corps de Billy furent retirés des décombres de la maison incendiée, deux jours après que l'ouragan se fut éloigné.

Jimmy Ray et plusieurs agents furent arrêtés, et une douzaine d'autres firent l'objet d'une enquête approfondie.

La ville de Belmar offrit à Mitch le poste de chef de la police.

Il refusa cet honneur.

Par un bel après-midi chaud et ensoleillé, sans le moindre nuage noir à l'horizon, Mitch et Jessica s'engagèrent sur l'Interstate 20, en direction de l'est.

Ils avaient décapoté la Mustang, et le vent soulevait leurs cheveux, accentuant le sentiment de liberté qu'ils éprouvaient depuis qu'ils avaient franchi les limites de la ville.

Le compteur flirtait dangereusement avec le cent cinquante — de quoi leur valoir une belle amende si la patrouille à moto de l'autoroute les interceptait.

Non que Jessica ne soit en mesure de s'en sortir par un numéro de charme. Pour qu'un homme reste indifférent face à elle, il aurait fallu qu'il soit mort.

Et Mitch était terriblement vivant. Il le lui avait prouvé à plusieurs reprises au cours des derniers jours.

Un panneau annonçant la prochaine sortie pour Copper Lake défila dans un brouillard.

— Tu pourrais peut-être ralentir un peu, suggéra-t-il.

— On ne peut pas posséder une voiture comme celle-ci, et ne pas avoir envie de faire une pointe de vitesse de temps en temps.

— Je ne savais pas que ton nom figurait sur la carte grise.

Jessica ralentit, changea de voie, et prit la sortie.

Au stop, elle tourna la tête vers Mitch.

— Tu es sûr que ça n'ennuie pas Sara que je t'accompagne ?

— Certain.

— Tu sais, elle pourrait ne pas m'apprécier.

Il lui prit la main et l'étudia.

Les longs ongles roses avaient disparu. Les siens étaient courts et dépourvus de vernis, même incolore. Elle portait un short nettement plus court que ceux de sa sœur, et un débardeur à fines bretelles qui moulait ses seins comme une seconde peau.

Elle était incroyablement belle.

Elle ressemblait à son avenir.

— Je suis convaincu que Sara va t'adorer, dit-il.

— Comment le sais-tu ?

— Parce que je crois que je t'aime, et c'est suffisant pour que Sara t'accepte.

Les yeux bleus de Jessica scintillèrent d'émotion, puis un immense sourire éclaira son visage.

Pied au plancher, elle démarra dans un crissement de pneus, et ses paroles, emportées par le vent, furent comme un doux murmure aux oreilles de Mitch.

— Je crois que je t'aime aussi.

DONNA YOUNG

Une bouleversante mission

BLACK *ROSE*

éditions ✛ **HARLEQUIN**

Titre original : BLACK OPS BODYGUARD

Traduction française de ISABEL ROVAREY

1

La jungle était bien le pire des endroits où mourir.

Calvin West s'effondra sur un parterre spongieux de lianes et de racines. L'air était lourd. Avec l'orage, le taux d'humidité avait encore grimpé et, à chacune de ses inspirations, il lui semblait que ses poumons s'emplissaient d'oxygène liquide. Ça lui donnait mal à la tête et lui embrouillait les idées.

Un éclair illumina la pénombre, et un grondement de tonnerre roula au loin. Le cœur de la tempête se situait dans les montagnes, à des kilomètres d'ici.

La blessure sur son côté l'élançait. Sous ses vêtements boueux qui lui collaient à la peau, le sang coulait du petit trou qu'avait fait la balle en pénétrant sa chair.

Il avait perdu son pistolet en traversant la rivière. C'était à ce moment-là également qu'il avait été touché.

Des coups de feu éclatèrent derrière lui… à moins de cent mètres. Les hommes de Cristo gagnaient du terrain.

— Trouvez-le !

L'ordre résonna dans la forêt, effrayant les oiseaux qui s'envolèrent de leurs perchoirs, bravant la pluie battante pour échapper aux chasseurs.

La frustration que trahissait la voix de l'ennemi faillit

tirer un sourire à Cal. C'était Solaris, l'homme de main de Cristo. Un mercenaire habile dans son genre et qui ferait en sorte que son corps ne soit jamais retrouvé.

Mais Cal ne donnerait pas à Solaris cette satisfaction.

Titubant, il se releva et fit demi-tour, s'enfonçant de nouveau jusqu'à mi-mollet dans la vase du cours d'eau. Maudissant sa blessure, il avança tant bien que mal. La pluie martelait l'eau stagnante avec une telle force qu'elle tressautait et crépitait devant lui ; il scruta la surface agitée de l'eau, tentant de repérer le mouvement fluide d'un serpent ou d'un crocodile.

Bon sang. Ç'avait été trop facile. Cet appât bien trop alléchant aurait dû lui faire deviner qu'il était démasqué.

Mais, après quatre années de traque, il avait été tellement impatient de coincer Delgado. Tellement pressé de mettre à genoux le puissant narcotrafiquant.

Oui, il avait péché par imprudence, mais il n'était pas disposé à payer cette erreur de sa vie.

Une ombre rampa sur la rive, le long du coude que formait la rivière. Cal jura en voyant le boa constrictor se détacher de la végétation et glisser dans l'eau.

Aussi vivement qu'il put, Cal en sortit, luttant contre la succion qu'exerçait le fond limoneux sur ses chevilles, le souffle court, épuisé par l'effort, étourdi par la déshydratation et la quantité de sang qu'il avait perdue.

Pris de vertige, il eut l'impression que la terre s'inclinait. La sueur et la pluie mêlées lui piquaient les yeux. Il ne se faisait pas d'illusion : il lui restait — au mieux — une heure avant de perdre conscience. S'il ne trouvait pas un sentier, un trou où se cacher, il était mort.

Il émergea des arbres et s'arrêta net, au bord d'une sorte de promontoire couvert d'humus et de plantes tropicales saturés d'eau. Il balaya les ombres du regard.

Des branches se brisèrent quelque part, derrière lui

— bref avertissement avant une nouvelle salve de tirs. La balle l'atteignit à la cuisse et une douleur fulgurante le transperça, remontant jusqu'à sa hanche.

Sa jambe lâcha et, l'instant suivant, le sol se déroba et il bascula dans le vide. Il roula le long de la pente, heurtant des ronces, des rochers, des souches d'arbres ; ses côtes s'entrechoquaient, lui coupant la respiration, mettant ses blessures en feu.

Tout à coup, une surface plane arrêta sa chute. Il lutta contre la nausée qui lui montait dans la gorge. Comme il tentait malgré tout de se redresser, un pied écrasa son torse, le repoussant contre le sol fangeux.

— Tu allais quelque part, West ?…

Un rire satisfait roula au-dessus de lui.

Les brumes de l'inconscience brouillèrent sa vision, transformant les lignes nettes en ombres floues.

— Ou tu attendais que j'arrive pour t'envoyer en enfer ?

L'homme chercha du talon l'impact de la balle sur son flanc. La douleur explosa dans le torse de Cal.

Serrant les dents, il produisit un effort surhumain pour articuler, avant que l'obscurité ne l'engloutisse :

— Tu n'es pas au courant, Solaris ? L'enfer, c'est mon terrain de jeu.

2

Washington, D.C., minuit
Aujourd'hui

L'hiver enveloppait le Capitole de sa gangue glacée. En rafales de plus en plus fortes, annonciatrices de neige, un vent froid s'engouffrait en sifflant entre les structures de béton et d'acier du parking.

Calvin West sortit de son coupé sport noir métallisé et considéra les rangées de voitures, sous la lumière froide des néons qui rythmaient le plafond bas. Il sentait les effets du décalage horaire à l'engourdissement de ses muscles, à son épaule douloureuse, à la raideur de ses genoux.

A près de quarante ans, il commençait à se faire trop vieux pour traquer les méchants sur les sept continents.

Mais ce n'était pas encore demain qu'il pourrait se reposer… Il avait un avion à prendre à Dulles dans moins de quatre heures.

Il s'ébroua, se promettant de dormir pendant le vol pour Caracas.

Les recoins du parking disparaissaient dans l'ombre et, sans raison particulière, un frisson le parcourut, ses cheveux se dressèrent sur sa nuque. Il promena un regard circulaire alentour.

Rien.

Mais la sensation de malaise ne se dissipa pas. Bien sûr, trente heures d'affilée sans sommeil avaient de quoi rendre n'importe qui paranoïaque. Mais dans le métier qu'il exerçait, c'était précisément la paranoïa qui, bien souvent, vous gardait en vie.

Sans geste brusque, il plongea la main sous sa veste, tira le pistolet automatique de calibre 45 de son holster d'épaule et ramena sa main le long de son corps.

Derrière lui, des talons résonnèrent sur le ciment. Jurant sous cape, il ajusta la position de son index sur la gâchette.

— Cal.

Une femme émergea de l'ombre, s'avança sous la lumière crue des néons. Elle portait un tailleur de laine bleu marine. La veste près du corps moulait les contours de sa plastique parfaite et la jupe, courte et droite, exposait de longues jambes galbées, de celles que les hommes ne peuvent s'empêcher d'admirer et les femmes d'envier ; un élégant chignon à la base de son cou tirait à lui pour les dompter d'épais cheveux couleur d'acajou, mettant en valeur la forme triangulaire de son délicat visage, ses pommettes hautes, la courbe féminine de sa mâchoire déterminée.

Professionnelle. Sophistiquée.

Et sexy comme jamais.

Certes, dans le secteur d'activité qui était le sien, le fait d'être sexy tenait plus d'une caractéristique de base que d'un heureux coup du destin…

Une étrange tension intérieure lui nouait cependant le ventre.

— Julia.

Il activa du pouce la sécurité de son arme puis la rangea dans son étui, le tout dans un seul geste bref et précis. Reboutonnant la veste de son costume, il acheva de se retourner pour lui faire face, irrité de s'être laissé surprendre par cette apparition qui, pourtant, n'avait rien d'inattendu.

— Ce n'est pas très malin, de la part de la secrétaire particulière du Président, de rôder dans un parking désert.

— Je ne *rôde* pas, rétorqua Julia Cutting, un soupçon de dédain contractant sa jolie bouche. Je suis là pour affaires.

— A minuit ?

Il cala sa hanche contre la portière de sa voiture.

— Ce n'est pas un peu tard pour faire les courses du président Mercer ?

— Non. Les heures ouvrables n'existent pas pour Mercer, tu le sais aussi bien que moi.

Cal haussa un sourcil, mais ne dit rien. Attendre et laisser venir valait parfois mieux que poser des questions.

Un an s'était écoulé depuis la dernière fois qu'il l'avait vue, les yeux brillants de rage, les joues colorées par la colère. Elle l'avait giflé à toute volée avant de s'en aller en claquant la porte.

— Quoi qu'il en soit, ce serait plus simple si tout ceci était officiel, reprit-elle sèchement. Mais ce n'est pas le cas. J'ai besoin de ton aide, Cal. Il s'agit d'une affaire personnelle.

Julia n'étant pas du genre à réclamer l'aide de qui que ce soit, cette démarche devait lui coûter, il en était certain.

— De mon aide, répéta-t-il.

Il savait que ce qui allait suivre serait fait de demi-vérités mises au service d'une totale duperie. Pas de détail, pas de sentiments. Tout ça au nom de la fichue patrie. Et tant pis pour l'intégrité et la compassion.

Tant pis pour l'amour.

Ses muscles se raidirent entre ses omoplates. Cal remua les épaules.

— Qu'est-ce qui peut bien faire que tu aies besoin d'un attaché britannique au beau milieu de la nuit ?

— Si tu n'étais qu'un diplomate, je n'aurais pas besoin de toi.

Julia croisa les bras. Attitude défensive, pur agacement ? C'était encore difficile à déterminer.

— Tu as entendu dire, j'en suis sûre, que Jason a disparu.

Elle s'exprimait d'une voix grave et posée, distincte, avec un phrasé mesuré — typique de l'élocution précieuse que cultivaient les écoles de la côte Est prisées par l'aristocratie et les vieilles familles fortunées.

Mais il y avait eu par le passé des moments où cette mécanique bien huilée s'était déréglée. Des moments où, alors qu'il caressait sa peau douce, sa voix égale avait perdu son débit harmonieux pour se faire murmure lascif ou gémissement félin, se muer en soupirs saccadés qui avivaient le désir de Cal et affolaient son pouls — éperonnaient sa libido.

— Compte tenu de la carrière qu'il s'est choisie, rien de particulièrement étonnant à cela, non ?

S'efforçant de ramener le cours de ses pensées au moment présent, Cal se redressa et enfonça les mains dans ses poches.

Jason Marsh était officiellement *porté disparu en mission* depuis une semaine. Sitôt qu'il l'avait appris, la veille, Cal avait sauté dans le premier avion pour quitter Londres.

— On m'a dit qu'il était mort en mission.

— Qui ça, « on » ? demanda Cal avec juste assez de mépris pour évoquer une vague politesse exempte de tout réel intérêt.

— Jon Mercer. Et Ernest Becenti, de la D.E.A.

— Je suis désolé pour toi, Julia. Mais si le président des Etats-Unis et le directeur de l'agence antidrogue me disaient que quelqu'un est mort, j'aurais tendance à les croire. Et maintenant, s'il n'y a rien d'autre, pardonne-moi, mais j'ai eu une longue journée.

En l'entendant retenir son souffle, il comprit qu'il avait marqué un point. Mais elle ne bougea pas d'un pouce et demeura fermement plantée devant lui.

— Dommage pour toi, Cal.

Elle ne lâchait pas prise facilement. Il jura intérieurement.

— Rentre chez toi, Julia.

Parce qu'il était épuisé et qu'il savait quels dangers elle encourait en se mêlant de cette affaire, son ton devint franchement inamical.

— Laisse le gouvernement faire son travail. Ils veilleront à ce que le corps de ton mari soit enterré dignement.

— *Ex*-mari, corrigea-t-elle, le menton haut, les yeux plissés. Apparemment, tu n'arrives toujours pas à faire la différence entre les deux.

— Peut-être bien, accorda-t-il d'une voix qui dissimulait mal une arête coupante. Mais je constate que tu es ici, à minuit, par un froid glacial, à cause de Jason.

— Je suis la seule famille qu'il ait. Ce n'est pas parce que le Président le tient pour mort que la messe est dite.

Le président Jonathon Mercer et sa femme Shantelle considéraient Julia Cutting davantage comme leur fille que comme l'assistante personnelle de Jon. Il était rare qu'un président des Etats-Unis porte son choix sur une personne d'une trentaine d'années pour un poste aussi haut placé. Des rumeurs couraient selon lesquelles Mercer entretenait une relation intime avec la jeune femme, mais Cal n'y croyait pas. Il avait passé assez de temps au contact de la lie de l'humanité pour savoir discerner la probité quand il la voyait. Et Julia Cutting portait la sienne pour ainsi dire en étendard.

Il ne pouvait malheureusement pas en dire autant de sa propre personne. Son étendard avait perdu de son éclat depuis bien des années.

— Jason est vivant, Cal.

— C'est une intuition ou tu as des preuves ?

Il déverrouilla sa voiture et ouvrit le coffre. Sa main hésita en passant au-dessus du gros ours en peluche rose rangé à côté de sa valise. Avec son nœud de satin blanc, ses grands yeux frangés de longs cils cousus qui le contemplaient.

En grommelant, il empoigna valise et peluche.

Les sourcils de Julia s'arquèrent très gracieusement.

— C'est à toi ?

— C'est un cadeau pour Jordan Beck et sa femme, Regina. Je viens juste d'apprendre qu'elle attend une fille, dit-il en se demandant bien pourquoi il se sentait soudain obligé de s'expliquer. J'étais à l'étranger.

Ex-agent secret de Labyrinth, une division secrète de la C.I.A., Jordan Beck était l'un des meilleurs amis de Cal. Il venait d'être élu membre du Parlement en Grande-Bretagne et, si les bruits qui couraient étaient fondés, il était bien placé pour devenir un jour prochain le Premier ministre.

— Tu as dû t'absenter longtemps…

Lorsque Cal leva les yeux pour la regarder, elle haussa les épaules, puis lui prit l'ours des mains par son nœud de satin blanc.

— Voilà un bon moment qu'ils connaissent le sexe du bébé. Regina doit accoucher dans un mois.

Des pneus crissèrent, à l'étage au-dessus. Cal tiqua.

Ils étaient beaucoup trop exposés, au milieu de ce parking vide.

— Achevons cette conversation ailleurs, dit-il en fermant le coffre. Où est ta voiture ?

— J'ai pris un taxi pour venir et je suis descendue par l'escalier du fond.

Il lui prit le coude et elle se mit à marcher à son côté. Avec son mètre soixante-douze et ses longues jambes, elle n'eut aucun mal à rester à sa hauteur.

— Pourquoi ne pas m'avoir attendu dans l'appartement ? Je t'avais donné une clé.

— Parce qu'elle repose au fond du Potomac. Là où je l'ai jetée.

Cal lui lança un coup d'œil en biais, mais ne releva pas.

— Et tu avais une raison particulière d'utiliser l'escalier de service ?

— Eh bien, disons que ça cadrait avec l'aura de mystère dont tu sembles t'entourer depuis quelque temps. Et je ne peux pas me permettre d'être vue entrant ou sortant de ton appartement.

— Je me souviens d'une époque où ça ne te dérangeait pas.

— En effet, répondit posément Julia. Mais cette époque est révolue.

— Julia, dit-il lentement, contrarié par le son familier que rendait ce nom dans sa bouche.

Trop intime. Trop chargé de souvenirs…

Des souvenirs qui rallumaient en lui la flamme… et relançaient son instinct protecteur en mode démultiplié.

— Pourquoi es-tu si certaine que Jason n'est pas mort ?

— Quelqu'un a déposé son dossier sur la table de mon salon. J'y ai trouvé des courriers émanant du président Mercer et d'Ernest Becenti dans lesquels ils niaient connaître Jason.

Cal s'arrêta net et empoigna son bras.

— Comment diable a-t-on pu entrer chez toi ?

— Inutile de hausser la voix.

— Réponds-moi, reprit Cal plus bas.

— Comment veux-tu que je le sache ? Mon système d'alarme est intact.

Il vit luire un éclair de colère dans ses yeux. Une mise en garde. Du feu bouillait juste sous la surface.

— Je ne suis pas l'ennemi, Cal, dit-elle en se dégageant. Tu me fais mal.

Cal desserra son étreinte, mais ne la lâcha pas. Il ne la libérerait que lorsqu'elle serait à l'abri dans son appartement.

— Qu'a dit la police ?

— Je ne l'ai pas appelée.

— Nom d'un chien !

Cal poussa d'un geste vif la porte de l'escalier et vérifia qu'il n'y avait personne dans le couloir avant de l'entraîner à sa suite.

— Je ne peux pas prouver qu'il y a eu effraction. Et je n'allais pas montrer le dossier de Jason à la police.

La peur noua l'estomac de Cal. Il l'avait quittée précisément pour cette raison.

Cain MacAlister, l'actuel patron de Labyrinth, avait promis de garder Julia sous surveillance. Qu'avait-il bien pu se passer ?

— Et tu es sûre que ces lettres ne sont pas des faux ?

— Certaine. Je sais aussi ce qui les motive, mais je ne suis pas forcée de trouver ça normal.

— En tant qu'agent du gouvernement, Jason connaissait les risques du métier. Il les acceptait chaque fois qu'il partait en mission.

— Ne parle pas de lui au passé. Il n'est pas mort.

Ils atteignirent l'ascenseur et Julia l'appela.

— Il y avait une photo avec le dossier. Jason y tient un quotidien dont on voit clairement les gros titres. Il date d'hier.

— Ça pourrait très bien être un montage.

Les portes de l'ascenseur coulissèrent et ils entrèrent dans la cabine.

— Les cartels de la drogue ne pardonnent pas quand ils découvrent un agent infiltré parmi eux, ajouta Cal en appuyant sur le bouton de son étage. Et modifier la une d'un journal est un jeu d'enfant si on dispose du logiciel approprié.

Julia ne pouvait qu'en convenir. D'autant qu'ils avaient affaire au chef d'un des plus puissants cartels de la drogue : Cristo Delgado.

Delgado tirait plaisir de ce qu'il appelait « les relations publiques ». Plusieurs agents étaient morts de sa main, lentement, sous l'œil d'une caméra. Il veillait à ce que le film de leur agonie soit diffusé sur internet afin de décourager quiconque d'infiltrer son réseau.

Les agents de Cain MacAlister n'avaient trouvé aucune vidéo de Jason.

L'ascenseur s'ouvrit sur le hall privé du loft de Cal.

Serrant toujours l'ours en peluche contre sa poitrine, Julia s'avança vers la porte. Une étrange sensation l'oppressait — quelque chose qui ressemblait à de l'attirance… ou à des regrets.

L'air sombre, Cal tira la clé de sa poche.

— Reste là une seconde, dit-il en déverrouillant la porte.

Connaissant la procédure, Julia attendit sans mot dire sur le seuil qu'il ait allumé les lumières et composé le code de sécurité sur le boîtier mural.

Quelques instants plus tard, le tour des pièces terminé, il était de retour.

— Tu attendais de la visite ?

— Tu es bien venue, toi, répliqua-t-il en prenant l'ours pour le poser sur son bagage. Je m'assure simplement que personne d'autre n'a éprouvé le besoin subit de venir me voir.

A la lumière, Julia l'étudia. Un mètre quatre-vingt-deux, des cheveux châtain clair un tantinet plus longs qu'il n'est de mise au Capitole. Ses boucles effleuraient le col de sa chemise.

Il était mince mais plus solidement bâti, plus sculpté que par le passé. Il aurait eu sa place dans la galerie des statues grecques du Smithsonian ; et ces marbres parfaits auraient encore pu lui envier la grâce féline et la maîtrise de ses mouvements, sous le costume gris anthracite.

Elle sentit une pointe de désir sourdre en elle. Refusant de se laisser distraire, elle rejeta les épaules en arrière et reporta son regard sur son visage.

Ses yeux noisette étaient braqués sur elle.

Ce fut Julia qui rompit la première le contact visuel. Elle jeta un coup d'œil à la ronde.

La première fois qu'elle était venue ici, elle s'était attendue à un décor dépouillé, fonctionnel, et avait été un peu surprise de découvrir des coussins en tapisserie, une table de salon en chêne, de confortables fauteuils flanquant un canapé en cuir noir — bien rembourré et légèrement patiné, très « campagne anglaise ».

Nostalgie du pays, avait-elle pensé, étonnée surtout qu'un homme aussi cynique puisse ainsi se montrer sentimental.

— Tu as apporté ce dossier ?

— Oui, dit Julia en sortant des feuillets pliés de la

poche de son tailleur. Mais seule la mission y est décrite. Rien n'indique ce qui est allé de travers.

Le regard de Cal se posa un instant sur les documents avant de revenir sur elle.

— J'ai envie d'un thé. Tu en veux ?

— Euh… oui.

Elle l'aurait plutôt imaginé lui proposant quelque chose de plus fort, comme un brandy ou, même, un verre de vin.

— Qu'y a-t-il ?

Si elle voulait mener son plan à bien, elle avait intérêt à mieux dissimuler ses sentiments. Elle haussa les épaules.

— Bien que tu sois anglais, je ne t'ai jamais vu boire du thé.

— C'est une habitude récente. Et, avec le décalage horaire, c'est un bon breuvage traditionnel qu'il me faut…

Elle le suivit dans la cuisine, dont le style était plus moderne. Des comptoirs en granit noir, un électro-ménager en acier brossé d'une rigueur qui tranchait avec la chaleur du séjour. Cela ressemblait plus à l'idée qu'elle se faisait de Cal, mais le contraste en lui-même reflétait bien sa personnalité.

L'ours en peluche attira son regard. Autre contradiction.

Avec un petit serrement de cœur qu'elle s'efforça d'ignorer, elle prit l'ours et appuya sur son ventre. Les notes d'une douce berceuse s'égrenèrent.

— C'est mignon, murmura-t-elle en le retournant.

Il était fermé par une bande Velcro.

— Conseille-leur de prévoir un stock de piles neuves. Quelque chose me dit qu'elles vont être très sollicitées.

— Je suis content que tu approuves mon choix.

— Il est parfait, vraiment. Regina va adorer.

Cal prit une bouilloire aux lignes pures et la remplit d'eau.

— Jordan m'a dit qu'elle et toi étiez devenues assez proches.

— Oui. Par ton intermédiaire, en fait. Les quelques fois où nous avons dîné tous les quatre ensemble, nous nous sommes vraiment appréciées. Et après notre rupture…

Elle posa l'ours dans l'angle du comptoir.

— … nous sommes restées en contact. Nous nous appelons environ une fois par semaine depuis qu'ils sont à Londres.

Elle se percha sur un tabouret de bar.

— Un petit voyage en Amérique latine, ça te tente, Cal ? demanda-t-elle de but en blanc.

Il sortit deux tasses du placard.

— Pourquoi ?

— C'est là-bas que se trouve Jason. En vie.

— Qu'il le soit ou pas, je ne suis pas celui qu'il te faut pour t'aider.

— Au contraire, tu es *exactement* celui qu'il me faut. C'est au nom de Jason que je te le demande. Tu lui dois bien ça, non ?

— Comment ça ?

— Ne joue pas au plus fin avec moi.

Elle le gratifia de ce long regard froid qui faisait trembler ses subalternes dans l'enceinte du bureau ovale.

— Avant son départ de Washington D.C., Jason m'a dit de prendre contact avec toi s'il lui arrivait quelque chose. Que tu avais une dette envers lui et que tu étais le seul en qui je devais avoir confiance.

— Confiance pour quoi faire, au juste ?

— Le sauver.

— Dette ou pas, je suis un diplomate anglais et je ne…

— J'ai lu ton dossier. Tu es un ancien du MI6. Et tu travailles maintenant pour Labyrinth, bien que la raison pour laquelle tu as changé de camp ne soit pas précisée. Pas plus, d'ailleurs, que la teneur des missions qui te sont confiées.

— Comment as-tu pu mettre la main sur mon dossier ?

— Tu plaisantes, je suppose ?…

Elle retint un sourire. Il avait l'air tellement indigné. Tant mieux. C'était une bonne chose qu'il se rende compte qu'elle aussi avait plus d'un tour dans son sac.

— Alors que c'est toi qui ne cesses de me rappeler pour qui je travaille.

— Ma collaboration avec Labyrinth n'a rien à voir avec Jason. Et ça ne change rien aux faits.

— Je n'en suis pas si sûre.

Elle sortit un enregistreur de sa poche et le posa devant elle, sur le comptoir.

— Ecoute ça, dit-elle en enfonçant la touche « Play ».

— *Mademoiselle Cutting, je vais aller droit au but. J'ai votre mari, Jason Marsh.*

La voix un peu rauque, à l'accent latin, avait un débit sec, rapide.

— *Il n'est pas mort, mais il le sera bientôt si vous ne faites pas ce que je vous demande. Je vous donne trois jours pour réunir dix millions de dollars américains et venir me les remettre en personne. N'essayez pas de nous doubler. Si vous informez le gouvernement, nous le tuerons. Nous vous avons réservé une chambre d'hôtel à…*

Julia appuya sur le bouton « Stop ».

— Apparemment, la nuance entre *ex-mari* et *mari* échappe aussi aux méchants.

— Et si c'est un coup de bluff ? Le risque est grand que Jason soit déjà mort.

— Mais il y a une chance qu'il soit encore en vie, et ça me suffit, répliqua-t-elle, le menton relevé d'un air de défi. Alors ? Tu es disposé à m'aider ?

— Peut-être.

Il tendit la main pour prendre l'appareil, elle le retira vivement.

Il soupira.

— Même si tu le voulais, tu ne pourrais pas satisfaire leurs exigences. Dix millions de dollars ! Personne ne peut réunir une somme pareille en un laps de temps aussi court.

Julia rangea l'enregistreur dans sa poche.

— Moi, si.

3

— Si tu as une telle somme en ta possession, c'est que tu l'as obtenue illégalement, dit Cal en se raidissant.

— Evidemment, reconnut Julia posément même si, il le savait, cet aveu lui coûtait terriblement. J'ai déjà effectué le transfert de fonds sur un compte dormant du gouvernement. Juste avant de prendre un congé prolongé.

— Bravo. Et tu peux m'expliquer en quoi le fait d'être arrêtée pour détournement de fonds aidera Jason ?

— Personne ne sera arrêté. Je n'ai pas l'intention de donner cet argent aux ravisseurs de Jason. Le transfert pourra facilement passer pour une erreur d'imputation comptable. Je m'en tirerai avec une simple tape sur les doigts.

— C'est ça, ton plan ? explosa Cal.

Bien sûr qu'elle était prête à compromettre sa carrière pour Jason, fulmina-t-il intérieurement. Qu'elle l'aime ou pas, il exerçait un inexplicable pouvoir sur elle.

Mû par la jalousie, il résuma d'un ton acerbe :

— Tu es prête à t'envoler pour le Venezuela sans prévenir personne. Tu prévois de traiter avec Cristo Delgado et sa clique en lui promettant une somme d'argent que tu n'as pas l'intention de lui donner et tu espères qu'il va gentiment te rendre ton mari ?

— Mon *ex-mari*. Je n'ai pas utilisé mon nom de femme mariée depuis des années ; je pourrais…

Elle s'interrompit et plissa les yeux.

— Je n'ai jamais dit que Jason était au Venezuela ni qu'il était l'otage de Cristo Delgado. Et tu n'as pas encore lu le dossier.

Son regard se porta vers le salon.

— Ou peut-être que si… ?

— De qui d'autre pourrait-il s'agir si Ernest Becenti, l'administrateur de la D.E.A., est concerné ? argua Cal, se maudissant de s'être laissé emporter par la colère et la fatigue.

— Trouve autre chose, Cal, rétorqua Julia, cinglante. Tu étais au courant de la disparition de Jason, n'est-ce pas ?

La bouilloire se mit à siffler. S'exhortant au calme, il versa l'eau chaude sur les sachets qu'il avait placés dans les tasses.

— Cain MacAlister m'a appelé. Il voulait que je vérifie ce qu'il en était.

Même si Cain était son supérieur, l'amitié qui les liait remontait si loin qu'elle passait bien avant leurs relations professionnelles.

— Donc, Cain pense que Jason est en vie, lui aussi.

— Non, je dois confirmer son décès. Grande différence.

— Pourtant, tu es rentré de Dieu sait où droit ici, observa-t-elle, les sourcils froncés. Pourquoi ? Jason n'est pas là.

— J'avais besoin de… matériel avant de m'envoler pour Caracas, avoua Cal.

Il plaça une tasse devant elle.

— Je n'ai pas de sucre.

— Peu importe, éluda-t-elle en agitant le sachet dans l'eau chaude. Eh bien, nous voilà parfaitement synchrones. C'est à Caracas que Delgado veut me retrouver.

— Où ça, à Caracas ?

— Tu le sauras quand nous y serons.

— Non, Julia, fit Cal avec fermeté. Je veux que tu me laisses le dossier et l'enregistreur. Et que, dès demain matin, tu remettes l'argent à sa place. Je me charge du reste.

— J'aimerais vraiment pouvoir le faire. Je suis assez intelligente pour comprendre que je ne fais pas le poids face à ces affaires d'espionnage et de drogue. Mais tu as entendu comme moi : ils le tueront si je n'y vais pas. Alors, s'il te plaît, ne me force pas à m'adresser à quelqu'un d'autre.

Cal lui attrapa le bras par-dessus le comptoir.

— Tu n'as aucune idée de ce dont est capable Delgado.

Elle le regarda bien en face.

— Non. Mais toi, si.

Elle baissa les yeux mais ne chercha pas à se libérer, cette fois.

— Et je suis bien placée pour savoir ce dont *toi* tu es capable.

Julia l'entendit retenir brièvement son souffle, mais elle fit taire son cœur et poursuivit son raisonnement.

— J'ai consulté le dossier de Delgado. J'espère que tu combleras les blancs.

Le bras de Cal retomba.

— O.K. Alors, qu'est-ce que tu sais ?

— Cristo Enrique de la Delgado. Soixante-deux ans. Cofondateur du cartel Trifecta. Le plus puissant d'Amérique du Sud.

— Tout ceci est de notoriété publique…

Elle ignora sa remarque.

— Ils étaient trois partenaires, au départ. Les autres étaient ses meilleurs amis, Esteban Alvarez et Felipe

Ramos. Tous trois sont issus de l'aristocratie, mais relativement pauvres. On raconte que c'est en assistant à une course hippique dans laquelle ils ont laissé leur chemise, alors qu'ils avaient une vingtaine d'années, qu'ils ont décidé de s'associer et de faire fortune en pénétrant le marché de la drogue. Avec les contacts qu'ils possédaient dans les hautes sphères de la société, le succès était quasiment assuré.

— Ce n'est pas parce que tu connais l'histoire que tu connais l'homme.

Cal avait prononcé des paroles similaires lorsqu'il l'avait trahie, des mois plus tôt.

— Mais je m'y efforce, commenta-t-elle avec raideur, lui prouvant, si besoin était, qu'elle ne l'avait pas oublié. Ramos est mort il y a quatre ans, continua-t-elle. Une charge puissante avait été placée à bord de son yacht et tous ses proches ont été tués dans l'explosion : ses trois enfants, sa femme, ses principaux hommes de confiance… et sa maîtresse. Quelques mois plus tard, un inconnu a tiré sur Alvarez. A la manière des parrains de la mafia, en plein restaurant. Il a réussi à en réchapper, Dieu sait comment, avec une balle logée dans le cou qui lui a laissé des séquelles vocales irrémédiables.

Elle marqua une pause avant d'ajouter :

— Alvarez pensait que Ramos avait été exécuté par Solaris, le bras droit de Delgado.

A ces mots, Cal plissa très brièvement les yeux — elle ne l'aurait pas remarqué si elle ne l'avait pas observé avec attention.

— Tu connais Solaris ? s'enquit-elle, suivant son instinct.

— Non.

Il avait parlé d'un ton sec, et ses yeux s'étaient fait

perçants. Elle ne le crut pas. Elle haussa les épaules, préférant ne pas relever. Pour l'instant.

— Depuis, Alvarez et Delgado se sont partagé la part de leur ancien partenaire et ont poursuivi leur chemin chacun de leur côté.

— Les agents de Jon Mercer les surveillent. Tu ne m'apprends rien.

— Delgado s'est marié deux fois. Sa première femme, Camilla, est morte dans un accident de voiture quand leur fille, Alejandra, avait quatre ans.

— Oui, fit Cal, et de l'avis de certains, c'est Cristo lui-même qui lui a réglé son compte parce qu'un médecin avait déclaré qu'elle ne pourrait plus avoir d'enfant.

— Alejandra a aujourd'hui vingt-cinq ans ; elle est diplômée de la faculté de droit de Harvard et elle vient juste d'être reçue à l'examen du barreau de l'Etat de New York.

Julia marqua une nouvelle pause.

— Elle a l'air de quelqu'un de plutôt normal.

— Tout dépend de ce que tu entends par « normal ».

— Rien ne semble indiquer qu'elle ait quoi que ce soit à voir avec son père ou avec les affaires familiales.

— Je qualifierais ça d'astucieux, pas de normal.

— Sa seconde femme, Rosario, est toujours en vie. Au mois de novembre dernier, ils ont célébré leurs quinze ans de mariage. C'est une fille de bonne famille qui adore recevoir.

— Et tester la marchandise de son mari, ajouta Cal, pince-sans-rire.

— En effet, à en croire les pages Société de la presse sud-américaine. Ces secondes noces semblent avoir adouci Cristo. Il a fallu cinq années à Rosario pour lui donner un fils, Argus.

— Elle a frôlé la catastrophe. Le bruit a couru que

Cristo était sur le point de la remplacer par un mannequin plus jeune et plus fertile lorsqu'elle a annoncé sa grossesse.

— Aucune information sur le fils prodigue, si ce n'est qu'il a dix ans, reprit Julia, s'appliquant à parler d'une voix neutre.

— Cristo le cache. Il le tient à l'écart du monde, de la presse.

— Argus est tout pour lui.

Un frisson de peur glaça le sang de Julia ; elle referma les deux mains autour de sa tasse, mais ne parvint pas à se réchauffer.

— Dois-je continuer ?

— Connais-tu les itinéraires de transport de Delgado ? Ses fournisseurs ? L'emplacement de ses entrepôts ? Sais-tu pourquoi il prend plaisir à regarder mourir les gens ?

— Et toi ?

— Ton ex-mari le sait. Et, maintenant, il en paie le prix.

— Ah, tu vois, tu parles de lui au présent, répliqua-t-elle en pointant un doigt accusateur sur Cal. Toi non plus, tu ne crois pas qu'il soit mort.

Cal soupira.

— Je te l'ai dit, je suis chargé de *vérifier* qu'il l'est. En dépit de la détestable habitude qu'a Delgado de diffuser les films de ses meurtres, Caïn n'a pas pu mettre la main sur la moindre vidéo mettant en scène Jason.

— Ce qui conforte ma théorie.

— Si Jason est encore en vie — et je dis bien *si* — Delgado n'en fait pas encore état parce qu'il cherche à obtenir de toi autre chose. Quelque chose de plus important à ses yeux.

— Les dix millions de dollars.

— Peuh ! Dix millions de dollars, c'est de l'argent de poche pour lui. De plus, il pouvait t'extorquer cette somme sans te faire venir au Venezuela, en opérant un simple transfert de fonds.

— Je suis sûre qu'il dévoilera ses intentions quand je le rencontrerai.

— Hors de question. Tu n'as aucune expérience dans ce genre d'affaires.

— Je n'ai peut-être pas d'expérience, mais j'ai suivi un entraînement.

— Recevoir une formation de base pour pouvoir réagir en cas d'attaque terroriste, c'est une chose. Combattre dans la jungle pied à pied avec des criminels de la pire espèce, c'en est une autre, crois-moi.

— C'est bien pour ça que je te demande d'être mon garde du corps.

Cal releva brusquement la tête et croisa le regard de Julia, qui ne vacilla pas.

— C'est tout, Cal. Tu connais Delgado et tu as une dette envers Jason. Voilà pourquoi mon choix s'est logiquement porté sur toi.

— Je suis redevable à Jason, pas à toi. Et ce serait suicidaire de t'emmener.

— Si je meurs, promis, je ne te tiendrai pas pour responsable.

La colère colorait les joues de Julia, faisait briller ses yeux, accentuait la détermination de sa mâchoire.

— Tu n'es pas le seul à devoir quelque chose à Jason.

Ces mots ravivèrent la jalousie de Cal. Il ne voulait pas savoir ce qu'elle devait à Jason. Ne voulait pas s'entendre rappeler que celui-ci avait connu Julia intimement.

— Alors ? On part ensemble ? reprit-elle, penchée

en avant, les mains à plat sur le comptoir. Ou dois-je trouver quelqu'un d'autre ?

Il se crispa, pleinement conscient de la proximité de Julia. Son parfum flottait entre eux. Une alliance unique et terriblement séduisante de lavande et de fraîcheur hivernale, désormais tiédie par la chaleur de son corps.

Cédant à la tentation, il huma longuement son odeur — jusqu'à ce qu'elle trouve le chemin de son cœur, le fasse battre plus vite et plus fort.

Il remua, cherchant à reprendre le contrôle.

— Très bien. Alors, par pure hypothèse, supposons que tu viennes avec moi… Si nous devons travailler ensemble, il faut que nous nous mettions d'accord.

Il promena son regard sur son visage, s'arrêta brièvement sur sa bouche avant de remonter jusqu'à ses yeux.

— D'accord sur quoi ? demanda-t-elle d'un air suspicieux.

Cette fois, Cal s'autorisa à réagir, à lâcher la bride au désir qui lui nouait les entrailles. Prestement, il contourna le bar, satisfait de voir ses yeux bruns s'écarquiller de surprise.

— Qu'est-ce que tu fais ?

Elle eut un mouvement de recul sur son tabouret.

C'était risqué. Il allait peut-être trop vite en besogne.

Sa main se posa sur les cheveux de Julia, repoussa une mèche derrière son oreille. La jeune femme frémit et eut un soupir d'aise à peine audible.

Elle détourna la tête.

— Si tu cherches à m'intimider…

— Il ne s'est pas passé une journée sans que je pense à toi.

Au moins, en disant cela, il ne mentait pas.

— N'essaie pas de me rouler, West, rétorqua-t-elle sèchement.

Mais il ne lui échappa pas qu'elle avait le souffle court. Elle voulut se dégager, mais le bras de Cal l'en empêcha.

— Ton numéro a marché une fois. Il y a longtemps. Ça ne se reproduira pas.

— Ce n'est pas un numéro, Julia. C'est un avant-goût…

Il approcha son visage à quelques centimètres du sien.

— De ce que *travailler* ensemble pourrait impliquer.

Il aurait pu l'embrasser. Il en rêvait si souvent depuis la dernière fois qu'ils avaient couché ensemble, l'an passé. Lors de ces interminables réunions dans le bureau ovale, il avait passé des heures à se souvenir et à fantasmer.

— Tu devras t'accommoder d'endroits plus exigus que celui-ci, si nous nous aventurons ensemble dans la jungle.

— Comment ça, des endroits plus exigus ?

Cal agrippa les hanches de Julia et l'attira à lui.

— Comme ça.

— Tu n'arriveras pas à me faire peur, Cal, murmura-t-elle.

Mais son regard s'attarda sur ses lèvres tandis que son cœur se mettait à battre la chamade dans sa cage thoracique.

— Si j'étais toi, je ne parierais pas là-dessus. Il m'arrive de m'effrayer moi-même.

Il l'entendit prendre une brève inspiration, vit ses cils papilloter. Quelque chose remua au fond de lui. Quelque chose qui était resté en sommeil si longtemps qu'il l'avait cru mort. Ou plutôt il l'avait *espéré*…

Il s'écarta brusquement. Incapable de franchir la dernière étape.

— Rentre chez toi, Julia.

*
* *

Déséquilibrée, Julia se cramponna au bord du comptoir pour se rattraper. « Ou pour s'empêcher de le retenir », lui souffla une petite voix intérieure.

— Je t'ai dit que…

Son regard tomba sur la main de Cal, vit l'enregistreur fermement logé à l'intérieur. La rage l'envahit et, avec elle, l'humiliation à l'idée de ce qui avait failli se produire, ce qu'elle l'avait presque laissé faire.

Elle réprima tant bien que mal le maelström de ses émotions — ainsi que les larmes qui lui piquaient les yeux.

— De toutes les manœuvres abjectes que tu…

— C'était ça ou te l'arracher des mains.

Il agita l'appareil sous son nez.

— Tu n'as pas le droit de…

— Il ne s'agit pas de ce que j'ai ou non le droit de faire. Il s'agit de vie ou de mort, bon sang.

Cal rembobina légèrement la bande puis enfonça la touche « Play ».

— *Je vous ai réservé une chambre d'hôtel à…*

L'enregistreur se tut et Cal reporta vivement son regard sur elle.

— Qu'est-il advenu du reste du message ?

— Je l'ai effacé.

La satisfaction, dans sa voix, avait pris le pas sur l'humiliation. Mais pas sur la colère.

— C'est malin, cracha-t-il. Comment veux-tu que je t'aide si tu ne joues pas franc jeu avec moi ?

— Dois-je considérer que tu es d'accord ?

— Tu ne te rends pas compte de ce que tu me demandes.

— Si. D'agir décemment… pour une fois.

Il laissa échapper un soupir désabusé.

— Quelqu'un s'est introduit chez moi. Crois-tu que je sois en sécurité ici ? La prochaine fois, qui sait s'ils ne m'attendront pas ? continua-t-elle, jouant sa partie du mieux qu'elle en était encore capable.

— Il me suffirait de parler à Cain MacAlister des dix millions pour qu'il t'envoie derrière les barreaux.

— Eh bien, vas-y, ne te gêne pas.

Elle écarta la menace, refoula la peur. Il y avait tant en jeu, tellement plus que son amour-propre.

— Qui que soit celui qui m'a transmis le dossier de Jason, il est haut placé dans le gouvernement. Seul le personnel bénéficiant de l'autorisation de sécurité du plus haut niveau pouvait avoir accès à ce dossier.

— Tu as bien eu accès au mien.

Ignorant sa remarque, elle poursuivit :

— Cette même personne pourrait très bien être derrière toute cette affaire. Et, à mon avis, sans ton aide, je ne resterai pas longtemps en vie, enfermée dans une cellule ou pas.

A la crispation de la mâchoire de Cal, elle vit qu'elle avait gagné. Elle enfonça le clou.

— Je dois être au Venezuela dans moins de quarante-huit heures. Nous perdons du temps à ergoter pour rien ; tu n'as pas vraiment le choix.

Cal se passa la main dans les cheveux d'un geste nerveux.

— J'ai promis à Jason de m'acquitter de ma dette, mais pas au risque que tu te fasses tuer.

— Alors, fais en sorte que je reste en vie, répliqua Julia en croisant les bras pour lui cacher le tremblement de ses mains.

— Nom d'un chien.

Cal se renfonça dans son siège, s'efforçant vainement de trouver une position plus confortable.

Il avait tenu à ce que tous deux voyagent séparément et sous de fausses identités. Il s'était installé à l'arrière de l'avion, en classe économique, de façon à pouvoir observer les passagers et à se trouver suffisamment loin des moteurs pour ne pas être gêné par leur bruit.

Le fait qu'il possède un Learjet — privilège qu'il devait à de judicieux placements familiaux — ne contribuait pas à améliorer son humeur, mais un vol privé aurait présenté plus de problèmes que d'avantages.

Son voisin, un homme trapu d'une cinquantaine d'années, barbu et sentant l'ail, éternua de façon tonitruante, et Cal se demanda avec dépit s'il n'avait pas surestimé sa tolérance à la promiscuité.

Il balaya du regard les sièges de sa catégorie. Des familles, quelques couples, un bébé. Le reste se composait d'hommes et de femmes seuls, la plupart en pantalon et chemise ou haut décontracté. La tenue classique des professionnels en déplacement d'affaires.

Il était, quant à lui, vêtu d'une chemise blanche amidonnée rentrée dans un pantalon noir. Et, en accord avec son identité d'emprunt, il portait, fixé à sa cheville, le pistolet réglementaire d'un maréchal de l'aviation britannique.

Paré pour son voyage d'affaires à lui, songea-t-il avec ironie.

Julia était assise quelques rangées devant lui. Un siège vide la séparait d'une vieille dame auréolée d'une couronne de cheveux blancs floconneux.

Sa tête reposait contre la vitre, immobile, comme si elle dormait.

Le soleil qui filtrait par le hublot illuminait les reflets cuivrés de ses cheveux.

Cela lui rappela la première fois qu'il l'avait vue, dans le bureau de Jon Mercer. Sobre. Efficace. Nimbée par la lumière qui tombait droit sur elle, comme en ce moment… Il avait été littéralement ébloui. Et puis elle avait souri. D'un grand sourire malicieux qui avait creusé une fossette sexy juste au coin de sa bouche.

Ç'avait été pour lui comme un coup de poing en plein plexus solaire. Aucune femme ne lui avait fait jusqu'alors une si forte impression.

Chassant ce souvenir inconfortable, il déplia ses jambes non sans mal et se leva. Aussitôt, une hôtesse de l'air approcha.

— *Marshal*, avez-vous besoin de quelque chose ?

C'était une jolie bonde d'une trentaine d'années, les cheveux coupés en un carré court, le cou gracile ; au fond de son regard bleu, il lut comme une invite.

— Les toilettes ?

Elle lui indiqua l'arrière de l'appareil et ajouta, en le dévisageant avec insistance :

— Si vous avez besoin de quoi que ce soit d'autre, n'hésitez pas.

— Merci.

Lorsque Cal eut verrouillé la porte derrière lui, il tira son téléphone satellitaire de sa poche et composa rapidement un numéro.

— MacAlister.

— West à l'appareil.

— Ce n'est pas trop tôt. Bon sang, mais qu'est-ce qui se passe, West ? Tu avais des ordres précis. Julia Cutting ne devait pas faire partie de cette opération !

Ainsi, Cain faisait surveiller Julia. Sans ça le chef de Labyrinth n'aurait pas pu être au courant.

— J'ai la situation en main. On va tâcher de localiser l'équipement disparu.

— Tu étais censé m'avertir si Julia tentait de t'approcher. Pourquoi ne l'as-tu pas fait ?

— Elle n'est pas venue me voir pour conclure un marché, mais pour me demander de l'accompagner à Caracas afin de lui servir de garde du corps.

— Ne lui fais pas confiance, Cal.

— Ce n'est pas un traître, bon sang. Julia n'est qu'un pion dans cette affaire, tu le sais très bien. Elle ne se retournerait jamais contre Jon Mercer.

— Tout ce que je sais, c'est qu'un appareil de haute technologie se promène dans la nature.

Le nouveau dispositif de détection de stupéfiants de la D.E.A. Nom de code : le BATARD.

Le gouvernement des Etats-Unis avait mis au point un nouvel outil « renifleur » capable de déceler la présence de drogue dans un conteneur par simple analyse des composés chimiques de l'air — ou des résidus relevés sur des empreintes digitales et sur la plupart des surfaces. Le prototype pouvait détecter une quantité aussi infime qu'un millionième de gramme — particule si petite qu'elle n'était jusqu'alors repérable qu'à l'aide d'un microscope.

C'était une découverte capitale, susceptible de mettre à mal le narcotrafic pendant des mois, voire des années, le temps que les cartels de la drogue aient trouvé une parade efficace.

A moins qu'ils ne mettent la main sur le prototype…

— Julia Cutting est ma suspecte numéro un, persista Cain. J'ai vu des épouses trahir leurs maris, leurs propres enfants pour le pouvoir. Alors, pourquoi pas le président des Etats-Unis ?

— Elle a avoué avoir pris dix millions de dollars dans les caisses du gouvernement fédéral. Pas avoir dérobé le BATARD.

— Quels dix millions de dollars ? tonna Cain

avant de débiter un chapelet d'obscénités. Comment a-t-elle fait ?

Un petit sourire releva les coins de la bouche de Cal. Cain n'aimait pas voir ses plans pris en défaut. C'était censé être lui, l'expert en stratégie.

— Peu importe, Cain. C'est l'argent d'une rançon. J'ai entendu l'enregistrement que lui a envoyé Delgado.

— Delgado n'a que faire de dix millions de dollars.

— D'accord avec toi, dit Cal en se massant la nuque. Je ne comprends pas ce qu'il veut en réalité. Peut-être pense-t-il qu'elle a le BATARD, mais, ce que je crains, c'est qu'il n'ait pas oublié le passé. Et si c'est le cas, elle court droit au-devant d'un piège mortel.

— *Vous* courez droit au-devant d'un piège mortel, rectifia Cain. Donc, sois prudent.

— J'ai laissé l'enregistreur dans le tiroir du haut de ma table de chevet. Prends-le et fais-le analyser par Kate. Julia a effacé une bonne partie des instructions. Vois si l'équipe de Kate peut les récupérer. Il faut que je sache exactement ce que veut Delgado.

— Il veut le BATARD. Et Jason Marsh lui a fourni le bon moyen de l'obtenir s'il l'a donné à Julia. Roman est furieux que Jason ait réussi à quitter son laboratoire sécurisé en emportant le prototype.

Roman d'Amato, ex-agent de Labyrinth, était le beau-frère de Cain. Après avoir épousé la sœur de Cain, Kate, il avait fondé une société de sécurité d'envergure désormais internationale, spécialisée en technologie de pointe.

— Quand j'en aurai terminé avec Jason, Roman pourra s'occuper de lui.

— Tu veux dire, s'il reste à s'occuper de quoi que ce soit, ironisa Cain. Si le prototype tombe aux mains de Delgado, nous pouvons dire adieu à tout espoir de mettre un coup d'arrêt à ses activités et de l'anéantir.

— Quoi qu'il cherche, Delgado n'a pas l'intention d'utiliser Julia comme otage. De toute évidence, il avait besoin qu'elle vienne par ses propres moyens à Caracas, sinon il l'aurait fait enlever dans son appartement.

— Pas si simple. Je la faisais surveiller.

— Pardonne-moi, Cain, mais ton système de surveillance n'a pas empêché les hommes de Delgado de s'introduire chez elle pour y déposer l'enregistreur.

— Et j'ai bien l'intention de savoir pourquoi, promit Cain. Delgado doit penser que Julia a le BATARD.

— Mais comment ?

— Le flair. Jason. Ou une fuite de chez nous, dit Cain d'un ton lugubre. Je parierais la fortune de Kate sur cette dernière éventualité.

— Pas la tienne ? releva Cal en souriant.

Avec ses cheveux noir de jais, ses yeux gris ardoise et son bouillant tempérament écossais, Cain ressemblait comme deux gouttes d'eau à sa sœur Kate. Ils étaient, avec le troisième membre de la fratrie, Ian, les héritiers de la fortune du whisky MacAlister.

— Sûrement pas, maugréa Cain. Ecoute, je vais essayer de clarifier la situation ici. Toi, je te conseille de rester concentré sur ce qui se passe là-bas. Parce que, quand Julia Cutting s'apercevra que je t'ai envoyé en Amérique du Sud pour tuer son mari…

— *Ex*-mari, corrigea Cal d'une voix tranchante.

— Tu recommences à t'échauffer sitôt qu'on parle d'elle, on dirait, nota Cain.

Il marqua une pause.

— L'implication de Julia Cutting ne change rien à nos plans. Ne me fais pas regretter de t'avoir confié cette affaire, West. Arrange-toi pour réfléchir ailleurs que dans un lit et remplis ta mission. Trouve notre taupe. Trouve Jason. Et, surtout, trouve le BATARD.

— C'est bien mon intention.

— Je l'espère. Sinon, je trouverai quelqu'un pour le faire à ta place.

4

— Taxi, mademoiselle ?

— *Sí, gracias*, répondit Julia avec un sourire un peu las.

Elle manquait de sommeil ; ils avaient pris l'avion à l'aube pour atterrir en milieu d'après-midi à Caracas. Ajustant la bandoulière de son sac sur son épaule, elle s'avança vers le bord du trottoir, quelque peu déroutée par le vacarme ambiant.

Un peu partout, les piétons traversaient la chaussée, indifférents au feu vert, soulevant un concert de Klaxons colériques.

— C'est la première fois que vous venez au Venezuela ?

Le porteur de l'aéroport était un homme d'un certain âge ; une crinière gris argent encadrait un visage rond et des yeux noirs à l'expression empreinte de douceur.

— Vous voyagez seule ? demanda-t-il encore, en anglais, en cherchant du regard un compagnon de voyage.

— Oui.

— Alors, voici le bon taxi pour vous, dit-il en montrant une petite voiture blanche garée de l'autre côté de la rue, ignorant la file de taxis rangés derrière lui.

Le chauffeur du premier taxi protesta d'un coup de Klaxon, mais le porteur ne s'en soucia pas et fit signe au conducteur de la voiture blanche.

— C'est un ami, Renalto. Il est honnête et il connaît bien la ville. Il vous conduira où vous voudrez.

Julia considéra l'homme un instant, puis le gratifia d'un sourire reconnaissant.

— *Gracias*, répéta-t-elle en lui tendant quelques pesos.

Renalto s'arrêta devant elle et sauta à bas de la voiture. Il lui sourit, et une dent en or scintilla au soleil.

— *Buenos días*, dit-il en lui ouvrant la portière arrière de la petite berline.

— *Buenos días*.

— Occupe-toi bien de la dame, Renalto. Et n'essaie pas de la séduire, hein.

— Je suis un gentleman, mon vieux, se récria Renalto avec le même accent chantant que son camarade.

Son sourire s'élargit encore et il s'inclina brièvement.

— Je suis à votre disposition, *señorita*. Tu vois, Leopold, je peux être un vrai gentleman.

Ledit Leopold secoua la tête tandis que Renalto s'apprêtait à charger la petite valise de Julia dans le coffre.

Elle l'arrêta de la main.

— Je vais la garder avec moi, si ça ne vous ennuie pas.

— Bien sûr que non, dit-il en l'invitant à s'asseoir sur le siège arrière. Bienvenue au Venezuela !

— Mademoiselle Cutting ?

Elle se retourna. Un homme aux cheveux noirs lissés en arrière lui apparut, dont le costume sombre — beaucoup trop foncé pour la chaleur qu'il faisait — soulignait une musculature gonflée aux stéroïdes. Ses lunettes de soleil masquaient ses yeux, mais pas ses joues grêlées.

Subitement et dans un seul mouvement, il sortit un pistolet et en abattit la crosse sur la tête de Renalto. Le chauffeur tomba contre son véhicule avant de s'écrouler sur le trottoir.

L'homme pointa l'arme sur Julia.

— Suivez-moi.

Comme Leopold faisait mine de s'interposer, Julia, instinctivement, tendit le bras pour l'en empêcher.

— Et si je refuse ? lança-t-elle sans quitter des yeux le canon de l'arme.

L'homme au costume noir mit en joue Renalto.

— A vous de voir.

— Laisse tomber, Jorgie, intervint Cal, qui s'était avancé subrepticement derrière l'homme.

En moins de temps qu'il n'en faut pour le dire, il saisit son poignet et le tordit. Un craquement sinistre retentit et l'homme lâcha le pistolet. Cal lui assena un coup de coude en plein visage. Les cartilages cédèrent sous le choc, le sang gicla, l'homme s'effondra.

— Les dames n'aiment pas la violence, Jorgie.

Cal ramassa le pistolet.

— Partons.

— Mais… le chauffeur ? protesta Julia en se penchant vers Renalto. Il a besoin d'aide.

— Tout va bien, *señorita*, murmura Renalto en grimaçant de douleur. Partez avec votre ami.

— Je vais m'occuper de lui, assura Leopold, tendant déjà le bras pour aider le chauffeur à se relever.

Cal ouvrit la portière du taxi et poussa Julia à l'intérieur.

— Boucle ta ceinture.

Refermant la portière, il lança une carte à l'homme qu'il avait appelé Jorgie.

— Dis à ton patron que je l'appellerai.

Et, sans attendre sa réponse, il sauta derrière le volant.

— Ça va ? demanda-t-il en jetant un coup d'œil au rétroviseur, tout en appuyant sur la pédale d'accélérateur.

— Oui, souffla Julia en tirant sur sa ceinture, les mains tremblantes. Qui était-ce ? Un homme de Delgado ?

Cal fit une embardée pour éviter un véhicule et jura.

— Oui, Jorgie Perez. Mais je doute que ce soit son vrai nom.

— Comment se fait-il que tu le connaisses ?

— Cain MacAlister m'a fourni les dossiers des hommes qui composent la garde rapprochée de Delgado. J'ai reconnu Jorgie d'après sa photo.

— Quand comptais-tu me faire partager les informations que t'a données Cain ?

Sa voix posée ne trompa pas Cal.

— Tu as mené ton enquête de ton côté, si j'ai bonne mémoire ? rétorqua-t-il.

Comme elle gardait le silence, il reprit :

— Jorgie savait que tu étais sur ce vol. Sinon, il n'aurait pas pu intervenir aussi rapidement.

— Hum, marmonna Julia. Les fausses identités sous lesquelles nous avons voyagé nous ayant été fournies par Labyrinth, cela veut dire qu'on ne peut pas faire confiance à tes camarades.

— Exact, admit Cal, impressionné par sa perspicacité.

— Peut-être même pas à Cain, ajouta-t-elle calmement.

— Je ne sais pas encore.

— Qu'est-ce qu'on fait maintenant ?

— On rechange de nom. Mais cette fois, on utilise des identités de *mon* choix. Et on se fait discrets pendant un moment.

— Tu veux dire... plus de contacts avec Labyrinth.

Bouleversement qui, pour imprévu qu'il soit, n'était pas pour déplaire à Cal, pour le moment. Sa conversation téléphonique avec Cain l'avait touché d'un peu trop près.

— Tu m'as demandé de te servir de garde du corps et de t'aider à retrouver Jason... à tout prix, rappela Cal. Tu me faciliterais les choses en me disant pourquoi Delgado t'a fait venir ici. Ce n'est pas pour l'argent.

— Je te l'ai dit, je n'en sais rien, répondit-elle, hésitante. Parce que je travaille avec le Président et que j'ai accès à des dossiers ultraconfidentiels ?

— Si c'était le cas, tu lui serais utile à Washington, pas ici.

Cal jeta un coup d'œil dans le rétroviseur et bifurqua brusquement à droite.

Des pneus crissèrent derrière eux.

— On est suivis.

Julia aperçut la berline sombre dans le rétroviseur droit.

— Les hommes de Delgado ?

— Probablement.

Cal donna un coup de volant pour éviter un scooter.

— Accroche-toi.

Il changea sans prévenir de file. Couinements de freins, coups de Klaxon.

— A quel hôtel devais-tu descendre ?

— Au Gran Paraíso.

Jetant un coup d'œil dans le rétroviseur, puis à droite et à gauche, il brûla le feu rouge. Julia se cramponnait au tableau de bord comme il zigzaguait dans la circulation ; puis il freina brutalement et, en marche arrière, s'engagea à fond de train dans une petite ruelle adjacente, où il s'arrêta.

Une minute plus tard, la berline noire passait en trombe devant eux.

— Le Gran Paraíso, comme plusieurs autres hôtels du centre, appartient à Delgado, nota Cal.

— J'étais au courant. Mais je comptais sur mon faux nom, dit Julia en haletant légèrement, la main sur le cœur. On dirait que tu connais personnellement Delgado…

— J'ai déjà eu affaire à ses sbires, déclara-t-il sans se compromettre.

Il promena son regard sur son chemisier crème sans manches et sa jupe grenat.

— Quels autres vêtements as-tu apportés ?

— Pas grand-chose. Un pantalon, un short. Quelques T-shirts. Pourquoi ?

Cal la regarda avec intensité. Elle se mit à rougir.

— Tu es une belle femme, Julia, dit-il en émergeant prudemment de la ruelle pour repartir dans la direction opposée à celle de la berline.

— Je ne sais pas pourquoi, quelque chose me dit que ce n'est pas un compliment, répartit-elle d'un ton sarcastique.

— Ça n'en est pas un. Les belles femmes attirent les regards masculins. Tu peux être sûre que les hommes de Delgado ont ta photo. Ça me tracasse depuis que nous sommes descendus de l'avion.

Delgado ou pas, à vrai dire, que tous les hommes se retournent sur son passage l'agaçait considérablement.

Il rangea la voiture le long d'un trottoir dans une petite rue et sortit leurs bagages.

— Il va falloir que nous nous occupions de modifier sérieusement ton apparence, annonça-t-il. On va s'arrêter dans une ou deux boutiques. Ensuite, j'aurai quelques coups de fil à passer.

Julia soupira.

— En tout cas, maintenant, Delgado sait que je ne suis pas venue seule…

— Il devait s'en douter, répondit Cal en hélant un taxi. C'est un parrain de la drogue ; il ne fait confiance à personne, pas même à sa femme.

Rosario Conchita de la Delgado y Martínez s'enveloppa du drap et s'écarta du corps étendu près d'elle pour saisir le verre de vin sur sa table de chevet.

Il se renversa et son contenu se répandit sur la moquette.

Ennuyée, elle tendit la main vers la bouteille et vida le restant de bourgogne dans son verre. L'effet de la drogue s'était presque totalement dissipé, l'obligeant à se rabattre sur la seule substance présentement à sa portée, l'alcool.

— Dix heures du matin… Est-ce que ce n'est pas un peu tôt pour boire ? Même pour toi ?

— Il n'est jamais trop tôt.

Rosario avala une longue gorgée de vin. Elle avait besoin de sentir la brûlure du liquide dans sa gorge et dans son estomac. D'apaiser la sensation de manque en attendant de pouvoir puiser une nouvelle dose de cocaïne dans la réserve que Cristo conservait à l'usage de ses hôtes.

— Et puis, chéri, ajouta-t-elle en se laissant retomber contre la tête de lit et en remontant le drap de soie sur son ample poitrine, ça ne gênera en rien notre petit rendez-vous.

Solaris la contempla. De vingt ans plus jeune que son mari, Rosario avait été achetée à l'âge de dix-huit ans. Il lui avait fallu plusieurs années, et plusieurs fausses couches, avant de donner naissance au garçon que Cristo voulait absolument avoir.

Ne pouvant plus avoir d'enfants, elle était devenue inutile et n'avait désormais guère plus de valeur aux yeux de son époux que la porcelaine de Chine ou les tapis persans de la maison.

— A quoi penses-tu ?

— A ta beauté, répondit doucement Solaris. Tu es si belle que toutes les femmes doivent t'envier.

Elle haussa un sourcil délicat.

— Et Dieu sait que tu en as connu beaucoup…

Malgré l'addiction à la drogue, son corps rappelait à Solaris celui d'une starlette des années cinquante. Les longs cheveux ébène qui cascadaient sur sa peau dorée et ses courbes satinées, la moue de ses lèvres pulpeuses le rendaient fou de désir.

Le regard de Rosario descendit vers son sexe dressé.

— Deux fois, ça ne te suffit pas ? souffla-t-elle dans un murmure rauque.

Lentement, Solaris tira sur le drap, exposant la nudité sculpturale de son amante.

— Je dois être de retour à onze heures, dit-elle. Sinon...

Sa voix trahissait la peur, mais son menton était relevé en manière de défi. Tous deux savaient bien ce qui les attendait s'ils étaient découverts : la mort... ou pire.

Il plongea un doigt dans le verre de vin et traça avec le liquide grenat le contour de la pointe d'un sein.

Elle poussa un soupir d'aise et enroula la main autour de son cou, s'arquant contre la tête de lit, les yeux clos.

Souriant, il abaissa la tête vers elle.

— Je crois... qu'il y a des choses dans la vie qui valent la peine de prendre des risques.

5

« Il m'arrive de m'effrayer moi-même. »

La phrase de Cal tournait dans la tête de Julia. Qu'avait-il bien pu vouloir dire par là ? Même dans les pires moments de leur relation, il ne lui avait jamais inspiré de la peur, seulement de la colère. Elle réprima un léger frisson. C'était le passé.

Après avoir abandonné la voiture, Cal l'avait traînée d'un magasin à l'autre pendant la majeure partie de l'après-midi.

Dès l'instant où ils étaient entrés dans la première boutique, il avait pris les choses en main. Il avait ignoré ses suggestions et choisi seul ses tenues.

Des couleurs vives, éclatantes, des matières légères, très féminines. A des prix qui mettraient son compte à découvert pour des mois entiers.

— Tu boudes toujours ?

— Je ne boude pas.

Ce n'était pas dans ses habitudes, mais elle aurait eu, en effet, toutes les raisons de le faire. Redressant les épaules, elle le toisa de cet air condescendant qui lui était souvent si utile dans le bureau ovale.

Cal rit.

— Alors, c'est une bonne imitation.

Il posa les sacs de vêtements et ouvrit la porte de l'appartement situé dans une haute tour d'habitation.

— Reste là.

Il tira le pistolet de son étui et disparut à l'intérieur.

— Espèce de butor, grommela-t-elle.

— Je t'ai entendue, lança Cal depuis les profondeurs de l'appartement.

Lorsqu'il eut fait le tour des lieux, il reparut.

— Si tu veux m'agonir d'injures, aie au moins le courage de le faire en face.

— Pourquoi ? C'est tellement plus drôle quand tu as le dos tourné, répliqua-t-elle d'un ton suave en prenant les sacs et en passant devant lui.

L'air conditionné rafraîchit agréablement sa peau.

— Alors ? Que fait-on maintenant ? s'enquit-elle en déposant les sacs sur un canapé.

Les yeux clos, elle souleva ses cheveux et savoura la fraîcheur de l'air sur sa nuque. Ils étaient plus courts désormais, coiffés en un carré noir plongeant avec la raie sur le côté. Effleurant sa mâchoire à chacun de ses mouvements, ils attiraient l'œil sur la ligne délicate de son cou.

— Ça dépend de toi.

L'intonation de sa voix lui fit rouvrir brusquement les yeux, mais rien ne paraissait confirmer le sous-entendu qu'elle avait cru discerner. Il rangea le pistolet dans l'étui, à sa ceinture, puis retira sa veste.

— Es-tu disposée à partager les informations que tu as ?

Il desserra sa cravate et ouvrit les trois premiers boutons de sa chemise, exposant la colonne solide de son cou et le haut de son torse.

— Comme par exemple ? répondit Julia, détournant vivement les yeux en sentant son pouls s'accélérer.

— On pourrait commencer par les comptes bancaires sur lesquels tu as placé l'argent.

— Non.

La main de Julia retomba et, avec elle, le rideau sombre de ses cheveux sur sa nuque.

— Et avant que tu ne me sautes à la gorge, sache que je ne refuse pas de te le dire pour me venger, Cal, mais parce que c'est ma garantie. Je tiens *absolument* à participer à cette mission.

— Ah, parce que tu appelles ça une mission ? rétorqua Cal, sarcastique. Moi, j'appellerais plutôt ça courir après le vent !

Julia s'affala sur l'un des deux fauteuils identiques et résista à l'envie d'ôter ses sandales en cuir et d'en lancer une à la tête de Cal.

Se déchaussant d'un coup de talon, elle se borna à les envoyer gentiment valser sous la table basse avant de jeter un coup d'œil à la ronde pour découvrir son nouveau chez-elle.

L'appartement avait l'élégance romantique d'une ancienne villa espagnole. Des rouges rustiques et des verts éteints mettaient en valeur la monumentale cheminée de pierre et le plafond à poutres apparentes ; des rideaux de lin crème ondulaient doucement devant les portes-fenêtres ouvertes. Le parfum tiède de la brise caribéenne invitait à sortir sur le balcon inondé de soleil pour profiter de la vue sur l'océan.

— Pourquoi ne m'as-tu pas dit que tu étais ami avec Jason ? demanda-t-elle. Nous sommes restés ensemble six mois et je n'en ai jamais rien su.

— Parce que nous ne l'étions pas.

— Et, pourtant, tu lui dois un service.

— Je dois des tas de choses à des tas de gens, Julia. Et certains ont aussi une dette envers moi. C'est la nature de mon travail qui veut ça. Tu connais le monde de la politique, tu vois Jon Mercer à l'œuvre… Il n'est pas loin d'être l'un des manipulateurs les plus doués de son temps !

Il traversa la pièce et ouvrit le petit bar qui se trouvait près d'une porte-fenêtre.

— Tu veux boire quelque chose ?

— Non, merci.

Elle aimait Jon comme un père, si bien que se trouver en conflit d'intérêt avec lui, comme c'était présentement le cas, lui était difficile. Et il lui était plus encore d'imaginer le pire le concernant.

« Sa tête de mule d'Irlandais », comme l'appelait en privé sa femme, Shantelle. Des manières charmeuses et des propos mordants. Une main de fer dans un gant de velours…

A près de soixante-cinq ans, le président Mercer, avec ses larges épaules et sa démarche tout à la fois calme et énergique, jouissait d'une forte personnalité et d'un heureux caractère… la plupart du temps. Il avait le rire facile, le sens de l'autodérision, mais il pouvait se montrer implacable dès lors qu'il s'agissait de s'acquitter de ses missions les plus délicates.

Il ne transigeait pas vis-à-vis de la loi, qu'il s'agisse des hommes ou de la patrie. A titre exceptionnel, il pouvait lui arriver d'accepter un compromis — pour le bien de ceux qui s'en remettaient à lui pour leur vie et le bien-être de leurs enfants. Mais, au fond, il voyait les choses en noir et blanc, sans nuance.

C'était ce qu'elle redoutait le plus chez lui, songea Julia à part soi.

Subitement tendue, elle se leva et gagna la fenêtre. Le soleil baissait sur l'océan, baignant la plage de teintes orangées. Les vagues s'écrasaient de plus en plus haut sur le rivage, poussées par la marée montante.

— En fait, tu es comme lui, dit-elle en se retournant,

un inexplicable sentiment de frustration lui étrillant les nerfs. Je ne m'en étais jamais rendu compte jusqu'à présent.

— Comme qui ? fit Cal en s'emparant d'une bouteille de whisky.

— Jon Mercer.

Cal eut un demi-sourire.

— Je préfère considérer que tu plaisantes, chérie. Je n'ai pas vieilli à ce point depuis la dernière fois que tu m'as vu.

— Je ne parle pas de ressemblance physique.

Mais, en y repensant, il y avait un peu de cela aussi. Elle le regarda verser le breuvage ambré dans un verre à cocktail, ses yeux suivant la courbe de son épaule, sous la chemise habillée, jusqu'à son torse puis son abdomen plat.

Il n'y a pas si longtemps, elle caressait encore la peau tiède qui se dissimulait sous le coton blanc…

— Veux-tu que je sorte de derrière le bar pour que tu puisses regarder plus à ton aise ? dit Cal d'une voix suave.

Confuse, Julia sursauta ; son souffle se bloqua dans sa gorge.

Quelque chose s'aiguisa, au fond du regard de Cal, puis une lueur presque prédatrice y brilla.

Elle s'appliqua à respirer lentement.

— En quoi est-ce que je te rappelle Jon Mercer, Julia ?

Ses paroles lui firent l'effet d'une lente caresse, douce comme du velours, sur sa peau. Aussitôt, une sonnette d'alarme retentit dans sa tête.

— Tout pour la patrie, répondit-elle, maudissant l'infime tremblement de sa voix. Pas de compromis. Pas de quartier. Et tant pis pour les dégâts collatéraux.

— C'est brosser un portrait un brin… héroïque, non ?

— Ce n'est pas le mot. Je dirais plutôt calculateur et…
Dangereux.

Il émergea de derrière le bar et elle ne put s'empêcher de laisser glisser son regard jusqu'aux hanches étroites, aux cuisses fuselées sous le pantalon bien coupé.

Sexy en diable.

Un tressaillement la parcourut ; ses muscles s'amollirent. Tout ça à cause d'un simple échange verbal et de quelques regards incandescents…

Maudit soit-il !

— Et ? dit-il en la défiant du regard, tout en trempant les lèvres dans son whisky.

Des images d'eux nus, jambes emmêlées, son corps chaud et dur contre le sien, défilèrent devant ses yeux.

Julia ferma les paupières.

— Tu ne vas pas t'évanouir, dis-moi ? souffla-t-il tout près de son oreille. Tu as mal au cœur ?

Elle rouvrit les yeux d'un coup. Il s'était approché sans bruit, jusqu'à n'être plus qu'à quelques centimètres d'elle.

— Laisse mon cœur en dehors de ça, tu veux ?

— En dehors de quoi ?

Ils ne parlaient plus de Jon Mercer. Le doigt de Cal effleura son oreille. Julia frissonna. Il l'attira à lui. Ses doigts descendirent le long de sa colonne vertébrale en formant de petits cercles. Elle se blottit contre lui.

Avant qu'elle ait pu répondre, sa bouche se posa sur la sienne.

— Juste un baiser. Un seul… Celui dont je rêve depuis…

Il captura ses lèvres et l'embrassa fougueusement. Le désir la submergea, balayant ses réticences, balayant tout.

Se sentant sur le point de s'abandonner, elle se dégagea.

— Arrête, Cal.

Elle était déjà passée par là. Elle connaissait ce tourbillon de lave brûlante, ce vortex de désir et de colère, irrépressible, irrésistible. Elle en avait adoré chaque minute.

Elle l'avait adoré, *lui*.

Jusqu'à ce qu'il se serve d'elle afin de lui soutirer des renseignements pour le MI6, l'équivalent anglais de la C.I.A.

Des renseignements hautement confidentiels.

Il avait séduit la secrétaire du président des Etats-Unis pour voler des dossiers sur son ordinateur et rafler la mise.

Elle recula et se força à le regarder en face. A voir, par-delà les traits volontaires et sexy, l'esprit froid, calculateur qui s'embusquait derrière.

Priant pour que ses jambes la portent jusque-là, elle se dirigea vers l'un des fauteuils et s'y assit.

— Je prendrais bien quelque chose à boire, finalement…

Elle croisa les jambes, laissant délibérément remonter sa jupe sur ses cuisses pour se venger.

— Si ça ne t'ennuie pas, ajouta-t-elle, faussement candide.

Le regard de Cal glissa de ses pieds nus vers ses genoux, s'arrêta sur l'ourlet de sa jupe, puis remonta jusqu'à son visage.

— Non, dit-il d'une voix sourde.

Pour un peu, elle aurait presque culpabilisé.

Presque.

Accoudé au bastingage du cargo *L'Hyperion*, Solaris tira une longue bouffée sur sa cigarette avant d'exhaler lentement la fumée, tandis que la grue déposait des containers orange et marron sur le pont.

Fils de pêcheur, il avait passé sa jeunesse à tirer des

filets, à manœuvrer des voiles et à tenir la barre. Ce dur labeur avait affûté ses muscles, élargi ses épaules, développé son torse. Il avait à présent la stature d'un titan.

Au fil des années, il avait perdu son père et ses deux frères dans des tempêtes. Il avait tenu bon, tirant fierté de ce que son père lui avait transmis, du métier qu'il lui avait appris — jusqu'à l'arrivée des grandes entreprises de pêche, qui avaient volé leur gagne-pain aux petits pêcheurs comme lui. Jusqu'à ce que sa mère et ses sœurs n'aient plus rien à manger.

Les vagues éclaboussaient la coque du navire de petites gerbes blanches que la brise dispersait, ne laissant qu'un scintillement d'eau salée dans l'air. Solaris aspira à pleins poumons l'odeur iodée de l'océan.

Il avait dix-huit ans lorsqu'il avait tué pour la première fois. Un huissier, venu prendre possession de la maison et de la petite affaire familiale. Il n'avait éprouvé ni pitié ni remords, rien que de la satisfaction lorsque l'homme, son couteau planté dans la poitrine, avait poussé son dernier soupir.

C'était alors qu'il avait pris conscience de son autre talent. Et que tuer était devenu sa nouvelle profession.

Pendant quinze ans, il avait voyagé de pays en pays, vendant ses compétences à ceux qui pouvaient payer le prix fort, apprenant le métier, bâtissant sa fortune.

Et puis il avait rencontré Cristo Delgado.

Depuis qu'il travaillait avec lui, son avoir avait plus que quadruplé. Et il parvenait même à faire quelques à-côtés.

Il n'était jamais rentré chez lui, mais il continuait à envoyer de l'argent à sa mère et à ses sœurs, en s'arrangeant pour qu'on ne puisse pas remonter jusqu'à lui.

Une limousine s'arrêta au pied de la passerelle. Solaris jeta sa cigarette dans l'eau et s'écarta du bastingage.

Le lieutenant de Cristo, Jorgie, descendit du siège passager, à l'avant, et attendit près de la voiture. Il avait les deux yeux au beurre noir, un bandage sur le nez et un autre autour de la main et du poignet droits.

Un instant plus tard, quatre malfrats émergèrent d'une berline noire garée tout près et vinrent se poster de part et d'autre de la limousine.

Lorsque sa garde fut positionnée, le patron de Solaris sortit du véhicule et se pencha pour dire quelque chose à Jorgie, tout en boutonnant son costume Armani et en chaussant une paire de lunettes aux verres miroirs.

En dépit de son âge, Cristo demeurait svelte et en excellente condition physique. Guidé par la vanité, il s'exerçait régulièrement dans la piscine intérieure de sa villa. Exception faite d'une ou deux maîtresses, il surveillait de près sa santé et n'avait aucun vice.

Il leva la tête et sourit, révélant une rangée de dents étincelantes qui contrastaient avec son visage hâlé et sa chevelure d'argent, soigneusement coiffée.

Même de loin, le sourire de Cristo ne parvenait pas à masquer totalement la tension de ses traits.

Quelque chose avait dû aller de travers avec la fille Cutting, songea Solaris.

— Dites, il a l'air content, votre patron, hein ?

Le capitaine Damien Stravos s'approcha de Solaris en grattant sa barbe touffue, plissant les yeux sous le soleil.

Il était court sur pattes pour un Grec, sa tête lui arrivant à peine à l'épaule, et sa bedaine rebondie retombait sur ses jambes arquées.

Solaris acquiesça d'un hochement de tête, le regard délibérément fixé sur l'horizon.

— C'est une belle journée.

— Mais, à mon avis, ce n'est pas ça qui met Cristo

de si bonne humeur, dit Stravos. C'est le marché que nous avons conclu.

Un marché juteux, en effet — le transport de trente tonnes de cocaïne vers les Etats-Unis, ce qui représentait des millions et des millions de dollars. Le risque était élevé, mais la notion de risque était inhérente à la nature de leurs affaires.

Toutefois, du point de vue de Solaris, Delgado aurait mieux fait de faire transporter la drogue sur des bateaux plus petits. L'opération aurait été moins rentable, mais des embarcations plus discrètes échappaient plus facilement aux contrôles de la D.E.A.

Solaris gardait son opinion pour lui. Il n'avait pas de parts dans cet aspect des affaires de Cristo, donc, ce n'était pas lui qui prenait le risque.

Le capitaine Stravos accueillit Cristo au sommet de la passerelle aussi chaleureusement qu'il était possible.

— Bonjour, Damien, lui répondit froidement Cristo. Vous êtes prêt à finaliser nos plans ?

— Bien sûr. Et comment va votre ravissante épouse ?

— Elle va bien. En fait, elle insiste pour que vous veniez dîner avec nous après-demain.

— Parfait, parfait, répondit le capitaine sans cacher sa joie.

Cristo Delgado ravala l'irritation que lui inspirait Stravos. Ce dernier convoitait sa femme, c'était de notoriété publique. Mais, pour l'instant, Cristo faisait comme si de rien n'était. Stravos était crispant, mais c'était un excellent capitaine. Et il posait peu de questions. De plus, ce n'était pas lui la véritable cause de sa contrariété, c'était la fille Cutting. Et West, maintenant.

— Permettez-moi de discuter un instant avec mon collaborateur, déclara Cristo en indiquant Solaris du menton. Ensuite, je vous rejoindrai, Damien, pour prendre, peut-être, un brandy ?

— Bien sûr, bien sûr, s'empressa d'acquiescer Stravos. J'enverrai quelqu'un pour vous escorter jusqu'à mes quartiers.

Il porta deux doigts à sa casquette avant de s'éloigner. Cristo attendit un moment, le regard perdu sur l'horizon, au côté de Solaris.

— Je vais te donner l'occasion de finir un travail inachevé, dit-il enfin. Calvin West est de retour.

— West ? fit Solaris, surpris.

— Il est ici, avec Cutting.

— Donc, ta source avait raison. Elle est venue. A-t-elle apporté le prototype ?

— On le saura bientôt.

— West appartenait au MI6 jusqu'à l'an dernier. Je crois qu'il fait plus ou moins office de liaison diplomatique entre Londres et Washington, maintenant. Que vient-il faire dans cette affaire ?

— Peu importe. Profite de l'occasion pour en finir avec lui. Et ne le loupe pas, cette fois. Compris ?

— C'est comme si c'était fait. Et Jason Marsh ?

— Ce n'est pas ton affaire. Trouve West. Et amène-moi la fille. Il faut que je sache pourquoi elle veut voir son ex-mari et que je détermine comment je peux tirer profit de sa présence. Après quoi, je me débarrasserai d'elle. Tu peux faire ce que tu veux à West pourvu qu'il soit secoué. Qu'ils soient secoués, *tous les deux*.

— J'y veillerai, assura Solaris. Mais si West t'a fait savoir qu'il était là, c'est sans doute qu'il a déjà un plan.

— Comme si ça changeait quoi que ce soit ! répliqua Cristo avec arrogance.

Il tourna les talons, agitant la main par-dessus son épaule.

— Tout ce que je te demande, c'est de faire ton travail correctement. Je ne tolérerai pas un nouvel échec.

6

La ville de Caracas était dominée de toutes parts par des bidonvilles. Certains se terraient entre les collines, mais la plupart s'offraient à la vue, serrés les uns contre les autres, perchés en équilibre précaire sur des pilotis. Peints de toutes les couleurs de l'arc-en-ciel, ils transformaient les pentes autour de la ville en un insolite échiquier bariolé.

— Ta conception de la mode est aux antipodes de la mienne, Cal, mais je commence à apprécier tes goûts, dit Julia en descendant de la Jeep de location.

Le débardeur en Lycra noir et le pantalon assorti qui la moulaient comme une seconde peau se révélaient, en effet, étonnamment confortables.

Dans le halo jaune des réverbères, elle vit des morceaux de verre brisé et des papiers gras qui traînaient par terre. Cal lui lança un regard en biais.

— Sois vigilante. Dans ce genre d'endroit, mieux vaut ne pas être distrait.

Son regard s'arrêta un moment sur son profil et sa courte queue-de-cheval avant de glisser sur sa chute de reins.

— Ni trop attirer l'attention sur soi.

— C'est noté.

Ignorant la bouffée de chaleur qui l'envahissait, elle fit un pas de côté pour éviter un rat qui traversait la chaussée de terre battue. Comme elle le suivait du regard, un grouillement attira son attention dans les ombres, au pied d'un tas de détritus. La révulsion s'empara d'elle ; ses épaules se contractèrent.

— Qui allons-nous voir ?

— Un ami de Jason, répondit Cal en la prenant par le coude et en l'entraînant vers une baraque jaune citron.

L'habitation, enfouie dans la végétation, était adossée au flanc de la colline, ses deux petites fenêtres obturées par des morceaux de papier journal.

— Charmant, murmura-t-elle.

La porte d'entrée s'ouvrit.

— Bon sang, mon vieux. Etais-tu obligé d'abandonner ma voiture dans l'un des pires quartiers de la ville ? s'enquit durement Renalto d'une voix basse.

Le regard sombre de l'homme balaya la rue.

— Il ne restait presque plus rien quand je l'ai récupérée.

Julia s'arrêta net, se demandant ce qui la surprenait le plus — la présence de Renalto ici ou son accent britannique.

— Pas pu faire autrement. Tu te feras rembourser.

Cal poussa Julia à l'intérieur.

— Par qui ? Cain ?

L'agent eut une exclamation désabusée.

— Tu parles ! Aucune chance, surtout quand il saura que c'est toi qui es responsable.

Renalto referma la porte derrière eux.

— Mon cher, tu ne fais pas exactement partie de la liste de ses agents favoris, en ce moment.

— Il n'a pas de liste d'agents favoris, répliqua Cal. Seulement une liste de ceux qui lui sont redevables.

Renalto ne répondit pas. Il verrouilla la porte et composa un code. Le clavier disparut derrière une paroi coulissante.

— Qui plus est, tu trouves que ce serait crédible ? Je suis censé être un petit trafiquant drogué jusqu'à la moelle, je te signale. Je n'ai jamais assez d'argent pour faire réparer ma voiture.

— Aussi crédible qu'un petit dealer équipé d'un système d'alarme dernier cri, intervint suavement Julia.

— Ah ! Ce n'est pas faux.

Les yeux noirs de Renalto se portèrent sur elle et l'examinèrent avec intérêt.

— Mademoiselle Cutting, désolé pour la façon abrupte dont notre entretien s'est terminé.

— Pas autant que moi pour votre tête. Comment va-t-elle ?

— Mieux…

Avant que Julia ait compris ce qui lui arrivait, Renalto prit sa main et la porta à ses lèvres.

— Beaucoup mieux… maintenant.

— Ça suffit, Ren. Arrête ton numéro de don Juan. Il…

— Je suis sûr que Cal ne vous a rien donné à manger, l'interrompit Renalto, une lueur dansant dans ses yeux noirs toujours fixés sur elle.

— Non, en effet, dit-elle lentement. Nous avons été un peu occupés.

Après un nouveau baisemain, Renalto déclara :

— Vous êtes venue au bon endroit. Je vais m'occuper de vous.

Julia jeta un coup d'œil à la pièce mal éclairée. Des journaux et des vêtements encombraient le sofa défraîchi, aux coussins couverts de taches et d'auréoles de sueur. Le linoléum gondolé, qui avait été à carreaux blancs et noirs, était jonché de magazines, de papiers et de vieux emballages de pizza. Dans un coin, un meuble branlant supportait un four à micro-ondes, seul accessoire indiquant qu'il s'agissait là de la « cuisine ».

Renalto éclata de rire.

— Mon petit nid d'amour ne vous plaît pas ?

Il tâtonna sous le comptoir et actionna un bouton de commande. Tout à coup, une portion du damier bicolore s'ouvrit au centre de la pièce, révélant une ouverture carrée d'un mètre vingt de côté.

— Mes vrais quartiers d'habitation, expliqua Renalto avec une petite révérence.

— *Gracias*, dit Julia, charmée, en le gratifiant d'un sourire.

Les yeux de Renalto s'agrandirent. Il posa la main sur son cœur en un geste théâtral et fit mine de tituber.

— *Dulce Jesús. Un ángel en la tierra.*

« Doux Jésus. Un ange tombé sur terre. »

— *Está mía*, Renalto, dit sèchement Cal.

Renalto siffla entre ses dents, puis se remit à parler en anglais.

— Je ne savais pas, *amigo*. Toutes mes excuses.

— Vous ne saviez pas quoi ? s'enquit Julia en feignant la perplexité, alors que son cœur s'était mis à palpiter.

« Elle est à moi », venait de dire Cal.

Elle parlait plusieurs langues étrangères, dont le français, le chinois et l'espagnol, mais, cela, Cal l'ignorait.

— Que cette affaire lui tenait personnellement à cœur, à lui aussi, répartit Renalto avec un rire sonore. Dommage. Je campe un très bon Valentino.

— Valentino ? répéta Julia avec une curiosité bien réelle cette fois.

— Un acteur célèbre pour son amour des femmes. J'adore le cinéma, les vieux films particulièrement.

Renalto lui décocha un sourire carnassier.

— Peut-être aimeriez-vous voir ma collection un de ces jours ?

Julia rit de bon cœur.

— Peut-être.

— Tu as fini ? jeta Cal d'un ton âpre.

— Quasiment.

Avec une lenteur délibérée, Renalto adressa un clin d'œil éloquent à Julia.

— Voilà… Maintenant, j'ai fini.

— As-tu suivi Jorgie ? demanda Cal.

— Oui. La voiture de Leopold était tout près. Je m'en suis servi pour les prendre en filature.

Julia fronça les sourcils.

— Leopold ? Le porteur de l'aéroport ?

— Leo est plutôt un associé. Il a emprunté cet uniforme pour m'aider quand Cal m'a informé de votre arrivée.

— Comment savais-tu que les hommes de Delgado allaient nous attaquer ? demanda Julia à Cal.

— Un pressentiment, répondit-il d'un ton bref avant de se tourner vers Renalto. Où sont-ils allés ?

Julia serra les dents, vexée.

— Ils sont rentrés à l'*hacienda* de Delgado, de l'autre côté de la ville. Je suis resté là-bas pour surveiller les lieux pendant quelques heures, mais je n'ai rien remarqué d'inhabituel. Je ne sais pas ce qu'il y avait sur cette carte que tu lui as lancée, mais Jorgie est rentré ventre à terre la remettre à son maître.

— De quoi donner à réfléchir à Delgado sur autre chose que Julia et Jason.

— Oh ? Quoi donc ?

— Moi, répondit solennellement Cal.

— Pardon, West, ne le prends pas mal, mais, si Delgado a des raisons de te détester, ce n'est rien en comparaison de celles qu'il a de haïr Jason, observa Renalto.

— Que voulez-vous dire ? Pourquoi Delgado hait-il Jason ? Et Cal ?

— Jason a passé les huit dernières années à lui

rendre la vie impossible. Voilà seulement un an que je me suis joint aux réjouissances, mais il ne m'a pas fallu une journée pour comprendre qu'ils avaient un sérieux compte à régler.

— Lequel ?

Renalto haussa les épaules.

— Jason ne me l'a pas dit.

— Il ne l'a dit à personne, apparemment, marmonna Cal.

— A moi non plus, dit-elle, s'étonnant de la facilité avec laquelle le mensonge lui était venu aux lèvres.

— Jusqu'à tout récemment, Jason était aux Etats-Unis pour réunir des informations, reprit Renalto. Il a dû tomber sur quelque chose de gros. Il m'a appelé depuis Washington pour me dire qu'il avait besoin de mon aide, qu'il allait rentrer ici et faire tomber Delgado.

— Il a quitté l'agence.

— Je sais, répondit Renalto avec un sourire froid, mes supérieurs me l'ont appris après sa disparition. Seulement, ça n'a pas de sens. Il n'y avait rien de plus important à ses yeux que son travail.

— Il faut croire que si, dit Cal avec une arrogance qui heurta Julia. La cupidité. Ou l'amour. Ou, même, la crainte pour sa vie.

— Je n'y crois absolument pas, dit Julia.

— Quoi qu'il en soit, maugréa Renalto, Delgado a enlevé Jason quelques jours après son arrivée.

— Comment était-il au courant de sa venue ?

— Probablement comme il a su que Julia était à bord de cet avion, ce matin. Il a un informateur. Ma hiérarchie m'a ordonné d'attendre l'arrivée de Cal. Donc, voilà où nous en sommes.

— Et tu n'as eu aucune nouvelle concernant Jason ? s'enquit Cal.

Renalto fit la grimace.

— Pas besoin. Je connais Delgado. Jason a disparu il y a dix jours. Autant prier pour qu'il soit mort parce que, sinon…

Il posa un regard compatissant sur Julia, sans achever sa phrase.

— Nous en aurons bientôt le cœur net, déclara Cal. Pour l'instant, il me faut des renseignements sur Esteban Alvarez. Je veux le rencontrer.

— Son ex-partenaire du cartel ?

Renalto réfléchit un instant.

— Mmm, c'est faisable. Il donne une grande fête demain, dans sa villa. Le bruit court qu'il veut passer du côté de la légalité. Il y a beaucoup de notables sur la liste des invités. Des gens qui ne tiennent pas à ce que leurs liens d'amitié avec un baron de la drogue soient rendus publics.

La bouche de Cal s'amincit en une ligne dure.

— Ça ira.

— Qu'est-ce que… ? commença Julia.

— Chut ! la coupa Renalto, un doigt sur les lèvres. Vous entendez ?

En un quart de seconde, les deux hommes se retrouvèrent postés de part et d'autre de la fenêtre, l'arme à la main.

— Des pneus sur le gravier, nota Renalto. Lucy, nous avons de la compagnie.

— Arrête avec tes citations cinématographiques, Ren, dit Cal d'une voix lasse.

— Ce n'est pas un film, c'est une série télé des années cinquante, corrigea machinalement Julia, les yeux rivés sur le rideau, tendue.

— Pas possible ! s'exclama Renalto en un murmure

extasié. Je crois que je suis amoureux. Une femme qui connaît « I love Lucy » !

Le pinceau lumineux des phares d'une voiture éclaira brièvement la fenêtre. Des portières claquèrent.

— Bon sang, West, vous avez été suivis, souffla Renalto, écartant imperceptiblement le rideau. Il y a deux voitures, remplies de types en costard noir. Ils n'ont pas l'air d'être venus boire le thé.

— Qu'est-ce qu'on fait ? dit Julia d'une voix à peine audible.

— Voilà Jorgie, annonça Renalto. Et… Bon sang, c'est la voiture de Leopold… Ils sortent quelque chose du coffre. Un gros sac plastique.

Une rafale de balles se fit alors entendre.

— Salaud !

Renalto se rua vers la porte, mais Cal bondit à son tour, le clouant au sol.

— Non ! C'est trop tard, Ren, dit-il d'un ton péremptoire. Il est mort.

Plusieurs émotions agitèrent les traits de Renalto : de la colère, d'abord, de l'incrédulité, ensuite, de la résignation et du chagrin enfin.

Son poing s'abattit sur le sol.

— Nom d'un chien !

Julia, qui s'était approchée de la fenêtre, murmura avec anxiété :

— Cal, vite. Jorgie vient de lancer une grenade dans une des voitures.

— Eloigne-toi de la fenêtre ! Couche-toi par terre !

Une demi-seconde plus tard, une violente explosion faisait trembler les murs. Cal n'eut que le temps de se jeter sur elle pour la protéger de son corps.

— Renalto ! lança Jorgie à pleins poumons. C'est un avertissement ! Il est temps que tu rejoignes ton ami !

Tout à coup, l'enfer se déchaîna autour d'eux. Les balles se mirent à pleuvoir de toutes parts, rebondissant contre les murs et les fenêtres.

— Ils sont blindés, cria Renalto pour dominer le vacarme. Ils ne tarderont pas à s'en rendre compte.

— Mais quelle idée d'être allée à la fenêtre ! Tu as perdu la tête ? gronda Cal en plongeant son regard dans celui de Julia. Si jamais je te reprends en train de mettre ta vie en danger…

— O.K., O.K., message reçu, répondit-elle, le cœur battant.

Tenait-il à elle ?

— Ils prennent l'artillerie lourde, maintenant, annonça Renalto. Nom d'un chien, ce n'est pas possible… Il en sort de ce coffre comme si c'était le sac de Mary Poppins !

Il indiqua du menton la trappe ouverte dans le sol.

— On se met à couvert… Vite !

En un clin d'œil, Cal se releva, puis aida Julia à se relever. Il la fit descendre la première dans la cachette.

Renalto appuya alors sur le bouton de commande et les deux hommes plongèrent à leur tour. La trappe se referma au-dessus de leurs têtes.

— Bouche-toi les oreilles !

Julia avait atterri durement sur le sol de ciment. Une douleur lui scia le dos. Retenant un gémissement, elle plaqua docilement les mains sur ses oreilles.

La cabane explosa au-dessus d'eux. Un nuage de poussière et de fumée emplit l'air. Elle se mit à tousser.

— Respire par le nez, lentement, et protège ton visage avec ton T-shirt, lui recommanda Cal.

Elle obtempéra. Peu à peu, un peu d'air réussit à pénétrer dans ses poumons. Elle toussa encore, mais, si sa gorge la piquait toujours, elle parvenait désormais à respirer.

— Qu'est-ce que c'était ? souffla-t-elle.

— Lance-grenades, fit Cal. Ça va être difficile de sortir de là. On a beau être à l'abri, on est pris au piège.

— C'est un moindre mal, répliqua cyniquement Renalto. D'habitude, ils préfèrent décapiter les gens d'un coup de machette…

Il s'avança jusqu'au mur du fond et ouvrit un petit panneau, derrière l'une des briques, révélant un clavier.

— Qu'ils essaient donc de nous poursuivre… J'ai de quoi leur tenir la dragée haute !

Il composa un code et une porte s'ouvrit. Renalto alluma la lumière.

— C'est une pièce secrète. Elle est creusée dans la colline.

Sur le mur du fond, un véritable arsenal était rangé sur des étagères. Du côté opposé, se trouvait une petite cuisine équipée d'un comptoir et de tabourets de bar. Un lit étroit était installé dans un angle.

Julia nota qu'il était fait, la couverture et les draps de l'armée tirés au cordeau ; au-dessus, des casiers de rangement étaient remplis de DVD. Mais ce qui attira surtout son attention, ce furent les six écrans de vidéo-surveillance accrochés au mur, près du lit.

— Ce n'est pas grand-chose, mais on se sent chez soi, dit modestement Renalto en saisissant une mitrailleuse automatique. *Dis bonjour à mon ami.*

— Pacino, devina Cal. Mais l'imitation n'est pas terrible. Et puis, *Scarface* n'était pas si bien que ça : il meurt à la fin.

Il rejoignit son ami en trois enjambées.

— C'est Kate qui t'a procuré toute cette artillerie ?

— Oui.

Renalto replaça l'arme sur le présentoir et attrapa un Uzi, plus léger.

— Que veux-tu, *amigo*… Elle a un faible pour moi.

La sœur de Cain dirigeait le service technique de Labyrinth et il n'y avait pas meilleur spécialiste des armes et du matériel de renseignement.

— Alors, vous ne travaillez pas pour la D.E.A., mais pour Labyrinth, vous aussi, dit Julia.

En dépit de ses connaissances limitées en matière d'armes à feu, elle identifiait au moins trois fusils d'assaut AK-47, quelques fusils à lunette, des grenades de toutes sortes, dont certaines dites de saturation sensorielle.

— Vous plaisantez ? Je ne mange pas de ce pain-là ! se récria Renalto avec, dans la voix, une inflexion indignée que démentait son sourire goguenard. Les agents de Labyrinth sont des poules mouillées. A peine arrivés, hop ! Ils sont déjà repartis. Des opérations express !

— Des *résultats* express, corrigea Cal, nullement offensé, en prenant lui aussi quelques munitions.

— A la D.E.A., on se livre à un travail de longue haleine, on infiltre les réseaux de drogue des années durant, continua Renalto, les lèvres retroussées en une moue dédaigneuse. On va débusquer les méchants dans les tranchées. Qu'est-ce que vous faites, vous ?

— Je me suis laissé dire récemment qu'on était là pour sauver le monde, répondit négligemment Cal. Tout pour la patrie. Pas de compromis. Pas de quartier. Et tant pis pour les dégâts collatéraux.

— Cal, regarde.

Renalto pointa du doigt l'un des écrans. Jorgie et ses hommes remontaient dans leurs véhicules. Les moteurs ronflèrent et, dans une gerbe de graviers, ils s'éloignèrent.

— Bande de lâches, cracha Renalto avec mépris. Ils ne sont même pas restés pour le dessert.

Julia regarda les véhicules qui dévalaient la colline

à fond de train puis reporta son attention sur les autres écrans.

— Où sont vos voisins ? Ils ne sont même pas sortis voir ce qui se passait dans la rue ?

— Ils ne sont pas stupides, répartit Renalto. Dans ce genre de situation, on éteint les lumières et on fait comme s'il n'y avait personne à la maison.

— Bien... Il va falloir sortir d'ici, maintenant, observa Cal.

Du menton, il indiqua l'autre pièce.

— C'est la seule issue ?

— Oui. L'inconvénient d'habiter dans une caverne.

— Reste là, dit Cal à Julia. On va d'abord devoir déblayer le terrain. Le ciel va nous tomber sur la tête quand on va ouvrir cette trappe.

Les deux hommes se préparèrent et, au signal de Cal qui se tenait prêt, l'extincteur à la main, Renalto appuya sur le bouton. La trappe coulissa et une pluie de débris fumants s'abattit sur eux. Cal les aspergea de mousse blanche.

Il leur fallut près d'une heure pour dégager l'amon-cellement de métal tordu et de résidus calcinés.

Lorsqu'ils émergèrent enfin de leur tanière, Renalto s'agenouilla devant les vestiges noircis de la voiture de Leopold et, tirant un couteau de sa botte, déchira le volu-mineux sac plastique. Julia aperçut des cheveux blancs.

Seigneur. Dans quoi Jason l'avait-il entraînée ?

— Ren, il faut que tu files d'ici en vitesse, lança Cal. Tu ne sais pas ce qu'a pu avouer Leopold. S'ils décou-vrent que tu es encore en vie, ils se lanceront aussitôt à tes trousses.

— Leo ne savait pas grand-chose à mon sujet, répondit Renalto en secouant la tête, regardant fixement sans la voir la voiture carbonisée. Il n'aurait rien pu dire. De toute façon, je doute qu'ils l'aient interrogé. Ils l'ont juste battu à mort.

— Personne n'y peut rien, Ren, raisonna Cal. Tu sais bien que Delgado recrute des employés qui ont de la famille. Ça lui permet d'exercer un vrai moyen de pression sur eux. C'est facile de risquer sa propre vie, mais ça devient presque impossible quand on fait courir un danger à des proches.

Julia pâlit. Une affreuse sensation de malaise s'insinuait en elle.

Cal jeta un coup d'œil au cadavre de Leopold.

— Delgado sait que je vais passer à l'attaque. Nous devons faire en sorte de le déstabiliser. Le meilleur moyen d'y parvenir, c'est de nous en tenir à l'opération prévue.

— Quelle opération ? fit Renalto.

— Trouver Jason, dit Cal d'une voix dépourvue d'émotion.

Renalto eut un rire amer.

— Comprenons-nous bien, Cal. Je suis personnellement concerné à présent. Mais pénétrer sur le territoire de Cristo Delgado pour tirer l'un des nôtres de ses griffes est tout bonnement impossible. Ce serait suicidaire.

— Suicidaire, non, mais périlleux, certainement, admit sombrement Cal. Cain a réussi à m'obtenir les plans de la résidence principale de Delgado. Si Jason n'y est pas, nous y trouverons peut-être des indices sur son lieu de détention. C'est le mieux que nous puissions faire pour l'instant.

— O.K., dit Renalto. Je suis partant. La villa se trouve dans la jungle, dans la Sierra de Perijá, à la frontière colombienne. En réalité, avec ses murs d'enceinte en granit de six mètres de haut, l'hacienda tient plus du camp retranché que de la propriété résidentielle. La maison en elle-même se compose de quatre niveaux avec dalles en terre cuite et colonnades.

Cal hocha la tête.

— Et, bien entendu, il dispose d'un système de sécurité ultrasophistiqué : lasers, détecteurs de mouvement, caméras, gardes armés, chiens d'attaque.

— C'est de là que Delgado dirige son empire. Sa femme et son fils y sont gardés sous haute surveillance et ne sortent qu'une fois par semaine. Et encore... uniquement pour assister à la messe dominicale dans une mission jésuite, le Santuario de la flor, à quelques kilomètres de la villa.

— Combien de temps te faut-il pour me fournir la liste des employés travaillant à la propriété, leurs horaires et le calendrier hebdomadaire des éventuels services de livraison ?

Renalto réfléchit un moment puis soupira.

— Sans risque d'être découvert, quelques jours. En prenant des risques, moins de douze heures.

— Donc, ce sera une journée.

— Je vais arranger ça, *amigo*. Mais je vais d'abord m'occuper de restituer le corps de Leopold à sa famille.

— Entendu. Est-ce que tu peux me trouver un avion ?

— Ce devrait être dans l'ordre du possible.

— Alors, fais-le.

— Tu entends te poser directement devant sa porte ?

— Non. Seulement en bas des marches du porche. Pour ce qui est des munitions... ça ira ?

— J'ai à peu près tout ce dont nous devrions avoir besoin dans mon petit abri.

— Parfait. Dans ce cas, on se retrouve demain, en fin d'après-midi.

— Je t'attendrai dans le vieil hangar. C'est l'endroit le plus isolé de l'aéroport.

— Sois prudent, Ren.

— Compte sur moi.

La dent en or de l'agent secret brilla fugitivement entre ses lèvres pincées.

— A quoi vas-tu employer ton temps pendant que je vais à la pêche aux informations ?

— A me reposer un peu. Je n'ai dormi en tout et pour tout que deux heures depuis quarante-huit heures. Et, demain, je rendrai visite à un vieil ami.

— *Nous* rendrons visite à un vieil ami, rectifia fermement Julia.

Cal l'enveloppa d'un long regard pensif.

— Ne t'inquiète pas, Julia, ta présence à cette petite réunion est indispensable.

Deux heures plus tard, Julia n'en savait guère plus sur cette mystérieuse rencontre du lendemain.

Avant de passer sous la douche, Cal lui avait recommandé de ne pas ouvrir la porte, de ne pas approcher du balcon, ni même des fenêtres.

Soucieuse, elle déambula, sans but, dans la chambre où elle avait rangé ses affaires en arrivant.

Si le séjour alliait agréablement les influences féminine et masculine, le décor de la chambre — bien que subtil et sophistiqué — était nettement dominé par cette dernière.

Les fenêtres étaient drapées de rideaux anis et chocolat où se mêlaient la soie et le coton. Ces coloris adoucissaient le mobilier de pin rustique, conférant à la pièce une ambiance chaleureuse. Elle laissa courir ses doigts sur une commode, appréciant la texture du bois ancien, patiné par le temps.

Il y avait enfin dans un angle une cheminée en

mosaïque de pierre. Par une froide soirée, un bon feu dans l'âtre devait rendre l'atmosphère des lieux des plus romantique.

— Bel endroit, mais mauvais partenaire, murmura-t-elle.

Elle ouvrit le tiroir supérieur de la commode, s'attendant à le trouver vide comme l'armoire dans laquelle elle avait suspendu ses nouveaux vêtements. Des pulls et des T-shirts de différentes couleurs y étaient rangés.

Un parfum de vétiver et de chaudes senteurs orientales se répandit dans l'air, la prenant par surprise.

Fronçant les sourcils, elle souleva les piles et découvrit un flacon de couleur verte au fond du tiroir.

Elle le porta à ses narines. Mais oui, c'était bien ça ! L'eau de Cologne de Jason !

La colère la submergea avec la force d'un raz-de-marée, mais ce fut le sentiment d'avoir été trahie qui lui fut le plus pénible.

Calvin les avait installés chez son ex-mari ! Son regard se porta sur la porte de la salle de bains attenante et, sans réfléchir, elle se dirigea vers elle au pas de charge.

Elle entra sans frapper et tira le rideau de la douche.

— Nous sommes chez Jason, dit-elle d'un ton accusateur. Inutile de nier. J'ai trouvé ça.

Elle brandit le flacon devant elle.

Lentement, Cal tourna le robinet et saisit une serviette, qu'il enroula autour de ses hanches.

— Et alors ? Quelle importance ? rétorqua-t-il en passant devant elle pour sortir de la pièce.

Elle lui emboîta le pas.

— Mais enfin, Cal ! Pourquoi ne me l'as-tu pas dit ?

Lui tournant le dos, il fourragea dans le deuxième tiroir de la commode et en tira un boxer blanc.

— Ce n'était pas son domicile, Julia. C'était une planque qu'il utilisait lorsqu'il venait ici.

— A ceci près qu'il était plus souvent ici qu'aux Etats-Unis.

— Nous étions pris de court. Il nous fallait une cachette sûre. Et je n'en connaissais pas de meilleure que celle-ci.

Elle croisa les bras et attendit, l'air buté.

Avec un haussement d'épaules, il laissa tomber la serviette et enfila le boxer.

— Tu n'as pas répondu à ma question, insista-t-elle, refoulant le gémissement rauque qu'elle sentait monter dans sa gorge.

Du temps de leur liaison, elle avait toujours trouvé éminemment intimes et sexy ces moments où ils s'habillaient l'un devant l'autre.

— Pourquoi n'as-tu rien dit ? répéta-t-elle en coinçant ses cheveux derrière une oreille pour se donner une contenance.

— Précisément pour éviter la conversation que nous sommes en train d'avoir, peut-être bien ?

Julia sentit le coton de son pyjama coller à sa peau moite.

— Ce qui signifie ?

Cal contempla le haut jaune, le visage démaquillé de Julia, ses joues roses et ses yeux en colère. Mais ce fut la myriade de petites fleurs qui parsemaient le bas de son pyjama et la ficelle qui le resserrait à sa taille qui allumèrent l'étincelle familière au fond de lui.

— Ça signifie…

Il se sécha d'une main lasse le visage avec la serviette.

— Exactement ce que je t'ai dit. J'avais anticipé ta réaction.

— C'est un peu fort ! Ma réaction, comme tu dis, découle surtout du fait que tu m'as sciemment caché la vérité.

Sa voix s'était tendue. Calvin se figea ; cette inflexion soudain plus aiguë, il ne la lui avait entendue qu'une seule fois auparavant. *Bonté divine.*

— Julia, laisse tomber.

L'imperceptible frémissement qu'il avait senti poindre en lui se précisa. La colère, le désir, l'épuisement l'assaillirent par vagues successives, pulvérisant les barrières qu'il avait érigées pour la tenir à distance.

— C'est ce que j'ai fait la dernière fois…

Il n'était plus question de l'appartement, soudain ; c'était de sa trahison, un an plus tôt, qu'il s'agissait.

— Mais, aujourd'hui, c'est impossible. Il y a trop en jeu.

— Il y a trop en jeu, répéta-t-il avec une moue triste.

Il s'avança vers elle et, incapable de se dominer, posa la paume de la main contre sa joue.

— Plus que tu ne l'imagines, murmura-t-il, le frémissement se changeant en trépidation électrique qui se propagea à ses terminaisons nerveuses, au sang qui courait dans ses veines. Tu es venue solliciter mon aide. Maintenant, reste à savoir si tu as suffisamment confiance en moi pour me laisser faire mon travail.

— Il ne s'agit pas de confiance. Tu as un rôle clairement défini : veiller à ma sécurité. Ça s'arrête là.

Elle avait cru que l'humiliation qu'il lui avait fait subir était de l'histoire ancienne, que la page était tournée. Elle s'était trompée. Les larmes lui piquèrent les yeux, mais elle les ravala. Elle s'était trompée à tant d'égards…

— Bien sûr que non.

Son téléphone mobile vibra. Cal le sortit vivement de sa poche.

— West.

— C'est Cain, aboya la voix brève, irritée de son chef. On a analysé cet enregistrement que tu m'as laissé. Il n'y a rien d'autre. Le texte s'arrête comme ça.

— Tu es sûr ?

— Oui. Et ce n'est pas la voix de Delgado.

Cal prit quelques secondes pour assimiler la nouvelle. Puis il jeta un coup d'œil à Julia et vit une ombre de sourire jouer sur ses lèvres. La fine mouche… Elle l'avait bien roulé dans la farine.

— Celle d'un de ses hommes ?

— Non. Quand nous nous sommes aperçus que ce n'était pas Delgado, j'ai demandé à mes agents de procéder à une petite vérification.

La curiosité l'emportait maintenant sur le désir.

— Et ?

— C'est le vigile de son immeuble, Curtis Matthews. Julia l'a payé deux cents dollars pour ça.

— Curtis Matthews, dit Cal tout haut, fouillant dans sa mémoire. Un monsieur d'un certain âge qui attend la retraite pour couler des jours tranquilles ?

— Exactement, fit Cain. Inutile de te faire un dessin, je suppose. Tu comprends ce que ça signifie.

— Oui, répondit Cal, épinglant du regard Julia qui s'était assise sur le lit. Que l'heure des explications a sonné.

Cain MacAlister fusilla le téléphone du regard.

— L'imbécile ! Il m'a raccroché au nez.

— Tu t'attendais à autre chose ?

— Non.

Il désactiva le haut-parleur et se renfonça contre le haut dossier de son siège en cuir.

— O.K., Jon. J'ai fait ce que tu me demandais. Maintenant, je voudrais bien que tu me dises *pourquoi* je l'ai fait.

Un petit sourire étira les coins de la bouche de son interlocuteur. Cain et Calvin étaient peut-être amis, mais la relation que Jon Mercer entretenait avec Cain allait bien au-delà de la simple amitié, le Président le savait. Il avait été le patron de Cain et était aujourd'hui tout à la fois son mentor, son conseiller, son confident. Il faisait même parfois office de figure paternelle.

— Calvin prendra soin de Julia, Cain, fais-moi confiance. C'est l'homme de la situation. Il la gardera en vie, même si elle est décidée à se faire tuer.

— Et le BATARD ?

— Si elle sait où il est, nous ne le trouverons pas, sauf si elle le veut bien. Elle est maligne, très maligne.

Cain entendit la fierté qui perçait dans la voix de Mercer.

— Un peu trop, peut-être, rétorqua-t-il. Ça peut lui attirer des ennuis.

— N'empêche… Le coup des dix millions de dollars a marché, non ?

— Comment savais-tu qu'il n'y avait pas de rançon ?

— Simple déduction : à partir du moment où j'ai su que la demande de rançon était un leurre, il n'y avait aucune raison qu'elle ait pris quelque argent que ce soit.

Cain marmonna un acquiescement. Il faisait confiance à l'instinct de Mercer. Celui-ci avait passé dix ans de sa vie dans l'enfer de la jungle, à pourchasser les Viet Cong.

— Je dois admettre que, si elle ne travaillait pas pour toi…

— Hors de question, l'interrompit Jon en riant. Tu ne la récupéreras pas pour Labyrinth. Oublie cette idée.

— Mais toi, tu seras peut-être bien obligé de la partager avec un pénitencier fédéral si elle est poursuivie pour trahison.

Mais la menace manquait de conviction. Que Cain le veuille ou non, Julia Cutting faisait partie de la famille. La famille de Jon Mercer.

— Les choses n'en viendront pas là, dit ce dernier, balayant l'idée d'un geste de la main. Suffisamment de gens me sont redevables. Mais ça lui vaudra sans doute quelques désagréments.

— Des *gros* désagréments. D'après ce que je peux en juger, Julia Cutting ne fait rien pour se les épargner.

— Alors, Julia ? J'attends…

— Quoi ?

— La vérité, bon sang !

— Toi d'abord, rétorqua-t-elle.

— Ecoute, tu as dix secondes pour m'expliquer pourquoi le vigile de ta résidence s'est fait passer pour Cristo Delgado.

— Tu as fait analyser l'enregistrement ?…

Elle se leva pour renforcer son avantage.

— Ne me dis pas que tu n'avais pas confiance en *moi*, Cal.

— Le délai est presque écoulé, dit-il en l'attrapant par le bras pour l'attirer brusquement à lui. C'est bien toi qui viens de me faire la leçon ? De m'accuser de rétention d'infos ?

Elle regarda ses doigts puissants autour de son bras, puis lui décocha un regard furieux.

— Il fallait que je sois sûre que tu m'emmènerais. En te faisant croire que je courais un danger…

— Tu savais que je me rendais à Caracas ? coupa-t-il. Comment ?

— Jon Mercer s'était procuré ton dossier et celui de Jason. En prenant soin de me court-circuiter et en s'adressant directement à la secrétaire de Cain pour ne pas m'alerter. Quand je l'ai découvert, j'ai mené ma petite enquête.

— C'est-à-dire ?

Julia poussa un profond soupir.

— J'ai fouillé son bureau et son attaché-case.

— Et, en tombant sur ces dossiers, tu as sauté à la conclusion que j'allais être chargé de l'affaire Jason ?

— Non. Je savais seulement que tu avais une dette envers lui. Le Président n'avait inscrit aucune annotation te concernant, donc j'ignorais que tu serais affecté sur cette affaire. Est-ce qu'ils savaient que tu étais redevable à Jason ?

— Non, mentit Cal.

Mais une pointe de culpabilité l'incita à la relâcher. En vérité, Cain avait estimé que la dette que Cal avait contractée vis-à-vis de Jason lui fournirait la couverture parfaite pour approcher l'agent, et l'éliminer si nécessaire. Certain des intentions honorables de Cal, Jason ne se méfierait pas et Cal aurait une chance de découvrir où se trouvait le BATARD.

— C'est donc pure coïncidence qu'il t'ait assigné cette mission ? reprit-elle, sondant son expression.

— Pas vraiment. A l'époque où je travaillais pour le MI6, j'ai passé pas mal de temps dans les jungles d'Amérique du Sud. Mercer et Cain le savaient. Mais, Julia… te rends-tu compte des dommages collatéraux que tu aurais pu causer avec tes manigances ? Tu as mis en jeu la vie de Jason, à supposer qu'il soit encore vivant. La tienne. Et celle d'une demi-douzaine d'autres personnes.

— J'imagine. Mais c'était un risque que je devais courir.

— Pardi !

Cal s'adossa à la commode et croisa les bras.

— Et concernant l'argent ?

— Il n'y a pas de compte avec dix millions de dollars.

Le visage de Cal demeura totalement impassible.

— Tu m'en diras tant.

— Tu le savais ?

— J'ai compris quand Cain m'a dit qu'il ne trouvait pas trace d'un tel transfert de fonds. Il est toujours plus facile de localiser quelque chose qui existe, n'est-ce pas ?

— Bravo, dit-elle sans s'émouvoir.

— Donc, comment Delgado a-t-il su que tu arrivais ?

— Je ne sais pas, répondit honnêtement Julia. Tu étais le seul à être au courant.

— Mais c'est Jason qui t'a entraînée dans cette affaire…

Il serra les dents.

— Le salaud. J'aurais dû m'en douter.

— Quoi ? Es-tu en train d'insinuer que c'est lui qui m'a tendu un piège ? Qui a informé Delgado de mon arrivée ?

Elle secoua la tête.

— Impossible. Je n'étais censée prendre contact avec Delgado que si je ne parvenais pas à libérer Jason par un autre moyen.

— Tu veux bien répéter ça ? Tu avais l'intention de prendre contact avec Delgado ?

La rage s'empara de lui. Pour la première fois, Julia

vit en lui le prédateur qui traquait ses ennemis dans la jungle.

— Seulement en dernier recours, se défendit-elle.

— Et, comme les dix millions étaient pure invention de ta part, quelle monnaie d'échange comptais-tu utiliser ?

Mais il connaissait déjà la réponse.

— Le BATARD, admit posément Julia.

— Comment diable as-tu mis la main dessus ?

— En fait, je ne l'ai pas vraiment.

— Mais tu sais où il est.

— Non plus, éluda-t-elle, optant pour une demi-vérité.

Elle en avait une idée assez précise, mais elle n'était pas disposée à le lui dire.

— Du moins, je n'en suis pas sûre.

Cal s'avança de nouveau vers elle, l'obligeant à lever les yeux pour soutenir son regard.

— Jason t'a-t-il dit pourquoi il avait volé ce prototype ?

— Pour assurer ses arrières, je suppose. Pour s'en servir de garantie. La conversation a été précipitée. Il prenait l'avion pour Caracas, il était en retard…

Elle se massa le front, feignant un début de migraine.

— Je n'avais pas compris tout de suite que c'était lui… Il y avait si longtemps que je ne lui avais pas parlé…

— Tu ne penses pas réellement que je vais avaler ces salades, chérie ? Je sais fichtre bien que tu te souviens de chacun des mots que Jason a prononcés, à la syllabe près. Sinon, tu n'occuperais pas le poste qui est le tien.

— Et pourtant, il va falloir me croire, Cal, parce que je ne peux rien te dire d'autre.

Elle se laissa retomber sur le lit, plus pour s'éloigner de lui que par défiance.

— Tu es déjà venue ici ?

— Non.

— Vous n'avez jamais envisagé d'y venir, avec Jason ?

— Jamais, répondit-elle en se redressant, calée sur les coudes.

— Pas d'oncle ou de tante qui vivrait par ici et à qui il aurait voulu te présenter ?

— Nous n'avions pas ce genre de relation, Cal. J'ai pensé à appeler ses parents, mais ils en savent encore moins que moi sur leur fils. Et notre mariage n'a duré que très peu de temps.

— Un temps qu'il a passé en majeure partie sur le terrain, à l'étranger. Ce qui t'a conduit à demander le divorce…

— C'est lui qui l'a demandé, répondit Julia, soudain lasse de se cacher la vérité. Après quoi, il est entré à la D.E.A.

— Tu ne dramatises pas un peu ? A t'entendre, on prendrait la D.E.A. pour la Légion étrangère française.

— Je pense que c'était ça, pour lui. La D.E.A., Labyrinth, le MI6… Est-ce qu'ils ne se ressemblent pas tous, au fond ?

Cal entendit l'accusation à peine voilée dans ses paroles.

— Mais, toi et moi étions amants, pas mari et femme. Grosse différence.

— La seule différence, c'est que je n'ai rien donné à Jason pendant la courte période qu'a duré notre mariage. Il m'a fallu longtemps pour m'en rendre compte. Quand tu es entré dans ma vie, j'ai cru que mes yeux s'étaient dessillés, que j'avais enfin tout compris de l'amour.

La honte et l'embarras serraient sa gorge. Mais, tant pis, elle devait aller jusqu'au bout, se libérer de ce poids.

— Je me suis trompée.

— *Nous* nous sommes trompés. Ça n'aurait pas pu marcher.

— On est au moins d'accord sur ce point.

N'ayant plus rien à dire, il se détourna.

— Prends le lit, je dormirai sur le canapé.

— Et demain ?

— Nous irons sauver Jason.

7

Esteban Alvarez, debout au sommet du grand escalier, observait la scène qui se déployait sous ses yeux. Au centre, le long bassin rectangulaire. L'eau, illuminée des spots encastrés dans le fond et sur les côtés, se reflétait dans le grand panneau de verre qui semblait en suspension devant l'horizon, et le bleu de la piscine se confondait avec l'océan. En regardant plus attentivement, on se rendait compte que l'eau se déversait en une large cascade silencieuse dans un second bassin, plus petit, en contrebas.

Des statues tikis se dressaient, majestueuses, tout autour de la pelouse, et des guirlandes de lampions blancs accrochées aux arbres baignaient les jardins d'une lumière tamisée. Dans un coin, un orchestre jouait une douce musique d'ambiance. Du Chopin, nota Esteban. Le chef d'orchestre accélérerait la cadence une fois qu'Esteban aurait accueilli ses invités et déclaré les festivités ouvertes.

— Bonjour, Esteban.

— Ah, Tessa ! Je suis content que tu te sois jointe à moi, ce soir.

— C'est mon rôle, chéri, répondit Tessa avec un petit sourire.

A trente ans tout juste passés, Tessa Reynar avait des traits patriciens, sans défaut. Les yeux bleus, les cheveux blond pâle, dotée de courbes qu'Aphrodite elle-même eût enviées, elle attisait le désir chez tous les hommes qu'elle croisait.

Un fourreau de satin saphir épousait ses formes parfaites, couvrant l'épaule et le bras droits et laissant l'autre côté totalement nu. Elle portait deux flûtes de champagne.

— A ta santé, très cher, dit-elle en lui en tendant une.

Elle avait commencé à travailler pour lui après la tentative d'assassinat dont il avait été victime quatre ans plus tôt. Initialement administratrice de l'hôpital dans lequel il avait été admis, elle avait réussi à le rencontrer juste avant sa sortie.

Esteban n'avait d'abord songé qu'à coucher avec elle, mais, très vite, impressionné par sa personnalité, il s'était intéressé au marché qu'elle lui proposait, qui stipulait clairement des relations purement professionnelles. Elle était donc devenue sa directrice commerciale. En échange, elle lui promettait de doubler ses revenus en un an et de faire de lui un homme d'affaires respecté en cinq ans, s'il souhaitait sortir de l'illégalité.

Ses revenus avaient triplé. Et si Tessa alliait beauté et intelligence, Esteban lui-même était loin d'être stupide ; il avait donc opté pour ne pas mélanger plaisir et affaires. Le plaisir physique pouvait s'obtenir aisément tandis qu'une brillante stratège et gestionnaire valait son pesant d'or.

— Cal West est de retour à Caracas. Avec l'ex-femme de Jason Marsh.

Il avait parlé sur le ton de la conversation, mais son regard s'était aiguisé, guettant la réaction de sa compagne.

— Vraiment ? fit Tessa en trempant les lèvres dans le champagne. Quand sont-ils arrivés ?

— Hier.

— Ce n'est pas très malin de la part de M. West. Est-ce que Cristo est au courant ?

— Oui, dit Esteban en saluant de la main un couple qui passait. Ses hommes ont essayé de l'épingler aujourd'hui, sans succès.

— Et elle ? Elle est vivante ?

Esteban eut un petit rire.

— Pourquoi ? Je suis censé m'en inquiéter ?

— Oui, répliqua Tessa. Parce que tout ce qui concerne Cristo t'intéresse. D'autant plus qu'il détient un agent important de la D.E.A. et que, si jamais le président Mercer venait à prendre la mouche, cela pourrait avoir des répercussions sur nos projets.

— Chérie, répartit Esteban, patelin, je me demande si tu ne me connais pas trop bien.

— Il y a autre chose que je sais de toi, continua-t-elle d'un ton uni. C'est que, à l'inverse de ton *ami*, Cristo, tu es resté quelqu'un de civilisé.

— Et vois un peu où ça m'a mené, dit Esteban en montrant la cicatrice qui lui barrait la gorge.

— A diriger un empire, répondit fermement Tessa. Reconnais-le, Esteban : depuis que tu as reçu cette balle dans la gorge, tout ce que tu touches se transforme en or.

— Peut-être. Mais il n'y a pas que l'argent dans la vie.

— Dit-il alors qu'il roule sur l'or !

Il se mit à rire et lui offrit le bras.

— Assez parlé affaires. Mes invités m'attendent.

Elle glissa son bras sous le sien et ils s'engagèrent côte à côte, souriants, dans l'escalier.

Immédiatement, tous les regards convergèrent vers eux. Comme ils s'arrêtaient sur la dernière marche, des applaudissements nourris éclatèrent. Esteban attendit que le silence se fasse.

— Mesdames et messieurs, je tiens tout d'abord à vous remercier de votre présence.

Plusieurs Américains — des politiciens et d'autres personnalités moins en vue, mais tout aussi influentes — se trouvaient parmi l'assistance, en majorité sud-américaine.

Esteban leva son verre.

— Je vous propose de porter un toast aux nouveaux départs.

A la lisière du bosquet de palmiers, le regard de Tessa fut attiré par le reflet de la lumière sur un verre et la moue satisfaite d'une très séduisante bouche masculine. Puis un couple se détacha de l'ombre.

— Tiens, tiens, dit-elle en levant sa flûte dans la direction des nouveaux venus. Une fois de plus, tu n'auras pas beaucoup d'efforts à accomplir pour obtenir ce que tu veux. Regarde qui vient par là, chéri.

Esteban suivit le regard de Tessa et se raidit à la vue de Calvin West, bras dessus bras dessous avec Julia Cutting.

— L'arrogante canaille. Ne sait-il pas que la moitié des personnes présentes ici vont le reconnaître ?

— Il les reconnaît également, je pense. Peut-être a-t-il décidé de passer de l'autre côté.

Esteban étudia la femme qui l'accompagnait. Il l'avait déjà vue, dans l'entourage de Jon Mercer, lors de conférences de presse, mais jamais les cheveux lâchés et le corps moulé dans une robe de soie grenat s'arrêtant à mi-cuisse, et maintenue seulement par deux fines bretelles.

— Calvin West ? Peut-être, après tout. Nous le saurons bientôt. Ainsi que deux ou trois autres choses.

— Comme par exemple ?

— Eh bien, j'aimerais bien savoir comment il s'y est pris pour ne pas être intercepté par la sécurité.

*
* *

— C'est un plaisir de vous voir ici. Un plaisir doublé d'une surprise.

Esteban Alvarez se renfonça sur le canapé et croisa les jambes. Sa voix était enrouée, rocailleuse.

L'un des gardes palpa Cal de haut en bas. Mais, lorsqu'il s'approcha de Julia, Cal lui barra le passage.

— Epargne cette formalité à Mlle Cutting, Stefan, dit calmement Esteban. Je ne pense pas que tu aies quoi que ce soit à redouter d'elle.

Soulagée, Julia s'avança dans le salon, Cal la tenant par le coude.

— Veuillez vous asseoir, je vous en prie.

Il les invita du menton à prendre place sur la causeuse qui lui faisait face.

— Inutile, je suppose, de vous passer les menottes par mesure de précaution ?

— Bonjour, lança Tessa à la ronde en apparaissant sur le seuil de la pièce, le sourire aux lèvres, pour venir se percher sur l'accoudoir d'un fauteuil. Quelqu'un veut-il quelque chose à boire ?

— Bien entendu, fit Esteban. Ce sera la même chose que d'habitude pour moi, chérie. Monsieur West, mademoiselle Cutting, puis-je vous présenter ma… directrice commerciale, Tessa Reynar ?

— Bonjour, dit Julia en tendant la main.

Souriant toujours, Tessa se leva pour la serrer.

— Bonjour… Enchantée.

Julia sentit que c'était sincère et elle lui retourna son sourire.

— Alors, que puis-je vous offrir ? demanda Tessa en se dirigeant vers le bar, dans le coin de la bibliothèque.

— Ne prenez pas cette peine, nous ne resterons pas

longtemps, répondit Cal. Vous avez quelque chose qu'il me faut, Alvarez. Quelque chose d'assez important pour que je sois prêt à pactiser avec le diable.

— Votre serviteur étant le diable en question, j'imagine, commenta Esteban, sarcastique.

Tessa rit en revenant donner une bière brune à Esteban.

— Tu n'es pas de cet avis, Esteban ?

Il puisa un cigare dans la boîte d'acajou que Tessa lui tendait.

— Merci, ma chère.

— En désirez-vous un, monsieur West ? s'enquit poliment Tessa.

— Non, merci.

— Etant donné que vous avez travaillé comme diplomate voilà quelques années pour le gouvernement britannique, West, j'aurais pensé que vous vous y prendriez un peu mieux pour conduire des négociations. Me dire d'emblée que ce que vous désirez obtenir est « assez important » pourrait vous mettre en position d'infériorité, souligna Esteban en coupant l'extrémité de son cigare. N'est-ce pas, Tessa ?

— Oh ! je pense que M. West sait ce qu'il fait. Crois-tu que beaucoup de gens auraient pu se présenter à ta réception sans invitation et se retrouver assis, moins d'une demi-heure plus tard, en ta compagnie ?

— Touché, ma chère, admit l'intéressé en allumant son cigare et en tirant quelques courtes bouffées avant de se renfoncer confortablement dans son fauteuil. Mais j'avoue que la curiosité l'a emporté. A ma place, Cristo vous aurait déjà torturés, West. Mais il faut dire que c'est un barbare.

— Et si je vous disais que j'ai une offre en or à vous faire ?

Esteban contempla songeusement le bout de son cigare.

— Je vous écoute.

— J'ai les moyens de faire du président Mercer votre allié.

— Vous êtes sérieux ? s'exclama Tessa.

— Très.

Esteban rit.

— Ce n'est pas par philanthropie, je présume, monsieur West. Que voulez-vous en échange ?

— Que vous preniez Julia sous votre protection pendant les quelques jours qui viennent. Disons une semaine.

— Quoi ? se récria Julia en bondissant sur ses pieds.

Esteban rit de nouveau.

— Il faudrait que mademoiselle Cutting ici présente soit d'accord. Vous vous rendez compte que vous voulez placer la secrétaire personnelle du président des Etats-Unis sous la garde d'un narcotrafiquant — même si ce terme me déplaît souverainement ?

— C'est exactement ça.

— Non, dit Julia d'une voix coupante mais en réussissant à ne pas hausser le ton. Je t'ai dit que je viendrais avec toi…

— Et moi, je t'ai dit qu'il n'en était pas question, rétorqua Cal d'un ton sans appel. Delgado a dévoilé son jeu. Il ne tuera pas Jason avant d'avoir obtenu de lui ce qu'il veut.

Cal plongea son regard dans celui d'Alvarez.

— Alors ?

— Vous savez qu'Esteban cherche à… redorer son blason, n'est-ce pas ? intervint Tessa.

Elle se tourna vers Esteban.

— Quelle meilleure occasion de gagner en crédibilité que de veiller à protéger Mlle Cutting de Cristo ? Le président Mercer t'en serait reconnaissant.

— C'est une perspective intéressante… Mais, avant d'y réfléchir, j'ai quelques questions.

— Je m'en doutais.

— Pourquoi voulez-vous Jason Marsh ? Il est d'ores et déjà compromis.

— Affaire personnelle.

— Que je vous demanderai d'expliciter, monsieur West, si vous me pardonnez mon insistance.

Cal serra les mâchoires. Un ange passa. Puis il hocha la tête.

— Il y a dix ans, Jason était à Delgado ce que Jorgie est aujourd'hui — son chef de la sécurité. Et puis il y a eu cette tentative d'assassinat à laquelle Cristo a échappé de justesse.

— Je m'en souviens. On lui a tiré dessus deux jours après que j'ai reçu ceci, dit Esteban en pointant sa gorge de l'index.

— Oui. Certains ont même prétendu que c'était vous qui étiez derrière tout ça. Que vous aviez voulu vous venger.

— Ils se trompent. C'était une vendetta de la part d'un cartel de seconde zone. Son chef a voulu frapper Delgado au moment de la dissolution de la Trifecta. Si ç'avait été moi, Cristo serait mort, observa Esteban sans s'émouvoir. Mais je n'avais pas de raison de m'en prendre à lui. Il n'existait pas de preuve que c'était lui qui avait essayé de me tuer.

— Delgado est resté trois jours hospitalisés à la suite de ses blessures. J'ai été envoyé pour l'achever pendant qu'il était en position de faiblesse, alité dans sa chambre.

— Juste Delgado ? demanda Esteban en plissant les yeux.

— Non. Je devais vous tuer, vous aussi, admit Cal sans détour. Mais ma couverture est tombée avant même que je monte à bord de l'avion. Nous avions une taupe dans le service.

— Et que vient faire Jason dans ce scénario ?

— Il m'a sauvé la vie.

— Et donc, vous lui êtes redevable. Ça paraît simple, constata Tessa.

Elle jeta un coup d'œil à Julia.

— Mais je ne sais pas si ça l'est tant que ça.

— Peu importe, ma chère. Je crois que M. West est sincère.

Esteban se débarrassa de son cigare.

— La veille du jour où Jason Marsh a disparu, il m'a appelé. Et, tout comme vous, il m'a proposé un marché. Un prototype de haute technologie.

L'intonation d'Alvarez n'avait pas changé, mais son regard s'était fait plus acéré.

— Continuez, dit Cal, impassible.

— Je crois que votre gouvernement l'appelle le BATARD. Marsh était prêt à me le donner en échange du cadavre de Delgado. J'ai refusé, bien entendu.

— Parce que Delgado est un ami.

Esteban émit un bref rire guttural. On aurait dit que les parois de son larynx étaient faites en papier de verre.

— Non. Nous ne sommes pas amis, mais nos territoires sont mitoyens, ce qui… complique quelque peu la situation.

La main de Tessa se posa sur son épaule. Machinalement, Esteban la tapota.

— Non, si je n'ai pas donné suite à la proposition de Marsh, c'est que je ne pouvais pas garder ce maudit appareil si je voulais me réhabiliter aux yeux de Jonathon Mercer.

— Vous auriez pu accepter et le rendre à Mercer.

— Il n'aurait jamais cru que je ne l'avais pas d'abord

examiné. Il aurait intensifié ses efforts pour me faire tomber.

Il remua sur son fauteuil.

— Ce que je me demande, c'est pourquoi Marsh était prêt à voler son propre gouvernement en échange de la mort de Cristo.

— Je n'en sais rien, répondit Cal avec sincérité. Et, étant donné que je n'ai pas le BATARD, vous devrez vous contenter du mot que je glisserai en votre faveur au président Mercer à propos de votre coopération.

— Il faut que je réfléchisse, West. Aux enjeux, aux conséquences… Mais il est vrai que ça paraît intéressant.

— Vous feriez d'une pierre deux coups : assouvir votre désir de revanche et vous offrir un raccourci vers la légalité. Tout ça pour une simple petite protection, martela Cal. Trop de gens sont à la solde de Cristo au sein du gouvernement. Il n'y a que vous qui soyez assez puissant pour protéger Julia.

Esteban échangea un regard avec Tessa.

— Qu'en penses-tu, très chère ?

— Soit M. West un excellent négociateur, soit il est amoureux, répliqua Tessa en étudiant Cal d'un air songeur. A moins que ce ne soit les deux.

8

— Je me moque qu'Alvarez soit d'accord. Je n'irai pas.

La fatigue de Julia se métamorphosait en énergie nerveuse. Une énergie qui alimentait sa colère.

— Pourquoi ne m'as-tu pas parlé de ton plan *avant* ? Rien ne justifie cette manière que tu as de me tenir systématiquement dans l'ignorance.

— Il n'y a rien à justifier, Julia. Je m'efforce de mener à bien cette opération. Renalto et moi devrons agir très rapidement. Tu nous ralentirais. Il faut absolument libérer Jason avant que Delgado se rende compte que tu n'as pas le BATARD, comme il le pense. Alors, tu vas rester avec Alvarez et éviter de me mettre des bâtons dans les roues.

Elle l'observa un instant, plissant les yeux.

— C'était vrai, n'est-ce pas, quand tu as dit à Esteban que tu avait une dette envers Jason parce qu'il t'avait sauvé la vie ?

— J'ai des dettes envers beaucoup de gens, Julia. Pas seulement Jason.

— Mais, dans son cas, c'est différent. Cela va au-delà d'un renvoi d'ascenseur politique ou professionnel. Il m'a expressément recommandé de m'adresser à toi pour que tu me protèges.

— Ce qui nous ramène à ta relation avec ton ex-mari.

Elle feignit de ne pas avoir entendu.

— Il a confiance en toi, Cal. Pourquoi ?

— Pas assez pour me dire dans quel guêpier il s'était fourré, apparemment, commenta Cal en se passant la main sur le visage.

Pour la première fois, elle nota ses traits tirés.

— Nous n'étions pas amis, continua Cal. On ne peut pas l'être quand on a… une liaison avec la même femme.

— Je t'ai déjà expliqué que ma relation avec Jason ne se définissait pas en ces termes-là.

— Je sais. Il me l'a dit, lui aussi.

Le regard de Julia s'aiguisa.

— Quand cela ?

— Quelques semaines après notre séparation. Je suis tombé sur lui dans un bar de Washington. Un pub anglais tenu par un ami de mon père. J'avais bu. Il m'a accusé de jouer avec tes sentiments. Puis il s'est mis à me cogner dessus.

Elle se souvint avoir croisé Cal peu de temps après… la lèvre méchamment fendue, un œil tuméfié. « Une mission qui avait mal tourné », lui avait-il dit.

— Tu t'es défendu ?

— Non. Au risque de te surprendre, les hommes observent une sorte de code d'honneur, dans ces cas-là, figure-toi.

— Un code qui oblige à se laisser frapper par un ex-mari ?

— Il n'avait pas tort, de toute façon. Je reconnais que m'être servi de toi pour accéder à ton ordinateur, c'était… aller trop loin.

Julia le contempla, étonnée. Jamais il n'avait formulé un aveu aussi humain.

— Cain aurait pu envoyer n'importe quel agent. Comment se fait-il qu'il t'ait choisi, toi, pour cette opération ?

Si elle n'allait pas avec lui, elle allait devoir lui dire qui était Argus. Et rompre la promesse faite à Jason.

— Jason s'est volatilisé dans la nature quelques mois après cette empoignade, dans le bar. C'est après coup que Cain s'est rendu compte que cela coïncidait avec la disparition du prototype du BATARD. Comme Jason avait participé à l'élaboration du dispositif, il est devenu le premier suspect.

— Jason n'est pas un traître, protesta calmement Julia, jugeant l'idée absurde. Jamais il n'aurait remis cet appareil à un narcotrafiquant. Et ça ne m'explique toujours pas pourquoi Cain t'a envoyé, toi. Il savait que Jason t'avait sauvé la vie, c'est ça ?

— Ce n'est pas ce qui a motivé sa décision. Nous savions tous deux que Jason me tuerait sans hésiter s'il pensait que j'étais venu l'empêcher de conclure le marché. Non, Cain songeait au lien plus personnel qui existait entre Jason et moi.

— Un lien personnel ? dit-elle, relevant subitement la tête. Moi ?

— Tu avais dit que tu m'aimais. Cain savait que Jason était au courant.

— Mais… Il n'y avait que toi qui…

Elle s'interrompit et ferma les yeux, submergée par l'humiliation. Elle lui avait dit qu'elle l'aimait la nuit même où il lui avait volé les informations.

— J'ai mis Cain dans la confidence, reconnut Cal. Il avait insisté sur une totale transparence quand j'ai commencé à travailler pour Labyrinth.

— Et Cain table sur le fait que Jason ne tentera rien contre toi parce que je t'aimais ?

Cal ne releva pas l'usage de l'imparfait.

— C'était pour ça que Jason était venu me voir dans

ce bar. Il avait entendu parler de notre liaison par…
certains canaux.

— Mais encore ?

— Cain ou Mercer, j'imagine.

— Seigneur ! Vous êtes tous pareils. Il n'y en a pas
un pour rattraper l'autre.

Elle passa une main lasse dans ses cheveux.

— Dire que, l'espace d'un moment, j'avais cru que
tu avais changé. Que je pouvais te faire confiance.

Les traits de Cal se durcirent.

— Rien n'a changé, ne l'oublie jamais. Je suis celui
qui a couché avec toi pour avoir accès aux informations
sécurisées de ton ordinateur. Informations que j'ai ensuite
livrées à un autre pays en échange de renseignements
sur un réseau terroriste basé à Londres.

Elle se figea, terrassée par la honte, mortifiée.

— Tu l'as découvert, tu as prévenu ton patron. Mon
gouvernement a consenti à un échange de technologies
de niveau équivalent et j'en ai été quitte pour une tape
sur les doigts. Et, tu vois, un an plus tard, je travaille
pour le compte du gouvernement que j'ai volé… C'est
ainsi que ça fonctionne. Tu n'étais qu'un instrument,
Julia, c'est tout.

Il l'entendit prendre une brève inspiration et il comprit
qu'il l'avait touchée au vif. Mais il avait dépassé le stade
des remords, rongé qu'il était par ses propres contra-
dictions. Car si Cain avait exigé qu'il ne lui cache rien,
c'était parce qu'il savait que Julia était le point faible
de Cal. Son talon d'Achille.

— Jason tient toujours à toi, c'est un fait. Cette
bagarre, dans le bar, en a été la confirmation.

— Ça n'explique toujours pas tout.

Cal lui tourna le dos et se dirigea vers la cuisine.

— Laisse tomber.

— Sûrement pas, répondit-elle en lui emboîtant le pas. Je n'ai pas cessé de me demander pourquoi Jason insistait tant pour que je me tourne vers toi. Tu m'avais déjà trahie une fois. Pourquoi pensait-il que tu étais le seul à pouvoir me protéger ?

— Fais-moi penser à lui poser la question quand je l'aurai retrouvé.

— Tu le sais très bien, mais tu ne veux pas me le dire.

L'amour. L'amour, bon sang ! A un moment donné, entre son retour de la jungle et l'altercation avec Jason, il était tombé amoureux de Julia. Il souffrait, dans ce bar, quand Jason l'avait pris à partie. Et celui-ci s'en était tout de suite rendu compte.

Ecartelé entre l'honnêteté et le désir, il la regarda.

Puis il s'avança jusqu'à ce qu'ils soient face à face, poitrine contre poitrine, Julia le dos plaqué au réfrigérateur. Il lut la confusion sur ses traits, puis — que Dieu lui vienne en aide — le désir embrasa l'ambre de ses yeux.

Il emprisonna ses deux mains au-dessus de sa tête dans l'une des siennes. Sa main libre s'enroula autour du cou de Julia et il pressa ses hanches contre les siennes. Sa bouche s'empara fiévreusement de ses lèvres. Mû par l'espoir qu'elle allait se débattre, il relâcha ses mains.

— Arrête-moi, Julia. Parce que, sinon, ce n'est pas seulement ton corps, mais aussi ton orgueil, ton amour... ton âme tout entière que je prendrai, cette fois.

« En te donnant la mienne », promit-il en silence.

— Et, ensuite, je m'en irai. Sans un regard en arrière.

Mais, agrippée à ses épaules, elle l'attirait, le serrant plus étroitement, cherchant à se fondre en lui.

Avec un grommellement rauque, il mordilla sa lèvre inférieure jusqu'à ce qu'elle entrouvre la bouche.

Subitement, sa douceur le submergea, transformant son désir en un brasier ardent. Les souvenirs affluèrent. Des images d'eux, nus, membres emmêlés. Sa peau soyeuse et chaude sous ses caresses, vibrant sous ses lèvres.

Le désir l'assaillit, violent, irrésistible, lui faisant perdre pied. Sa bouche se fit vorace, et il l'emprisonna dans le cercle de ses bras, luttant désespérément pour reprendre le contrôle.

Les mains délicates de Julia se promenaient sur lui, fébriles, tandis qu'il la ravageait de baisers.

Puis, tout à coup, il sentit le goût salé des larmes.

Il recula, le cœur battant, respirant par à-coups. Son visage était baigné de pleurs.

S'il lui avait volé des renseignements, c'était pour la détourner de lui, afin qu'on ne puisse pas l'utiliser pour se venger de lui. Tout ce qu'il avait fait, il l'avait fait pour elle. Pour la garder en vie.

Ce qui se passait là, c'était pour lui qu'il l'avait fait. Par égoïsme. Pour échapper à ses démons.

Il passa le pouce sur sa bouche. Elle l'embrassa doucement au passage.

Elle avait les lèvres gonflées par leurs baisers, le regard grave et… *oh ! Seigneur, non !* rempli d'espoir et de confiance.

Il dut puiser en lui la force de prononcer les mots qui briseraient cette confiance.

— Tu n'as donc pas retenu la leçon, Julia ? Tu n'as décidément aucun amour-propre.

Le camouflet produisit son effet. Elle s'écarta brusquement. Le sang se retira de son visage.

— Salaud, dit-elle après l'avoir regardé fixement un long moment. Sois rassuré, tu as ce que tu voulais : je vais rester avec Esteban. Tout vaut mieux plutôt que respirer le même air que toi.

Sa force de caractère, sa détermination forcèrent son admiration.

Il avait oublié à qui il avait affaire.

La fierté qu'elle lui inspirait le disputa au dégoût de lui-même. Ce dernier l'emporta dans son cœur. Pour un peu, il se serait jeté à genoux pour implorer son pardon.

— Nous avons perdu assez de temps, dit-il, les dents serrées. Je te donne cinq minutes pour te préparer. Nous devons retrouver Renalto.

— Je n'ai pas besoin de tes cinq minutes.

« Et, lorsque tout ceci sera terminé, je n'aurai plus besoin de toi », se jura-t-elle, le cœur en lambeaux.

9

Le hangar datait d'avant la Première Guerre mondiale. Quoique rouillé et fissuré de toutes parts, il remplissait parfaitement son office : il était encore assez solide pour pouvoir abriter un avion, le cas échéant, et son isolement favorisait la discrétion.

Renalto considéra l'appareil, au centre du bâtiment. Un Piper Comanche à quatre places en aussi piteux état que le hangar.

Mentalement, il transposa le hangar dans le décor en noir et blanc d'une vieille série télévisée.

Pour la millionième fois, il regretta d'avoir opté pour le droit plutôt que pour la vie d'artiste.

Après tout, n'avait-il pas fait cent fois la preuve qu'il était un bon acteur ? Et il avait l'allure d'un aristocrate avec sa longue silhouette déliée et ses traits ciselés. Quant à ses yeux de lynx, ils lui attiraient les faveurs de bien des *señoritas*…

Il fallait du talent pour marcher sur la mince ligne de crête qui sépare le légal de l'illicite, pour manipuler les protagonistes des petits drames de la vie.

Leopold avait été l'un de ceux-là, souffla une petite voix dans sa tête.

Renalto jura. Leopold avait aussi agi par cupidité. Le vieil homme n'ignorait pas le danger, il avait accepté l'argent en connaissance de cause.

Mais il était mort et laissait derrière lui une famille de cinq personnes sans un sou vaillant.

Mal à l'aise, Renalto chassa cette pensée. Et, avec elle, le soupçon de culpabilité qui lui serrait la gorge.

— C'est ça, notre moyen de transport ?

Il se retourna, pas mécontent d'être interrompu dans le cours de ses réflexions.

— C'est ce que j'ai de mieux à te proposer, *amigo*. Si tu veux un appareil plus rapide, il y a toujours ton Learjet.

— Tu as un jet ? s'étonna Julia en se tournant vers Cal.

— Un petit, oui, dit-il en jetant un regard torve à Renalto. Mais peu importe.

— Pardon, mais je ne suis pas d'accord, objecta-t-elle.

— J'ai fait de bons placements au fil des années, éluda-t-il en s'approchant vivement du coucou. Et j'aime les avions. Mais celui-ci est un peu trop... daté à mon goût. J'ai peur qu'il tombe comme une pierre au premier vent contraire.

— Non, non, il a du répondant, assura Renalto avec un sourire enjôleur à l'adresse de Julia.

Elle lui rendit son sourire et désigna un lit, tout au fond du bâtiment.

— Vous dormez là, Renalto ?

— Eh oui, puisque je n'ai plus de maison.

— A qui appartient cet avion, Ren ? s'enquit Cal d'un ton qui donnait à penser qu'il connaissait la réponse.

Ren lui décocha un large sourire et lui tapa sur l'épaule.

— A moi. C'est toujours pratique d'avoir un moyen de transport de secours, non ? Surtout quand on se retrouve avec un véhicule pratiquement rendu à l'état d'épave, ajouta-t-il en lançant un regard consterné au taxi garé devant l'entrée.

— Je t'en achèterai un autre.

De toute évidence, Cal considérait que ce n'était plus la peine de faire mystère de la bonne santé de son compte bancaire, maintenant que Renalto avait vendu la mèche, songea Julia.

— Jason savait-il que vous aviez un avion ? demanda-t-elle.

— Non, répliqua Renalto avec une dureté qui la surprit. Et d'ailleurs, vous ne le sauriez pas non plus si je n'avais pas désormais un compte à régler avec Delgado.

Calvin cala son épaule contre le chambranle de la porte. La moiteur de la jungle poissait déjà ses vêtements.

La lueur de l'aube filtrait dans l'interstice entre les rideaux. Dans la chaleur de la nuit, Julia avait repoussé le drap qui gisait, chiffonné, à ses pieds. Elle était couchée à plat ventre, la tête à demi enfoncée sous l'oreiller. Cela, au moins, songea Cal amusé, n'avait pas changé.

Combien de fois l'avait-il réveillée en promenant sa main sur son dos, descendant plus bas, toujours plus bas ?

Son grand T-shirt était remonté pendant la nuit, exposant ses fesses dans la glorieuse lumière du matin.

Une onde de désir le parcourut, si forte qu'elle l'obligea à abandonner son poste d'observation. A se remémorer la raison pour laquelle il l'avait quittée.

Julia n'était qu'une victime collatérale d'une guerre sans merci.

La guerre, Calvin la connaissait bien. Il avait passé plusieurs mois dans le désert, au Moyen-Orient, et en était revenu avec quelques médailles épinglées sur les cicatrices qu'elle lui avait valu. En remerciement, on l'avait expédié au fin fond de la jungle sud-américaine, avec pour mission d'y neutraliser les hommes sans foi ni loi qui travaillaient pour Cristo Delgado, Esteban Alvarez et leurs semblables.

De les *tuer*, corrigea-t-il. Des années durant.

A partir de là, que ces hommes soient capables d'assassiner des enfants innocents, des familles entières, femmes enceintes y compris, n'avait plus revêtu de réelle importance à ses yeux. Il s'était abîmé dans sa propre immoralité. Jusqu'à Julia.

Mû par l'attirance irrésistible qui le poussait vers elle, il s'était mis à sortir avec elle sans se poser de questions. Sans imaginer qu'il allait tomber amoureux.

Et faire d'elle une cible toute trouvée pour la vengeance de Delgado.

Alors, n'ayant pas d'autre choix, il était parti.

Et, lorsqu'elle l'avait suivi, il lui avait fait du mal. Il l'avait blessée sciemment, délibérément.

Etre blessée dans son amour-propre valait mieux qu'être morte, s'était-il dit sur le moment, en accord avec Jon Mercer.

Julia se retourna et ouvrit les yeux.

L'espace d'un instant, pas encore bien réveillée, désorientée, elle lui adressa un sourire langoureux. Un poids comprima la poitrine de Cal. Puis, lentement, la réalité s'imposa à elle, assombrissant l'ambre de son regard, raidissant ses traits.

— Quelle heure est-il ? demanda-t-elle d'une voix atone.

— 8 heures. Je vais préparer des œufs et du café. Tu as le temps de passer sous la douche, si tu veux.

— Très bien.

Elle s'étira paresseusement, puis se figea en voyant le regard de Cal s'appesantir sur elle. Elle ramena les bras le long de son corps.

— Quand devons-nous rencontrer Alvarez ?

— Dans deux heures. Ensuite, je retrouverai Renalto au hangar et nous pourrons décoller.

— Tu as l'air sûr qu'Alvarez va accepter…

— Oui. J'ai déjà mené ce genre de négociations plus d'une fois.

— Quand tu travaillais pour le MI6 ?

— Entre autres choses.

— Lesquelles ?

— Des choses pas vraiment reluisantes. Avec des gens qui ne l'étaient pas davantage, déclara-t-il sombrement.

Lentement, elle pivota sur son séant et se leva.

— J'accepte de rester en retrait pour cette partie du voyage. A condition que tu me promettes de revenir — en vie.

Elle avait parlé d'un ton léger, mais son sourire ne masquait pas tout à fait l'inquiétude qui hantait son regard.

— Tu sais comme moi que je ne peux rien te promettre. Ne me force pas à te mentir… Pas cette fois.

Il réprima l'envie de la prendre dans ses bras, de la serrer très fort contre lui. De lui promettre la lune si elle le lui demandait.

— Va prendre ta douche. Je m'occupe du petit déjeuner.

Julia descendit du Hummer de location les jambes flageolantes. Le véhicule avait cahoté sur la piste creusée de nids-de-poule et de fondrières pendant ce qui lui avait semblé être des heures.

L'humidité s'était encore accrue avec la chaleur écrasante du soleil de midi. Elle lui collait à la peau comme une couverture de laine mouillée.

Julia était partagée entre logique et loyauté. La vie du fils de Jason était en jeu, certes, mais Julia avait promis à son ex-mari de ne pas révéler la vérité à Cal.

Jason prétendait trop bien connaître Cal pour lui faire confiance sur ce sujet.

Or Julia ne pouvait s'empêcher de penser qu'il avait tort, que Calvin trouverait le moyen de sauver son fils s'il était au courant de son existence.

Esteban émergea d'un petit bâtiment et s'avança vers eux. Prenant les deux mains de Julia dans les siennes, il annonça :

— Mademoiselle Cutting, j'ai décidé d'accepter l'offre de Calvin.

— C'est ce qu'il semblerait, répondit-elle en essayant de se dégager. Cela dit, compte tenu des circonstances, appelez-moi « Julia », ce sera plus simple.

Il inclina la tête, l'air amusé, mais ne la libéra pas.

— Je trouve aussi, intervint Tessa en s'avançant la main tendue, ce qui obligea Esteban à la relâcher enfin. Bonjour, Julia.

— Tessa.

Avec son haut flou en voile blanc et sa jupe vert pâle, la jeune femme paraissait sur le point de partir flâner le long de la Cinquième Avenue, à New York.

Julia, quant à elle, portait un pantalon léger de toile beige, un simple débardeur blanc sous une chemise kaki et, pour compléter le tout, un bandana beige autour du cou.

Pas à la pointe de la mode, mais Cal s'était montré intraitable : « Si l'hélicoptère est abattu, tu seras bien contente d'avoir des vêtements appropriés », avait-il argué.

— Je suis ravie d'avoir une compagnie féminine, ajouta gaiement Tessa.

— Merci, répondit Julia en souriant, songeant qu'elles auraient pu être amies dans un autre contexte.

— Vous avez des bagages ?

Cal tendit à Esteban le sac de voyage qu'il avait à la main.

— L'hélicoptère sera bientôt prêt, dit le trafiquant en désignant d'un geste le Black Hawk flambant neuf qui attendait sur la piste.

— Bel oiseau… superbement customisé, observa Cal en découvrant l'habillage intérieur en cuir. Pas facile à se procurer. Les gouvernements ne sont pas très partageurs, généralement, s'agissant de ce type d'engin.

— J'ai des amis qui en possèdent quelques-uns. Des amis par ailleurs affligés de toutes sortes de vices. C'est un échange de bons procédés… Il va nous emmener jusqu'à ma retraite privée, à environ une heure de vol d'ici.

Le groupe s'avança sur le tarmac.

— Au risque de vous ennuyer, Cal, je dois vous dire que nous allons survoler la villa de Cristo, reprit Esteban en tirant de sa poche une longue cigarette fine.

— Le fait du hasard ?

— Bien sûr que non, dit le narcotrafiquant en cherchant du feu dans la poche poitrine de son costume bleu marine à rayures. C'était pratique à l'époque où nos affaires étaient plus… étroitement liées.

— Il vous arrive encore parfois de traiter avec Delgado ?

— Non.

— A quand remonte votre dernière visite à sa villa ?

— A deux semaines. Je suis allé y dîner.

Une lueur brilla dans le regard d'Alvarez et, comme il souriait, ses traits se détendirent. Il tira une nouvelle bouffée sur sa cigarette avant de la jeter d'une pichenette sur le ciment.

— Mieux vaut préserver les apparences, vous ne croyez pas, monsieur West ?

— Et garder ses ennemis près de soi, ajouta Cal, citant *L'Art de la guerre* de Sun Tzu.

A trois mètres de l'hélicoptère, il s'arrêta et se tourna vers Julia.

— Je serai de retour dans quelques jours.

Comme elle ne disait rien, il franchit l'espace qui les séparait et lui souleva le menton. Leurs regards se croisèrent.

Elle retint son souffle. « Il va revenir », se dit-elle. Avec Jason. Et tous deux sauveraient Argus, ensemble.

Cal promena une dernière fois son regard sur son visage.

— Ne t'inquiète pas, Julia. Je vais ramener Jason.

— C'est pour vous deux que je m'inquiète, Cal.

Tout son être vibrait de l'envie de l'embrasser, mais elle refusait obstinément d'y céder.

Le pilote, un petit homme sec avec un bouc taillé en pointe et des yeux bleus tombants, s'approcha.

— *Señor* Alvarez, nous pouvons décoller.

— Très bien, Malachi.

Esteban s'inclina brièvement devant Julia.

— Après vous.

— Merci.

Elle se détournait lorsque Cal l'attrapa soudain par le bras.

— Bon sang, grommela-t-il.

L'instant suivant, il l'attirait dans ses bras et l'embrassait.

Autour d'elle, tout se brouilla dans les vapeurs suffocantes de l'essence et il n'y eut plus que Cal et la chaleur de sa bouche sur la sienne.

Beaucoup trop vite à son goût, il mit fin à son baiser. Il caressa du pouce son menton et murmura contre son front :

— Fais attention à toi.

Tessa s'éclaircit la gorge.

— Eh bien… Je crois que nous pouvons y aller.

Cal tourna les talons et s'en fut vers le Hummer.

— Soit votre Calvin West est d'une intelligence rare, soit il est extrêmement stupide, dit Esteban. Il prend un sacré risque en vous confiant à moi.

Julia jeta un coup d'œil à Tessa, puis à Esteban.

— Je ne pense pas qu'il prenne un risque inconsidéré. Il a analysé la situation et il s'y adapte.

— Mais ça ne vous plaît pas, dit Tessa. Parce que les deux hommes auxquels vous tenez seront en danger et que vous serez dans l'impossibilité d'entrer en contact avec eux.

Julia ne répondit pas. Ç'avait été le problème depuis le début. La vie avait fait de Jason et elle des étrangers, même s'ils s'étaient toujours connus ; mais il lui était resté très cher.

Chose que Cal ne comprenait pas, elle en était sûre.

— Ne jugez pas trop durement West, Julia, observa Esteban.

Les pales de l'hélicoptère se mirent à tourner, soulevant la poussière et faisant ployer les arbres alentour.

Il la prit par le coude et l'aida à monter dans l'appareil, puis ce fut au tour de Tessa.

Les deux femmes fixèrent un casque sur leur tête.

— Tout ira bien, Julia, dit Tessa lorsqu'elles furent installées. Votre ex-mari et lui sont des agents chevronnés. Ils se seront envolés avant que Cristo se soit rendu compte de ce qui lui arrivait.

Julia hocha la tête, mais son estomac se contracta un peu plus. Et s'ils n'arrivaient pas à repartir ?

— Vous aurez de nouveau votre chance, reprit Tessa, compréhensive. Mais embrassez-le avec plus de conviction la prochaine fois.

— Vous avez raison, répondit Julia, sa décision prise. C'est ce que je vais faire.

Elle déboucla prestement sa ceinture.

— Je reviens dans un instant, Esteban.

Calvin les vit grimper tous les trois dans l'hélicoptère, suivis de deux gardes du corps taillés comme des Hercules. Mais ce fut l'attitude de Malachi qui attira son attention.

Le pilote tirait nerveusement sur une cigarette en attendant qu'Alvarez monte à bord de l'appareil, tout en jetant de temps à autre des regards vers la jungle.

Se faisait-il des idées ? Peut-être était-il trop tendu. Après tout, il n'était guère heureux de devoir se séparer de Julia.

Cependant, il avait pris la bonne décision. L'emmener au cœur de la jungle aurait été de la folie.

Il se glissa derrière le volant du Hummer et mit le moteur en route. Le climatiseur lui souffla une bouffée d'air frais au visage, mais elle ne réussit pas à éteindre l'incendie qu'avait allumé le baiser de Julia.

Il jeta un dernier coup d'œil dans le rétroviseur pour se rassurer et remarqua le pilote, posté sur le flanc droit de l'appareil. Tout à coup, Julia jaillit du côté gauche et se mit à courir droit sur le Hummer.

— Nom d'un chien.

Tandis qu'il se penchait pour ouvrir la portière passager, il vit la cigarette de Malachi lui échapper des doigts.

Un mauvais pressentiment l'assaillit.

Le pilote se baissa mais, au lieu de la ramasser, il lança un coup d'œil furtif à la ronde et actionna un volet sur le flanc de l'hélicoptère.

Cal sortit son pistolet, enclencha la marche arrière et accéléra.

Des détonations éclatèrent alors dans la jungle, non loin, criblant la piste.

Esteban sauta à bas de l'appareil, la mitrailleuse à la main.

— La jungle ! cria-t-il en ouvrant le feu en direction de la forêt.

Julia tourna la tête sans cesser de courir.

Les deux gardes surgirent derrière leur patron, armés eux aussi de mitrailleuses, et arrosèrent à leur tour de balles le dense feuillage de la jungle.

Cal tourna le volant tout en enfonçant à fond la pédale de frein. Le Hummer s'arrêta très exactement entre Julia et les tirs croisés.

— Monte ! cria Cal en ouvrant la portière.

Il regarda autour de lui, le doigt sur la gâchette, et aperçut une forme qui avançait en se tenant à couvert, d'arbre en arbre. Cal visa. L'homme s'écroula.

— Si on reste là, on va être pris en sandwich.

Il se retourna vers le hangar et vit Renalto plonger par une porte de côté pour se mettre à l'abri à l'intérieur. L'instant suivant, un tir de barrage se mit à pleuvoir sur la porte.

Pas de secours à attendre de ce côté-là.

Cal appuya sur l'accélérateur, fonçant vers la jungle.

— Qu'est-ce que tu fais ? s'écria Julia.

— On est encerclés par une petite armée de guérilleros. Mais, apparemment, de quelque bord qu'ils soient, ils n'en veulent pas à notre vie. Sinon, nous serions déjà morts.

De nouveau, une rafale de coups de feu retentit, derrière eux. Les pneus explosèrent.

— Attention ! lança Cal en braquant brusquement.

— C'est quoi, ton plan de secours ?

— On prend les jouets que Renalto a laissés à l'arrière et on court vers la jungle.

— Quoi ? Mais c'est de là que viennent les coups de feu !

D'un signe de tête, Cal indiqua le tarmac qui s'étendait devant les hangars.

— Dans la jungle, je peux nous rendre invisibles. Là, on est comme des canards sur un stand de tir.

10

— Tu as vu ? West a reculé à fond de train vers la fille Cutting. Le pilote a dû se trahir d'une façon ou d'une autre.

Carlos cracha par terre, révélant une rangée de dents brunâtres.

— Avec la somme qu'on l'a payé…

Une explosion se produisit à six mètres de là, projetant en l'air deux des hommes de Solaris.

Carlos rentra la tête dans les épaules en jurant et regarda au travers des taillis. Calvin et Julia abandonnaient le Hummer à la lisière de la forêt tropicale et s'y enfonçaient à pied.

— Des grenades ! Couvrez-vous ! lança Solaris comme un autre projectile atterrissait non loin d'eux.

Le souffle le projeta au sol. Il secoua la tête, sonné, puis la redressa. Carlos était allongé à quelques pas de lui, un trou rouge au milieu du thorax.

— Trouvez West et la femme. Amenez-les-moi !

Solaris se retourna, mais ce fut pour s'apercevoir que ses hommes avaient détalé.

— Tu es fou ! s'écria Julia, donnant libre cours à sa colère pour ne pas céder à la peur. S'attaquer à une armée à toi tout seul !

— Peut-être bien que c'est mon travail ? Que j'ai été entraîné à combattre des terroristes et des guérilleros ? Contrairement à toi. Ce qui ne t'a pas empêché de traverser à découvert une piste d'atterrissage pour me rejoindre. Sans arme, sans protection, rien. Une vraie cible ambulante ! Je te demanderai ce qui t'a pris quand je me serai calmé.

— Ça n'a plus d'importance. Je…

— Plus d'importance ?

Il la saisit aux épaules jusqu'à ce que son visage ne soit plus qu'à quelques centimètres du sien.

— Si tu tiens un tant soit peu à la vie, ne dis plus un mot pendant les cinq minutes qui vont suivre.

Il la relâcha si brusquement qu'elle chancela. Ce fut alors qu'elle vit les cadavres, certains vêtus d'uniformes militaires, d'autres en civil.

— Ce sont des hommes de Delgado ?

— Ou des paysans du coin. Encore que ça m'étonnerait. Je n'imagine pas Cristo engageant des amateurs pour une opération comme celle-ci.

Il ajusta sur son dos le sac qu'il avait pris à l'arrière du Hummer, puis brandit son fusil d'assaut.

— Ça devrait suffire pour tenir quelques jours.

— Cristo doit être vraiment pressé de nous coincer.

— De *te* coincer.

— Merci pour la précision. C'est rassurant.

— Et il n'aurait pas été mécontent si, en prime, Esteban avait été tué, lui aussi, dit Cal en se frayant un chemin à la machette dans l'épaisse végétation.

Le vrombissement de l'hélicoptère se fit entendre au loin.

— On dirait qu'Esteban et Tessa ont réussi à s'échapper.

— Avec une bonne partie du carburant répandue sur

le tarmac, ils n'iront pas loin. J'ai vu le pilote saboter l'hélico.

— Et Tessa ? s'enquit Julia. Que lui serait-il arrivé s'ils avaient mis la main sur elle ?

— Elle n'aurait pas tardé à les supplier d'abréger ses souffrances.

Un frisson courut le long de l'échine de Julia. Cristo lui aurait sans aucun doute réservé le même sort en découvrant qu'elle ne possédait pas le BATARD.

— Où allons-nous ?

— Bonne question. Si Delgado a réussi à acheter le pilote d'Esteban, Dieu sait qui d'autre il a pu soudoyer dans son entourage… Donc, finalement, réjouis-toi : tu vas venir avec moi et nous allons aider Jason à s'échapper. C'est le seul moyen que nous ayons de nous tirer de ce guêpier.

Les arbres bruissaient de piaillements d'oiseaux, des singes bondissaient de branche en branche. Julia leva les yeux et entrevit un éclat vert et jaune vif.

— Des amazones du Yucatan, commenta Cal. Ils contribuent largement à limiter la prolifération des serpents.

— C'est réconfortant, grommela Julia en évitant un lézard de trente centimètres de long qui traversait le sentier juste devant ses pieds.

— Il y a une route à environ cinq cent mètres à l'ouest de cette clairière. On va la longer. Il faut que nous ayons parcouru au moins quinze kilomètres avant la tombée de la nuit.

— Mais on ne risque pas d'être repérés ?

— Nous aurons le temps de nous mettre à couvert sous les arbres si une voiture approche. C'est plus sûr. Ça nous permettra d'éviter les pièges posés par les cultivateurs de coca ou de marijuana.

— Des pièges ?

— Oui. Des barbelés, des mines, des fosses remplies de serpents.

— Seigneur… Mais ils ne craignent pas que les gens d'ici soient blessés ou tués ?

— Les locaux savent où ils mettent les pieds, crois-moi. Et s'ils n'en sont pas sûrs, ils tentent quand même leur chance. Ils gagnent beaucoup d'argent en travaillant pour les cartels. Alors, ils courent le risque et se gardent bien de toucher à la marchandise. Ils savent que ce serait signer leur arrêt de mort. Quand ils ne peuvent pas travailler, ils envoient leurs enfants à leur place.

— Les enfants ?

Horrifiée, elle ajouta après une pause :

— Ils grandissent vite par ici, n'est-ce pas ?

— Comme dans les quartiers déshérités de nos grandes villes. On ne leur laisse pas le choix, parfois.

Son ton s'était durci et Julia savait pourquoi.

Il avait passé les dix premières années de sa vie dans les rues de Londres.

Enceinte à quinze ans, sa mère avait été désavouée par ses parents d'extraction aristocratique. Il avait dix ans lorsque Maureen West avait pris en pitié la fille de son amie et l'avait engagée comme domestique. Sa mère avait passé les deux années suivantes chez les West et avait fini par tomber amoureuse de leur fils aîné, Henry West.

Le général Sir Henry West, chef d'état-major général et commandant de l'armée britannique, venait de se retirer du service. Il avait adopté Calvin peu après son mariage et Julia soupçonnait que c'était l'admiration que Cal portait à son père qui l'avait poussé à embrasser la carrière des armes.

— Comment vont tes parents ?

— Je ne les ai pas vus depuis longtemps, dit-il, écartant un entrelacs de lianes pour qu'elle puisse passer. J'imagine qu'ils profitent pleinement de leur retraite.

Elle ne fut pas surprise qu'il ne se montre pas plus bavard. Il gardait cet aspect de sa vie très secret, ce qui était l'un de leurs points communs.

11

C'était la fin de l'après-midi. Au-dessus de leurs têtes, la canopée masquait en partie le soleil ; la température n'en avait pas moins grimpé, dans la jungle épaisse, à plus de trente-huit degrés.

Les yeux tournés vers le ciel, Cal mordit dans sa barre protéinée.

— Hum. Un orage se prépare, dit-il en grimaçant.

Julia dénoua son bandana et s'épongea le front.

— Quelle distance nous restera-t-il à parcourir demain avant d'arriver jusqu'à Jason ?

Il lui tendit une barre, qu'elle refusa d'un signe de tête.

— Tu sais, Julia, il ne faut pas t'attendre à voir le Jason que tu connais t'accueillir à bras ouverts. Il sera peut-être… mal en point.

— Par mal en point, tu veux dire qu'il aura été torturé ?

Julia soupira et avala un peu d'eau.

— Il y a fort à parier qu'il ne soit plus que l'ombre de lui-même, répondit Cal. Les méthodes employées contre les ennemis du cartel sont inhumaines. Pire, Delgado et ses hommes prennent plaisir à faire souffrir.

— Mais ils n'iront pas trop loin. N'oublie pas qu'ils veulent le BATARD. J'ai compulsé toutes les informations réunies sur le sujet par les agents de renseignement et rien n'indique qu'il ait été brutalisé.

— Ne te fais pas d'illusions. Ils l'ont torturé, même

s'ils ne s'en vantent pas pour l'instant. Et, si ce n'est pas le cas, alors c'est probablement que Jason aura changé de camp.

— Ce n'est pas son genre, répliqua fermement Julia. Depuis combien de temps connais-tu Jason ?

— Quelques années. La plupart des agents ont une spécialité. Celle de Jason, c'était de savoir susciter les confidences. Un talent fort utile dans notre domaine. Lorsqu'il interrogeait un prisonnier, il lui donnait l'impression d'être de son côté et, au bout de quelques heures, celui-ci fournissait des informations cruciales.

Cal haussa négligemment une épaule.

— Il m'est arrivé de faire appel à ses talents à l'occasion.

— Il aurait fait un brillant avocat…

Fronçant les sourcils, Julia ajouta :

— Quel genre d'occasion ?

Cal eut un soupir.

— Pendant des années, Jason a travaillé à la destruction des liaisons maritimes de Delgado. L'an dernier, il a enfin réussi à obtenir l'extradition d'un de ses lieutenants, un certain Vicente Padrino. A ce moment-là, Jordan Beck et moi étions sur la piste d'une bombe qui devait exploser à Washington D.C. le jour de Noël.

— Je m'en souviens. Jordan, toi et Regina avez réussi à la localiser juste à temps.

— Il s'en est fallu d'un cheveu. Il ne nous restait que vingt-quatre heures et il me manquait des informations essentielles concernant les personnes liées à l'affaire. Il s'est avéré que Padrino était en mesure de nous les fournir.

— D'où l'intervention de Jason.

— Oui. Il est parvenu à le faire parler, mais seulement en échange de sa libération. Et cet imbécile de Padrino n'a rien trouvé de mieux à faire que retourner droit en Amérique du Sud… sans doute dans l'espoir de rentrer dans les bonnes grâces de Delgado. Tu parles ! Deux semaines plus tard, on retrouvait son corps mutilé au bord d'un chemin. Et pour un vice de procédure, les charges que Jason avait patiemment accumulées contre Delgado sont tombées.

— Comment l'a-t-il pris ?

— Mal. C'est peut-être bien ce qui est à l'origine de sa désertion il y a quelques semaines. Les enregistrements des caméras de surveillance de l'aéroport de Caracas le montrent descendant de l'avion, quittant les lieux, et ensuite, plus rien. Quelque temps plus tard, Renalto découvrait que Jason avait été enlevé par Delgado.

Tout ceci ne prouvait qu'une chose, songea Julia : que Jason voulait son fils. Elle se borna à déclarer :

— Ça ne ressemble pas à Jason. Il est logique, analytique, pas du tout impulsif.

— Sauf lorsqu'il t'a subitement quittée pour entrer à la D.E.A.

— Même cela, il l'avait prévu de longue date. Non… il est entré dans la propriété de Delgado avec un plan précis en tête. Il devait vouloir utiliser le BATARD comme garantie.

— C'est possible.

Mais Cal avait beau retourner la chose dans tous les sens, il ne comprenait pas. A la place de Jason, il aurait remué ciel et terre pour s'assurer que Julia ne croiserait jamais le chemin de gens comme Delgado.

— Tu m'as dit que c'était lui qui avait voulu divorcer. Pourquoi cette précision ? Que voulais-tu dire par là ?

— Notre mariage s'est résumé à quelques semaines passées ensemble, de temps à autre. Ensuite, nous n'avons plus échangé que des communications téléphoniques.

Et puis les appels se sont espacés avant de cesser totalement. C'est alors que j'ai commencé à travailler pour Jon Mercer, qui était le directeur de Labyrinth à l'époque.

— A quand remonte la dernière fois que tu as parlé à Jason ?

— Quand il a évoqué cette dette que tu avais envers lui. Il y a un mois.

— Oui, mais avant cela ?

— Nous n'avions pas eu de réelle conversation depuis le divorce, admit-elle, l'air contrarié. Cal, ça commence à ressembler à un interrogatoire.

La jalousie le taraudait, certes. Mais il était assez intelligent pour ne pas se laisser guider par des sentiments personnels. C'était à la sécurité de Julia qu'il pensait avant tout. Et il n'arrivait décidément pas à saisir pourquoi Jason l'avait entraînée dans cette affaire au lieu de s'adresser directement à lui.

— Réponds-moi, Julia. Avant cela, quand l'avais-tu vu pour la dernière fois ?

— Un jour, par hasard, sur la plage de Chesapeake Bay.

Après sa rupture avec Cal, elle avait pris l'habitude de faire de longues promenades sur la plage. Elles l'apaisaient.

— Il nageait. Il m'a appelée quand il m'a vue. Je me souviens l'avoir trouvé changé… Il avait minci, mais pas dans le bon sens du terme. Ses bras et son abdomen portaient des cicatrices récentes. Il avait même un tatouage. Un paon.

Le Jason qu'elle avait épousé ne se serait jamais fait tatouer, mais elle avait compris plus tard ses raisons.

Dans la mythologie grecque, Argus était le géant aux cent yeux de Héra. Quand Hermès dépêché par Zeus avait réussi à le tuer, la déesse Héra, en hommage à la fidélité du géant, avait transféré ses yeux sur le plumage d'un paon.

Jason avait fait tatouer le paon sur son cœur.

— Nous n'avons fait qu'échanger quelques banalités, puis nous nous sommes dit au revoir. Il s'est inquiété pour moi, cependant, m'a demandé de mes nouvelles. Ce n'était pas arrivé depuis très longtemps.

— Pourquoi ?

Julia chassa un insecte sur sa joue.

— Je te l'ai dit, notre union était très atypique. Le père de Jason et le mien étaient associés dans un cabinet d'avocats. Nous avons grandi ensemble. Nos vies avaient été planifiées dès le début. Les meilleures nourrices, les meilleures écoles privées, puis les grandes universités de l'Ivy League. Ni lui ni moi n'y trouvions rien à redire, je suppose, parce que nous avions toujours vécu ainsi. Jason avait toujours été mon meilleur ami. On nous avait tous deux préparés à marcher sur les traces de nos pères et à devenir avocats d'affaires.

— Et, donc, tout naturellement, vous vous êtes mariés.

— Ce n'était pas si naturel, en réalité. Nous étions plutôt comme un frère et une sœur. Mais nous ne savions ni l'un ni l'autre comment le dire à nos parents. Peut-être aussi espérions-nous que nous nous trompions, qu'un amour né de l'amitié se transformerait en quelque chose de plus… de plus…

Incapable de trouver une expression adéquate, elle haussa les épaules.

— Nous nous sommes mariés juste après l'obtention de nos diplômes. Le mariage parfait pour la rubrique Société des journaux, les heureuses noces du fils de Theodore Marsh et de la fille de Maxwell Cutting.

Subitement nerveuse, elle accéléra le pas et vint se poster à hauteur de Cal.

— Nous sommes partis trois semaines en lune de miel aux Caraïbes. Un vrai désastre. Et encore... Ça a été la meilleure partie de notre mariage. Six mois plus tard, il rejoignait la D.E.A. et sortait de ma vie.

C'était alors qu'elle avait compris qu'il l'avait assimilée à leurs parents et à leur cercle d'amis superficiels — qu'il avait choisi la D.E.A. pour couper les ponts. Se débarrasser d'eux tous.

Comme disait le dicton, seule la vérité fâche. Et la vérité, c'était que Jason avait eu raison.

— Son père a été extrêmement choqué que Jason renonce à une brillante carrière et il l'a désavoué.

— Et tes parents ?

— Ils m'ont tenu rigueur sans le dire ne pas avoir su faire en sorte que mon mariage marche. La glace s'est quelque peu rompue quand j'ai suivi Jon Mercer à la Maison Blanche, cela dit.

Ce qu'elle n'avoua pas, c'était comment elle avait appris à s'accommoder de la solitude. Ni comment ses parents avaient fait d'elle un pur produit de leur environnement. La fille exemplaire : policée, distinguée, impeccablement coiffée et totalement prévisible.

— Tu es devenue le faire-valoir idéal à la table du dîner, je parie.

— Si l'on peut dire. J'étais rarement invitée aux réceptions.

Calvin sentit qu'elle se retranchait. Elle cherchait à se protéger, devina-t-il. Il n'avait pas grand mérite à décrypter son attitude... Il la connaissait bien.

Une brume poisseuse alourdissait l'air. Des gouttes d'eau tiède perlaient sur les feuillages, alentour.

— La pluie n'est pas loin. Nous allons faire halte jusqu'à demain matin.

Perdue dans ses pensées, Julia sursauta, puis regarda autour d'elle.

— Où ça ?

Cal s'éloigna de quelques pas et se mit à écarter des branches et des lianes. Comme par magie, une petite cavité apparut, à flanc de colline.

— Tu savais que cette grotte était là ?

— Elle m'a servi de cachette pendant un mois, il y a presque dix ans. J'avais les hommes de Delgado à mes trousses depuis une semaine. Solaris a fini par me coincer à la rivière. Jason lui a tiré dessus et m'a aidé à m'enfuir. Comme j'étais assez gravement blessé, il m'a amené ici. Il m'a laissé de la nourriture et des médicaments, puis il est allé chercher des secours.

— Je vois. Et tu voudrais me faire croire que cet homme qui t'a sauvé la vie est passé à l'ennemi ?

— C'était il y a longtemps. Bien des choses peuvent se passer en dix ans.

— Est-ce ce qui explique que tu te sois servi de moi, Cal ? Travailler pour le gouvernement t'avait changé à ce point-là ?

— Oui, mentit-il.

Mais sa voix avait une intonation amère, cette fois.

— Laisse-moi une minute, le temps de vérifier qu'il n'y a pas d'animaux dans la grotte.

Elle attendit deux minutes, puis elle se mit à genoux et entra à son tour.

Le plafond de la cavité, une fois franchie l'entrée, était suffisamment haut pour qu'elle puisse se tenir debout.

Une odeur de terre et de végétation emplit ses narines, curieusement rassurante. Elle posa le bâton luminescent que Cal lui avait donné sur le sol, à côté du sien.

Il lui tendit une barre protéinée.

— Mange ça. Tu en as besoin pour reprendre des forces.

C'était un ordre. Elle s'assit en tailleur et déchira l'emballage.

— Comment comptes-tu procéder quand nous atteindrons le camp de Delgado ?

— J'ai un ami qui vit à proximité.

— Tu es sûr que c'est un ami, s'il vit si près de chez Delgado ? Tu ne l'as pas vu depuis combien de temps ?

Cal hésita. Mais il était fatigué de mentir. Ou, peut-être, fatigué tout court.

— J'étais là l'an dernier. Je devais kidnapper Argus.

La peur étreignit Julia.

— Le fils de Cristo ? Pourquoi ?

— Parce que la disparition de son fils aurait semé la pagaille dans son organisation. Ses concurrents, ses lieutenants se seraient mis à se disputer le contrôle de son empire. Tout le monde sait que Cristo forme Argus pour qu'il prenne la relève. La dévotion qu'il porte à son fils est son talon d'Achille.

— Que serait-il arrivé à Argus ensuite ?

— Il aurait été placé sous un programme de protection.

— Et sa mère ?

— C'est d'abord la femme de Delgado avant d'être la mère d'Argus. Et c'est une toxicomane. Elle a beau aimer son fils, la drogue passe en premier.

— Pourquoi ne l'as-tu pas kidnappé, finalement ?

— J'ai reçu un contrordre. Cain McAlister suspectait une fuite. Il a annulé l'opération. Une semaine plus tard, Cristo mettait ma tête à prix.

— Et quelle était l'origine de cette fuite, selon Cain ?

Mais elle connaissait déjà la réponse.

— Jason.

12

La nuit apporta un semblant de fraîcheur dans la grotte, mais l'air était toujours imprégné d'humidité et des lourdes senteurs de la jungle.

Cal masqua les bâtons luminescents sous un peu de terre, ce qui conféra à la caverne une atmosphère étrange, un peu inquiétante, puis il étala une mince couverture argentée sur le sol.

— Nous allons devoir partager. Je n'en ai qu'une.

Comme elle hésitait, il soupira.

— Ecoute, une longue journée nous attend demain. Je suggère que nous prenions un peu de repos.

Il s'étendit et ferma les yeux.

— Quel est le programme ?

Il rouvrit les paupières.

— Nous allons prendre contact avec l'ami dont je t'ai parlé.

— Un type dans le genre de Renalto ?

— Hé hé ! Pas vraiment.

— Tu m'as dit que vous aviez tous des spécialités. Mais tu as omis de préciser lesquelles.

— Jordan Beck était l'homme des déguisements. Roman d'Amato, l'expert en sécurité. Cain est un stratège. Et son frère, Ian, un chasseur. Ce type est capable de suivre un serpent à la trace sur cent kilomètres dans un désert de cailloux.

— Et toi ?

— Moi, je neutralise les situations avant que les choses tournent mal.

— Tu neutralises les situations, répéta-t-elle. C'est-à-dire ?

— C'est-à-dire qu'on fait appel à moi quand les voies habituelles n'ont pas fonctionné.

— C'est vague, dit-elle, l'air ennuyé.

Cal se passa une main lasse sur le visage.

— Ecoute, Julia, c'est ultraconfidentiel. Je pourrais détailler mes missions par le menu mais, ensuite, je serais obligé de t'éliminer. Et je suis trop fatigué pour l'un comme pour l'autre.

— Très drôle.

— Ce qui est drôle, c'est que, bien que nous ayons couché ensemble maintes fois, tu sembles craindre de t'allonger à côté de moi.

— Ce n'est pas ça…

— Alors, si ce n'est pas ça, tu veux bien te coucher et dormir ?

Embarrassée, Julia se dit qu'il avait raison. Ils étaient adultes, non ? Ils pouvaient bien passer une nuit côte à côte.

Elle s'allongea et se détendit rapidement, bercée par la pluie qui tombait à torrents sur la jungle.

Un frisson courut alors le long de son échine, se communiqua à Cal. Gênée, elle mit un peu de distance entre elle et lui. Son sein frôla le torse de Cal et elle sentit son souffle sur sa joue, ses lèvres qui frôlaient le lobe de son oreille.

Ses bras se refermèrent autour d'elle et, sans prévenir, il la fit basculer sur le dos, l'immobilisant entre la dureté du sol de pierre et celle de son corps athlétique.

— Julia…

— Chut.

Elle ne voulait pas qu'il s'arrête — même si ce n'était que pour une nuit. Elle avait besoin de trouver le réconfort dans la chaleur de ses caresses. Ensuite, ce serait fini, mais elle aurait au moins recollé les morceaux de son cœur.

Elle se blottit contre lui.

Il pressa ses lèvres sur sa bouche, doucement.

Elle le regarda entre ses cils à demi baissés, vit ses yeux s'agrandir, leur éclat noir transpercer la pénombre. Elle tressaillit.

Son baiser se fit plus exigeant. Avide, même. Il alluma en elle une flamme qui grandit, se changea bientôt en un feu dévorant menaçant de la consumer tout entière.

Pressé de la toucher, de promener ses mains sur son corps, il roula sur le dos, la faisant basculer au-dessus de lui. Le rideau de soie de ses cheveux effleura sa gorge.

Des branches craquèrent au loin.

Cal s'immobilisa subitement, les muscles en tension. L'instant suivant, deux voix masculines retentirent, dominant le tambourinement de la pluie.

— Les hommes de Delgado ? souffla Julia.

— C'est ce que je vais aller voir, dit-il en se relevant avec la souplesse d'un fauve. J'en ai pour quelques minutes.

— Et si tu ne revenais pas ?

— Je reviendrai, je te le promets.

— Qu'est-ce que tu vas faire ?

Il la contempla dans la pénombre. Les cheveux en bataille, les yeux remplis d'effroi. Tout ça par sa faute. Parce qu'il était ce qu'il s'était juré de ne jamais devenir : un tueur.

Un tueur qui ne mêlait jamais vie privée et professionnelle.

Cette fois, la douleur l'aida à mentir.

— Je vais les éloigner.

— Menteur, murmura-t-elle quand il fut sorti.

Julia posa la main sur son cœur, comme s'il lui faisait mal. Elle s'était trompée. Il appartenait à Cal depuis le début.

13

Cal s'arrêta net et porta un doigt à ses lèvres.

Julia le suivait silencieusement entre les arbres.

Ils s'étaient levés tôt et, presque sans mot dire, s'étaient mis en route.

La forêt s'ouvrait devant eux sur une clairière. Au centre, il y avait un gros tonneau de bois. Au fond, une petite cabane érigée sur des poteaux.

Deux hommes émergèrent des arbres, portant un énorme paquet de feuilles.

— C'est mon ami Miguel et son fils Robard, murmura Cal. Je veux que tu voies ce qu'ils font, mais Miguel est un peu intimidé par les étrangers.

Les hommes déversèrent leur cargaison à côté du tonneau.

— Ce sont des feuilles de coca. Ils vont mélanger les feuilles avec de l'ammoniaque et de la chaux pour fabriquer de la cocaïne.

Julia les vit verser les feuilles dans le tonneau rempli d'un liquide sombre.

— C'est du kérosène, commenta Cal. Du kérosène recyclé.

Ils regardèrent les hommes remuer le mélange tour à tour. Julia s'avisa que le tonneau, dont la base était équipée d'un robinet, était posé au-dessus d'une petite canalisation de bois.

Au bout d'un moment, le plus âgé des deux hommes tourna le robinet du tonneau et le kérosène s'écoula dans la tranchée.

— La substance narcotique contenue dans les feuilles de coca se dissout dans le kérosène. Ils sont en train de procéder à un premier filtrage.

A l'extrémité de la petite canalisation se trouvait un autre récipient plus petit, en métal, dans lequel s'écoulait le carburant saturé de cocaïne.

Le jeune homme que Cal avait désigné comme étant Robard attrapa un arrosoir de trois ou quatre litres et en versa le contenu dans le mélange.

— C'est de l'ammoniaque. Ils vont répéter l'opération trois fois et rajouter du kérosène pour faire précipiter la cocaïne. Le liquide prendra une couleur blanchâtre. Après le troisième filtrage, ils récupéreront une petite quantité de cocaïne base.

Lorsque les hommes eurent procédé aux étapes décrites par Cal, Julia eut la surprise de distinguer quelques poignées de pâte blanche dans le fin tissu qui avait servi au filtrage.

— C'est bien du travail pour si peu de produit.

— Le cartel ne leur laisse pas le choix. Avec des cultures légales, ils gagneraient à peine cent dollars par mois. La revente de la coca leur rapporte trois fois plus.

Les deux hommes étalaient maintenant la cocaïne au soleil pour la faire sécher.

— Les autorités sont impuissantes. On a bien tenté de procéder à des épandages de produits chimiques par avion pour détruire les plantations de coca, mais ces opérations n'ont qu'une portée limitée. Et les herbicides anéantissent également les autres types de cultures. Le gouvernement a alors promis de subventionner les cultures légales, mais il n'y a pas assez d'argent dans les caisses. Et puis le cartel veille à paralyser certaines initiatives officielles…

Des rires s'élevèrent de la cabane dressée sur pilotis. Julia se raidit.

— Mais… ce sont des enfants ?

Cal jura.

Tout à coup, une salve de tirs fendit l'air. Cal poussa Julia sur le sol et lui fit signe de se taire.

Deux hommes apparurent sur le bord de la clairière, des AK-47 pointés sur les paysans.

— Ecartez-vous ! lança l'un d'eux.

Julia comprit, au timbre haut perché de celui-ci et au vilain teint marbré de l'autre, qu'ils n'étaient pas dans leur état normal.

Il y eut un échange, rapide et tendu, en espagnol.

— Ils veulent la cocaïne, traduisit Cal. Apparemment, ils ont décidé de se passer d'intermédiaire.

Les deux hommes armés s'approchèrent des paysans et les forcèrent à reculer contre le tonneau.

Cal avait sorti son arme.

— Reste là, dit-il tout bas.

Il contourna la cabane et se glissa au-dessous par l'arrière, puis rampa jusqu'à se trouver sous le porche. De là, il avait les paramilitaires droit dans sa ligne de mire.

Il y eut un petit gémissement au-dessus de lui. A travers les larges interstices du plancher, il vit un petit garçon et une petite fille recroquevillés dans un coin. Ni l'un ni l'autre n'avait plus de six ans.

Soudain, Julia fit irruption par la porte de derrière. Elle parla aux enfants en espagnol à voix basse, les apaisa en les tenant serrés contre elle.

Ainsi donc, elle comprenait l'espagnol. La colère submergea Cal. Résolument, il la refoula. Ce n'était pas le moment. Mais plus tard…

L'un des paramilitaires enfonçait le canon de son fusil d'assaut dans l'abdomen du pauvre Miguel, exigeant qu'ils mettent la cocaïne dans des sachets.

Cal sifflota doucement pour attirer l'attention de Julia.

— Pousse un cri, chuchota-t-il. Un grand cri.

Elle hocha la tête, prévint rapidement les enfants et poussa un hurlement à faire se dresser les cheveux sur la tête.

Surpris, les hommes armés s'avancèrent vers la cabane. Cal toucha en plein front celui qui venait en tête ; l'autre se figea, puis braqua son fusil vers Cal.

Cal tira trois coups, qui l'atteignirent en pleine poitrine. L'homme lâcha son arme, tomba à genoux puis s'écroula de tout son long.

— Papa !

Le petit garçon sortit en courant de la cabane pour aller se jeter dans les bras de son père.

— Bon sang, Miguel… Amener tes enfants au labo ! dit Cal en espagnol tout en se relevant. Tu as perdu la tête ?

— West ?

Miguel alla à sa rencontre. Il chercha sa fille du regard, vit qu'elle était saine et sauve dans les bras de Julia, et se tourna de nouveau vers Cal.

— Que diable fais-tu ici ? Je te dois une fière chandelle, *amigo* ! Sans toi, je ne sais pas ce qui serait arrivé.

— Je venais justement te voir.

— Eh bien, tu n'aurais pas pu mieux choisir ton heure, mon ami.

Il agita un doigt en direction des cadavres.

— Ces deux-là nous ont déjà volés. Ils ont tué mon fils, Felipe.

— Quand ?

— Il y a quelques mois. Peut-être plus. Le temps,

ça n'a plus d'importance quand vous avez perdu votre fils, *no* ?

— Tu devrais toujours avoir un fusil sous la main, Miguel.

— Et comment je le paierais, avec tant de bouches à nourrir ? Et puis, ils m'auraient abattu avant que j'aie le temps d'appuyer sur la gâchette.

Julia s'approcha avec la petite fille, qui se précipita à son tour vers son père.

— *Bella !* Tu n'as rien ?

L'enfant secoua la tête, puis se blottit contre Miguel.

— Nous n'avons pas été présentés, *señorita*, dit Miguel en caressant les cheveux de sa fille.

— Elle s'appelle Julia Cutting. Je l'aide à retrouver son mari, Jason. Nous pensons que c'est Delgado qui le détient.

— Enchanté, *señorita*. Et voici ma fille, Lynette.

— Et lui, c'est José, ajouta Cal en ébouriffant les cheveux de l'enfant.

D'un signe de tête, Miguel désigna l'adolescent qui gravissait les marches du porche.

— Et mon autre fils, Robard. Je tiens vraiment à vous remercier tous les deux. Du fond du cœur.

— Mais non, c'est normal, répondit Cal en reposant José par terre.

— On ne pouvait tout de même pas rester là sans rien faire, renchérit Julia.

— Si, vous auriez pu. C'est ce que font les gens ici. De peur de s'attirer les foudres de Delgado.

Après avoir reposé sa fille sur le sol, Miguel tapa amicalement sur l'épaule de Cal.

— Tu restes dormir ?

— C'est une invitation ?

— Si ce n'en était pas une, crois-tu que Consuelo

m'autoriserait à rentrer à la maison ? répliqua Miguel en riant. Il y a une hutte vide au bout de la rue, près de chez nous. Vous dormirez là.

— Comment va-t-elle ?

— Bien. Elle n'a jamais été aussi grosse.

Miguel éclata de rire en voyant l'air choqué de Julia.

— Elle attend notre bébé ! Il doit naître dans un mois.

— Bon sang, Miguel, ça va être le sixième, maugréa Cal.

— Le cinquième, corrigea doucement Miguel.

— Non, le sixième. Felipe est toujours ton fils.

Le regard de Miguel se voila.

— Tu as raison.

— Tu n'es pas obligé de peupler la terre entière à toi tout seul, tu sais, reprit Cal.

— Et pourquoi pas ? rétorqua Miguel en se remettant à rire pour chasser sa tristesse.

Il marqua une pause, puis déclara :

— Allons nous débarrasser de ces deux-là à la rivière. Les enfants, rentrez avec Mlle Cutting dans la cabane et attendez-nous. Ensuite, nous irons tous la présenter à Consuelo.

— Je serai ravie de faire sa connaissance, mais, je vous en prie, appelez-moi Julia.

— Je… Je vous précède, mademoiselle Cutting, s'empressa de proposer Robard. Enfin… Julia.

Miguel assena une petite tape sur la tête de son fils aîné.

— Et tes manières ? C'est *mademoiselle Cutting* pour toi.

— Oui, papa, répondit docilement Robard, qui n'en décocha pas moins à Julia un éblouissant sourire, avant-goût de l'homme séduisant qu'il était en train de devenir.

— Mon fils a eu le coup de foudre, nota Miguel.

— Ça passera. Il a quinze ans.

Miguel considéra Cal qui suivait Julia du regard.

— Et toi, tu en as quarante. Quelle est ton excuse, *amigo* ?

14

Cristo Delgado s'obligea à terminer sa dernière brasse coulée. Chaque jour, il s'astreignait à nager ses cinq longueurs de piscine, quoi qu'il arrive.

Quand il s'était fixé un objectif, il n'y dérogeait pas. Jamais. C'était ainsi qu'il avait célébré son premier milliard de dollars à l'âge de trente ans.

Mais aujourd'hui, à soixante ans révolus, Cristo ne s'intéressait plus à l'argent en tant que tel. Ce n'était qu'un outil. Le moyen d'avoir accès aux plus belles femmes, aux plus hautes sphères de la société, et d'avoir prise sur des hommes d'influence. De les avoir *à sa botte*.

César, Gengis Khan, Alexandre le Grand... Tous avaient détruit des civilisations pour entrer dans l'histoire.

Cristo se considérait comme leur égal. L'extorsion de fonds, le meurtre, l'argent — tout cela conférait le pouvoir. Et, avec le pouvoir, on bâtissait des empires.

Evidemment, il y avait toujours des incorruptibles, comme le président des Etats-Unis.

Ses doigts touchèrent la surface carrelée, à l'extrémité de la piscine. Il sortit la tête de l'eau.

— Il faut que nous parlions, monsieur Delgado.

Il s'était attendu à trouver Solaris seul. Aussi fut-il surpris de voir Renalto lui tendre un immense drap de bain blanc.

— Vous ici, en plein jour... Vous ne craignez pas d'être vu ? dit-il en se hissant hors de l'eau.

— C'est un risque à courir, répondit Renalto en jetant un coup d'œil à Argus, assis non loin, une console de jeu entre les mains et des écouteurs sur les oreilles. Je peux parler devant lui ?

— Mon fils ne s'occupe pas de vous. Il attend la voiture qui va le conduire à la mission. Allez-y. Il ne vous entend pas.

— Je maîtrisais la situation. Il était inutile de tuer Leopold.

Cristo eut un mouvement d'impatience.

— C'était une garantie supplémentaire. J'ai besoin de vous pour que la D.E.A. et la Garde côtière n'interceptent pas ma marchandise. En tuant votre ami et en attaquant votre domicile, j'ai convaincu Calvin West que vous n'étiez pas compromis.

— Je devais simplement vous les amener, argua Renalto.

— Et ce n'est pas arrivé, malheureusement.

— Comment aurais-je pu deviner qu'il s'enfuirait avec ma voiture, à l'aéroport ?

Solaris s'avança, un verre à la main, les lunettes de soleil sur le nez. Il tendit le verre à Cristo.

— Les gardes demandent l'autorisation de nettoyer Marsh. Ils craignent que l'odeur n'attire l'attention.

— L'attention de qui ?

Cristo avait exigé qu'on laisse moisir Marsh dans sa cellule et il n'aimait pas qu'on discute ses ordres. Mais il savait se montrer raisonnable... jusqu'à un certain point.

— Des livreurs, principalement.

— Charge-t'en, ordonna Cristo avant de tremper les lèvres dans son gin tonic. En personne. Tu n'as qu'à le passer au jet d'eau. Je ne veux pas que quiconque l'approche. Il est trop persuasif. Il serait capable de retourner les gardes contre moi.

— Méfiez-vous, intervint Renalto. West a réussi à s'enfuir dans la jungle. Il ne se passera pas longtemps avant qu'il essaie d'enlever Marsh.

— C'est bien ce que je disais, rétorqua sèchement Delgado. Cette affaire aurait dû être réglée une première fois à l'aéroport et, ensuite, aujourd'hui, sur la piste d'atterrissage.

Il posa son verre et prit une serviette sur une chaise longue.

— L'attaque de Solaris a fait capoter mon plan à la piste. Et, à l'aéroport, c'était Jorgie.

— Dans ce cas, la question que je me pose est la suivante : comment se fait-il que vous ne soyez pas en train de rechercher West en ce moment même ? répliqua Delgado en se frictionnant le crâne.

— Mieux vaut attendre, insista Renalto. Dans la jungle, une balle perdue risquerait de les tuer. Il nous les faut vivants tant qu'on n'a pas le prototype.

— Absolument. Mais, sauf erreur de ma part, c'est bien vous qui avez suggéré d'acheter le pilote d'Alvarez pour que nous puissions régler l'affaire ce matin ?

— C'était un mauvais calcul, reconnut Renalto en se passant la main dans les cheveux. Le pilote s'est trahi d'une façon ou d'une autre. West a flairé le piège.

— Esteban est rentré chez lui après avoir descendu le pilote, précisa Solaris. Sans la fille Cutting, qui a filé avec West.

— On va les coincer, monsieur Delgado, assura Renalto. Ne vous en faites pas.

— Mais je ne m'en fais pas, Renalto, dit Cristo d'un ton doucereux. Parce que je sais ce qui vous arrivera si ce léger accroc n'est pas corrigé au plus vite.

— Je comprends. Mais West va bientôt venir ici. Et, quand il arrivera, nous serons là pour l'accueillir.

Cristo secoua la tête.

— Pas vous. J'ai une mission plus intéressante à vous confier.

— Pas de problème, répondit lentement Renalto. Je suis toujours partant pour une mission intéressante…

Cristo lança un regard à Solaris, qui sortit un téléphone portable de sa poche et le donna à Renalto.

— Mon associé à Washington va vous appeler.

Renalto acquiesça.

— Le temps presse, dit Solaris. On ne peut pas retarder davantage l'expédition. Quarante-huit heures, c'est un maximum. Au-delà, cela risquerait d'éveiller les soupçons des autorités portuaires.

— Le délai sera respecté, affirma Renalto. Et, quand nous aurons West et Julia Cutting, le prototype sera à nous.

— Si ce n'est pas le cas, les autorités portuaires s'arrangeront pour prévenir les Américains, observa Solaris. Et je doute que le capitaine Stravos soit ravi de prendre la mer avec ce genre d'épée de Damoclès au-dessus de la tête.

— Prenez vos dispositions, Renalto. Voyez si West a pris contact avec Cain MacAlister, puis faites votre rapport à Solaris.

Il n'échappa pas à Renalto que Cristo le mettait à l'écart en lui demandant de passer par un intermédiaire.

— Je compte sur vous pour m'amener West et la fille dans les vingt-quatre heures, conclut Cristo en le congédiant d'un geste de la main.

— Oui, monsieur.

— Mais si, par malheur, il ne se montrait pas… c'est vous que je ferai rechercher. C'est compris ?

— Parfaitement compris.

Solaris attendit que Renalto soit parti pour reprendre la parole.

— Ce nouveau planning risque de ne pas plaire au capitaine Stravos.

— Je contrôle Damien. Il a autre chose en tête. J'ai dit à Rosario de le divertir pendant un ou deux jours.

Un muscle joua sur la mâchoire de Solaris, mais, lorsqu'il parla, ce fut d'un ton égal, presque détaché.

— Tu es sûr que c'est sage ?

— C'est nécessaire. La date butoir approche.

Cristo chaussa ses lunettes noires et s'allongea sur le transat, le visage tourné vers le soleil.

Encore une de ses vanités, songea Solaris avec dégoût.

Une limousine vint se garer sur le côté de la maison et klaxonna. Argus se leva, prit son sac à dos et vint voir son père.

— Au revoir, papa.

Cristo tapota la joue pâle du petit garçon.

— Travaille bien. Que le père Dominic soit impressionné. Il me le dira et tu auras une récompense.

— Oui, papa.

Solaris suivit l'enfant des yeux et sourit en le voyant sauter dans une flaque d'eau sur le bord de la piscine.

Cela lui rappela un autre point qu'il voulait évoquer.

— J'y pense, il se peut que nous ayons un problème. J'ai remarqué des traces de pas du côté de la cellule de Marsh. Je crois que quelqu'un rend visite à notre prisonnier.

— Tu as vérifié le registre de surveillance ?

— Oui. Rien d'inhabituel. Mais j'ai relevé l'empreinte de pas. Je pourrai la reconnaître, dit Solaris en s'avançant vers le bord de la piscine.

Il contempla la marque encore visible sur le ciment. Un petit pied, au talon étroit.

Les sourcils froncés, il releva la tête. Argus disparaissait à l'intérieur de la limousine.

— Tu en as parlé à Jorgie ?

— Oui. Il est sûr que pas un de ses hommes n'aurait osé lui désobéir.

— Et les caméras ?

— Rien. Qui que soit ce visiteur, il sait se faire discret.

Du bout de sa chaussure, Solaris effaça l'empreinte sur le ciment.

— Est-ce qu'Argus rentre ce soir ? demanda-t-il.

— Oui. Mais demain, il restera avec Padre Dominic pendant que Rosario et moi ramènerons le capitaine de Caracas… Pourquoi ?

Solaris haussa les épaules.

— Pour rien de particulier.

— Et à propos de cet intrus ?

Solaris regarda de nouveau le sol.

— Je l'attendrai ce soir.

Ils avaient marché vingt minutes pour rejoindre le village de Miguel. En chemin, ils étaient passés devant des champs entiers de bananiers morts et d'autres arbres fruitiers qui n'étaient plus que des squelettes de branches tordues.

— Ce sont les pluies acides, expliqua Miguel en notant le regard de Julia. Le programme gouvernemental pour tuer les plants de coca. Mais elles détruisent aussi bien les cultures légales.

Le village se composait d'une douzaine d'habitations. La hutte en paille de Miguel était deux fois plus grande que les autres, et plus solide : du bois de récupération

renforçait ses murs et elle était munie d'un toit en
bardeaux.

Une femme sortit sur le porche. Petite, avec un gros
ventre rond et de longs cheveux noirs ondulés. Elle
portait, calé sur la hanche, un bébé d'environ un an.

— Consuelo, regarde qui est là, lança Miguel.

— Calvin West ! s'exclama la femme dans un large
sourire, qui se mua presque aussitôt en grimace de
dépit. Si vous êtes là, c'est que vous avez besoin de
mon Miguel, *sí* ?

Cal hocha la tête.

— Delgado retient un ami à moi dans sa prison,
señora. Miguel a accepté de m'aider.

— Je rends la pareille à notre ami, ma chérie. Si Cal
n'était pas venu aujourd'hui, je ne sais pas ce qui serait
arrivé. Deux hommes de Delgado nous ont attaqués,
Robard et moi.

— Quoi ? Mon Dieu ! Et tu ne me le disais pas ?
s'écria Consuelo en agitant une cuillère à café sous le
nez de son mari. Les enfants ne sont pas blessés ?

— Non, *mama*, répondirent en chœur les enfants.

Elle les examina néanmoins soigneusement.

— Rentrez et allez vous laver les mains pour le dîner,
dit-elle alors, pleinement rassurée, en déposant le bébé
dans les bras de Robard.

Lorsqu'ils eurent disparu à l'intérieur de la hutte, elle
cracha sur le porche.

— Delgado, voilà ce que j'en pense ! s'exclama-t-elle.
Toutes les semaines, il y a des morts par sa faute. Felipe,
mon fils aîné, a été tué en rentrant de la mission. Il n'était
même pas en train d'aider Miguel. Il a été touché par
une balle alors que Jorgie et ses hommes s'entraînaient
au tir à la cible. Et ces brutes l'ont laissé au bord de la
rivière, comme un chien !

Julia vit la mâchoire de Cal se contracter.

— Allons, Consuelo, fais plutôt entrer nos invités, dit Miguel d'une voix douce mais ferme. Nous discuterons de tout ceci après le dîner, *bella*.

— Ha ! Il essaie de me flatter, maintenant ! Comme si j'étais belle avec mon gros ventre, rétorqua-t-elle en souriant.

— Qu'y a-t-il à dîner ? s'enquit Cal avec un charmant sourire.

Un vrai sourire, songea Julia. Celui qu'il arborait la première fois qu'ils étaient sortis ensemble. Elle en eut un petit pincement au cœur.

— Des haricots, des galettes de maïs. Et du poulet que j'ai troqué contre des légumes avec un voisin.

Elle se tourna vers Julia et Cal.

— Après le dîner, vous m'en direz plus sur votre ami prisonnier de Delgado. Cet homme-là, c'est le diable. Non seulement il possède les terres, mais il a le gouvernement dans sa poche. Et le transport maritime. Et ce qu'il ne contrôle pas, ajouta-t-elle en posant un grand plat au centre de la table de bambou, c'est Esteban Alvarez qui l'a !

— Ils n'ont pas l'église, souligna Miguel.

— Heureusement. Même Delgado n'oserait pas se rendre coupable de ce péché-là, assena Consuelo.

— Que voulez-vous dire ? demanda Julia.

— Notre prêtre, le Padre Dominic, dirige le Santuario de la flor. Depuis des années, il éduque nos enfants. Le crime a pris tellement d'ampleur que nous craignons en permanence pour leur vie, sauf lorsqu'ils sont à l'école. C'est le seul endroit qui soit épargné.

— Comment se fait-il que Delgado protège la mission ? Le prêtre est de son côté ?

— Padre Dominic ? se récria Consuelo. Certainement pas, mais il s'efforce de maintenir la paix.

— C'est mon oncle, ajouta Miguel. Il aide les enfants. Et leurs parents.

— Cristo Delgado a peur que la colère du ciel s'abatte sur son empire s'il ne respecte pas l'église.

— Il envoie son fils là-bas pour faire croire qu'il est l'un des nôtres. Comme si nous étions dupes !

— Mais Argus est isolé des autres enfants, corrigea Consuelo. Il a des cours particuliers.

— Que Delgado paie généreusement. Et le Padre Dominic se sert de cet argent pour acheter les fournitures scolaires de nos enfants.

— D'après Robard, Argus Delgado reste dans son coin. Il n'a aucun ami à la mission. Il sera comme son père.

Julia espéra qu'elle se trompait.

— A quelle distance la mission se trouve-t-elle de l'hacienda ?

— Pas loin. Un kilomètre et demi, par la jungle. Sept kilomètres par la route — quand elle n'est pas inondée.

— Ma femme travaille à la villa. Elle s'occupe de la blanchisserie trois fois par semaine, apprit Miguel à Julia tandis que Consuelo remplissait les assiettes.

— Avez-vous entendu parler d'un nouveau prisonnier, Consuelo ? lui demanda alors Julia. Un homme du nom de Jason Marsh ?

Leur hôtesse réfléchit un instant puis secoua la tête en lui tendant une assiette de haricots.

— On entend beaucoup de ragots à la blanchisserie. Les gardes flirtent avec les filles du village qui y travaillent et, parfois, ils parlent de ce qui se passe à la villa. Nous, les femmes plus mûres, nous ouvrons grand nos oreilles... Mais je n'ai jamais entendu parler de votre ami.

*
* *

Après le dîner, les hommes allèrent discuter à l'extérieur pendant que Robard emmenait les enfants se coucher dans l'autre pièce.

Julia s'approcha de la porte d'entrée pour tenter de saisir des bribes de la conversation, se maudissant de s'être trahie en parlant espagnol aux enfants. Si elle n'avait pas commis cette erreur, ils auraient conversé en sa présence.

— Ce n'est pas la peine d'écouter. Ils ne veulent pas nous dire ce qu'ils mijotent, commenta Consuelo avec amertume. Nous portons les enfants, nous les élevons, nous les aimons, pour ensuite les voir mourir. Mais les hommes croient que nous ne sommes pas assez fortes pour lutter contre le diable !

Le bébé, couché dans un coin de la pièce, s'agita en entendant parler sa mère. Sans réfléchir, Julia le prit dans ses bras. En le serrant contre elle, elle se remémora l'attitude protectrice qu'avait eue Cal vis-à-vis des jeunes enfants dans la clairière, et la façon dont il avait joué avec eux, tout à l'heure, en sortant de table.

Un homme qui se comportait ainsi ne ferait pas de mal à Argus.

— Cal veut pénétrer dans la propriété de Delgado, dit-elle d'un ton absent, berçant toujours le bébé.

— Il ne pourra pas. Seules les femmes ont le droit d'aller y travailler.

— Pourquoi ?

Consuelo sourit.

— Toujours pour la même raison. Parce qu'ils pensent que les femmes ne sont pas dangereuses.

— J'en connais quelques-unes qui les feraient changer

d'avis, répliqua Julia, songeant à son amie, Lara Mercer, la fille du Président, ex-agent de Labyrinth, ou à Regina.

Elle posa la joue contre la tête du bébé, sentit le chatouillis de ses cheveux.

— Comment avez-vous rencontré Cal, Miguel et vous ?

— Dans des circonstances similaires à la scène à laquelle vous avez assisté aujourd'hui. Jorgie et ses hommes tenaient en joue Miguel et Felipe quand Cal a surgi de nulle part et s'est mis à tirer sur leurs voitures. Jorgie l'a poursuivi pendant des jours dans la jungle sans jamais le rattraper !

Consuela se mit à rire en secouant la tête.

— Jorgie a perdu beaucoup de son pouvoir, ce jour-là. Cal nous a montré à quel point il était bête.

Julia opina lentement, pensive.

— Consuelo… pourriez-vous me faire entrer dans la villa ?

— C'est risqué. Il y a des caméras et des gardes partout.

Elle marqua une pause, les sourcils froncés, puis jeta un coup d'œil aux hommes, sur le porche.

— Ce que vous faites, pensez-vous que ça pourrait empêcher Delgado de faire du mal à mes autres enfants ?

— Oui, répondit Julia avec conviction. Si nous réussissons, cela devrait l'anéantir pour de bon, je pense.

— Et, pour cela, il faut que vous trouviez Jason Marsh ?

— En effet.

Consuelo s'accorda un temps de réflexion.

— Bien. C'est faisable, reprit-elle. Mais il faut agir vite. Demain matin.

— C'est vrai ? Vous pourrez me faire rentrer ?

— Oui. C'est dangereux, mais moins que pour les hommes. Eux ne pourront pas venir avec nous.

— Alors, c'est décidé, nous ne les mettrons pas dans la confidence, décréta Julia. Cal n'acceptera jamais un plan d'action s'il n'en fait pas partie.

— Non, nous ne leur demanderons pas leur avis, renchérit Consuelo, son regard s'arrêtant sur le couteau à découper sur l'évier. Si je suis blessée, il me faudra de l'aide… Vous mettrez des vêtements à moi et on foncera votre peau avec du henné. Avec vos yeux et vos cheveux, ça devrait passer.

— Mais les hommes ? Comment partir à leur insu ?

— Facile…

Avec un sourire mystérieux, Consuelo tira de la partie supérieure d'un placard un pot rempli de feuilles.

— Mais attention ! Il ne faudra surtout pas boire votre café.

15

Rosario traversa la véranda et approcha de la porte vitrée. L'apathie engendrée par l'alcool était en train de se dissiper. Le rayonnement solaire était moins intense, le soir tombait.

— Tu viens te promener ?

Rosario sursauta, puis se détendit. La haute silhouette de Solaris se détachait de l'ombre.

— Pourquoi pas ?

Elle laissa passer un instant avant d'annoncer :

— J'ai eu une conversation avec Cristo aujourd'hui…

— Et il t'a parlé de Stravos.

— Cristo t'a-t-il dit que j'avais refusé ?

— Mais tu as changé d'avis.

— Il a changé d'avis pour moi, dit-elle amèrement. A coups de menaces déguisées et…

— … à coups de poing ?

Ayant veillé à maquiller les bleus que ses vêtements ne cachaient pas, elle mentit sans hésitation.

— Non. Que Cristo s'imagine ce qu'il veut, continua-t-elle, écœurée. Le capitaine Stravos est un gnome dépourvu d'éducation et de cervelle. Je le manipulerai sans peine.

— Mais il a du pouvoir et des relations, c'est suffisant. Je serai là, je te protégerai. Tu n'auras qu'un mot à dire.

— Tu en demandes trop, Solaris. Cristo te tuerait s'il savait. Et je ne crois pas que je pourrais le supporter.

— Mais tu supportes ses coups et ses insultes, rétorqua le titan d'une voix sourde. Tu es sa femme, mais il te traite plus mal que ses putains.

Elle posa sa main sur son bras et tira réconfort de la puissance qu'elle sentait frémir sous ses doigts.

— Au moins ne me viole-t-il pas, dit-elle doucement. Et puis, il faut que je pense à mon fils.

La colère le disputait en elle à la prudence. Elle brûlait d'envie de se révolter contre Delgado. De lui jeter au visage que son précieux fils n'était pas de lui. Mais elle marchait sur une corde raide, elle le savait. Et elle savait aussi ce qu'il en coûterait à Argus si Cristo apprenait la vérité.

— Il a aussi une fille. Elle subira sûrement le même sort que toi…

— C'est ce qu'Argus a l'air de penser, répondit-elle.

Cristo ne parlait jamais d'Alejandra, mais il n'était pas difficile d'imaginer le sort qu'il lui réservait. S'il était prêt à prostituer sa propre femme…

— Ne te berce pas d'illusions, Rosario. Cristo attend de toi que tu acceptes les avances du capitaine Stravos.

— Je me montrerai charmante et gracieuse. Je le distrairai. Je lui offrirai un bon cigare et lui ferai boire du vin. Et, lorsqu'il sera ivre, je l'installerai dans un coin confortable. Je ne le laisserai pas me toucher.

— J'espère. Parce que, sinon, je le tuerai.

— Cristo a tué sa première femme, et il finira par me tuer, moi aussi. Du moins est-ce ce qu'il croit.

— Non. Pas tant que je serai ici.

— Et tu vas rester près de moi, affirma-t-elle, certitude née de la confiance qu'elle avait en leur amour. Jusqu'à ce que mon fils soit plus grand.

— A propos, Argus rend visite à notre prisonnier, Jason Marsh. Est-ce que, par hasard, tu sais pourquoi ?

— Non, comment le saurais-je ? Cristo l'a emmené une fois le voir peu après l'avoir capturé. Argus m'a dit qu'il aimait bien Jason. Qu'ils avaient des goûts communs.

Solaris jura.

— Et tu ne t'y es pas opposée ?

— Comment ? répliqua-t-elle sèchement. En le suivant dans les tunnels ? En le disant à Cristo ? A certains égards, il ressemble à son père. Je ne peux que lui dire de ne pas se conduire de telle ou telle façon. Je ne peux pas garantir qu'il m'écoute.

— Essaie quand même de le dissuader d'aller voir Marsh. Sinon, il finira par en payer le prix.

Tout à coup, Solaris se plaça devant elle et, lentement, il souleva sa manche droite, découvrant son avant-bras. Des ecchymoses violacées apparurent. Un éclair de colère flamba dans ses yeux, mais il se borna à promener son pouce sur les marques de coups.

— Et tu es bien placée pour savoir le mal que Cristo pourrait lui faire s'il était mécontent de lui.

— Argus aussi le sait, Solaris, murmura Rosario en balayant du regard la haute muraille qui ceignait la propriété.

— Merci pour la promenade.

Le géant relâcha son poignet et s'éloigna.

Le soleil matinal se levait au-dessus du mur d'enceinte. Machinalement, Jorgie remonta les lunettes sur son nez ; il grimaça de douleur. Laissant retomber sa main, il se jura de se venger à la minute où il mettrait la main sur Calvin West.

Un sourire cruel lui tordit la bouche. S'il était une chose à quoi il excellait, c'était bien faire souffrir.

Il était responsable de la sécurité et garde du corps personnel de Delgado, lorsque c'était nécessaire ; mais les deux tâches qu'il considérait comme les plus gratifiantes parmi celles que le trafiquant lui avait confiées consistaient à torturer les prisonniers pour les faire parler et à tenir à l'œil la population locale.

Ce qui incluait l'inspection quotidienne des équipes de paysannes qui venaient travailler à la villa.

Elles étaient si pauvres qu'elles essayaient par tous les moyens de s'en sortir, même s'il leur fallait pour cela coucher avec les hommes de Delgado.

En tant que chef de la sécurité, Jorgie n'était jamais à court de compagnie féminine.

Au cours des dernières années, il s'était fait un point d'honneur de connaître non seulement toutes les femmes qui travaillaient à la propriété, mais aussi leurs familles. C'était vers lui que Delgado se tournait lorsqu'il fallait prendre des mesures disciplinaires. Son patron était toujours impressionné de constater que Jorgie connaissait les noms et l'histoire de ceux qu'il décidait de punir.

Jorgie regarda Consuelo franchir le portail. Son ventre rond oscillait au rythme de sa démarche féminine, attisant un feu familier au fond de ses entrailles.

Une fois, il avait voulu assouvir le désir qu'elle lui inspirait. Il avait demandé à ses hommes de la lui amener après le travail. Mais, avant qu'il ait pu poser la main sur elle, Solaris avait annulé l'ordre et renvoyé la femme chez elle.

Puis, en termes dépourvus d'ambiguïté et devant tous ses hommes, le géant avait interdit à Jorgie de toucher à Consuelo, en raison des liens de parenté de Miguel avec le Padre Dominic. Delgado serait en difficulté si jamais le prêtre découvrait qu'il y avait eu abus sexuels, et Solaris avait prévenu Jorgie que si quelque chose arrivait au couple, il le tiendrait pour personnellement responsable.

Comme Jorgie détestait recevoir des ordres de quelqu'un d'autre que Delgado, il s'était arrangé pour étancher sa soif de vengeance sans s'attirer les foudres de Solaris. Il avait tué le fils aîné de Consuelo en faisant croire à un accident.

Ce qui était faux, bien entendu. Ah, ils avaient bien ri en rentrant à la propriété, ce jour-là, après avoir laissé le corps du gamin au bord de la rivière !

Quittant son appui contre le mur, il remarqua une nouvelle qui avançait à côté de Consuelo. Le vent plaquait sa robe de cotonnade blanche contre son corps et ses longues jambes se dessinaient, en transparence, au-dessous.

Un sourire carnassier étira ses lèvres. Les affaires reprenaient…

Il fit arrêter les deux femmes.

— Qui est ton amie, Consuelo ?

— C'est ma cousine, Maria, *señor* Jorgie, répondit Consuelo en levant une main couverte de gaze du poignet jusqu'au bout des doigts. Je me suis blessée ce matin. Alors, comme Maria est en visite à la maison, je lui ai demandé de venir m'aider à laver le linge pour ne pas être remplacée. Nous avons besoin d'argent, *señor*.

Jorgie tira son couteau de sa ceinture et incisa le pansement sur toute sa longueur. Sous le bandage, apparut une estafilade d'au moins huit centimètres.

— Comment t'es-tu fait ça ?

— En cuisinant. Les cris de mon bébé m'ont distraite et le couteau a dérapé. Si je mouille mes mains, il me faudra des points.

Elle n'eut pas besoin d'en dire plus. Les soins auraient été trop chers.

Il se tourna vers l'autre femme.

— Découvre ta tête et tourne-toi vers la lumière, ordonna-t-il.

Maria ôta l'écharpe rouge de sa tête et fixa son regard sur le menton de Jorgie. Ses cheveux étaient tirés en arrière en une courte queue-de-cheval noire et soyeuse, dégageant ses traits réguliers.

Elle était sacrément belle.

— Venez dans mon bureau à la fin de votre travail, Maria. J'aurai quelques questions à vous poser. C'est bien compris ? ajouta Jorgie en défiant Consuelo du regard.

— Oui, *señor*, répondit Maria d'une voix à peine audible.

Et soumise, songea avec satisfaction Jorgie, qui sentit une bouffée de chaleur se propager en lui.

16

S'étalant en corolle, à leur base, sur la moquette vert mousse, des rideaux de brocart et de soie lavande encadraient les fenêtres de la chambre. Les couleurs vives des fauteuils et des coussins apportaient à la pièce une note de gaieté.

Argus adorait la chambre de sa mère, la seule pièce de la résidence qui lui rappelait de bons souvenirs. Il y avait joué par terre des heures durant.

— *Mama ?* souffla-t-il en s'approchant du grand lit sur la pointe des pieds.

Sa mère était extrêmement sensible au bruit.

Il lui toucha l'épaule, rempli d'appréhension. Il avait toujours peur de la retrouver morte.

Un doux gémissement s'échappa de ses lèvres. Les yeux bruns clignèrent deux ou trois fois avant de s'arrêter sur lui. Mais ils étaient brumeux et injectés de sang, gonflés, cernés de traînées de mascara. L'effet des drogues de son père.

— Ça va, *mama* ?

— Oui, mon chéri, dit-elle avec une élocution pâteuse.

Elle tenta de s'asseoir, mais le poids des couvertures la rejeta en arrière.

— Quelle heure est-il ?

— C'est le soir, *mama*. Tu n'es pas venue dîner, alors, j'étais inquiet.

— Quel jour sommes-nous ?

— Mercredi, répondit-il patiemment en redressant ses oreillers. Papa a dit que, lui et toi, vous deviez aller chercher le capitaine Stravos en ville demain.

Elle prit sa main et la pressa contre sa joue.

— C'est vrai.

Au prix d'un intense effort, elle se redressa et tapota le drap, à côté d'elle.

— Assieds-toi un instant, Argus… Tu feras attention pendant que je ne serai pas là, n'est-ce pas ?

— Papa a dit que je resterai à la mission demain. J'aiderai le Padre Dominic à ranger les fournitures scolaires pour les enfants du village, je le lui ai promis.

— Tant mieux. J'ai peur que tu te fasses prendre à force de toujours courir dans ces tunnels.

— Mais je l'aime bien, *mama*.

— Je sais. Mais, maintenant, Solaris sait que tu rends visite à Jason Marsh. Alors, sois prudent, *mijo*.

— Oui, *mama*.

La pression de sa main se relâcha et elle ferma les yeux. Un instant plus tard, elle sombrait dans le sommeil.

— « Venez me voir dans mon bureau », singea Julia d'un ton railleur. Il peut toujours attendre !

— Faites attention aux caméras, recommanda Consuelo. Il faudra que nous repartions avec le premier groupe… En espérant que Jorgie ne nous verra pas de son bureau.

— Où est-il situé ? demanda Julia en sortant le plan des lieux qu'avait grossièrement esquissé Consuelo.

— Au premier étage, près des baraquements des gardes, dit Consuelo en montrant un point sur le plan. Quant aux caves qu'ils ont transformées en cellules pour y enfermer leurs ennemis, elles sont ici. Mais l'endroit est difficile d'accès, et très bien gardé quand il y a un prisonnier à l'intérieur. Ce qui est curieux, si c'est bien là qu'est Jason, c'est que je n'ai vu aucun garde en approcher depuis quinze jours. Pas un seul.

— Quinze jours, précisément ? releva Julia, l'air songeur.

— Il me semble. Il faudrait que je m'en assure auprès des autres.

— Peut-être Delgado les tient-il délibérément à l'écart de Jason ?

— Alors, c'est qu'il pense que votre ami n'est pas en état de s'échapper.

— C'est bien ce qui me fait peur.

Les deux hommes comblèrent la distance qui séparait la hutte de Miguel de la propriété en un temps record, empruntant un sentier quand c'était possible mais la plupart du temps se frayant un chemin à travers la dense végétation tropicale à coups de machette.

Juste au moment où le soleil disparaissait derrière la cime des arbres, Cal se hissa sur un petit promontoire d'où ils avaient vue sur l'entrée de la propriété.

Miguel porta les jumelles à ses yeux.

— Elles devraient sortir bientôt. Dans vingt minutes au plus.

Cal hocha la tête, le regard animé d'une lueur farouche.

— Si on ne les voit pas arriver, on y va.

Miguel abaissa les jumelles et le considéra pensivement.

— Je ne te connais pas depuis très longtemps, *amigo*, mais je connais les hommes et les femmes. La simple frustration n'explique pas ta colère. Pourquoi es-tu tellement fâché contre Julia ? Moi, j'en veux à Consuelo, mais c'est parce que j'ai peur pour elle.

— Je suis en colère parce qu'elle se comporte comme si elle se moquait de rester en vie ou pas. Alors qu'elle m'a engagé pour la protéger, bon sang !

— Il faut la comprendre, elle a pris ce risque pour sauver son mari…

— Son *ex-mari*, bonté divine !

— Ex-mari, répéta Miguel en dissimulant un sourire. Mais elles ne font rien d'autre que ce que nous avions nous-mêmes prévu — et avec une meilleure couverture. Peut-être devrions-nous attendre de voir si elles réussissent avant de voler à leur secours comme deux amoureux morts d'angoisse.

Des relents de moisissure et d'excréments saturaient l'air d'une odeur fétide qui prit Julia à la gorge.

Rasant les murs de brique suintants et couverts de salpêtre, elle poursuivit sa progression.

Consuelo l'avait avertie qu'elle devait s'attendre au pire. Que d'horribles rumeurs couraient parmi les domestiques. Que les sous-sols étaient remplis de cadavres.

Il existait deux moyens d'accéder aux caves, chacun ouvrant sur un dédale de couloirs souterrains.

La première entrée se situait sous les cuisines, à l'arrière du bâtiment principal, l'autre, à l'extérieur, dans la cour, à six mètres environ de la façade sud de la villa.

Julia avait d'emblée opté pour la cuisine, tout simplement parce que les employés n'étaient pas armés de mitrailleuses alors que les gardes de la cour, si.

Elle réussit à se déplacer dans la maison sans encombre, veillant à garder les yeux baissés, son panier de linge sous le bras, marchant d'un pas rapide. Si elle passait sous l'œil d'une caméra, elle ressemblerait à n'importe quelle autre employée vaquant à ses tâches quotidiennes.

Il lui avait fallu attendre presque toute la journée avant de pouvoir s'éclipser de la blanchisserie. Consuelo lui avait bien recommandé d'être de retour avant la sirène qui signalait la fin de leur service, une heure plus tard.

Ce qui ne lui laissait guère de marge de manœuvre.

Parvenue dans la cuisine, elle rangea son panier sous une table de service, puis réussit à se glisser discrètement le long du couloir qui conduisait à l'entrée des sous-sols.

Au bas d'une douzaine de marches, elle étudia le boyau étroit qui s'enfonçait devant elle.

A son extrémité, une vieille ampoule suspendue par un fil au plafond dispensait une lumière jaunâtre.

Rapidement, elle s'avança, les nerfs tendus à craquer. De vagues murmures résonnaient contre les murs nus, noircis par l'humidité. Julia se figea, tendant l'oreille. Un léger courant d'air lui effleura la nuque.

Les sons étouffés semblaient précipités, inquiets. Elle se remit en marche. Elle arriva bientôt à un embranchement. Elle parvenait presque à distinguer les mots, maintenant, mais l'écho l'empêchait d'en discerner l'origine.

Elle s'engagea dans le couloir de droite. Elle n'avait pas parcouru trois mètres qu'elle s'aperçut que les voix s'éloignaient, se perdaient dans les méandres des tunnels.

Pleine d'appréhension, elle rebroussa chemin et suivit le faible son, se guidant à l'oreille.

Jason Marsh remua sur le ciment. Le froid l'engourdissait. C'était presque une chance car son épaule, à cause des coups acharnés des hommes de Delgado, lui faisait mal.

Depuis quand était-il là, déjà ? Seize jours ? Dix-sept ? A quand remontaient les derniers coups qu'il avait reçus ?

Jorgie s'y était si bien pris qu'il avait perdu conscience avant la fin de la séance.

Presque trois semaines, en tout cas. Ils n'avaient pas trouvé le prototype. Sinon, ils l'auraient tué.

Dans le silence de sa cellule, il entendit le bruissement du caoutchouc sur le béton.

— Jason ?

— Argus, murmura Jason.

Sa lèvre encroûtée de sang séché se rouvrit et se mit à saigner.

— Je t'ai dit de ne plus descendre me voir.

Il se mit debout, serrant les dents pour lutter contre la douleur, puis tira sur ses chaînes pour approcher des barreaux de son cachot.

— Si ton père te trouve ici…

— Il part demain pour Caracas avec maman. Il ne veut pas être dérangé pour l'instant ; il a des détails de dernière minute à régler, expliqua l'enfant, récitant les paroles son père. Et maman… dort.

Si dormir signifiait qu'elle était évanouie quelque part, assommée par les stupéfiants, songea Jason.

Argus était grand pour son âge, mince et dégingandé, avec des épaules qui pointaient et un long nez étroit. Ses cheveux bouclaient sur le dessus de sa tête mais étaient ras sur les côtés. Il portait des vêtements de grande marque. Son jean à lui tout seul devait valoir une année de salaire des paysans de la région.

Un portrait de Bach ornait son T-shirt. Argus adorait la musique classique. Il jouait du piano chaque fois qu'il le pouvait — c'est-à-dire, lorsque son père n'était pas là.

Du point de vue de Cristo, le goût pour la musique était un trait féminin. Il représentait donc une menace pour la virilité d'Argus et, par voie de conséquence, pour son empire. Un empire qu'il formait son fils à diriger.

Ce que Jason entendait bien éviter.

L'enfant glissa un sac tissé entre les barreaux.

— Mangez ça. Vite. Il faut que je remporte le sac. C'est du fromage, du pain et de l'eau.

— Il va falloir que tu m'aides, mon garçon, répondit Jason en montrant son bras blessé.

— Ah oui ! J'ai aussi apporté de l'aspirine que j'ai prise dans la chambre de ma mère.

— Merci.

Argus ouvrit le tube, déposa plusieurs comprimés dans la paume de Jason, puis lui tendit la bouteille d'eau, ouverte.

Lentement, l'agent avala les cachets et but à longs traits, ignorant la douleur qui fusait dans sa mâchoire et dans sa gorge.

— Jason, reprit Argus en parlant très vite, à voix basse, je voulais vous prévenir : papa a dit à Jorgie qu'il devrait s'occuper de vous à son retour. Il a dit aussi que je devrais être présent pour apprendre comment on traite les gens qui se mêlent de nos affaires. Ce sera ma récompense parce que j'ai bien travaillé à l'école.

Un enfant de dix ans entraîné à pratiquer la torture. La nausée envahit Jason.

— Qu'est-ce qu'il va faire à Caracas ?

— S'occuper d'un chargement de cocaïne. Et il cherche aussi votre femme. Elle est au Venezuela.

Jason se figea.

— Dis-moi tout, absolument tout ce que tu sais, Argus.

— C'est justement le problème. Je ne sais pas grand-chose de plus. Je ne savais pas que vous aviez une femme, Jason.

— Une ex-femme.

Le petit garçon hocha la tête et reprit le sac et la bouteille.

— Elle a quelque chose qu'ils appellent le BATARD. Papa dit que c'est une sorte de chien de chasse entraîné à trouver la drogue. Qu'est-ce que c'est, exactement, Jason ?

— Un appareil pas plus grand qu'un téléphone portable et qui peut détecter les cargaisons de drogue de ton père à travers la coque en acier des bateaux.

— Il dit que vous l'avez volé à votre pays. Pourquoi ?

— J'avais mes raisons. Mais j'ai bien l'intention d'empêcher ton père de mettre la main dessus.

— Pas étonnant qu'il soit en colère.

— Que sais-tu d'autre, Argus ?

L'enfant fronça les sourcils, concentré.

— Mon père a rencontré un homme, ce matin. Quelqu'un que je n'avais jamais vu. Ils ont dit que Julia était ici avec un homme nommé West. Et ils comptent les piéger ici, à la villa.

— West ? Calvin West ?

— Je crois, répondit Argus, l'excitation perçant dans sa voix. C'est un ami à vous ?

— Non, dit Jason, les rouages tournant à toute allure dans sa tête. Si Julia entre en contact avec toi, Argus, je veux que tu fasses exactement ce qu'elle te dira, d'accord ? Il est possible que les choses tournent vraiment mal et, dans ce cas, elle s'occupera de toi.

— Et Calvin West ?

— Non… Tu ne dois faire confiance qu'à Julia.

— Est-ce qu'elle pourra aussi protéger Alejandra ? Elle va bientôt passer son diplôme et, ensuite, papa la fera rentrer ici.

— J'aiderai ta sœur, mon garçon. Mais, d'abord, il faut que j'empêche le départ du prochain cargo de ton père.

— Le bateau a déjà été retardé. Papa a donné l'ordre à maman de s'occuper du capitaine Stravos. Il l'a frappée pour l'obliger à accepter et…

La voix d'Argus se brisa.

— Je sais que ça a l'air sans espoir pour le moment, Argus. Mais, avec un peu de chance, nous réussirons à tous nous en sortir.

— Votre femme aussi ?

— Mon ex-femme, corrigea-t-il machinalement. Oui, elle aussi. Ecoute, Argus, le moment est venu pour moi de sortir d'ici. Crois-tu que pouvoir t'emparer des clés de mes chaînes et de la porte de ma cellule ?

Argus réfléchit, plissant le front.

— Papa garde son trousseau dans son bureau. Comme il ne sera pas là, ça devrait être facile.

— Je ne veux pas que tu coures le moindre risque. Si c'est trop dangereux, je trouverai un autre moyen.

— Je dois passer les prochains jours à la mission, mais je peux rentrer plus tôt.

— Comment ?

— Je sais comment. Mais il faut attendre jusqu'à demain.

Jason le contempla longuement, sans pouvoir se garder d'éprouver un sentiment de fierté.

— Entendu. Ce sera pour demain, alors.

— Mais, même si je vous aide à sortir d'ici, il y aura les gardes dehors. Ils sont deux fois plus nombreux. Ce sera très dur.

— Ne t'inquiète pas pour ça, fiston. Allez, il est temps pour toi de partir… Dis-moi juste une dernière chose. Est-ce que, par hasard, tu aurais entendu le nom de l'homme qui est venu voir ton père ce matin ?

— Oui. Il s'appelait Renalto.

17

Julia s'efforça de suivre les voix, mais leur écho se perdait dans le labyrinthe de couloirs. Elle en avait cependant entendu assez pour savoir que l'une était une voix d'enfant, et l'autre, celle d'un homme.

Jason ? Son cœur se mit à battre plus fort. Tourner en rond alors qu'elle était si près du but…

Elle s'engagea dans un nouveau passage, priant pour ne pas se retrouver nez à nez avec un garde.

Tout à coup, elle distingua des marches de pierre au bout d'un étroit corridor. En contrebas, il y avait un autre couloir.

Refoulant la peur, Julia descendit.

Le plafond était si bas qu'elle dut courber la tête. Quelques mètres plus loin, une sorte d'arche dépourvue de porte ouvrait sur une large salle distribuant deux rangées de cellules.

Seule celle du fond était occupée. Elle s'avança sans bruit, n'osant même plus respirer.

Il était assis dans un angle, vêtu seulement d'un pantalon crasseux et déchiré, pieds nus, la tête calée contre le mur, les yeux clos. Son visage était si abîmé qu'il en était presque méconnaissable. Il avait les yeux gonflés, l'épaule tordue bizarrement, des contusions un peu partout, sur le torse, les bras, l'abdomen. Et une grande coupure lui barrait la joue jusqu'à la mâchoire.

Son cœur se serra. Elle était arrivée trop tard.

— Jason ?

Un chapelet de jurons lui fit faire un bond en arrière. Puis des chaînes raclèrent le ciment. Jason lutta pour se mettre sur ses jambes.

— Nom d'un chien ! Qu'est-ce que tu fais ici, Julia ?

— Pardon ?

Son sang ne fit qu'un tour. Après toutes ces émotions, recevoir un tel accueil…

— Je me le demande bien, riposta-t-elle. Je comptais prendre mon appareil photo pour t'immortaliser en train de te faire torturer, histoire d'avoir un souvenir, mais je l'ai oublié.

— Tu sais ce que je veux dire, reprit Jason. C'est Argus que tu dois sortir de là, pas moi. Tu devrais être à la mission.

— Eh bien, c'est toi que j'ai trouvé en premier. Vraiment, en guise de remerciements…

— Tu ne peux pas ouvrir cette porte. Crois-moi, si c'était possible, je serais parti depuis longtemps. As-tu pensé à ce qui arriverait si Cristo te trouve ici ? Ou Jorgie ?

Il jeta un regard dans le couloir, derrière elle.

— Où est West ?

— Pas là. Consuelo et moi l'avons drogué, lui et son ami Miguel. Ils doivent dormir à la hutte.

— Quoi ? se récria Jason avant de débiter un nouveau chapelet de grossièretés. Les instructions étaient pourtant simples, non ? Faire en sorte que Cal t'accompagne ici et qu'il vienne me libérer pendant que tu enlèves Argus.

— Bon sang, Jason ! J'ai essayé ! Mais si tu crois que c'est si facile…

— Comment ça ?

Il la contempla en silence pendant un moment.

— Tu as couché avec lui ?

— Ça ne te regarde pas, rétorqua-t-elle sèchement.

— Oh ! que si, ça me regarde. Ce n'est pas le moment que West se mette à te faire les yeux doux. Je n'ai pas besoin de ça.

— *Tu* n'en as pas *besoin* ?

Julia s'avança jusqu'aux barreaux.

— Tu es exactement comme lui. Tu n'es bon qu'à donner des ordres et à te servir de moi pour obtenir ce que tu veux.

— A cette différence près que je me sers de toi pour sauver mon fils, répondit doucement Jason.

Le ton de sa voix lui rappela l'homme qu'elle avait connu avant… tout ceci. Avant leur mariage.

Elle se radoucit.

— Je sais, Jason. Ecoute… Cal ne fera pas de mal à Argus, j'en suis sûre. Si tu n'as pas confiance en lui, aie au moins confiance en moi. Alors, je vais lui dire, pour Argus. Et je vais lui dire où j'ai caché le BATARD.

— Non !

Jason agrippa les barreaux de sa main valide et se pencha jusqu'à ce que leurs visages soient proches à se toucher.

— Padre Dominic te fera sortir du pays avec Argus. Calvin ne fait pas partie du voyage. Si nous avions besoin de lui pour t'amener ici, c'était uniquement parce que le Padre Dominic ne pouvait pas courir le risque d'éveiller les soupçons sur lui en allant te chercher à l'aéroport.

— Je sais. Et heureusement qu'il n'est pas venu.

Elle lui relata l'affrontement de Cal avec Jorgie, l'attaque de la maison de Renalto, puis la rencontre avec Esteban et la fusillade sur le tarmac.

— Et, malgré ça, tu penses toujours que Cal protégera Argus ?

— Calvin pense qu'une taupe, à Washington, a informé Cristo de tes plans.

Jason releva brusquement la tête ; il ne put retenir un gémissement de douleur.

— Est-ce que Renalto sait que tu dois aller à la mission ?

— Euh… Je ne pense pas. A l'origine, il était censé aider Cal à entrer dans la propriété pour te récupérer. Mais, après l'assaut, sur la piste d'atterrissage, Cal m'a emmenée chez Miguel.

Jason jura et se prit la tête dans sa main valide.

— Jason, dit Julia d'un ton urgent, qu'est-ce qui se passe ?

— Renalto est un traître. Delgado le paye pour aider à votre capture, à toi et à West.

Il s'interrompit.

— Est-ce qu'ils savent que tu as le BATARD ?

— Non, répondit lentement Julia. En fait… je ne l'ai plus.

— Comment ça, tu ne l'as plus ?

— Je voulais m'assurer qu'il ne finirait pas entre les mains des trafiquants. Alors, je l'ai mis en lieu sûr.

Jason laissa retomber son front contre les barreaux, abattu.

— C'était ma garantie, Julia. Mon passeport pour la liberté.

— Cal va te faire sortir de là. Je le sais. C'est pour ça que Cain l'a envoyé ici et c'est bien ce qu'il a l'intention de faire.

— Non. Cain ne l'a pas envoyé à mon secours, répliqua Jason avec âpreté. Il l'a envoyé me tuer. Parce que c'est ça que fait Calvin West. C'est son travail. Et il est le meilleur.

Elle ouvrit la bouche, mais retint le cri de dénégation

qui lui montait aux lèvres. Cal, un assassin ? Etait-ce possible ?

— Son nom de code parle de lui-même, ajouta Jason.

Elle vit de la pitié dans son regard, cette fois.

— Thanatos, le dieu de la Mort dans la mythologie grecque…

Le son perçant de la sirène déchira soudain l'air, se répercutant dans le réseau de couloirs, sous la villa.

— Sors vite, dépêche-toi ! reprit Jason, changeant de figure. Prends à gauche quand tu seras au bas des marches, puis le premier passage à droite et ensuite, encore à gauche. Ça te conduira à l'escalier qui donne dans la cour. Trouve mon fils et quitte la Colombie. Je me chargerai de Calvin.

— Tu te trompes sur son compte.

Elle lui lança un dernier regard, puis tourna les talons et s'enfuit en courant.

Quelques instants plus tard, soulagée, elle grimpait quatre à quatre d'escalier, puis ralentissait l'allure pour émerger au-dehors.

La sirène décrut dans un long hululement. Le ciel s'était couvert d'énormes nuages noirs. Tout à coup, de grosses gouttes de pluie s'écrasèrent sur le sol, martelant les feuilles des arbres à une cadence de plus en plus rapide. Mère Nature accélérait le tempo de la tempête.

Les femmes étaient déjà alignées devant le portail, attendant d'être fouillées pour pouvoir quitter la propriété.

Julia avisa Consuelo, à l'arrière de la file, balayant la cour du regard. Ses yeux s'arrêtèrent sur elle.

Julia agita la main et hâta le pas. Soudain, elle vit la peur crisper les traits de son amie.

*
* *

L'œil collé à la lunette de son fusil, Cal observait la foule.

— Nom d'un chien, je vois Consuelo dans la file, mais pas Julia.

Miguel abaissa un instant ses jumelles pour lui jeter un regard anxieux. Trois secondes plus tard, Cal annonçait, la voix tendue :

— Ah, une femme arrive en courant… C'est elle.

Cal vit alors Jorgie sortir de son bureau et lancer un ordre à ses gardes. Peu après, l'un d'eux saisissait Julia par le bras et la lui amenait.

— Bon sang.

Cal arma son fusil sans l'ombre d'une hésitation.

— On ne peut pas attendre. Quand elle sera dans le bâtiment, on ne pourra plus rien. Il faut créer une diversion. Approche-toi le plus près possible du portail et tiens-toi prêt. Quand les femmes se mettront à courir, attrape Consuelo et Julia et foncez chez toi.

— Et toi ?

— Je vous y rejoindrai, assura Cal d'une voix dure. Arrange-toi simplement pour que vous rentriez tous les trois sains et saufs.

— Vous ne vous trompez pas de direction, *señorita* ? lança Jorgie. Vous deviez venir me voir à la fin du service.

— S'il vous plaît, *señor*, répondit Julia en s'efforçant de réprimer sa frayeur. Ma famille va s'inquiéter si je ne rentre pas avec ma cousine.

Le garde resserra son emprise sur son bras. Jorgie se mit à rire. Lentement, il éleva la main et suivit d'un doigt la ligne de sa mâchoire. Puis, tout à coup, sans prévenir, il la gifla à toute volée. Sa tête partit sur le côté tandis qu'une douleur cuisante explosait au niveau de sa mâchoire. Une multitude de points brillants dansa devant ses yeux. Sans la poigne de fer du garde, elle serait tombée.

Elle porta une main à sa bouche, sentit le goût métallique du sang sur sa langue.

— Vous avez l'air de croire que je vous demande votre permission, *señorita*. Ce n'est pas le cas. Vous ne serez retardée que d'une heure ou deux et, si vous me faites plaisir, je vous paierai le temps supplémentaire.

Il lui pinça le menton, l'obligeant à lever la tête.

— Que vous preniez l'argent ou pas, ça ne change rien. A vous de voir. C'est compris ?

— Je…

Des coups de feu éclatèrent derrière eux. Le garde relâcha Julia si soudainement qu'elle trébucha.

Jorgie fit volte-face et se mit à vociférer, lançant des ordres tous azimuts. Ses hommes tombèrent à genoux, mitrailleuse à l'épaule, et ouvrirent le feu en direction de la jungle.

Les femmes se mirent à courir.

Sans prêter attention à sa joue qui l'élançait, Julia se rua vers Consuelo.

— Les collines ! cria son amie lorsqu'elle l'eut rejointe. Il faut nous cacher dans la forêt !

— Vite, Julia. Dépêchez-vous ! La nuit tombe…

Et ce n'était pas facile de presser le pas, dans la pénombre qui gagnait l'épais feuillage, le sol rendu glissant par la pluie qui avait cessé aussi subitement qu'elle s'était mise à tomber.

Tout à coup, Miguel surgit devant elles.

Consuelo se jeta dans ses bras, l'embrassa, puis

murmura quelque chose à son oreille. Il regarda le visage de Julia et jura.

Mais elle se moquait bien de la douleur et de la réaction de Miguel.

— Où est Calvin ?

Comme en réponse à sa question, une rafale de tirs retentit derrière eux, assez loin.

— Il occupe les hommes de Delgado pour nous laisser le temps de fuir, répondit Miguel. Alors il n'y a pas une minute à perdre… En route.

— Mais… nous devons l'aider, protesta faiblement Julia, sentant ses forces l'abandonner.

— Julia, vous ne voudriez pas qu'il fasse tout ça pour rien ? Il n'a pas besoin de notre aide. Il a besoin de ne pas s'inquiéter pour vous. D'avoir l'esprit libre pour être vigilant et rester en vie.

— Mais…

— Il a vu Jorgie vous frapper. Ça l'a mis en rage. Il m'a demandé de vous ramener à la maison toutes les deux. Il nous y retrouvera plus tard. Je lui ai donné ma parole.

Rompue de fatigue, le visage endolori, Julia hocha la tête et ils se mirent en route tandis que, derrière eux, la fusillade reprenait de plus belle.

Cal ne parvenait pas à effacer de son esprit l'image de Jorgie giflant férocement Julia.

Il avait beau s'efforcer de se raisonner, se dire qu'elle en avait réchappé, qu'un coup au visage n'était pas mortel, la colère et la peur ne se dissipaient pas, au risque de gêner sa concentration. Il inspira lentement, profondément pour évacuer le trop-plein d'émotions, fixant son attention sur les bruits de la jungle.

La première fois qu'il avait tué, c'était ici, dans cette forêt. Les cris des singes, le bourdonnement des insectes…

Sa cible était un jeune type à peine sorti de l'adolescence, mais suffisamment âgé pour se livrer au trafic d'armes et pour vendre des explosifs à des pays du tiers-monde déchirés par la guerre civile. Des explosifs qui tuaient indifféremment des civils, des femmes et des enfants.

Un tir facile, à mille mètres. Une balle au milieu du front ; deux dans la poitrine.

Au bout d'un an ou un an et demi, il avait cessé de compter.

Le cliquètement métallique d'un fusil d'assaut résonna entre les arbres. Des pas lourds se firent entendre, des branches craquèrent. Cal s'accroupit dans l'ombre et attendit.

Quelques secondes plus tard, un paramilitaire de Delgado apparut.

Cal bondit. Passant l'avant-bras autour de son cou, il poussa violemment sa tête de l'autre côté et lui brisa la nuque.

Il étendit le corps de l'homme sous les taillis et, vivement, lui retira son couteau, ses munitions, sa veste d'uniforme et — prises de choix — les lunettes à vision nocturne suspendues à son cou, la grenade de saturation sensorielle fixée à sa ceinture.

Solaris et ses hommes en seraient aussi équipés, ils se retrouvaient ainsi à égalité.

L'odeur caractéristique de la jungle amazonienne réveilla en lui le souvenir vivace de Solaris le traquant dans la forêt, des années plus tôt. Et celui de sa première rencontre avec Jason Marsh…

Solaris était sur le point de le tuer, au bord de la rivière.

Puis, soudain, des coups de feu avaient retenti, tirés depuis la jungle. La plupart des hommes de Solaris s'étaient écroulés, criblés de balles. Les autres avaient pris leurs jambes à leur cou pour se mettre à couvert.

Solaris était touché à l'estomac. La puissance de l'impact l'avait poussé dans la rivière.

Cal avait réussi à ramper quelques mètres pour tenter de se cacher, mais la douleur avait fini par avoir raison de lui. Il avait perdu conscience.

A son réveil, il était dans la grotte. Et un homme, le visage barbouillé de peinture noire, en tenue de camouflage, s'était penché sur lui.

Au premier abord, il avait cru discerner une lueur de folie dans les yeux sombres, enfoncés dans leurs orbites. Mais il avait rapidement compris que c'était de la colère qui brillait dans ce regard.

— Bon sang, West, vous êtes fou ?

Cal s'était raidi.

— On se connaît ?

— Non. Mais vous appartenez au MI6 et vous n'êtes pas à votre place ici, mon vieux.

L'homme s'était agenouillé pour examiner ses blessures.

— Jason Marsh, de la D.E.A.

Cal l'étudia attentivement, s'efforçant de faire abstraction du camouflage.

— Vous êtes un des hommes de Solaris.

— Plus maintenant. Je viens juste de tirer sur ce fumier. Ça a valeur de démission, vous ne croyez pas ?

Jason sortit un kit de premier secours. Voyant Cal hausser les sourcils, il expliqua :

— Je l'ai pris sur un compatriote qu'ils ont tué. J'ai pu extraire les balles de votre jambe et votre thorax, mais il va falloir trouver un médecin. Un qui ne soit pas sous la coupe de Delgado.

Il ouvrit un petit flacon d'alcool.

— Je vous préviens, ça va faire mal. Mais c'est tout ce que j'ai pour combattre l'infection. Pas de bruit, surtout.

Jason versa l'alcool sur la plaie de sa jambe. Une brûlure terrible l'embrasa, atrocement douloureuse. Cal serra les dents pour s'empêcher de crier.

— Cette caverne est assez éloignée de la rivière, ils ne vous trouveront pas, ici. Ça vous laisse quelques jours pour vous rétablir.

— Qu'est-ce que vous faites ici ? demanda Cal lorsqu'il fut de nouveau capable de parler.

— Infiltration. J'étais là, en plein cœur de l'organisation de Delgado, juste sous son nez. Vous allez m'être sacrément redevable, West.

— Je peux peut-être vous aider à récupérer votre couverture.

— Je ne suis pas rentré. Ils vont penser que je suis mort.

— Ou blessé. Je peux vous tirer dessus.

— Non, sans façon…

— Si je vous colle une balle dans la jambe ou dans un organe non vital, vous gardez toutes vos chances. Vous attendez un jour ou deux puis vous rentrez, en piteux état, délirant de fièvre.

— Oui… Ça pourrait marcher, convint Jason, les lèvres serrées.

Il lui tendit son pistolet, crosse en avant.

— O.K., tenez. Mais pas de blague, hein.

Le claquement d'un coup de feu ramena Cal à la réalité dans un sursaut. Jurant tout bas, il plongea les doigts dans le sol boueux et s'en barbouilla prestement le visage. L'odeur de la végétation en décomposition lui emplit les narines.

Il vit alors Jorgie apparaître entre les arbres. Par

arrogance ou par colère, l'imbécile avançait en aboyant des ordres à ses hommes, au mépris de toute prudence.

Repoussant les lunettes à infrarouge sur son front, Cal prit la grenade GSS. Il cligna des yeux, le temps de s'accoutumer à l'obscurité, suivant à l'oreille l'avancée des ennemis.

Lorsque Jorgie et ses hommes émergèrent dans la clairière, Cal lança la grenade, puis, se détournant, ferma les yeux et se boucha les oreilles. L'explosion déchira le silence, aussitôt suivie des cris des hommes, assourdis et aveuglés par le flash lumineux, rendu plus intense encore par leurs lunettes à vision nocturne.

Profitant de son avantage, Cal s'avança rapidement. Jorgie gisait, au milieu de ses hommes, inconscient mais en vie. L'idée de l'achever le traversa ; il se ravisa. D'autres gardes devaient se trouver à proximité. Sans bruit, il s'éloigna. Il aurait préféré trouver Jorgie mort, ce qui lui aurait épargné d'avoir à le supprimer plus tard.

Il lui fallut plusieurs heures pour rejoindre la maison de Miguel. Et au moins autant de temps pour calmer la colère et la frayeur que ces dernières heures lui avaient valu.

A plusieurs reprises, il s'arrêta et revint sur ses pas pour brouiller les pistes et s'assurer qu'il ne serait pas suivi.

Il entra sans frapper.

Ce fut Julia qu'il vit en premier, assise à la table, vêtue d'un débardeur bleu marine avec le mot Corona placardé en travers de la poitrine et d'un pantalon cargo noir porté bas sur les hanches.

— Je vais bien, dit-elle.

Mais elle garda la main plaquée sur sa joue pour qu'il ne voie pas les dégâts.

Consuelo s'avança.

— Je l'ai soignée, Cal. C'est enflé, mais ça dégonflera rapidement.

Il écarta sa main et laissa échapper une exclamation étouffée.

— Je vais le tuer.

Julia vit alors ce qui se cachait derrière la rage. C'était de la peur.

— Ce n'est pas ta faute, Cal…

— Tu as fichtrement raison ! C'est la tienne, répliqua-t-il d'un ton cassant. Mais, fais-moi confiance, j'aurai deux mots à te dire quand nous serons seuls.

Elle se redressa, indignée.

— Tu ne veux pas savoir ce que j'ai découvert ?

— Non. Nous avons un problème plus urgent à régler, figure-toi. Jorgie est à moins de deux heures derrière moi.

Cal se tourna vers Miguel.

— Ses soupçons vont se porter sur Consuelo, c'est sûr. Il va venir ici pour l'interroger et chercher Julia.

Consuelo pâlit.

— Pourquoi ? J'étais blessée et j'ai amené ma cousine pour qu'elle m'aide. Ça n'a rien d'inhabituel.

— Mais la coïncidence est trop évidente. Quand la propriété a-t-elle attaquée pour la dernière fois ?

Miguel et Consuelo se consultèrent du regard.

— Ça n'est jamais arrivé, avoua Miguel.

— Eh non, parce que c'est suicidaire. Jorgie va comprendre que c'était une manœuvre de diversion. Il ne lui faudra pas longtemps pour sauter aux conclusions.

Le regard de Cal s'arrêta sur Miguel.

— Il faut que vous partiez. Immédiatement. Toi et ta famille, vous devez quitter le pays.

Miguel secoua la tête.

— Nous n'avons nulle part où aller.

— Nous pourrions aller à la mission, suggéra Consuelo.

— Non, nous sommes trop nombreux. Mon oncle ne pourrait pas tous nous cacher. Après une attaque comme celle-ci, Jorgie va fouiller la mission, c'est forcé.

Cal opina. Consuelo pâlit et les contempla.

— Mais qu'allons-nous faire, alors ?

— J'ai une idée, dit Cal. Vous avez un crayon ?

Consuelo lui en trouva un et il griffonna un numéro de téléphone sur une carte, qu'il tendit à Miguel.

— Mémorise ce numéro puis brûle-le. Penses-tu pouvoir t'arranger pour être à Caracas avec ta famille demain ?

— Oui, dit Miguel après avoir brièvement réfléchi. Je pense que oui.

— Bien. Quand tu seras là-bas, appelle ce numéro. En PCV. L'homme qui répondra est un ami à moi. Il s'appelle Renalto.

— Non, pas Renalto ! s'écria Julia. Jason m'a dit tout à l'heure qu'il était de mèche avec Cristo. Il est corrompu !

— Et si je te dis qu'on peut lui faire confiance ? Qui croiras-tu ? Moi ou ton ex-mari ?

— Est-ce que c'est un genre de test ? rétorqua Julia. Tu mets en jeu la vie de Miguel et de sa famille.

— Eh bien, je crois que j'ai ma réponse.

Cal se détourna.

— Miguel, tu diras à Renalto que tu as des ennuis, que tu m'as aidé et que, maintenant, ta famille et toi devez être évacués secrètement vers les Etats-Unis au plus vite. Nous avons un contact à Washington, Cain MacAlister. Il prendra le relais quand vous serez sortis. Tu as bien compris ?

— *Sí, amigo.*

— Ne fais confiance à personne d'autre, le mit en garde Cal. Delgado a des informateurs partout.

— D'accord, dit Miguel. Mais vous et Julia ? Vous ne pouvez pas non plus rester ici.

— Ils peuvent aller à la mission, eux. Padre Dominic les cachera facilement, dit Consuelo, qui avait repris quelques couleurs.

— Ma femme a raison. Allez à la mission. Vous direz à mon oncle que je dois partir en vacances. Il comprendra.

Consuelo embrassa Cal sur la joue.

— Merci de votre aide.

— *Amigo*, si je peux faire quoi que ce soit pour te remercier, je le ferai, dit Miguel avec sincérité.

— Oui, il y a bien quelque chose, répondit Cal. Quand tu prendras contact avec Renalto, demande-lui de me retrouver au nord-ouest de la villa dans vingt-quatre heures. Et dis-lui d'apporter l'artillerie.

18

Le père Dominic Seymour n'avait plus vingt ans. Il en avait soixante-dix et sa calvitie et sa longue soutane noire ne contribuaient guère à le rajeunir.

Il y eut un roulement de tonnerre et un éclair zébra le ciel, illuminant la fenêtre et chassant les ombres de la vieille bâtisse. La pluie se remit à tomber avec force.

L'église était en pierre et en béton. Son clocher, dépourvu de cloche, s'élevait toujours au-dessus du toit d'adobe, mais la peinture blanche écaillée et le réseau de craquelures qui lézardaient les murs trahissaient l'âge du bâtiment, la bataille perdue d'avance qu'il livrait contre les éléments.

Le coup de sonnette, à l'entrée, ne le surprit pas. Il avait déjà entendu parler de l'attaque contre la villa Delgado et savait que nombre de paysans craignaient des représailles. Et, lorsqu'ils avaient peur, c'était à l'église qu'ils venaient chercher du réconfort.

Ce qui n'empêchait pas le Padre Dominic d'être prudent. La plupart du temps, ses visiteurs venaient lui demander la charité ou solliciter une bénédiction, mais, parfois certains cherchaient à voler le peu de biens que possédait la mission.

Il ouvrit la porte.

— Padre Dominic ?

— Oui.

Un homme et une femme se tenaient sur le seuil, l'eau ruisselant sur leurs visages.

Malgré la faible lueur de la lanterne qu'il tenait à la main, il vit que la femme était belle. L'homme aussi, mais il avait des traits plus durs et une lueur ombrageuse dans le regard.

— Je suis un ami de Miguel, annonça ce dernier. Il m'a dit que vous pourriez nous aider.

— Miguel ?

Le Padre Dominic ne bougea pas, mais il assura sa prise sur le pistolet qu'il dissimulait dans les plis de sa soutane.

— Comment va mon neveu ?

— Il m'a demandé de vous dire qu'il devait partir en vacances.

Un bref sourire éclaira le visage du prêtre.

— Alors, soyez les bienvenus.

Un petit pistolet à crosse de nacre apparut comme par magie dans sa main libre. Il remit rapidement le cran de sécurité puis le rangea dans sa poche.

— Parfois, les prières ne suffisent pas, surtout par une nuit sombre comme celle-ci. Mais ne restez pas sous cette pluie, mes enfants. Entrez.

Ce disant, il recula dans un vaste hall de pierre pour les laisser passer.

— Pardonnez le manque de lumière, ajouta-t-il en soulevant sa lanterne. Notre générateur a décidé de rendre l'âme justement ce soir. Puis-je vous demander comment vous vous appelez ?

— Calvin West. Et voici Julia Cutting. Miguel nous a dit que vous pourriez nous héberger.

— Nous sommes bien sûr prêts à vous dédommager, mon père.

— Ma foi, je ne refuse jamais un don, mais ce n'est pas obligatoire. Suivez-moi. Il y a un bon feu dans la cheminée de la salle commune. Vous pourrez vous sécher.

Les murs de la pièce s'ornaient de tableaux représentant des saints et un imposant crucifix était accroché au-dessus de la cheminée. Lorsqu'ils furent installés près de l'âtre, le Padre Dominic leur donna des couvertures, puis il se dirigea vers un mur et tira sur une corde.

— Pardonnez-moi si je vous parais inhospitalier, mais j'aimerais savoir pourquoi vous avez besoin d'être hébergés à la mission.

— Un ami à nous est retenu prisonnier par Delgado, à la villa, expliqua Cal. Je suis venu ici pour le libérer.

Un autre prêtre entra dans la pièce, mince, les traits aiguisés.

— Oui, Padre Dominic ?

— Padre Mateo, pourriez-vous préparer la chambre de l'aile sud pour nos invités ? demanda le vieil homme. Et leur porter du thé chaud et le reste de pain et de soupe de notre dîner.

— Avec plaisir.

Mateo partait lorsque Dominic l'arrêta.

— S'il vous plaît, occupez-vous-en personnellement. Inutile de dire aux autres que nous avons des invités. Je préfère que ça reste entre nous, pour l'instant.

Le prêtre s'inclina.

— Comme vous voudrez, Padre.

Tandis que Mateo s'éloignait, Dominic se tourna vers Calvin.

— N'ayez crainte, monsieur West, il gardera le secret. C'est quelqu'un de bien. Les hommes de Delgado ont décimé sa famille quand son père a refusé de cultiver la coca.

La colère passa sur les traits du vieil homme.

— J'essaie d'aider ces pauvres gens dans la mesure de mes moyens, mais, malheureusement, je ne peux parfois que les enterrer. Le cimetière qui se trouve à mi-chemin entre la villa et la mission est rempli d'hommes, de femmes et d'enfants qui n'ont pas pu échapper à la sauvagerie de Delgado et de ses sbires.

— Peut-être le corps de Delgado les y rejoindra-t-il, un jour prochain, dit Cal. Avec la bénédiction du Seigneur, bien entendu.

— J'ai entendu parler de votre ami. Ça ne va pas être facile de le tirer de là, monsieur West.

— Je sais. C'est pourquoi j'ai besoin que vous gardiez mademoiselle Cutting ici, sous votre protection. Miguel m'a assuré que Delgado vous laisse tranquille.

— Je dois vous préciser, mon père, que Delgado me recherche, intervint Julia. Il pense que j'ai quelque chose qu'il veut s'approprier — un appareil qui mettrait fin à son trafic de drogue. Ma présence pourrait vous faire courir à tous un grave danger.

— C'est notre lot quotidien, ici, mon enfant, répondit le prêtre en souriant. Mais vous avez raison. Jorgie et ses hommes sont venus fouiller la mission il y a quelques heures.

— Ils reviendront probablement quand ils trouveront la maison de Miguel déserte.

— Lui et sa famille n'ont pas été blessés, au moins ?

— Non, assura Cal. Ils vont rendre visite à des amis à moi, à Washington. Des gens absolument dignes de confiance.

— Vous m'en voyez ravi. Evidemment, il se pourrait que Jorgie revienne. Mais je ne le pense pas. Cristo a une sainte peur de l'Eglise, un sentiment que lui a instillé sa mère lorsqu'il était petit. C'était ce qu'on pourrait appeler une fanatique, une exaltée qui passait son temps à prêcher l'enfer et la damnation. J'avoue que je n'hésite pas à tirer parti de cette crainte qui l'habite.

Le père Dominic se leva.

— Allons, assez parlé pour ce soir. Vous êtes épuisés. Je vais vous conduire à vos chambres. Vous pourrez dormir sur vos deux oreilles, personne ne viendra cette nuit, par un temps pareil. Demain, après les matines, nous discuterons du plan à adopter.

Jetant plus d'ombres que de lumière et soulignant les angles sévères des murs où croissaient des toiles d'araignée, une unique bougie éclairait la chambre austère, dont la seule touche de couleur était le plaid rouge, bleu et jaune qui couvrait le lit.

Une petite table en pin soutenait un broc rempli d'eau et une cuvette blanche en fer émaillé. A côté, sur une chaise, il y avait un pantalon de coton blanc à la taille resserrée par un cordon et une chemise assortie.

Le Padre Mateo avait déposé sur le lit un plateau avec de la soupe et du pain.

Le vent sifflait, s'insinuant par les trous et les fissures du béton. Retirant ses vêtements mouillés, Julia procéda à un rapide brin de toilette, puis passa la tenue blanche.

Un frisson courut sur sa peau, mais il n'était pas dû à la fraîcheur de la soirée.

Elle avait résolu d'attendre que Calvin soit parti pour parler franchement avec le père Dominic, mais, à présent, elle hésitait.

Dans moins de vingt-quatre heures, elle serait en train de rentrer aux Etats-Unis avec Argus.

Et tant de choses pouvaient tourner mal d'ici là. Tant de choses pouvaient à jamais rester non dites.

Les événements de ces derniers jours lui avaient montré qu'elle était capable de prendre tous les risques. Celui d'entrer sans arme dans la résidence de Delgado. Celui de courir sous les balles après l'homme qu'elle aimait.

Car elle l'aimait. Et, ce soir, elle était décidée à courir un nouveau risque. Un risque d'une autre nature.

Il partirait demain. Mais, contrairement à la dernière fois, ce départ était prévu. Il ne susciterait ni blessure ni sentiment de trahison.

Comme elle posait la serviette près de la cuvette, elle sentit une présence. Elle se retourna.

Cal se tenait sur le seuil la pièce. Sans bruit, il s'avança.

Il portait le même pantalon large qu'elle, bas sur les hanches. Un simple T-shirt blanc moulait ses pectoraux.

Dans la demi-obscurité, il la dévora des yeux, puis il enroula la main autour de sa nuque, la caressant doucement du pouce.

— Julia, rien n'aura changé demain matin.

Elle aurait changé, songea-t-elle à part soi.

— Je le sais, dit-elle d'une voix basse, voilée. Mais ce soir…

S'interrompant, elle dénoua le cordon de son pantalon et se dévêtit totalement.

— Je ne veux pas la moindre barrière entre nous.

Il émit un son rauque et l'attira à lui. Julia s'accrocha à son cou.

Elle se cambra, pressant ses hanches contre lui jusqu'à ce qu'elle le sente tressaillir de désir.

Il caressa son dos nu, dessinant de grands cercles du bout des doigts, puis ses mains s'enhardirent, descendant plus bas, l'attirant plus près encore.

Elle retint son souffle, prise de court par sa soudaine

ardeur, saisie par la sensation des muscles d'acier de Cal contre sa peau.

Battant des paupières, elle ferma les yeux et laissa sa tête rouler contre son épaule.

Incapable de résister plus longtemps, il effleura ses lèvres frémissantes. Son corps lui criait de la prendre avec fougue, mais quelque chose d'autre, au fond de lui, en appelait à plus de douceur, à… à…

Le cœur débordant d'amour, il l'enlaça plus étroitement et pressa tendrement ses lèvres sur les siennes avant de plonger dans sa bouche chaude et douce.

Fébrilement, Julia le débarrassa de son T-shirt, poussant un gémissement désappointé lorsqu'il s'écarta d'elle, le temps qu'il le fasse passer par-dessus sa tête.

Ils étaient encore imprégnés de l'odeur de la pluie et de l'humidité. Dans la pénombre, elle voyait scintiller la peau nue des épaules et du torse de Cal. Lentement, avec précaution presque, elle promena les doigts sur sa clavicule, suivant son tracé jusqu'à la base du cou. Il frissonna et elle sourit. Elle avait oublié à quel point il aimait les caresses.

Légers comme des plumes, ses doigts voletèrent sur son torse, s'attardant sur les contours de ses côtes, le renflement de ses abdominaux, descendant toujours plus bas.

Puis il la sentit glisser le long de son corps, s'agenouiller devant lui. La frénésie s'empara de lui tandis que ses lèvres satinées déposaient un chapelet de baisers sur sa peau. Il gémit, enfonça ses doigts dans ses cheveux.

Elle tira sur le cordon de son pantalon.

— Julia…

— Chut, fit-elle, éperdue de désir et d'amour.

Stimulée par la passion qui irradiait de son corps viril, elle passa les mains sous le tissu, encercla ses hanches, caressant les contours durs de ses reins, de ses cuisses, le pressant contre elle. L'espace d'un instant, elle s'interrompit, savourant le pouvoir qu'elle exerçait sur lui.

Il attendit, le cœur battant, brûlant de lui dire de continuer, de ne pas s'arrêter. Il ne reconnaissait pas cette femme qui le tourmentait, lui faisait subir ce délicieux supplice.

Dans l'obscurité, il vit le bout de sa langue pointer entre ses dents, comme si elle savourait d'avance son contact.

Elle allait le rendre fou.

Avec un petit rire assourdi, Julia continua à lui infliger son exquise torture.

Puis, soudain, sa bouche fut sur lui. Chaude, caressante.

Ses jambes se dérobèrent. Julia l'empoigna, imprimant une pression juste assez forte pour éperonner son désir. Cette fois, il n'y tint plus. Il tomba lui aussi à genoux.

— Assez, souffla-t-il, la voix enrouée par la passion.

Ses bras puissants se refermèrent autour d'elle, l'entraînant avec lui sur le sol.

Elle soupira, heureuse de se sentir protégée dans le cercle de ses bras, son corps robuste plaqué contre le sien. Tout à coup, Cal la souleva au-dessus de lui, portant sa poitrine à hauteur de ses lèvres.

— A mon tour, maintenant, murmura-t-il avant de saisir la pointe d'un sein entre ses lèvres.

Un frisson de plaisir la secoua et elle se mit à onduler contre lui sous ses divines caresses. Les doigts de Cal cherchèrent leur chemin jusqu'au cœur de son intimité, puis, sans prévenir, plongèrent en elle, sans qu'il ne cesse d'agacer ses tétons.

— Cal, dit-elle, luttant contre la fièvre qui grandissait en elle.

— Chut… Ne résiste pas, chérie, murmura-t-il, son souffle chaud contre son oreille.

Elle agrippa ses épaules, prête à s'abandonner à la vague qui l'emportait.

Mais elle voulait sentir leurs deux corps unis de la façon la plus totale qui soit.

Elle s'arqua contre lui jusqu'à ce que ses hanches se soudent aux siennes.

— Maintenant, souffla-t-elle.

Fiévreusement, il couvrit son visage de baisers.

Puis il fut en elle et, happés par un même tourbillon, ils succombèrent à l'extase, basculant ensemble dans une autre dimension.

19

Lorsque Julia s'éveilla, elle était seule dans son lit. Elle tâta l'oreiller, à côté d'elle. Pas un mot. Rien.

Il était parti pendant qu'elle dormait, comme la dernière fois.

Vivement, elle se leva et enfila ses vêtements, désormais secs.

La tempête était passée pendant la nuit, débarrassant l'atmosphère de sa lourdeur habituelle. L'air matinal était pur, presque frais. Regardant par la fenêtre, elle avisa un petit garçon assis sur un banc, en train de lire.

Il ne lui fallut pas longtemps pour le rejoindre.

— Excuse-moi de te déranger, dit-elle doucement en espagnol. Peux-tu m'indiquer où se trouve le Padre ?

— *Sí, señorita.*

L'enfant était un joli petit diable aux yeux verts, avec une houppe de boucles en bataille qui retombaient sur son front et les cheveux coupés plus court sur les côtés.

— Mais les prêtres ont commencé leurs prières matinales. On ne peut pas déranger maintenant.

Il repoussa ses mèches en arrière et elle sourit, se prenant instantanément de sympathie pour lui.

Elle s'assit à côté de lui et tendit la main.

— Je m'appelle Julia. Et toi, comment t'appelles-tu ?

L'enfant l'étudia, hésitant un instant, puis serra sa main.

— Argus Delgado.

Dissimulant sa surprise, elle répondit :

— Eh bien, je suis ravie de faire ta connaissance, Argus.

L'enfant continua à la regarder avec insistance.

— Merci. Julia… Est-ce que je peux vous demander d'où vous venez ?

— De Washington.

— Vous êtes en vacances ?

— Pas vraiment. Je suis ici pour rendre service à un ami.

— Ah ! Washington n'est pas loin de New York, n'est-ce pas ?

— Pas très loin, non.

— J'ai une sœur à New York City. Elle étudie le droit à l'université.

— Quelle coïncidence ! s'exclama Julia. Moi aussi, j'ai étudié le droit. J'ai été avocate, il y a longtemps.

— Je sais, confessa le garçon. Je crois que mon ami Jason Marsh est aussi votre ami… non ?

— Si, Argus. Tu as raison.

— Vous devez m'aider à m'en aller, je le sais, mais je ne peux pas partir en laissant ma mère.

Julia fut impressionnée par la détermination qui se lisait sur son petit visage.

— Alors, il va falloir que nous retournions la chercher à la villa.

Les yeux d'Argus se mirent à briller d'excitation.

— C'est vrai ? Vous feriez ça pour moi ?

— Oui, mais écoute-moi attentivement, Argus. Je connais quelqu'un qui est aussi un ami de ton p… de Jason, rectifia-t-elle juste à temps. Il s'appelle Calvin West. Il faut que je le trouve parce que nous allons avoir besoin de lui.

— Où est-il ?

— En route pour la villa.

Pour y retrouver Renalto, sans doute, acheva-t-elle in petto.

— Je peux vous y emmener, mais on va devoir y aller à pied, déclara Argus. Et il faut qu'on parte avant que les prêtres aient terminé leurs prières.

Le vent agitait les feuilles et les lianes — signe qu'un nouvel orage se préparait dans les collines. Argus se déplaçait avec une agilité incroyable, mais bien sûr, les enfants, en général, connaissent par cœur leur terrain de jeu, et la jungle n'était rien d'autre, pour lui.

— C'est encore loin ? s'enquit Julia, essoufflée, en plantant les poings sur ses hanches.

— Plus très loin, non. Mais, si vous êtes fatiguée, on peut s'arrêter au cimetière. Il y a un petit mausolée où on pourra se cacher, le temps que vous vous reposiez.

— Je croyais t'avoir dit de ne pas bouger de la mission.

Julia sursauta, réprimant in extremis un cri de frayeur.

Elle pivota sur elle-même. Calvin, vêtu d'un uniforme, une mitrailleuse en bandoulière et un pistolet à la main, la toisait sans aménité.

— Où as-tu trouvé tout ça ? demanda-t-elle.

— Sur quelqu'un qui n'en aura plus besoin, répondit-il d'une voix monocorde. Et toi, que diable fais-tu ici ?

Julia passa le bras autour des épaules du petit garçon.

— Je te présente Argus. Il faut qu'on les fasse s'échapper ce soir, lui et sa mère. Ils sont en danger.

— Je suis le fils de Cristo Delgado, annonça le petit garçon.

Julia guetta la réaction de Cal, mais elle savait d'ores et déjà qu'elle pouvait lui faire confiance. Elle le savait depuis le début.

— Alors, en route, se borna à répondre Cal. Nous réglerons ça plus tard.

— Venez voir le mausolée !

Le petit garçon les devança en bas d'une courte volée de marches jusqu'à une porte. Lentement, il tourna la poignée. Cal passa devant et s'avança dans les ténèbres qui s'ouvraient. Une odeur de renfermé le prit à la gorge.

Ses yeux s'habituant à l'obscurité, il regarda autour de lui. Le caveau était plutôt exigu. Sur le mur du fond étaient alignés des plaques ternies et des carrés de ciment. Cal s'approcha pour lire les noms et les dates qui y étaient inscrits.

Tomas Sanchez. 1908-1940. Mort au combat.

— C'est une crypte, *señor* West.

Cal sourit, amusé.

— C'est ce que je pensais, Argus. Tu viens souvent ici ?

— Oui. Personne n'y vient jamais. Ils ont peur que ça n'attire le malheur sur leurs familles.

Dans un coin, Cal aperçut des bandes dessinées, des livres, des bougies et des boîtes d'allumettes.

Argus prit une bougie et l'alluma.

— Tu m'as l'air drôlement bien installé, mon garçon.

Le visage d'Argus se fendit d'un large sourire. A la lueur dansante de la bougie, ses traits se creusèrent, le faisant paraître plus mûr, plus…

Cal se figea, stupéfait.

Il jeta un coup d'œil à Julia et, à son expression, comprit aussitôt la vérité.

— Nom d'un chien.

Il s'attacha à conserver un masque indéchiffrable, mais il bouillait de colère, intérieurement.

— Argus, comment êtes-vous devenus amis, Jason et toi ?

L'enfant haussa les épaules.

— Il est venu à la mission, un jour. Il aidait le Padre Dominic à réunir de l'argent pour les paysans pauvres. Il le faisait en cachette de mon père, bien sûr. Moi aussi, j'aidais le Padre. On avait les mêmes secrets, alors, on est devenus amis.

— Et vous l'êtes depuis longtemps ?

— Presque un an. Et puis, il a disparu. En disant qu'il ne reviendrait pas avant un bon moment. Je l'ai revu juste avant que Solaris l'arrête. Jason avait promis de s'occuper de ma sœur. Mon père ne l'aime pas, je ne sais pas pourquoi. Mais j'ai peur qu'il lui fasse du mal comme à…

— Comme à ta maman ?

— Oui.

— Est-ce que Jason t'a donné quelque chose ? Quelque chose qui ressemblerait à un lecteur MP3 ou à un téléphone portable ?

— Cal, il ne l'a pas, intervint Julia d'un ton impatient.

— Qu'est-ce que tu en sais ? rétorqua-t-il en lui jetant un regard noir. De toute évidence, Jason et lui sont… très proches.

— Oui, répondit Julia, l'air solennel. Jason me l'avait dit avant de revenir ici. Mais il m'a fait promettre de ne pas te mettre dans la confidence.

— Surprenant, ironisa Cal. Tu n'as jamais fait mystère du côté où se portait ta loyauté, n'est-ce pas ?

— Elle se porte vers toi, objecta-t-elle. Je voulais te le dire hier soir, mais nous…

— Si j'étais toi, je m'abstiendrais de parler d'hier soir.

— Mais pourquoi ? Je…

Elle s'interrompit subitement. La vérité, tout à coup, lui apparut, lumineuse. Les rôles étaient inversés, aujourd'hui. C'était lui qui se retrouvait dans la situation où il l'avait placée un an plus tôt.

— N'est-ce pas ainsi que tu m'as traitée, Cal, quand tu as volé mes fichiers ? La situation est identique. A ceci près que c'est toi la victime, cette fois.

— Non, Julia, ça n'a rien à voir, répartit Cal, réprimant difficilement son irritation. J'ai pris ces fichiers dans l'unique but de te sauver la vie, figure-toi. Exactement comme j'essaie de le faire en ce moment. Delgado avait appris que je devais kidnapper son fils et il avait mis un contrat sur ma famille.

— C'est pour ça que tes parents ont soudain pris leur retraite, et que tu n'as jamais de leurs nouvelles ? Parce qu'ils se cachent ?

— Oui, et c'est pour ça je veux voir Delgado sous les verrous une bonne fois pour toutes.

Julia fronça les sourcils.

— Mais quel est le rapport avec moi ?

— Il avait aussi placé un contrat sur la tête de mon amie. Contrat qu'il a annulé quand il a découvert que la femme en question n'était qu'un pion que j'avais utilisé pour accéder à des informations hautement confidentielles.

Les genoux de Julia se mirent à trembler.

— Mon Dieu, mais… pourquoi ne m'as-tu rien dit ?

— Jon et moi avons pensé que ce n'était pas la peine de t'effrayer inutilement puisque j'avais déjà réglé le problème.

L'incrédulité céda le pas à la fureur. Elle serra les poings.

— Ça va, Julia ? demanda Argus en reculant.

— Ça va, Argus, ne t'inquiète pas, répondit-elle, se faisant violence pour s'exprimer avec calme.

Elle s'avança jusqu'à Cal et se planta sous son nez.

— *Réglé le problème ?* Et Jon et toi avez pris cette

décision sans m'en parler ? Alors que j'étais la première intéressée et que la menace pesait sur *ma* vie ?

— Ça n'avait rien à voir avec toi, Julia…

— Rien à voir avec *moi* ? explosa-t-elle. De tous les arguments stupides et arrogants…

— Bon sang ! Je t'ai sauvé la vie !

— Tu m'as brisé le cœur !

Un silence pesant tomba sur le caveau. Il se passa quelques minutes, puis Julia reprit, tout bas :

— Et tu m'as fait plus mal en agissant ainsi que Delgado ne l'aurait jamais pu.

— Tu n'as pas idée de ce dont il est capable.

Il y eut encore un silence, puis Julia demanda :

— As-tu parlé à ta mère du contrat lancé contre elle ?

— Oui. Je l'ai dit à mes deux parents.

Elle baissa tristement la tête.

— J'aurais juste voulu que tu me montres la même considération.

Excédé, Cal jura entre ses dents.

— Julia. Mon père était militaire. Je le lui ai dit pour qu'il puisse protéger sa femme.

— Ah, voilà la différence ! C'est parce qu'ils sont mariés.

— Oui. C'est un couple. Ils s'inquiètent l'un pour l'autre, c'est normal.

— Eh bien, tu vois, c'est justement le problème. Je croyais, moi aussi, que nous formions un couple.

Cal fronça les sourcils, mais ne répondit pas. Qu'y avait-il à dire de plus ?

— Julia ? *Señor ?* dit alors Argus d'une petite voix. Il faudrait partir si on veut pouvoir sauver maman.

— Oh ! pardon, dit Julia en se retournant vers lui. Tu as raison. Dépêchons-nous.

— Ni toi ni lui n'allez sauver personne, décréta Cal.

— Mais je sais comment entrer dans la propriété, *señor*, protesta Argus. J'aurais pu libérer Jason depuis longtemps. C'était juste que je ne savais pas comment le faire sortir de la villa, et ensuite, le faire partir d'ici. Mon père a des gens partout, en ville et dans les aéroports.

— Et qu'est-ce qui est différent aujourd'hui ?

— Julia m'a dit que vous alliez sauver Jason. Pendant que vous vous occuperez de lui, nous pouvons aller chercher ma mère et partir. Personne ne s'intéressera à nous s'ils vous cherchent. Et si un garde demande quelque chose, maman pourra toujours dire qu'elle a peur d'une fusillade et préfère me conduire à la mission.

— Et Julia ?

— On pourrait facilement la cacher dans la voiture.

Il était malin, indubitablement, songea Cal avec une certaine admiration. C'était un plan jouable, mais plus risqué que si Julia et Argus partaient immédiatement.

Sa décision prise, il regarda le petit garçon :

— Il est hors de question que je vous laisse prendre des risques pareils. Mais si tu peux me dessiner un plan de la villa, je me charge d'aller chercher ta mère.

— Ce serait plus facile de vous guider, insista Argus, déçu.

— N'y compte pas.

— Argus, pendant que tu dessines le plan pour Cal, nous allons discuter dehors un instant, lui et moi, d'accord ?

L'enfant hocha la tête. Une fois à l'extérieur, Julia ferma la porte et ils firent quelques pas.

— Cal…

— Non ! Je ne mettrai pas en danger la vie d'un gamin de dix ans, qu'il soit ou non le fils de Jason.

— Ce n'était pas l'avis de Jason. Il pensait que tu n'aurais eu aucun état d'âme vis-à-vis de lui, enfant ou pas. Que tu te serais servi de lui s'il pouvait te permettre de mettre la main sur le prototype. Il m'a dit que ton nom de code est Thanatos, en référence à la divinité grecque de la mort.

Cal s'immobilisa.

— Tu l'as cru ?

— Que ton nom de code est Thanatos, je l'ai cru, oui. Mais j'ai toujours su que tu étais incapable de tuer un enfant de dix ans.

Cal demeura silencieux pendant un long moment. Puis il saisit la jeune femme aux épaules.

— Julia, tu m'as dit que tu me faisais confiance. Eh bien, prouve-le-moi en me laissant procéder à ma manière.

La porte claqua derrière eux, rabattue par le vent.

Julia se retourna, les sourcils froncés.

— Je croyais l'avoir fermée.

Cal jura.

— Argus.

Ils fouillèrent le caveau, mais l'enfant n'était plus là.

— Il a dû trouver que nous mettions trop longtemps à nous décider à aller sauver sa mère, marmonna Cal.

Il dégaina son arme de poing, vérifia le cran de sécurité.

— Allons-y, lança-t-il. Il n'y a plus de temps à perdre, tu viens avec moi. Mais je te préviens : ne me quitte pas d'une semelle, cette fois. Sinon, tu auras de mes nouvelles quand tout ceci sera terminé.

Damien Stravos avait eu tout le temps d'apprécier les charmes de Rosario.

Elle portait une robe blanche fluide, sans manches ; un décolleté plongeant mettait en valeur son opulente poitrine.

— Où est votre mari, Rosario ? finit-il par demander.

— Il a été appelé pour affaires, mais il devrait rentrer tout à l'heure. Je suis vraiment navrée qu'il ne soit pas là, Damien, dit-elle avec une moue qui acheva d'enflammer les sens du capitaine.

— Pas du tout, pas du tout ! Je comprends parfaitement. Votre époux est un homme très occupé. Il doit lui arriver souvent de devoir se déplacer à la dernière minute.

Rosario le toisa, un sourcil délicatement arqué. Cet homme la croyait-il vraiment aussi crédule ? Le porc.

Il avait à manger et à boire, et c'était tout ce qu'il obtiendrait d'elle.

Il s'essuya la bouche avec sa serviette. Il avait assez attendu. Cristo avait été très clair quant au genre de distraction qui devait lui être dispensé ce soir. Hélas, Rosario, si elle le gratifiait de sa présence et de son attention, ne s'était jusque-là guère montrée à la hauteur de ses attentes.

— Fermez la porte à clé, Rosario, et venez vous asseoir près de moi, dit-il en tapotant le coussin à côté de lui.

Mais elle se dirigea vers le bar à l'autre bout de la pièce.

— Voulez-vous encore un peu de vin ? demanda-t-elle en élevant la carafe.

— Non, je veux que nous cessions ce petit jeu.

Rosario haussa les épaules et remplit son verre.

— Quel petit jeu, Damien ? Moi qui trouvais que nous bavardions gentiment…

Damien la rejoignit en quatre rapides enjambées. Il lui attrapa le bras et l'attira à lui, cherchant ses lèvres.

— Arrêtez, protesta-t-elle en détournant la tête.

La poigne de Damien se resserra autour de son bras.

— Assez joué ! Fermez cette porte et terminons ce que vous avez commencé.

Rosario tenta de se dégager.

— Je voudrais que vous partiez, maintenant, Damien.

— Avant la fin de la soirée ? se récria le capitaine avec un petit rire désagréable. Votre mari a passé un contrat avec moi et cette soirée en votre compagnie représente une partie du règlement, Rosario. J'exige mon dû.

De sa main libre, il empoigna ses cheveux et lui tira la tête en arrière jusqu'à ce que ses lèvres ne soient plus qu'à quelques centimètres des siennes.

— Je ne suis pas responsable des accords ni des dettes contractées par Cristo, répliqua Rosario d'un ton tranchant.

— Mais vous êtes responsable de votre fils, non ?

Rosario se figea.

— Que voulez-vous dire ?

— Peut-être reviendrez-vous sur votre décision si je vous dis que je sais qu'Argus n'est pas le fils biologique de Cristo.

— C'est un mensonge, rétorqua-t-elle.

Mais sa voix tremblait.

— Le médecin qui a délivré le certificat de naissance est un ami très proche. Un ami qui ne tient pas très bien l'alcool… Il m'a dit qu'Argus avait subi une transfusion sanguine à la naissance parce que le sang de sa mère et de son père étaient incompatibles. Et aussi que vous lui aviez versé une très grosse somme d'argent pour que Cristo n'en sache rien.

— Allez au diable.

Rosario lui jeta son verre au visage.

Fou de rage, Damien écrasa ses lèvres sur les siennes. Elle se débattit, mais elle avait sous-estimé sa force. Ses bras l'emprisonnaient dans un étau d'acier.

Désespérément, elle lui mordit la lèvre.

Damien poussa un hurlement de douleur et la gifla violemment, l'envoyant rouler sur le sol.

Le capitaine recula, tenant sa bouche ensanglantée.

— La brutalité, ce n'est pas mon style, mais puisque vous insistez…

— Non, l'interrompit Rosario d'un ton subitement radouci.

L'air résigné, elle baissa la tête, le temps que les larmes lui montent aux yeux.

— Je vais m'occuper de vous, Damien.

— Voilà qui est mieux, se réjouit-il, le torse bombé de suffisance toute masculine.

Il se pencha et l'aida à se relever.

— Je suis content que nous nous comprenions.

— Vous ne me laissez pas le choix.

Elle recula d'un pas, prenant appui sur une table.

— S'il doit en être ainsi, peut-être devriez-vous fermer cette porte à clé, ainsi que vous le suggériez tout à l'heure ?

— Mais, bien sûr, ma chère.

Rosario attendit qu'il se soit détourné pour s'emparer, dans un tiroir, du pistolet de Cristo. Ses mains ne tremblaient pas.

Elle désactiva la sécurité, priant pour qu'il soit chargé.

— Finalement, j'ai changé d'avis, Damien.

Elle éleva le pistolet comme il se retournait.

— J'annule le marché.

Et elle pressa la détente.

20

Le cri de Rosario transperça l'air, puis il y eut une seconde détonation. S'élançant hors du bureau de son père, Argus traversa le salon à toutes jambes.

Un homme était étendu au pied du canapé, la chemise maculée d'une grosse tache de sang.

— *Mama !*

— Reste où tu es ! ordonna Rosario en voyant son fils faire irruption dans la pièce. Je vais bien.

Lentement, elle s'avança vers son fils, un filet de sang coulant de sa bouche.

— Argus, ton père va être furieux. J'ai été obligée… d'arrêter son associé. Le capitaine était ivre ; il m'a agressée.

Elle jeta un regard nerveux vers la porte.

— Ecoute, *mijo*, j'ai quelque chose à te dire tout de suite. Et il faut que tu me fasses confiance. Je t'expliquerai tout plus tard. Mais, pour l'instant, je veux seulement que tu m'écoutes.

Argus hocha la tête.

— Il faut que tu libères Jason Marsh de sa cellule.

— La clé a disparu.

Rosario plongea la main dans son décolleté.

— C'est moi qui l'ai prise ce matin dans le bureau de ton père. Je voulais le libérer moi-même.

— Tu connais Jason ?

— C'était mon ami, bien avant d'être le tien, répondit-elle en s'agenouillant devant son fils. Ecoute-moi bien, Argus, et essaie de comprendre. Ton père est un homme très puissant et il voulait absolument un héritier qui prendrait plus tard la tête de son empire. Il le voulait tellement qu'il m'aurait tuée et remplacée par une autre si je n'étais pas tombée enceinte. Comme je soupçonnais que c'était lui qui ne pouvait pas avoir de bébé, j'ai décidé d'avoir un enfant avec un autre homme, pour sauver ma vie. Cet homme, c'était Jason.

— Quoi ? Jason est mon père ?

Une tornade d'émotions secoua l'enfant ; la confusion, le soulagement, la peur… la joie.

Rosario le serra contre elle, presque trop fort.

— Oui. Maintenant, il faut que tu t'en ailles. Aide Jason à sortir et pars avec lui. Il s'occupera de toi jusqu'à ce que je puisse te rejoindre, ajouta-t-elle en lui donnant la clé.

— Viens avec moi, *mama*.

— Non. Il faut que je distraie ton père pour vous donner le temps de vous échapper.

Elle l'embrassa sur la joue et le pressa une nouvelle fois contre son cœur.

— Sauve-toi vite, maintenant.

— Mais, *mama*…

— S'il te plaît.

Rosario s'obligea à sourire pour le rassurer.

— Je t'aime, *mijo*. Tout sera bientôt fini, tu verras.

— Moi aussi, je t'aime, *mama*.

Argus lança un dernier regard à sa mère et sortit en courant de la pièce.

Rosario regarda le cadavre du capitaine, cherchant déjà ce qu'elle allait dire à son mari.

Soudain, deux mains se refermèrent autour de son

cou, l'empêchant de respirer. Elle griffa désespérément les mains qui l'emprisonnaient.

— J'ai entendu ce que tu viens de dire à ton bâtard de fils, ma chère. Comment crois-tu que je doive réagir ? murmura Cristo dans son oreille. Tu penses t'en tirer sans être punie ?

La cellule avait été passée au jet d'eau, ainsi que son occupant. L'odeur persistait, mais elle était nettement moins forte, désormais, se félicita Solaris.

Malgré lui, il admira l'homme étendu, inconscient, sur le sol. Il avait tenté de résister, en dépit de son épaule déboîtée, de ses côtes cassées. Mais Solaris avait réussi à lui faire avaler un tranquillisant pour l'assommer.

C'était mieux ainsi, songea le géant en consultant sa montre. Il faisait le pied de grue depuis plusieurs heures, attendant l'arrivée d'Argus pour le prendre sur le fait, mais son esprit était ailleurs.

Tourné vers Rosario et son dîner avec le capitaine Stravos.

— Jason ?

Solaris entendit le trottinement d'un pas dans le couloir.

Quand l'enfant passa devant lui, il n'eut qu'à tendre la main pour l'attraper par le col.

— Que fais-tu ici, Argus ?

— Je…

La bouche de l'enfant se referma comme une huître et Solaris le souleva jusqu'à ce que seule la pointe de ses pieds touche le sol, pour l'impressionner.

— Réponds-moi.

Argus prit une expression butée.

— Laisse ce gamin tranquille, espèce de salaud.

La voix était rauque, assourdie, mais elle n'en véhiculait pas moins une réelle menace.

Jason s'avança péniblement vers les barreaux. La sueur qui ruisselait sur son visage témoignait de l'effort qu'il produisait pour lutter contre les brumes de la drogue.

Solaris desserra son emprise, mais ne relâcha pas Argus.

— Pourquoi ne pas en finir ce soir, Marsh ? Où est le BATARD ?

— Laisse-moi sortir et compte sur moi pour en terminer, le nargua Jason.

Son regard s'arrêta sur Argus.

— Tu es couvert de sang. Tu es blessé ? s'inquiéta-t-il.

Argus baissa les yeux sur ses vêtements.

— C'est le sang de ma mère. Et celui du capitaine Stravos. Il a agressé maman. Elle a tiré pour se défendre. Il est mort.

— Tu es sûr ? fit Solaris, les sourcils froncés.

— Oui, répondit Argus, se recroquevillant malgré lui en voyant la rage déformer les traits du géant. Elle attend mon père dans son bureau.

— Nom d'un chien, Rosario, dit Solaris dans sa barbe en reposant Argus. File d'ici, gamin.

Et, tournant les talons, il disparut dans le couloir.

— Allons-y, Argus, le pressa Jason, levant les poignets derrière les barreaux. Tu as la clé ?

Désarçonné par ce revirement inespéré, Argus le regarda sans bouger.

— Oui. Ma mère m'a demandé de vous faire sortir. Elle a dit que vous veilleriez sur moi. Elle pense que mon père… je veux dire, que Cristo va essayer de me tuer.

— Cristo ? répéta Jason lentement. Elle t'a dit…

— Que vous êtes mon père ? Oui, répondit doucement Argus.

Il tourna la clé dans la serrure.

— Il faut que nous aidions ma mère, Jason.

— C'est promis, dit-il pendant qu'Argus le débarrassait de ses chaînes. Mais, d'abord, il faut que je te fasse quitter la villa. Ensuite, je reviendrai chercher ta mère.

Argus posa sur lui un regard dur.

— Je ne partirai pas sans elle.

Jason fit un pas et ses jambes se mirent à trembler. Il dut prendre appui sur le mur.

— Vous n'y arriverez pas sans moi, souligna Argus.

— Alors, heureusement que je suis là, dit Cal derrière eux.

21

Cal passa le bras valide de Jason sur son épaule tandis que Julia prenait Argus par la main.

— Ça va, mon chéri ?

— Oui, mais maman…

— Je sais, coupa Cal. Comme l'a dit… ton père, il faut d'abord qu'on te mette à l'abri. Julia restera avec toi pendant que nous retournerons chercher ta mère.

— Solaris doit déjà y être, nota Jason.

Ils rencontrèrent très peu de résistance pour sortir de la villa. La plupart des gardes les recherchaient dans la jungle, alentour.

En quelques minutes, ils atteignirent l'extrémité de la cour, où les ombres les engloutirent. Cal se tourna vers Argus.

— Le mieux, c'est de regagner le cimetière, non ?

— Oui, dit l'enfant. On se cachera dans la crypte.

— Alors, en route.

Soudain, les faisceaux aveuglants de projecteurs trouèrent l'obscurité.

Instinctivement, Julia serra Argus contre elle.

— Vous n'irez pas plus loin, j'en ai peur, lança Cristo d'une voix sarcastique. Voilà longtemps que j'attends ce moment.

Cal sentit le canon d'une arme s'enfoncer dans ses reins.

— Lâche ton arme, West, l'enjoignit Solaris d'une voix râpeuse.

Cal la laissa tomber sur le sol.

Jason jeta un regard méprisant au colosse.

— C'est le jour des changements de plan express, on dirait.

— La ferme, dit Jorgie en lui assenant un coup à l'estomac qui le fit se plier en deux, en position fœtale.

Mais Jason ne poussa pas le moindre cri de douleur, refusant de donner au tortionnaire cette satisfaction.

— Pas suffisamment express pour Rosario, dit Solaris en éloignant du pied le pistolet de Cal.

Argus se raidit, à côté de Julia. Il avait compris, lui aussi.

Rosario était morte.

En même temps que Julia, Cal vit, au-delà du halo des projecteurs, les dizaines de silhouettes alignées qui les tenaient en joue, armées de fusils et de mitrailleuses.

Jorgie s'avança vers Cal, une lueur mauvaise dans le regard.

— Tu te souviens de notre rencontre, à l'aéroport ?

Jorgie prit sa mitrailleuse par le canon et l'abattit à toute force en travers de son dos. La douleur explosa en lui, mais il serra les mâchoires, se forçant à respirer en attendant qu'elle diminue.

— Maintenant, nous sommes quittes, dit Jorgie en riant.

— Mademoiselle Cutting, reprit Cristo du même ton que s'il l'avait accueillie à un dîner, je suis content que vous ayez pu vous joindre à nous.

Il approcha sans se presser et s'arrêta juste devant elle. Tout à coup, il la saisit par le cou et serra.

Elle sentit Cal se figer, mortellement calme, derrière elle.

— Il va falloir que nous ayons une petite conversation, tous les deux, murmura-t-il. J'espère que vous êtes aussi impatiente que moi.

Julia le foudroya du regard, mais ne souffla mot — craignant que Cal ne tente quelque chose d'insensé.

— Solaris, amène-moi Marsh.

Attrapant Jason par les cheveux, Solaris obtempéra.

— Alors, fini de jouer au chat et à la souris, monsieur Marsh ? dit Cristo, son pistolet pointé sur l'agent. Allez-vous me dire où se trouve le prototype du BATARD ?

— Il n'en sait rien, intervint Cal.

— La ferme, West, jeta Jason.

Avec le sang qui s'écoulait de la longue entaille de son visage et ses yeux luisants braqués sur Cristo, il avait l'air d'un fou.

— Vas-y, fumier. Tire.

Jorgie le frappa à l'arrière de la tête, l'envoyant rouler par terre.

Argus fit un pas en avant, puis hésita.

— Non, souffla Julia, le retenant par les épaules.

— C'est fou ce que tu retournes vite ta veste, *fiston* !

Le regard d'Argus se posa sur Jason, toujours étendu par terre, inconscient.

— Lui, il ne compte pas, répondit-il, les joues baignées de larmes mais les poings se serrant et se desserrant convulsivement.

— Mais la question est : est-ce que *toi* tu comptes pour *eux* ? On ne va pas tarder à le savoir, à mon avis.

Le baron de la drogue pointa son arme sur Argus.

— Il va falloir choisir, West. L'enfant ? Votre ami ?

Il orienta le canon de son arme vers Julia.

— Votre maîtresse ?

Son bras retomba.

— Ou les millions de pauvres petits enfants riches qui ne jurent que par ma cocaïne ?

— Pourquoi ne pas vous en prendre d'abord à moi, Cristo ? suggéra Cal. C'est ce que vous voulez, au fond. Tout ceci…

Il embrassa d'un geste large toute la cour autour d'eux.

— Ce n'est pas tant pour vous emparer du BATARD, n'est-ce pas ? Ce que vous voulez vraiment, depuis le début, c'est vous venger de Jason et de moi. Dites-moi, Cristo, qu'est-ce qui vous ennuie le plus ? Le fait que je sois celui qui a réussi à vous échapper ? Celui qui a failli vous tuer ? Celui qui a mis en péril votre sanctuaire privé ? La grande famille Delgado ?

Cristo eut un rire mauvais.

— Vous n'êtes pas au courant ? Je n'ai plus de famille. Même mon ingrate de fille s'est retournée contre moi. Cette idiote pense pouvoir me traîner en justice pour obtenir la garde du garçon !

Cristo cracha sur le sol.

— Mais ça n'a plus d'importance. Il va mourir avec vous tous.

— Vous n'avez peut-être pas de famille, mais vous vous cachez toujours derrière vos hommes.

— Je *dirige* mes hommes, West.

— Alors que vous n'êtes même pas un homme vous-même ? rétorqua Cal, continuant à le provoquer. Chacun sait désormais que c'est Jason qui a donné à Rosario ce que vous étiez incapable de lui donner : un fils. Au fond, vous saviez qu'Argus ne pouvait pas être de vous. Parmi toutes les femmes avec lesquelles vous avez couché, combien sont tombées enceintes ? Vous avez eu de la chance d'avoir une fille ! A supposer que ce soit vraiment la vôtre. Ce n'étaient pas vos épouses qui étaient stériles, c'était *vous*. Pas exactement l'image de l'homme que vous auriez voulu donner à la postérité, n'est-ce pas ?

— L'homme ? C'est vous, espèce d'ordure de Britannique, qui me parlez d'être un homme ?

Hors de lui, Cristo fourra son pistolet dans les mains de Solaris.

— Je vais vous tuer de mes propres mains.

— Viens donc me chercher, moi, sous-homme, gronda Jason.

— Jason, souffla Julia. Pense à ton fils.

— Mais, oui, Marsh, pensez à votre fils, dit Cristo en jetant un regard haineux à Argus. Quand j'aurai réglé son sort à West, je m'occuperai de la femme et de ton père, mon garçon. Tu ne perdras rien du spectacle. Et, ensuite, nous aurons une petite conversation au sujet de la loyauté. Une *douloureuse* conversation.

— Ça, c'est courageux, Cristo, railla Cal, attirant de nouveau délibérément l'attention sur lui. Menacer de torturer un enfant de dix ans ! Non, décidément, vous n'êtes pas un homme. Vous êtes un lâche. Un eunuque.

Cal s'avança et prit une posture de combat.

— Baissez la lumière ici, rugit Cristo.

Presque aussitôt, le cercle des projecteurs se concentra sur Cal. Momentanément aveuglé, il ne vit pas venir le coup et roula sur le sol.

Les gardes ovationnèrent leur chef. Certains, le fusil pointé vers le ciel, tirèrent quelques salves.

— Vous entendez la loyauté de mes hommes, West ? Ils me respectent !

Cal roula sur lui-même juste au moment où le pied de Cristo s'abattait sur sa tête.

— Ils vous acclament parce qu'ils sont stupides, dit-il en se relevant. C'est comme ça que les choses se sont passées avec Esteban ? Vous vous êtes déchargé du sale boulot sur vos hommes, comme toujours ?

— Esteban est fini, dit Cristo. Pourquoi croyez-vous que ce chargement est si important ? Que ce prototype m'est indispensable ?

— Vous pensez avoir trouvé le moyen de le mettre à genoux, c'est ça ?

— De l'anéantir, corrigea Cristo, le souffle court, saccadé.

— Vous êtes jaloux de son succès ? lança Cal, tournant comme un fauve autour du baron de la drogue. Ou avez-vous fini par prendre toute la mesure de votre médiocrité ?

Comme un taureau enragé, Cristo chargea. Mais, cette fois, Cal était prêt. Il l'évita d'un bond sur le côté et lança le genou en avant, fracassant le nez du trafiquant.

L'un des gardes s'avança, épaulant son fusil. Une détonation retentit et l'homme s'écroula, un rond rouge au milieu du front.

— Crevure, traître ! hurla Jorgie en élevant à son tour sa mitrailleuse.

Mais l'arme de Solaris était déjà pointée droit sur lui.

— Un geste, et je te brûle la cervelle.

Lentement, Jorgie abaissa son arme, la colère empourprant son visage grêlé.

— Finis ce que tu as commencé, dit Solaris à West.

Alors seulement, Cristo comprit que Solaris soutenait Calvin. Il darda sur lui un regard meurtrier et cracha de nouveau par terre.

— Toi, c'est comme si tu étais déjà mort, sale traître.

Cal profita de la diversion pour décocher un crochet à la mâchoire de son adversaire. Cristo tituba, tomba à genoux. Tendant le bras, il arracha l'arme d'un des gardes et la retourna contre Calvin.

Un coup de feu déchira l'air. Cristo grommela quelque chose, baissa les yeux. Une grosse tache de sang s'étalait sur sa poitrine.

— C'est *toi* qui es déjà mort, papa, cria Argus, les larmes ruisselant sur ses joues.

Cristo tomba à la renverse.

D'un pas lent, Argus se dirigea vers Jason et laissa tomber son arme sur le sol à côté de lui — un petit pistolet à crosse de nacre, nota Julia.

— Vous aviez promis de sauver ma mère. Et je vous ai cru.

— Argus...

L'enfant secoua la tête et revint se réfugier auprès de Julia. Elle le serra contre sa poitrine.

— Où as-tu trouvé cette arme, Argus ?

— Dans la chambre de Padre Dominic.

Solaris s'avança sans hâte vers Cristo, l'arme à la main.

La respiration de plus en plus laborieuse, le baron de la drogue le regardait approcher, impuissant.

— Julia, couvre-lui les yeux, dit calmement Cal.

Solaris éleva son arme et tira à bout portant trois balles dans la tête de Cristo.

— Pour Rosario.

Il jeta un coup d'œil à Argus.

— Tu as fait ce que tu devais faire, mon garçon. Ne regrette jamais tes actes.

Tout à coup, un hurlement sauvage retentit, suivi d'une rafale de coups de feu.

— Baissez-vous ! cria Cal en voyant l'arme de Jorgie se tourner vers Julia et Argus.

Il sauta sur le Colombien. Le coup partit en même temps qu'il éprouvait un violent choc à l'abdomen.

Malgré la douleur, il chercha le couteau de Jorgie. Ses doigts se refermèrent sur le manche.

— Je t'ai eu, West, gronda Jorgie, une lueur triomphale dans le regard.

Le couteau s'enfonça entre ses côtes avant qu'il ait compris ce qui lui arrivait. Il s'affaissa lentement sur le sol.

Cal trouva encore la force de le repousser en arrière, puis ses jambes se dérobèrent. Il vit le sol basculer vers lui.

— Cal ! cria Julia en se précipitant vers lui.

— Je… ne… pouvais pas le laisser… vous tuer, toi… et le gamin.

— Cal ! gémit-elle, en pleurs. Reste avec moi ! Reste avec moi, tu m'entends ? Sinon, tu ne sauras jamais où j'ai mis le BATARD. Cal !

Il eut un pâle sourire.

— Dans… l'ours en… peluche.

22

Fruit du hasard ou, plus vraisemblablement, signe du sens de l'humour du propriétaire des lieux, Grainger's Bar se situait dans le quartier Georgetown de Washington.

Un bar anglais, juste à côté de l'Ecole navale américaine.

Michael Grainger, officier de marine en retraite, avait servi aux côtés du père de Cal pendant deux guerres, et participé à de nombreuses actions policières d'envergure.

C'était un endroit que Cal avait eu plaisir à fréquenter dans sa jeunesse. C'était là, également, qu'il avait été ivre pour la première fois.

Et, aujourd'hui aussi, il n'avait qu'une envie : oublier dans l'alcool.

Le bruit d'un verre qu'on reposait brutalement sur la table le tira de ses réflexions.

— Tu es encore là ?

— Oui, fit Jason. J'ai à te parler, que ça te plaise ou non.

— Hé, les gars, fit Grainger en s'approchant du box où ils étaient assis et en posant une bouteille de whisky entre eux deux, j'espère que vous saurez vous tenir, ce coup-ci. Je ne veux pas retrouver mon bar dans le même état que la dernière fois.

— J'avais laissé de l'argent sur le comptoir pour payer les dégâts, argua Jason.

— Oui, et les réparations ont duré trois semaines. Ce sont mes clients qui en ont fait les frais.

— Pas de bagarre ce soir, promit Jason. On est juste venus prendre un verre.

— Très bien, dit Grainger en tapant sur l'épaule de Calvin. Tu donneras le bonjour à ton père, Cal. Je ferme boutique. Veillez à bien verrouiller la porte en partant.

L'homme corpulent s'éloigna en sifflotant.

— Si tu ne t'en vas pas, Marsh, je vais être obligé de te tirer dessus une seconde fois.

Jason considéra cette possibilité pendant une bonne demi-minute.

— Il n'est pas impossible que je te laisse faire. Ça m'a plutôt réussi la dernière fois.

— Quoi ? Qu'est-ce que tu racontes ? grommela Cal, qui commençait à avoir mal à la tête.

— Oui… quand tu m'as mis cette balle dans la jambe, dans la caverne. La blessure s'est infectée. Il m'a fallu des semaines pour récupérer.

— Et alors ?

— J'ai passé ma convalescence à la villa Delgado. Soigné par Rosario en personne.

— C'est là que tu l'as mise enceinte.

Jason étudia son verre de whisky pendant un instant.

— Franchement, c'est elle qui a tout fait pour me séduire. Je ne m'en suis rendu compte que bien plus tard.

— Et pourquoi n'es-tu pas avec ta nouvelle famille, en ce moment, au lieu de me raconter tout ça ?

— Je pourrais te retourner la question.

— Non. Dis ce que tu as à dire, Marsh, et ensuite, fiche-moi la paix.

— Je te signale que c'est toi qui m'as téléphoné pour que je vienne te chercher à l'hôpital, rappela Jason, les sourcils froncés.

— Uniquement parce que Cain leur avait donné l'ordre de ne pas m'appeler de taxi. Ces satanés hôpitaux militaires ! Tu étais le seul à te moquer que je quitte l'hôpital avec quelques jours d'avance.

— Près d'une semaine, rectifia Jason. Compte tenu de l'intervention chirurgicale que tu as subie à l'estomac, n'importe qui jugerait que c'est de l'inconscience.

Il tapota la bouteille de whisky.

— Et force est d'admettre qu'ils auraient raison. Même si l'idée que tu souffres n'est pas pour me déplaire, je crois que tu exagères.

Cal reposa son verre.

— Si tu es là pour faire du baby-sitting…

— J'essaie juste de te faire entendre raison, dit patiemment Jason en leur servant une nouvelle rasade d'alcool. Tu ne sais plus où tu en es, West. Tu dois être amoureux.

Cal accueillit cette remarque d'un juron bien senti puis renversa la tête contre la paroi du box et ferma les yeux, espérant que Jason saisirait le message.

— Elle va partir, reprit Jason.

— C'est préférable. Elle n'est pas taillée pour cette ville.

— Tu plaisantes ? Tu sais aussi bien que moi qu'elle pourrait la diriger. Je pense même que c'est une des choses qui me faisaient peur, chez elle.

Cal redressa la tête, ouvrit les yeux et tenta un haussement de sourcils, ce qu'il regretta aussitôt en sentant une douleur fulgurante lui traverser la boîte crânienne.

— Ecoute, voilà comment je vois les choses, poursuivit Jason. Elle t'aime et c'est un amour sincère. Pas le genre auquel toi et moi sommes habitués. Ce qu'elle t'offre est un vrai don du ciel. Et, toi, tu lui tournes le dos.

— Ce n'est pas elle le problème, Marsh. C'est moi. Elle mérite mieux que la vie que j'ai à lui proposer.

— Alors, change de vie. Partage la sienne.

— Je suis un assassin. Un mercenaire de l'Etat au chômage. Je crains que ça ne fasse un peu tache sur un C.V.

— Tu as de l'argent…

— Pas assez pour vivre sans travailler.

— Sers-t'en pour te donner le temps de la réflexion.

Ils entendirent la porte d'entrée s'ouvrir.

— Partez, c'est fermé ! lança Cal d'une voix lasse sans tourner la tête.

— Il paraît que c'est moi qui te raccompagne, dit Julia.

Il leva les yeux, la vit, puis reporta son regard sur Jason.

— Qu'est-ce que ça signifie ?

— Que c'est moi qui l'ai appelée, avoua celui-ci en se redressant.

Il lui adressa un petit salut militaire.

— Je m'en vais tenter de mettre un peu d'ordre dans le chaos que j'ai fait de ma vie. Il va falloir que tu détermines tout seul ce que tu veux faire de la tienne, West.

Il se leva et vint embrasser Julia sur la joue.

— Ne le bouscule pas trop ; il est un peu… au ralenti.

Elle hocha la tête et escorta Jason jusqu'à la porte, la main sur son bras.

— Sois prudent, Jason.

Cal fit la grimace, mais ne dit rien.

Jason tapota la main de la jeune femme.

— Ne t'inquiète pas.

Lorsque Jason fut parti, Julia vint s'asseoir en face de lui. Empoignant la bouteille, elle se servit une grande rasade de whisky et leva son verre dans sa direction.

— A ta santé, Cal !

Elle avala le contenu du verre d'un trait.

Lorsqu'elle fit mine de reprendre la bouteille, il s'en empara d'un geste vif.

— Bon sang, à quoi joues-tu ?

— A un jeu auquel j'aurais dû m'adonner depuis longtemps, répliqua-t-elle en se levant et en se dirigeant vers le bar. Il doit y en avoir d'autres, non ?

Elle se faufila derrière le comptoir, chercha dans les étagères et revint avec une bouteille de whisky MacAlister.

— « Lui » et « elle », dit-elle en choquant sa bouteille contre celle que Cal tenait toujours à la main. Mieux que les peignoirs de bain ou les pantoufles, tu ne trouves pas ?

Elle se servit un second verre.

— Tu vois, c'est la première fois de ma vie que je ne me soucie pas des règles de la bienséance ni de l'étiquette. Que ce soit durant mon enfance, mon mariage avec Jason ou mon travail avec Jon Mercer, je n'ai jamais eu d'autre choix que d'être toujours politiquement correcte, toujours bien éduquée.

Elle avala une gorgée de whisky et cligna des paupières lorsque le liquide lui brûla la gorge.

— Mais c'est fini. Je ne suis plus le modèle de vertu du Capitole. J'ai donné ma démission. Je suis libre comme l'air.

Ma foi, si elle voulait boire à s'en rendre malade, ce n'était pas lui qui allait l'en empêcher. Ils n'auraient qu'à rentrer en taxi.

— Pourquoi as-tu recommandé à Jason d'être prudent ?

— Il part pour New York. Alejandra Delgado a intenté une action en justice pour obtenir la garde d'Argus au motif que Jason n'était pas apte à s'occuper de son fils. La cour de New York lui a donné raison.

— Et Jason a l'intention de se battre ?

— Apparemment. Il a quitté la D.E.A. Il a décidé de reprendre le droit.

— Eh bien ! Pour un peu, je voudrais voir ça. La bataille promet d'être intéressante.

— Je dirais plutôt « sans merci ». Jason a changé, mais je ne suis pas sûre que ce soit en bien. Il a dirigé toute sa colère contre Alejandra. J'espère pour elle qu'elle a les reins solides.

— Et Argus ? Que veut-il, lui ?

— Je ne sais pas. Mais ce qui est sûr, c'est qu'il a besoin de stabilité et d'amour. Et je ne suis pas persuadée que Jason soit en mesure de les lui donner — pour l'instant.

A la place de son habituel tailleur cintré, elle portait un blouson de cuir noir et un jean noir qui épousait la courbe de ses hanches. Sous le blouson, un grand pull à col roulé assorti à la couleur de ses hautes bottes en daim rehaussait les reflets dorés de ses cheveux.

— Dis-moi, observa-t-il en la regardant terminer son verre, cette frénésie de changement qui semble t'avoir frappée depuis notre retour d'Amérique du Sud — la couleur de cheveux, le style de vêtements, le whisky… A quoi ça rime, exactement ?

— Ah, non, pas de ça, Cal, contra-t-elle. C'est d'abord à moi de poser des questions. Seulement, je veux la vérité.

Elle le contemplait, l'air un peu exalté, les joues rosies — par l'alcool ou par la colère, Cal n'aurait su le dire.

— Mais croiras-tu mes réponses ?

— Oui.

Il se renfonça contre son dossier.

— D'accord. Alors, je te répondrai honnêtement.

— C'est ce que nous allons voir…

Elle se leva, fit quelques pas, puis se planta devant lui.

— Calvin Francis West. Jurez-vous de dire la vérité, toute la vérité, rien que la vérité ?

Il haussa un sourcil.

— Tu es sérieuse ?

— Répondez à la question, dit-elle d'une voix d'avocate, froide et mesurée.

Et tellement sexy… Cal sentit quelque chose remuer au plus profond de lui. Bon sang, comment son petit numéro pouvait-il le mettre dans un état pareil ?

— Je le jure.

Elle hocha la tête, satisfaite, puis posa les deux mains à plat sur la table et se pencha en avant. Une mèche de cheveux tomba sur son front, qu'elle repoussa d'un souffle.

— Au cours des dernières années, vous avez travaillé pour divers gouvernements. Quelle était votre spécialité ?

— Le meurtre.

Julia se redressa, prise de court par la franchise de sa réponse.

— Travaillez-vous toujours pour le compte desdits gouvernements ?

— Non, répondit Cal en croisant les mains sur la table.

C'était ça ou il la prenait sur ses genoux.

— J'ai remis ma démission à Labyrinth voilà quelques jours.

Elle hocha la tête, puis se détourna. Un instant plus tard, elle faisait volte-face et le contemplait, le dos très droit, un masque impénétrable sur le visage.

— Avez-vous jamais tué sans nécessité absolue ?

— Non. J'étais spécialisé dans la lutte anti-guérilla. Quatre-vingt-dix pour cent des meurtres que j'ai commis étaient liés au trafic de drogue ou d'armes.

— Et les dix pour cent restants ?

— Légitime défense.

— Je vois. Avez-vous initialement été envoyé en Amérique du Sud pour tuer Argus, et non pas seulement l'enlever ?

— Quoi ? Je ne tue pas d'enfants, Julia. Et ni Cain ni Jon ne m'auraient jamais demandé de le faire.

— Et Jason ? L'auriez-vous tué ?

— Je l'aurais neutralisé si j'avais eu la preuve absolue qu'il était un traître.

— Et Renalto ? Saviez-vous de façon certaine qu'il n'était pas un traître ?

— J'avais parlé avec Renalto et Esteban le matin même de notre départ pour l'aérodrome, pendant que tu dormais. C'est pourquoi je savais qu'Esteban t'emmenait ; il m'avait déjà annoncé sa décision. Renalto m'a dit qu'il avait infiltré le réseau de Delgado pour tenter de découvrir qui était la taupe qui lui fournissait des informations, à Washington.

— J'ai appris par Cain que c'était Ernest Benceti, commenta-t-elle avant de reprendre le déroulé chronologique de ces quelques jours. C'est pour cette raison que tu as laissé Renalto derrière toi, ce matin-là ?

— Bien sûr. Après l'attaque de Delgado, il ne pouvait plus venir avec moi. Jorgie ou Solaris l'aurait forcément vu. Il aurait été grillé. Il était sur le point de démasquer Benceti.

— Et Esteban ? T'attendais-tu aussi à le voir arriver à la villa ?

— Ils ont débarqué après la bataille, mais oui, je savais qu'ils viendraient, dit Cal avec une once d'ironie. Ça m'aurait épargné bien des ennuis s'ils étaient arrivés à temps.

— Tu avais confiance en lui. Pourquoi ?

— J'avais surtout confiance en ses motivations, corrigea Cal. Si te prendre sous sa protection pouvait jouer en sa faveur vis-à-vis du président Mercer, donner l'assaut à la propriété Delgado lui était plus bénéfique encore. Rends-toi compte, il sauvait les meilleurs agents de Labyrinth, la secrétaire du Président et il rendait le BATARD aux Etats-Unis ! Mercer ne pouvait que lui être reconnaissant ! C'est une sacrée incitation à rester dans le droit chemin pour lui.

Elle hocha la tête.

— Renalto m'a chargée de te passer le bonjour, à propos.

Cal haussa les sourcils, mais ne releva pas le changement de ton.

— Cain m'a dit qu'il était parti en vacances. Un congé prolongé, paraît-il.

Julia sourit. D'un grand sourire qui lui donna du baume au cœur, fit renaître en lui une lueur d'espoir.

— Il est allé à Hollywood, pour commencer. Il va rester quelques mois là-bas avant de s'envoler pour le festival de Cannes, en France.

— Non ? C'est vrai ? s'exclama Cal.

Il se mit à rire. A gorge déployée. Un vrai rire franc, sans retenue, qui fit courir la chair de poule sur les bras de Julia. Elle retint son souffle.

— Qu'y a-t-il, Julia ?

— Tu ris.

Elle le dévisagea, stupéfaite. L'expression entière de son visage se modifiait quand il riait ainsi. Les traits juvéniles transparaissaient sous le masque dur.

— Je ne t'avais jamais entendu rire.

— Et je ne t'avais jamais entendue interroger un témoin, répartit-il d'une voix soudain plus basse et un peu voilée. Je crois que j'aimerais assez renouveler l'expérience.

— Tu pourrais bien en avoir l'occasion, répondit Julia, troublée par son regard brûlant et cette inflexion qui en disait si long. Jason n'est pas le seul à envisager de redevenir avocat.

— Si tu as besoin d'entraînement, je suis tout prêt à me porter volontaire.

Sa voix grave, chargée de sous-entendus, fit se dresser les cheveux sur sa nuque.

Se sentant sur le point de perdre pied, elle fit mine de regarder autour d'elle.

— Tu ne trouves pas qu'il fait chaud, tout à coup ? dit-elle en s'éventant le visage de la main.

— C'est bien possible, fit Cal en lui servant un nouveau verre. Tiens, désaltère-toi.

L'œillade lascive dont il accompagna ces mots la fit rire.

— Je crois que je vais plutôt enlever mon blouson.

Cal la regarda faire glisser le vêtement de cuir de ses épaules.

— Ça marche aussi, observa-t-il. Surtout, ne te gêne pas, mets-toi à l'aise. Enlève tout ce que tu veux.

Elle lui adressa un clin d'œil sensuel.

— Telle était bien mon intention.

Il eut l'impression que tout le sang de son corps se concentrait dans son bas-ventre.

— J'ai une question, Jule.

Le cœur de Julia tressauta dans sa poitrine. C'était le petit nom qu'il avait donné, autrefois.

— Oui ?

— Pourquoi n'es-tu jamais venue à l'hôpital ?

— J'en mourais d'envie. Mais, après ce qui s'était passé, j'avais peur que ma présence n'aide pas à ton rétablissement.

— Et si tu avais su que j'avais envie que tu viennes ? dit-il doucement.

— J'aurais pris mes quartiers dans ta chambre et j'aurais campé toutes les nuits auprès de toi.

Il émit un grommellement inintelligible, puis, à haute et intelligible voix :

— Je crois que j'aurais guéri beaucoup plus vite, si tu l'avais fait.

Subitement, n'y tenant plus, il l'attira sur ses genoux.

— Est-ce que tu as encore des questions ? souffla-t-il à son oreille.

— J'en ai une.

Mais il lui était à présent difficile de parler alors qu'il lui mordillait voluptueusement le lobe de l'oreille.

— L'ours en peluche, peut-être ?

Elle se mit à rire doucement.

— D'accord. Deux, alors. Comment as-tu deviné, pour l'ours ?

— Cela m'a effleuré l'esprit dans l'avion. Je me suis repassé la conversation que nous avions eue à l'appartement… Je n'y croyais pas vraiment au début, je l'avoue. Mais, ensuite, quand j'ai vu que tu avais la certitude absolue que je sauverais Argus… j'ai compris. J'ai su que tu avais suffisamment confiance en moi pour m'avoir confié le BATARD.

— Pourquoi n'avoir rien dit à Caïn, dans ce cas ?

— Je voulais m'en assurer par moi-même. Voir de mes yeux que tu avais à ce point confiance en moi.

— Pourtant, Caïn a récupéré le prototype presque aussitôt après notre retour aux Etats-Unis, fit observer Julia, perplexe. Tu étais hospitalisé. Comment…

— Regina a demandé à Caïn d'apporter l'ours à l'hôpital, dit-il en riant dans son cou. Il l'a ouvert au pied de mon lit.

— Ce n'était pas un geste véritablement réfléchi, tu sais, déclara Julia, l'air songeur, en posant sa tête contre la sienne. En fait, je n'ai compris ce qui l'avait motivé que lorsque tu as été blessé en nous sauvant, Argus et moi.

— Et… quelle était l'autre question, maître ?

— M'aimez-vous autant que je vous aime, Calvin West ?

— Plus, murmura-t-il, ses lèvres cherchant les siennes. Bien plus encore que je ne l'aurais cru possible.

Le 1er janvier

Black Rose n°237

Séduction défendue - Rita Herron

Les secrets de Crystal Bay 3/3

En voyant Carter Flagstone surgir de l'ombre, Sadie n'est pas surprise : depuis qu'elle a appris son évasion de prison, une semaine plus tôt, elle s'attendait à ce qu'il vienne la trouver. N'est-ce pas à cause d'elle, en effet, si Carter a été accusé d'un meurtre qu'il n'a pas commis ? Ce que Sadie n'avait pas prévu, en revanche, c'est d'être aussi troublée de le revoir. Avec ses traits taillés à la serpe et la lueur de vengeance qui brille dans ses yeux, Carter est d'une beauté à couper le souffle... Parviendra-t-elle à le convaincre que, cinq ans plus tôt, elle a été contrainte de le manipuler ?

Un mystérieux héritage - Joanna Wayne

Un manoir, niché au cœur de la Nouvelle-Orléans... En découvrant le somptueux héritage que lui a légué sa grand-mère, Jacinthe est ravie : ici, elle va pouvoir commencer une nouvelle vie. Pourtant, très vite, elle déchante. Les craquements sinistres de la vieille demeure la plongent dans un étrange malaise. Sans la présence rassurante de Nick Bruno, son séduisant voisin, elle serait peut-être même déjà repartie... Elle est pourtant bien loin d'imaginer que Nick est en réalité détective privé et enquête sur les secrets du manoir...

Black Rose n°238

Une mère en cavale - Elle James

Quand le shérif Gabe McGregor vient la trouver, Kayla sent la panique la gagner... et manque défaillir quand il lui explique enquêter sur l'assassinat d'une jeune fille, survenu à quelques pas seulement du cottage où elle vient d'emménager... Kayla en est désormais certaine : pour protéger le bébé qui grandit en elle, elle va devoir fuir. De nouveau. Car visiblement, l'homme qui l'a agressée quelques semaines plus tôt à Seattle a retrouvé sa trace...

Un protecteur si séduisant - B.J. Daniels

Denver s'en est fait la promesse: puisque la police refuse de croire à un assassinat, elle fera seule la lumière sur la mort de Max, son oncle adoré. Mais pour cela, il faudrait déjà qu'elle arrive à se débarrasser de J.D. Garrison, son amour de jeunesse, qui s'évertue à lui rendre la vie impossible. Persuadé en effet qu'elle est la prochaine sur la liste du meurtrier, J.D. s'est mis en tête de la surveiller... nuit et jour.

Un ange en danger - Julie Miller

Miranda est furieuse. On l'assigne à la protection rapprochée d'une fillette de trois ans ? Elle est tireur d'élite, bon sang, pas baby-sitter ! Pourtant, lorsqu'elle rencontre la petite Fiona, sa colère s'évanouit... Qui est l'ordure qui, trop lâche pour s'en prendre directement à Quinn Gallagher, le célèbre magnat du pétrole, préfère menacer son enfant ? Révoltée, Miranda se met à enquêter sur les trop nombreux ennemis de Quinn. Mais sa mission se révèle bientôt très épineuse. Car Fiona la fait fondre, et Quinn exerce sur elle une attirance folle, à laquelle elle va devoir s'efforcer de résister...

Un troublant allié - Marie Ferrarella

Elle, amoureuse de Josh Youngblood ? Impossible ! Pourtant, Bridget doit bien s'avouer que les sentiments qu'elle éprouve pour son coéquipier à la police d'Aurora ont récemment changé de nature... Est-ce dû à cette affaire de tueur en série, à cause de laquelle Josh et elle passent tout leur temps ensemble ? Non, elle divague ! Autant faire taire son cœur pour se concentrer sur l'essentiel : arrêter le meurtrier qui menace chaque jour de faire une nouvelle victime...

Best-Sellers n°535 •thriller

Tourmentée - Pamela Callow

Hantée par la mort de sa jeune sœur, fragilisée par une rupture amoureuse mais décidée à aller de l'avant, Kate Lange se lance à corps perdu dans sa carrière d'avocate, en Nouvelle-Ecosse. Mais le meurtre horrible de Lisa, la petite-fille de l'une de ses clientes venue lui demander conseil au sujet de l'adolescente, ravive ses blessures secrètes : aurait-elle pu empêcher ce drame ? Est-elle responsable de cette mort – comme de celle de sa petite sœur, morte 15 ans auparavant dans un accident de voiture dont elle seule a réchappé ? Tourmentée par le poids de ses doutes, déterminée à faire la lumière sur le meurtre de Lisa, Kate décide de mener sa propre enquête. Quitte à risquer sa carrière en s'exposant aux critiques acerbes et au regard d'acier de l'intransigeant Randall Barrett, son directeur de cabinet. Et sans savoir que le danger est toujours là. Car le tueur, lui, a déjà repéré sa nouvelle proie…

Best-Sellers n°536 • *roman*

Le pavillon d'hiver - Susan Wiggs

Désemparée et démunie après l'incendie de sa maison, Jenny Majesky accepte la proposition de sa grand-mère : s'installer au pavillon d'hiver du lac des Saules, la propriété familiale où, adolescente, elle passait ses étés. Loin de tout, dans ce décor sauvage empreint de nostalgie, la neige et le silence font resurgir en elle un flot de souvenirs : le premier – et l'unique – baiser de Rourke, le garçon qu'elle aimait alors, et, plus tard, la douleur muette dans ses yeux quand Joey, son meilleur ami, l'avait demandée en mariage. Elle avait tant espéré, pourtant, que Rourke se déclare ou lui fasse un signe… avant d'épouser Joey. Depuis, les années ont passé. Les non-dits et la mort tragique de Joey ont achevé de les séparer ; Rourke multiplie les conquêtes éphémères et, bien qu'il la côtoyant tous les jours dans la petite ville d'Avalon, semble tout faire pour l'éviter. Aussi, quelle n'est pas sa surprise, peu après son installation, de le voir se présenter à la porte du pavillon.

Best-Sellers n°537 • *thriller*

Pulsion meurtrière - Erica Spindler

Eté 1983. Une femme est retrouvée pendue dans une maison inoccupée de Thistledown, dans le Missouri, après s'être livrée à des jeux sulfureux avec son amant. Des jeux que trois adolescentes trop curieuses avaient pris l'habitude d'épier. Persuadées que le compagnon de la victime a cédé à des instincts pervers et meurtriers, elles le dénoncent à la police. Mais il est trop tard, et l'homme disparaît du jour au lendemain sans laisser de traces. Quinze ans après ce drame, il resurgit brutalement dans la vie des trois amies. Courriers menaçants, coups de fil anonymes : Andie, Julie et Raven replongent dans l'horreur d'un passé qu'elles avaient cru pouvoir oublier. Et cette fois, il ne fait aucun doute que la folie de l'assassin ne connaît plus de limites.

Best-Sellers n°538 • thriller

Et vos péchés seront pardonnés - Nora Roberts

Washington DC, 15 août… Une étudiante est retrouvée assassinée. Puis une autre. Rien de commun entre ces deux femmes, sinon l'arme du crime : une étole de soie blanche qui a servi à les étrangler. Et la « signature » manuscrite du meurtrier : « Ses péchés seront pardonnés ». Très vite, dans la presse, le tueur psychopathe est surnommé « Le Prêtre ». L'enquête policière piétine… Au troisième meurtre, Ben Paris et Ed Jackson, chargés de l'enquête, font appel à une psychiatre, Tess Court, pour qu'elle les aide à établir le profil psychologique du tueur. « Le Prêtre », un tueur en série qui met en scène ses crimes avec un soin méticuleux, choisit soigneusement ses victimes : jeunes, belles, et blondes. Malgré la surveillance policière, les crimes continuent… Qui est ce tueur de l'ombre ? Pourquoi ne commet-il pas la moindre faute malgré tous les pièges qui lui sont tendus ?

Best-Sellers n°539 • roman

La promesse de Beach Lane - Sherryl Woods

Depuis plusieurs années, Susie O'Brien est engagée avec Mack Franklin dans un jeu amoureux troublant et ambigu. Mais en dépit du désir manifeste qui crépite entre eux, elle persiste à dire que leur relation n'est pas vraiment sérieuse. Et, triste coup du destin, au moment où Susie sent enfin naître en elle une envie d'engagement et de vie commune, elle apprend qu'elle est atteinte d'une maladie grave. Heureusement, Mack, pour lui prouver son amour et son soutien inconditionnels, la demande en mariage. Mais Susie est gagnée par l'inquiétude quand une ancienne petite amie de Mack arrive à Chesapeake. Comment être à la hauteur de cette femme qui a tout pour elle et qui éprouve manifestement toujours des sentiments pour Mack, quand elle-même doit affronter l'épreuve la plus difficile de sa vie ?

Best-Sellers n°540 • anthologie

Magie d'hiver

Les cinq histoires réunies dans ce livre explorent la magie d'un hiver scintillant de givre, où les flocons de neige offrent un écrin précieux à la tendresse et à la passion. Au fil des pages, les plus belles plumes du roman féminin feront miroiter les mille et une facettes de l'émotion amoureuse. Emotion bouleversante pour Laura et Gabbe qui, bloqué comme il par une tempête de neige, va aider la jeune femme à mettre au monde un enfant. Intense émotion pour Adelaïde et Maxim, qui, au soir d'un réveillon pour le moins inattendu, vont devoir apprendre à s'apprivoiser. Emotion profonde pour Tracy et Graham, parents adoptifs d'une jeune orpheline à qui ils vont réapprendre la confiance et l'amour. Quant à Savannah et Trace, c'est à une adorable vieille dame qu'ils vont devoir le bonheur de leur rencontre de Noël. Et si Katharine ne peut se résoudre au mariage de raison que lui propose Daniel, c'est parce qu'elle l'aime en secret. Mais en cette période de fêtes, tous les espoirs ne sont-ils pas permis ?

Best-Sellers n°541 • historique
L'ange du passé - Judith James

Angleterre, 17ème siècle

En pleine tempête, alors que la guerre civile fait rage, Elizabeth découvre un homme presque inconscient sur le seuil de sa modeste demeure. Ses vêtements ne laissent aucun doute sur son appartenance : c'est un soldat, un ennemi de surcroît. Aussi Elizabeth hésite-t-elle : en portant secours à cet inconnu, elle se mettrait en danger, elle et tous ceux qui partagent son foyer. Mais ses hésitations volent en éclat lorsqu'elle découvre le visage du jeune homme. Ce regard intense, ces traits séduisants ne sont autres que ceux de William de Veres, l'ami d'enfance dont elle était éperdument amoureuse, celui qui, alors qu'ils n'étaient que des adolescents, lui a promis de toujours veiller sur elle ! Bouleversée, Elizabeth décide de venir en aide à William, au risque de se voir accuser de trahison. Une décision qui va complètement bouleverser son existence…

Best-Sellers n°542 • historique
L'héritière de Boston - Kat Martin

Londres, 1859.

Venue à Londres pour faire annuler son mariage avec Rule Dewar, Violet Griffin est convaincue que son époux sera soulagé par sa requête. Après tout, si, sur son lit de mort, le père de Violet ne l'avait pas supplié de prendre soin de sa fille, jamais le séduisant Anglais n'aurait posé les yeux sur elle. La preuve : depuis qu'ils ont échangé leurs vœux trois ans plus tôt, Rule n'a jamais remis les pieds à Boston, préférant mener une vie de débauche en Angleterre, sans même prendre la peine de se montrer discret.

Et pourtant, contre toute attente, Rule Dewar ne se montre pas aussi coopératif que prévu. Pis encore ! il impose ses propres conditions à Violet : pour obtenir son accord, elle devra accepter de vivre sous son toit pendant trente jours…

GRATUITS !

2 romans
et 2 cadeaux surprise !

Pour vous remercier de votre fidélité, nous vous offrons 2 merveilleux romans **Black Rose** (réunis en 1 volume) entièrement GRATUITS et 2 cadeaux surprise ! Bénéficiez également de tous les avantages du Service Lectrices :

- **Vos romans en avant-première**
- **5% de réduction**
- **Livraison à domicile**
- **Cadeaux gratuits**

En acceptant cette offre GRATUITE, vous n'avez aucune obligation d'achat et vous pouvez retourner les romans, frais de port à votre charge, sans rien nous devoir, ou annuler tout envoi futur, à tout moment. Complétez le bulletin et retournez-le nous rapidement !

☐ **OUI !** Envoyez-moi mes 2 romans Black Rose (réunis en 1 volume) et mes 2 cadeaux surprise gratuitement. Les frais de port me sont offerts. Sauf contrordre de ma part, j'accepte ensuite de recevoir chaque mois 3 volumes doubles Black Rose inédits au prix exceptionnel de 6,75€ le volume (au lieu de 7,10€), auxquels viennent s'ajouter 2,95€ de participation aux frais de port. Dans tous les cas, je conserverai mes cadeaux.

N° d'abonnée (si vous en avez un) ⊔⊔⊔⊔⊔⊔⊔⊔⊔⊔   IZ2F09

Nom : .... Prénom : ....

Adresse : ....

CP : ⊔⊔⊔⊔⊔   Ville : ....

Téléphone : ⊔⊔⊔⊔⊔⊔⊔⊔⊔⊔

E-mail : ....

☐ Oui, je souhaite être tenue informée par e-mail de l'actualité des éditions Harlequin.
☐ Oui, je souhaite bénéficier par e-mail des offres promotionnelles des partenaires des éditions Harlequin.

<u>Renvoyez cette page à</u> : **Service Lectrices Harlequin – BP 20008 – 59718 Lille Cedex 9**